나가시노長篠 전투(1575) 병풍도 앞부분.
오다·도쿠가와 연합군이 타케다 군을 공격하는 모습.

德川家康

1부 대망 大望

3 호랑이의 성장

도쿠가와 이에야스

야마오카 소하치 대하소설 이길진 옮김

德川家康

도쿠가와 이에야스

1부
대망 大望

3
호랑이의 성장

솔

『도쿠가와 이에야스』를 바로 읽기 위해

1. 본문 중 °표시가 된 용어는 책 뒤에 풀이를 실었다.

2. 인명과 지명은 원음 표기를 원칙으로 하며, 된소리를 피하고 거센소리로 표기하였다. 단 도쿠가와와 도요토미만은 원음과 차이가 있지만 일반인에게 익숙한 이름이기에 외래어 표기법에 따랐다. 장음은 생략하였다.

3. 인명, 지명 및 고유명사는 처음 나올 때 원어를 병기하였으며, 강과 산, 고개, 골짜기 등과 같은 지명 역시 현지 음대로 카와(가와), 야마(잔, 산), 사카(자카), 타니(다니) 등으로 표기하였다.

4. 성과 이름 중간에 나오는 것은 대부분 관직명과 서열을 나타내는 것인데, 그 당시의 관습에 따라 이름과 혼용하여 쓰이는 경우도 있다. 각 관청 및 관직에 대해서는 부록에서 설명하였다.
   ex) 히라테 나카츠카사노타유 마사히데 → 히라테 마사히데(이름) + 나카츠카사노타유(나카츠카사의 장관), 아마노 아키노카미 카게츠라 → 아마노 카게츠라(이름) + 아키노카미(아키 지방의 장관)

5. 시간과 도량형은 센고쿠 시대에 쓰던 것을 그대로 따랐으며, 역시 부록에서 설명하였다.

차례

《 미노 · 오와리 · 이세의 주요 지도 》

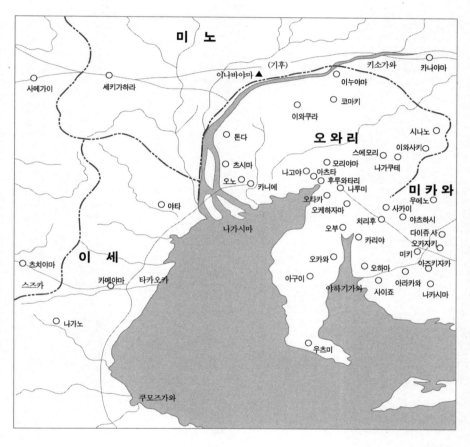

미 노

사메가이　세키가하라　이나바야마▲ (기후)　키소가와　카나야마

이누야마

코마키

이와쿠라

오 와 리

시나노

톤다　　스에모리　이와사키

초시마　모리야마　나가쿠테

나고야　아츠타

오노　카니에　후루와타리　미 카 와

나루미

우에노

오타카

야타　오케하자마　사카이

치리후　아츠하시

오부　카리야　다이쥬 사

나가시마　오카와　미카　오카자키

미리　아즈키자카

아구이　오하마

이 세　아하기가와　아라카와

초치야마　사이죠　나카시마

스즈카　카메야마　타카오카

나가노

우츠미

쿠모즈가와

――・―　지역 경계선

메마른 들녘의 노래

1

"전쟁이 시작됐다. 방심하면 안 된다."

히사마츠 사도노카미 토시카츠久松佐渡守俊勝는 성의 동북 방향으로 쌓은 성채와 성채 사이로 말을 달리며 둘러보고 있었다.

"이마가와 지부노타유今川治部大輔 문중에는 셋사이雪齋 화상이란 지모에 뛰어난 자가 있다. 방심하면 오와리尾張까지 침공당한다."

어제까지 찌푸렸던 하늘이 오늘은 맑게 개어 황토와 모래땅이 완연하게 드러났다.

이미 안죠 성安祥城에 이마가와 군사가 쳐들어왔다는 소식이 전해진 것은 그저께였다. 그런데 그 후 아무런 연락도 없었다.

다른 때는 어김없이 토시카츠에게 원병을 이끌고 성을 나서라는 명이 내려졌는데 이번에는 성을 떠나지 말라고 했다. 처음에는 맹장 노부히데信秀의 자신감 때문이라고 생각한 토시카츠였으나, 아무래도 지나치게 희망적인 관측인 듯했다. 그 증거로, 노부나가信長의 결혼 이후 나고야 성那古野城을 떠난 적이 없던 히라테 마사히데平手政秀가 노부히데의 막료로 안죠 성에 온다는 정보가 있었다.

안죠 성의 성주는 노부나가의 배다른 형 노부히로信廣.

아버지 노부히데를 비롯하여 히라테 마사히데까지 오와리를 떠난다는 것은 예사 일이 아님이 틀림없었다.

토시카츠에게 성을 나서지 말라고 한 것은, 만일 안죠에서 제일선이 무너졌을 경우…… 그때를 대비하기 위한 준비인 듯했다.

'오카자키岡崎 동쪽으로 나가 싸웠을까? 아니면 안죠에서 적을 맞이했을까……?'

그 후 아무 소식이 없는 것이 토시카츠에게는 여간 불안하지 않았다.

토시카츠는 전황을 살피기 위해 아침부터 타케노우치 큐로쿠竹之內久六를 안죠에 보내고 자신은 말을 타고 성채를 돌면서 군졸들의 사기를 고무시키고 있었다.

아구이阿古居에서는 올해에도 이미 추수가 끝나 이대로 가면 백성들이 풍요로운 정월을 맞이할 수 있을 텐데, 적을 영내까지 끌어들여 민가 등이 불타고 파손된다면 성을 수호할 책임이 있는 그로서는 자존심에 먹칠을 하는 꼴이나 마찬가지였다.

한 바퀴 둘러보고 그는 성으로 돌아왔다.

큰 성이라면 성 자체가 훌륭한 하나의 성채가 될 수 있었다. 그러나 아구이 같은 작은 성은 한낱 성주의 거처에 지나지 않았다.

"오다이於大, 차 한 잔 마실 수 있겠소?"

토시카츠는 말을 시종의 손에 맡기고 정원을 통해 안으로 들어왔다.

"아무래도 불길해. 무슨 소식이 있을 법도 한데……"

마루에 걸터앉아 시원한 바람으로 땀을 식히고 있을 때 오다이가 차를 가지고 왔다.

이곳에서도 인생은 새로운 생명의 싹을 완연하게 보여주고 있었다. 혼다 헤이하치로本多平八郎의 미망인보다 오다이의 배가 더 불룩했다.

토시카츠의 아내가 되려고 결심한 후 곧 임신한 아기였다.

"죽는 자, 태어나는 자…… 그것이 자연적인 죽음이 아니라 칼로 베거나 베어지거나……"

토시카츠는 차를 마시면서 말을 이었다.

"무리는 하지 마시오. 태어나기까지는 그대 한 사람만의 목숨이 아니오."

다정히 말하고 가만히 귀를 기울였다.

말발굽소리가 멀리 골짜기 밑에서 희미하게 들려왔다.

토시카츠의 얼굴이 갑자기 굳어졌다.

2

토시카츠는 얼른 잔을 내려놓고 일어섰다.

"큐로쿠가 돌아온 모양이군……"

중얼거리고는 다시 마루에 앉았다.

말은 한 필이 아니었다. 큐로쿠 외에 또 한 사람이 있었다.

"성주님은 어디 계시오?"

마구간 옆 감나무 부근에서 큐로쿠가 거칠게 숨을 몰아쉬는 것을 보고 토시카츠는 다시 일어서려다 말고, 큰소리로 말했다.

"큐로쿠, 나 여기 있네."

곁에 있던 오다이가 사태를 알고 싶은 듯 빤히 토시카츠를 쳐다보고 있었다.

큐로쿠는 성큼성큼 걸어왔다. 그는 한 사람의 젊은 무사를 거느리고 있었다.

"하야시 신고로林新五郎 님의 가신 우에다 타카마사上田孝政 님입니다. 우리 성에 사자로 오시는 길에 저와 만났습니다."

토시카츠는 크게 고개를 끄덕였다.

"전황은? 그것을 알리러 왔겠지?"

"그러합니다."

젊은 무사는 정원에서 한쪽 무릎을 꿇었다.

"숨김없이 말하라."

토시카츠가 오다이 쪽을 흘끗 바라보며 재촉했다.

"안타깝게도 안죠 성이 적의 수중에 떨어졌습니다."

젊은 무사는 흥분한 어조로 말한 뒤 고개를 푹 떨구고 잠시 눈물을 흘렸다.

어쩌면 혈육이거나 죽마고우를 잃은 흥분이 아직 가시지 않았을지도 모른다.

"그럼, 노부히로 성주님은?"

"애석하게도……"

"애석하게도 어떻게 되었단 말인가?"

"적에게 사로잡히셨습니다."

"으음."

토시카츠는 하늘을 쳐다보고 나직이 신음했다.

"후루와타리古渡와 나고야에서의 원군은?"

"나고야에서 히라테 나카츠카사노타유 마사히데平手中務大輔政秀 님과 저희 주군이 달려왔습니다마는, 그때는 이미 성이 포위되고 노부히로 님은 적장 타이겐 셋사이太原雪齋에게 항복한 뒤였습니다."

"뭣이, 항복?"

"예. 셋사이는 언변과 지략이 뛰어난 인물입니다. 노부히로 님은 둘째 성으로 옮겨져, 사방이 울타리로 막힌 곳에 갇혔습니다."

"적군은 안죠 성에 그대로 머물러 있는가, 아니면 승리의 여세를 몰아……."

"우에노 성上野城을 공격하여 현재 격전을 벌이고 있습니다."

젊은 무사는 고개를 꼿꼿이 쳐들었다.

"이 상태라면 나고야가 위험합니다. 아구이 쪽에서 원군을 즉시 우에노 성으로 보내주셨으면 하는 것이 주군의 청입니다."

토시카츠는 고개를 끄덕였다.

우에노 성이 공격당하고 있다면 더 이상 지체할 수 없었다.

"음, 드디어 오와리를 공격하기 시작했군…… 알겠다, 좀 쉬었다 돌아가거라."

큐로쿠에게 눈짓을 하자 그는 가볍게 고개를 숙이고 젊은 무사를 일으켰다. 사명을 다했다는 안도감 때문에 젊은 무사의 발걸음은 몹시 흐트러져 있었다.

"안죠 성이 떨어졌어……"

사자가 물러간 뒤 토시카츠는 오다이를 돌아보고 작은 소리로 중얼거렸다.

"오랫동안 이어온 우리 가문에도 드디어 폭풍이 들이닥치기 시작했군."

오다이는 조용히 옷깃을 여미고 움직이지 않았다.

3

오다이와 토시카츠는 전혀 다른 위치에서 안죠 성의 운명을 생각하고 있었다.

마츠다이라松平 가문의 오랜 거성居城. 이를 탈환하기 위해 평생의 집념을 쏟아넣다가 결국은 뜻을 이루지 못한 채 허무하게 죽어간 타케치요竹千代의 아버지 히로타다廣忠.

그런 연고가 있는 성에서 이번에는 오다 노부히데의 장남이 적의 손에 사로잡혔다.

노부히데는 이에 대해 어떤 집념을 나타낼 것인가?

뺏고 빼앗기고 죽이고 죽임을 당하는 아수라와 같은 세계는 인간이 있는 한 영원히 피할 수 없는 것일까?

사자를 전송하고 큐로쿠가 돌아왔다. 그의 눈은 이런 위기의 소식을 들었는데도 의외일 정도로 태연했다.

"큐로쿠!"

토시카츠가 말했다.

"우에노 성에 원군을 보내야 한다. 서둘러 준비하도록."

"황송합니다마는……"

큐로쿠는 손을 흔들었다.

"이미 때가 늦었다고 생각합니다."

"어째서? 비록 때가 늦었다 해도 출동하지 않을 수 없지 않은가?"

큐로쿠는 다시 거침없이 손을 내저었다.

"우에노의 힘으로는 승리의 기세를 올린 이마가와 군을 막을 수 없습니다. 이 성을 그대로 굳게 지키시고 저를 나고야에 사자로 파견해주십시오."

"그대가 가서…… 어떻게 하겠다는 것인가?"

"일단 화의를 권하겠습니다. 후루와타리의 노부히데 님이 받아들이지 않으면 노부나가 님을 설득하겠습니다."

"어떻게, 무슨 말로?"

"노부히로 님과 마츠다이라 타케치요 님과의 인질교환을 제안하겠습니다."

토시카츠는 예리한 눈길로 오다이를 흘끗 돌아보았다.

오다이 역시 큐로쿠의 말이 의외인 모양이었다.

"타케치요와 노부히로 님의…… 그것으로 화의가 이루어질까요?"

"이루어질 것입니다."

큐로쿠가 대답했다.

"이마가와 요시모토의 마음속은 알 수 없으나, 표면적으로는 오카자키의 복수전입니다. 따라서 오카자키의 도련님을 돌려받는다면 그 후 싸움은 명분을 잃게 됩니다."

토시카츠는 잠자코 다시 오다이를 바라보았다.

지금은 오다이에게 타케치요의 뒷바라지를 쾌히 허락해주고 있는 토시카츠였다.

"그러면 타케치요가 무사히 성으로 돌아올 수 있을까요?"

오다이의 물음에, 큐로쿠는 무뚝뚝하게 고개를 저었다.

"글쎄요, 그것까지는 모르겠습니다."

오다이의 얼굴이 슬픔으로 흐려졌다.

아츠타熱田에 있어 몰래 물건도 보낼 수 있었는데, 그 아이가 다시 이마가와 쪽으로 끌려가면 오다이의 손길은 미치지 못할 터였다.

세 살에 어머니와 생이별하고 여섯 살에 인질이 되었다. 인질 호송도 중에 오다織田 쪽으로 넘어갔고, 아버지의 비참한 최후를 맞기도 했는데, 이번에는 또 전쟁의 인질로 이용되어 겨우 낯을 익힌 아츠타에서 쫓겨나게 되다니.

'대관절 타케치요는 어떻게 될 것인가?'

"큐로쿠——"

그때까지 잠자코 있던 토시카츠가 작은 소리로 부르면서 손을 내저었다.

"다른 사람의 책략이면 몰라도 우리 가문에서는 그렇게 할 수 없어. 너무나 잔인해. 그렇지 않소, 오다이?"

오다이는 갑자기 다다미 위에 몸을 푹 엎드렸다. 소리는 나오지 않았으나 어깨가…… 무릎이…… 무섭게 떨리기 시작했다.

4

"황송합니다마는……"

잠시 후 큐로쿠가 다시 입을 열었다.

"난세에는 일어나서는 안 될 일이 자주 생기게 마련입니다. 제 말씀대로 하셔도 어느 한쪽이 목숨을 잃게 되는 일은 없습니다. 노부히로 님도 무사하고 타케치요 님도 장소를 옮길 뿐 살게 됩니다…… 우리 일족을 위해서라도 이 큐로쿠를 사자로 보내주신다면 기필코……"

토시카츠는 오다이의 눈물이 그치기를 기다렸다.

노부히로와 타케치요의 교환. 그것으로 일단 전쟁이 멎는다면 분명히 이것은 하나의 방법이기는 했다. 그러나 타케치요가 이마가와 쪽으로 넘겨져 슨푸駿府에 가면 또 하나의 위험요소가 생기는 셈이었다.

무슨 일이 생길 때마다 타케치요의 어머니 오다이에게 오다 쪽에서 감시의 눈길을 보낼 것이다.

'이 일은 오다이의 뜻에 맡기기로 하자……'

오다이가 납득한다면 그 감시의 눈길을 견딜 수 있을 것이고, 납득하지 못하고 유대를 가지려 한다면 오다 쪽에서는 더 크게 의심하게 될 것이다.

"아뢰옵니다."

복도 밖에서 하녀의 목소리가 들렸다.

오다이는 깜짝 놀라 얼굴을 들고 눈물을 닦았다.

"토운인 주지가 마님을 찾아왔습니다."

토운인洞雲院은 히사마츠 일족의 위패를 모신 절. 그 주지 잇포―峰 선사가 찾아왔다.

토시카츠는 큐로쿠에게 눈짓을 했다.

오다이가 선사에게 혈서로 쓴 관음경을 바치려고 매일같이 자기 피로 붓을 물들이고 있는 것을 알고 있었기 때문이다.

그 혈서 경문에는 물론 타케치요에 대한 애정이 담겨 있었다. 아니 애정 이상의 것, 머지않아 세상의 빛을 볼 히사마츠 토시카츠의 자식과 타케치요가 좋은 인연으로 맺어지기를 기원하는 마음이었다.

큐로쿠는 머리를 숙이고 일어났다. 이럴 때 오다이가 선사와 만나는 것은 그녀가 마음을 결정하는 데 크게 도움이 될 것이다.

두 사람이 나간 뒤 곧바로 선사가 방으로 들어왔다.

"마님을 유혹하려고 왔습니다."

선사는 권하지도 않았는데 스스로 상좌에 앉았다.

"오늘은 꼭 보여드리고 싶은 것이 있어서요."

"보여주고 싶은 것이라면…… 무슨 사보寺寶 같은 것이라도?"

"예. 사보라고도 할 수 있고 그 이상인 살아 있는 경문이라고도 할 수 있겠지요. 준비하십시오. 절에 가셔야 합니다."

오다이는 고개를 끄덕이고 합장했다.

토운인은 이 성과 언덕으로 이어진 바로 코앞에 있었다.

'그렇다, 선사에게 마음의 갈등을 고백하여……'

오다이가 선사와 나란히 밖으로 나왔을 때 성안은 여간 부산스럽지 않았다. 만약의 경우 우에노 성을 돕기 위해 출병하려는 모양이었다. 성채의 대장들이 말을 타고 달려와 정문 앞에 쳐놓은 장막으로 바삐 들어가고 있었다.

해는 아직 높았으나 골짜기에서 골짜기로 불어대는 바람은 역시 차가웠다.

"야단들이군요."

선사가 말했다.

"굳이 싸우지 않아도 부처님은 모두를 평등하게 저 세상으로 인도하시는데."

오다이는 두 손으로 우치카케打掛け°의 앞자락을 여몄다. 걸을 때마다 태아의 움직임이 크게 느껴졌다. 태어나는 것도 죽는 것도 왠지 서글프게만 여겨지는 오다이였다.

5

앞서 걸어가는 선사의 어깨에 나뭇잎이 우수수 떨어졌다.

오다이는 가쁜 숨을 몰아쉬며 그의 뒤를 따라 돌층계를 올라갔다. 타케치요를 낳았을 때도 추운 겨울이었는데 이번에도 입춘立春이 오기 전에 낳을 것 같았다.

자기가 낳는 자식은 모두 이처럼 계절이 나타내는 혹독한 운명에 농락당하는 것은 아닐까?

남편이 만일 이번 전투에서 전사한다면 태어나는 아기는 아버지를 모를 것이었다. 그리고 타케치요를 더 이상 남들 사이에서 방황하게 한다는 것도 너무 가혹했다.

"자, 정원을 통해 가지요."

선사는 때때로 오다이를 돌아보고 미소지었다.

"마님은 명석하신 분이시니 현세의 앞날을 내다보실 수 있을 것입니다. 사법계事法界에서는 적과 아군이지만 이사무애법계理事無碍法界에서는 적도 아군도 없는 것. 그러니 헛되이 마음쓰지 마십시오."

"예."

"마님이 경문을 혈서로 쓰신다고 했더니 어떤 분이 크게 감동하시고, 그렇다면 일부러 찾아올 필요가 없었는지도 모르겠다고 하시더군요."

"어떤 분이라니……?"

"만나시면 알게 됩니다. 자, 이리 오시지요."

"그러면 사보라거나 경문이라 하신 것은 그분을 일컫는 말인가요?"

"예, 바로 그렇습니다. 경문도 사람도 본디는 하나인 것. 마음이 고운 사람은 살아 있는 경문, 자연은 모두가 살아 있는 문장 아니겠습니까?"

웃으면서 본당 옆을 지나 와룡송臥龍松이라 이름 붙여진 노송나무 밑동 쪽으로 돌아갔을 때 객실 마루의 장지문이 안에서 스르르 열렸다.

오다이는 무심코 장지문 쪽을 바라보고는 저도 모르게 그 자리에 우뚝 섰다.

"아―"

마루에 서서 빤히 이쪽을 바라보는 여승, 그녀가 쓴 두건 밑으로 흘러넘치는 눈빛에서 범상치 않은 것을 느꼈기 때문이다.

'꿈이 아니다……'

그것은 이승에서는 두 번 다시 만나지 못하리라 마음먹었던 어머니, 케요인華陽院임이 틀림없었다.

미인으로 태어났기 때문에 남편을 여러 번 바꾸지 않을 수 없었던 불행한 어머니. 가는 곳마다 아버지가 다른 아이를 낳고, 생이별과 사별의 슬픔을 온몸에 새겨넣은 어머니……

그 어머니가 조용한 눈에 그리움을 담고 염주를 돌리면서 서 있었다.

선사는 짐짓 시치미를 떼는 표정으로 입을 뾰족하게 하고 말했다.

"일중일―中―의 경문이오. 자, 사양 말고 읽으시지요."

"예…… 예."

오다이는 헤엄치듯 걸어갔다.

"어머니!"

부르는 목소리는 어릴 때 그대로 맑디맑았다.

케요인은 아직도 꼼짝하지 않았다. 햇수로 따져서 4년 동안이나 보지 못하는 사이에 지혜와 인욕忍辱의 빛을 곁들이고 어엿한 어른이 된 자기 딸의 마음을 들여다보기라도 하려는 듯이 묵묵히 숨을 가다듬고 서 있었다.

"등잔 밑이 어둡다는 말이 있으니 발 밑을 조심하십시오."

선사가 옆에서 다시 말했을 때, 오다이는 쓰러지듯 마루로 달려가 그리운 어머니의 옷자락에 매달렸다.

"어머니……"

6

케요인은 아무 말도 없이 오다이의 손을 잡고 마루로 끌어올렸다.

"어머니라 부르지 마라. 나는 속세와 인연을 깨끗이 끊고 부처님을 섬기는 겐오니源應尼라는 여승이란다."

"예…… 예."

오다이는 순순히 고개를 끄덕이면서도 아직 어머니 손을 놓지 않았다. 너무나도 뜻밖인 재회여서 하고 싶은 말, 호소하고 싶은 것, 묻고 싶은 것이 가슴 가득히 자리잡았다.

"우선……"

케요인은 오다이를 그 자리에 앉게 했다.

"주지 스님의 배려로 이 이름도 없는 소승이 히사마츠 사도노카미의 부인을 만나게 된 기쁨이란……"

"오다이도 기쁩니다."

"마님."

"예."

"까닭이 있어 소승이 슨푸로 갑니다. 그 길에 연분이 있는 절에서 연분이 있는 사람들의 묘소를 성묘하고 왔지요."

오다이는 고개를 끄덕이고 조용히 자세를 바로 했다. 비록 속세를 버린 여승이라고는 하지만, 지금 오다 쪽과 전쟁을 벌이고 있는 마츠다이라 일족과 관련이 있는 어머니. 그런 어머니와 이렇게 만나고 있는 게 잘못 전해지면 남편은 물론 선사의 신상에까지 어떤 성가신 일이 생길지 알 수 없었다.

"카리야제谷에 들러 료곤 사楞嚴寺에도 가보았습니다……"

"예."

"마님이 헌납하신 여러 가지 물품……"

말하다 말고 굳은 마음을 가진 케요인도 그만 목이 메었다. 그리고 심하게 기침이 나서 다음 말을 잇지 못했다.

"그런 뒤 노송나무 집 옆을 지나 오카와緖川의 켄콘인乾坤院에 가서 참배하고……"

"어머니……"

견디다 못해 오다이가 입을 열었다. 자기보다 훨씬 더 험난한 유전流轉의 길을 어머니는 용케도 참아왔다.

그런데 슨푸로 옮긴다는 것은 또 어째서일까?

옮겨지는 것일까? 옮겨가는 것일까?

오다이는 그것을 물으려다가 이 방에는 또 한 사람, 어머니의 하녀인 듯싶은 여자가 있다는 것을 깨달았다.

여자는 단정히 앉아, 모녀를 바라보기보다는 주위를 경계하고 있는 것 같았다.

오다이의 눈길을 통해 케요인도 그것을 깨달았다.

"참, 우에무라 신로쿠로植村新六郎의 딸 사요小夜, 기억나요?"

"아, 사요…… 사요였군요."

그 말에 비로소 여자는 오다이 쪽으로 돌아앉았다.

"마님, 반갑습니다."

"오오, 그대도 임신을……"

"예. 마님께서 오카자키를 떠나신 지 얼마 안 되어 혼다 타다타카本多忠高에게 출가했으나 지금은 혼자가 되었습니다."

"아니, 혼자라니……? 그렇다면 타다타카는……"

말을 계속하려 하자 케요인이 다시 가볍게 손을 흔들었다.

"전쟁이란 여자에겐 슬픈 것. 그 이야기는 그만두도록 해요."

"예."

사요는 대답하고 이미 산월이 가까워진 배를 가만히 옷소매로 감추었다.

오다이는 또다시 심한 태동을 느끼고 저도 모르게 입술을 깨물었다.

7

"자, 소승이 주위를 살피고 있을 테니 마음놓고 말씀을 나누십시오."

주지는 밖에 서서 모녀에게 등을 돌리고 정원을 거닐기 시작했다.

혼다 헤이하치로의 미망인도 또한 조금 전의 엄한 얼굴로 돌아와 옆방으로 건너갔다. 양쪽 모두 모녀의 마음을 알고 자리를 피해주기 위해서였다.

"어머니……"

오다이의 목소리가 다시 떨렸다.

"안죠 성이 함락되고 오다 노부히로 님이 이마가와 쪽에 사로잡힌 것을 아시나요?"

"그랬나요? 원, 저런."

케요인은 아직 그것을 알 리 없었다.

눈을 크게 뜨고 주위를 살펴보면서 중얼거렸다.

"셋사이 선사가 자신감을 가지고 있었는데…… 결국."

오다이는 이 중얼거림을 유의해서 들었다.

"그럼, 어머니는 진작에……"

"알고 있었어요. 그래서 서둘러 이곳으로 온 거예요."

케요인은 조용히 대답하고 다시 주위를 돌아보면서, 목소리를 낮추었다.

"그런데, 아츠타에 있는 타케치요에게 여러모로 마음을 쓰고 있다면서요? 그 일을 남편도 알고 있나요?"

"예. 이젠 오다이의 아들이 사도노카미의 아들이기도 하다면서요……"

"그렇게 생각하시다니, 너무도 황송한 말씀이네요. 할미도 이렇게 감사를 드립니다."

케요인은 공손히 염주를 들었다가 그 손으로 바로 눈물을 닦았다.

어느 틈에 갸름한 두 눈에 이슬이 맺혀 있었다. 이것을 보자 오다이도 슬픔이 치밀었다.

"어머니!"

억양 없는 소리로 부르고는 물었다.

"노부히로 님이 이마가와의 손에 잡혔는데 타케치요에게는 별일 없을까요?"

"별일이 있다면 어떻게 하겠어요?"

"그럼, 역시……"

"인질을 교환하자고 이마가와 쪽에서 제안하면 오다 성주는 무어라 대답할 것인지, 부자의 정이란 게 있으니 설마 거절하시지는 않겠지요."

오다이의 눈에 미묘한 빛이 떠올랐다.

케요인은 애써 냉정을 가장했다.

"오다 성주가 인질교환을 승낙하면 타케치요는 아츠타를 떠나게 될 거예요."

"어디로 가게 될지 짐작 가는 곳이라도 있나요?"

케요인은 대답 대신 문득 눈길을 정원에 있는 주지 쪽으로 보내면서 말을 이었다.

"초겨울 찬바람이 부는 대로 잎을 떨구고 봄을 기다리는 나무도 많지요. 그대는 소승이 왜 작별을 하러 왔는지 모르나요?"

"아……"

오다이는 눈을 크게 떴다.

"어머니는 슨푸에 가신다고 하셨는데…… 그렇다면 그것은 타케치요의……"

케요인이 손을 들어 그 다음 말을 가로막았다.

"아츠타에 있으면 그대와 성주님의 사랑을 받게 되고, 슨푸로 옮기면 소승의 손이 닿게 됩니다. 어느 쪽이건 타케치요는 좋은 운을 가지고 태어난 아이 같아요."

오다이는 숨을 죽이고 어머니의 얼굴을 바라보고 있었다. 그녀는 혈육인 오빠, 지금은 타케노우치 큐로쿠라고 부르는 토쿠로 노부치카藤九郎信近가 인질교환 이야기를 꺼냈던 뜻을 비로소 알 수 있었다.

"타케치요는 좋은 운을 가지고 태어났다……?"

어머니 말을 되받아 중얼거리다가 이번에는 오다이가 당황하며 주위를 둘러보았다.

8

'혹시 어머니와 오빠 사이에는 어떤 연락이 있었던 것은 아닐까?'

오빠는 교환을 조건으로 오다 쪽으로부터 화의를 제안하려 하고, 어머니는 슨푸로 옮기려 하고 있었다. 그렇게 된다면 오다이의 마음은 얼마나 가벼워질 것인가?

케요인의 말대로, 아츠타에 있으면 어머니인 오다이의 숨결이, 슨푸로 가면 할머니의 손길이 은밀하게 타케치요에게 미친다.

"어머니!"

오다이는 케요인 앞에 무릎을 꿇었다.

"잎을 떨구고 봄을 기다리는 황야의 나무들…… 저는 그 마음을 잘 알겠습니다."

케요인은 고개를 끄덕이고 다시 염주를 굴리며 조용히 눈을 감았다.

어머니 마음이 드디어 딸에게 통한 모양이었다. 잠시 후.

"그대는 행복한 여자예요."

중얼거리듯이 말했다.

"타와라田原 부인은 자식을 낳지 않은 여자라 그대와 같은 고통도 느끼지 못하지만 기쁨 또한 몰라요. 오카자키의 성주가 없는 지금 이 상황에서는 자연스럽게 시들기만을 기다릴 뿐. 이에 비해 그대는 아직 마츠다이라의 혈육 속에서 살아갈 수 있어요. 자신을 불행하다고 생각해서는 안 돼요."

"예."

"그대나 이 몸은 여자로서는 행복한 편이에요. 그 몸은 시들어도 언젠가는 가문에 봄이 올 겁니다."

"예."

"어떤 일이 있어도 이 행복을 놓쳐서는 안 돼요. 태어날 아기를 훌륭한 자식으로 키우도록 해요."

오다이는 다시 다다미에 두 손을 짚고 잠시 오열을 씹어삼켰다.

이 얼마나 슬프고도 강렬한 깨달음인가. 가혹하기 이를 데 없는 채찍 너머로 새로운 봄을 기다리며 살아간다. 그것말고는 여자의 행복을 보장받을 길이 없는 시대였다.

"그대뿐이 아니오. 타다타카의 미망인도 지금은 앞으로 태어날 아기를 기다리고 있어요. 사내아이라면 반드시 그 아기에게 할아버지와 아버지의 마음을 잇도록 하겠다고 하면서. 그 충성스런 할아버지가 손자…… 그 대쪽같이 곧은 아버지가 아들…… 사내아이라면 또 헤이하치로의 이름을 이어받을 거예요. 그 혼다 헤이하치로가 마츠다이라 타케치요의 깃발을 들고 전쟁이 없는 세상을 이룩한다…… 그것이 소승의 행복한 기원, 즐거운 꿈이에요."

"알겠습니다, 어머니. 오다이는 절대로 이 몸의 불행을 한탄하지 않겠습니다."

이때 정원에 있던 주지가 손짓하여 두 사람에게 조용히 하라는 신호를 보냈다. 아마도 누가 나타난 모양이었다.

"아, 마님이 오시기는 했습니다마는 지금 이 절의 사보인 경문을 보여드리고 있는 중이어서."

그러자 방안까지 들리는 남자의 목소리.

"타케노우치 큐로쿠가 급히 드릴 말씀이 있어서 왔습니다. 안내해주십시오."

노송나무 밑으로 걸어오는 사나이의 모습에 케요인은 깜짝 놀라 일어섰다.

큐로쿠는 아직 이곳에 어머니가 있다는 것을 알지 못했다. 그러나 어머니의 직감은 그것이 자기가 낳은 토쿠로 노부치카임을 대번에 알아본 눈치였다.

얼른 마루에 나와 고개를 갸웃했다.

"혹시 당신은 미즈노 토쿠로 노부치카가……"

"옛?"

큐로쿠는 한 걸음 물러났다.

"앗!"

나직이 외쳤다.

큐로쿠의 눈은 별, 케요인의 눈은 아침 햇빛을 머금은 이슬처럼 불타고 있었다……

나고야 부채

1

거실로 돌아온 노부나가는 선 채로 엄하게 말했다.

"이봐, 부채를!"

"예."

노히메濃姬는 일부러 느린 동작으로 흰 부채를 건네고 앉았다.

"인생은 고작 오십 년……"

그리고는 시키기도 전에 「아츠모리敦盛」°를 노래하기 시작했다.

노부나가는 혀를 찼다. 펼치려던 부채를 얼른 도로 접었다.

"나에게 도전할 생각인가?"

"예."

노히메는 딱 잘라 대답했다.

"인생은 전쟁이라고, 이것은 서방님이 직접 가르치신 말입니다."

"부부는 달라!"

노부나가가 방바닥을 굴렀다.

"부창부수夫唱婦隨 ── 아내가 남편을 따르는 것이 부부화합의 길이라고는 하지만 경우에 따라 다른 거야. 미리부터 흥을 깨지 마라."

"하지만, 오늘의 춤은 흥을 돋우는 것이 아니라 흥을 깨기 위한 것이라 생각되는데요."

노부나가는 못마땅하다는 듯 혀를 찼다.

"그대는 달고 나올 것을 잘못 달고 나왔어."

"달고 나올 것이라니……"

"물건을 달고 사내로 태어났어야 하는데 되다 만 여자의 모습으로 태어났단 말이야. 성급한 것 같으니라구."

노히메는 웃는 대신 짐짓 얌전한 표정이 되었다.

"친정아버지도 늘 그런 말씀을 하셨어요. 저도 딱하게 생각해요. 그런데 아버님의 심기는?"

노부나가는 홱 부채를 내던지고 그 자리에 앉았다.

"그대라면 어떻게 하겠나? 오늘 나눈 얘기는 안죠 성에서 적의 손에 잡힌 노부히로에 대한 것이었는데."

"어머…… 노부히로 님이 적의 손에 잡히셨나요?"

노부나가는 또 마땅치 않다는 듯 혀를 찼다. 안죠 성이 함락된 것도, 우에노 성에 들어간 셋사이가 아버지 노부히데에게 군사軍使를 보내 노부히로와 타케치요의 교환을 조건으로 휴전을 제안했다는 것도 훤히 알고 있는 노히메였다. 그러한 노히메가 일부러 노부나가의 신경을 건드리는 것은, 자기보다 3년 연하인 노부나가가 사사건건 자기를 압도하려 하기 때문이었다.

방약무인한 것이 노부나가의 성격이었다. 이런 노부나가가 때로는 순진하게, 때로는 짓궂게, 때로는 원수처럼, 때로는 꿀처럼 달콤하게 속삭이는 것이 노히메에게는 얄밉게 느껴졌다.

사실 첫날밤에 맺어질 때도 그러했다.

"이리 와."

부끄러운 기색은 전혀 보이지 않고 익숙한 사람처럼 가슴을 벌리고
는 노히메가 곁으로 다가갔을 때 불쑥 말했다.

"그대 나름의 방법이 있을 테지, 마음대로 해봐."

그리고 노히메가 아무것도 모르는 숫처녀라는 것을 알고는 소리내
어 웃었다.

"원 이런, 열여덟 살이나 됐으면서도 숙맥이로군."

뻔뻔스럽게도 자기는 동물의 본능이라면 잘 안다고 큰소리를 쳤다.

이런 일에까지 지지 않으려는 강한 성격이 밉기도 하고 사랑스럽기
도 했다.

"노부히로가 잡혔다는 것을 모르고 있었나?"

"예, 전혀."

"그러면 안 돼. 이런 일은 재빨리 알아내어 미노美濃의 아버지한테
자세히 보고했어야 하는데 말이야. 멍청한 것 같으니라구."

2

"그것이 명령이라면 알리도록 하겠어요. 그런데 아버님의 심기가 불
편하신 이유는?"

노히메가 슬쩍 말을 받아넘겼으나 노부나가는 별로 화도 내지 않고
그 날카로운 눈길을 천장에 못박은 채 말했다.

"셋사이 중놈이 아츠타에 있는 타케치요와 노부히로를 교환하자고
제안해왔어. 그대라면 어떻게 하겠어?"

노히메는 순간 낯빛이 달라졌으나 곧 미소로 바꾸었다. 노부나가의
지능은 언제나 보통 사람의 그것을 훨씬 앞질렀다. 섣불리 말하면 얕보
이게 될 뿐만 아니라 감정의 심한 반발을 사고는 했다.

사실 노부나가는 어리석은 것과 주저하는 것을 송충이처럼 혐오했다. 어리석은 인생의 80년은 명석한 인생의 20년보다 못하다고 입버릇처럼 말해왔다.

　노히메는 이것을 잘 알고 있었기 때문에 얼른 말을 받아넘겼다.

　"서방님이 보시기에 어느 쪽이 더 큰 그릇인지…… 그 그릇 나름이겠지요."

　노부나가는 흘끗 노히메를 바라보았다.

　"그렇다고 생각하나? 이것으로 그대의 속마음을 알겠군. 이 노부나가는 말이지, 적의 뒤통수를 치겠어."

　"그러시면?"

　"상대가 교환에 응할 것이라 생각하는 것 같으면 응하지 않고, 응하지 않을 것이라 생각하는 것 같으면 응하겠다는 거야."

　"크게 비뚤어진 생각을 가지셨군요."

　"그릇으로 따진다면 두 사람은 도저히 비교가 안 된다고 아버지는 말씀하셨어. 노부히로는 적에게 설복당해 울타리에 갇힐 때까지 모르고 있었을 정도로 멍청이. 타케치요는 어린 나이인데도 거침없이 자신이 대장이라고 큰소리를 치는 자. 이 호랑이를 풀어주면 머지않아 맹호로 자랄 것이므로 그 제의에는 반대한다고 했더니 아버지는 몹시 역정을 내시더군."

　"인정을 모르는 자라고 말씀하셨겠군요?"

　"앞질러 말하지 마. 말이 지나치다고 히라테 영감과 하야시 사도노카미林佐渡守마저도 나를 꾸짖더군."

　"아버님 심기가 불편하신 이유가 거기 있다면 저는 안심입니다."

　"뭐, 안심?"

　"예. 저는 서방님의 견해가 옳다고 생각합니다."

　"무엄하군. 어째서 옳다는 것인지 말해봐."

"인질을 교환하지 않아도 노부히로 님은 살해되시지 않습니다. 죽인다고 이득이 되는 것은 아니니까 살려두고 이용할 거예요. 상대가 가진 것과 이쪽이 가진 것, 그것이 나중에 장기에 비유하면 졸卒과 차車만큼이나 차이날 것입니다."

노부나가는 또다시 놀라는 대신 혀를 찼다.

이 당돌한 계집이 나의 뱃속까지 환히 들여다보고 있다. 노부나가는 노히메가 말한 대로 주장하며 후루와타리 성에서 아버지의 의견에 반대했다.

노부히로를 죽이겠다고 하면 우리도 타케치요를 죽이겠다고 대답하라. 타케치요가 죽으면 오카자키의 잔당은 붕괴된다. 그렇게 되면 자기네 전력에 보탬이 되지 않을 것이므로 노부히로도 죽이지는 못할 게 틀림없다.

앞으로 대등하게 협상에 임하지 않으면 오와리 쪽은 처음부터 협박을 받아 할 수 없이 응하는 결과가 될 것이라고.

복도에서 발소리가 들렸다. 노히메는 얼른 일어나서 노부나가의 옷깃을 바로잡아주고 자기 자리로 돌아왔다.

3

"아뢰옵니다."

장지문 밖에서 남자의 목소리가 들렸다. 노히메는 남자가 여기 오는 것을 몹시 싫어했다. 그러나 노히메가 싫어한다는 것을 아는 노부나가는 일부러 들어오게 하려는 것 같았다.

"이누치요, 무슨 일이야?"

노부나가는 안에서 소리쳤다.

노히메가 그 뒤를 이어 작은 소리로 역공을 가했다.

"사양 말고 들어오세요."

노부나가는 흘끗 노히메를 노려보았다.

"시동들은 내전에 들어오지 마라. 그래 용무가 뭐냐?"

장지문 너머에서 마에다 이누치요前田犬千代는 이맛살을 찌푸렸다. 노부나가와 노히메의 싸우는 듯한 장난질이 마음에 들지 않았다.

"지금 아구이의 히사마츠 사도노카미 님이 보낸 타케노우치 큐로쿠가 급한 볼일로……"

말 중간에 노부나가는 혀를 찼다.

"용건은 알겠다. 알겠으니 돌아가라고 해라."

이누치요는 물러가는 기색이 없었다. 노부나가의 버릇은 잘 알고 있었다. 일단 강압적으로 말을 퍼붓고 나서 자신의 예측이 맞는지 그 여부를 반드시 확인하고는 했다.

이누치요가 물러가지 않고 있으려니, 아니나다를까 노부나가가 확인하려 했다.

"마츠다이라 타케치요를 셋사이 중놈에게 내주지 말라는 것일 테지. 알겠으니 돌아가라고 해라."

밖에서 이누치요는 후후후 하고 웃었다.

"웃지 마라, 이누치요. 뭐가 우습다는 말이냐?"

"예. 그만 저절로 웃음이 나왔습니다."

"어째서 저절로 나왔느냐, 말해봐."

"킷포시吉法師 님도……"

말하다 말고 깜짝 놀라 정정했다.

"주군께서도 상대방의 마음을 잘못 읽으실 때가 있구나 하고 그만……"

"잘못 읽었다니, 타케치요를 그 중에게 내주란 말이라도 하러 왔다는 거냐?"

"아닙니다. 노부히로 님과의 교환, 아마 그것을 권유하러 온 듯합니다."

"뭣이? 교환하라고……"

노부나가의 말이 날카로워지자, 노히메는 일어나서 장지문을 드르륵 열었다.

이누치요는 이미 웃고 있지 않았다. 공손히 두 손을 무릎에 얹고 똑바로 노부나가를 쳐다보고 있었다.

"으음."

노부나가는 신음했다.

"네 얼굴에도 노부히로를 구하라고 씌어 있구나. 그 이유를 말해보아라."

이번에는 노히메가 미소지었다. 마치 성질이 급한 어린아이 같았으나 그것이 전부는 아닌 모양이었다. 역시 어딘가에 깊은 생각을 감추고 있었다. 이것이 노히메에게는 낯간지럽기도 하고 자랑스럽기도 했다.

"황송하지만, 이 이누치요는 그런 생각은 조금도 가지고 있지 않습니다."

"뭣이, 그런 생각을 안 가졌다구……? 그럼 노부히로를 죽게 그냥 내버려두라는 말이냐?"

"당치도 않습니다. 그런 의견 역시 가지고 있지 않습니다. 이런 중요한 일은 성주님을 비롯하여 사대 중신들이 결정할 일입니다. 감히 저 같은 녀석이 어찌……"

"못난 놈!"

"예."

"다 죽어가는 늙은이 같은 소리는 하지도 마라. 나는 이 일을 결정할 수 없으니 네가 대신 결정하여라."

"그런 어려운 문제를……"

과연 이누치요도 보통 사람이 아니었다. 양미간을 찌푸리고 노히메를 쳐다보면서, 슬쩍 예봉을 노히메한테로 넘겼다.

"마님, 이것은 성주님이 지나치시다고 생각지 않으십니까?"

4

노히메는 이누치요가 얄미웠다. 이같은 그의 재치와 성품을 노부나가가 모두 흡족히 여긴다는 사실을 알고 자신과 총애를 다투려 하는 것이었다.

'내가 질 줄 아느냐……'

노히메의 거센 기질도 불을 뿜었다.

"이누치요 님."

"예."

"성주님 말씀이니 사양하지 마세요. 그런 판단도 내리지 못한다면 측근의 소임을 다하지 못하는 것이 됩니다."

이누치요의 눈에 낭패의 빛이 감돌았다. 하지만 그것도 한 순간, 다시 냉정을 되찾았다.

"마님은 그렇게 말씀하시지만 이 이누치요는 자신의 분수를 알고 있습니다."

"분수라니요?"

"천성이 그런 일을 처리할 기량을 갖고 있지 못합니다."

"이상한 말이로군요. 그렇다면 성주님은 그대의 기량을 잘못 알고 계시다는 말인가요? 성주님은 눈이 멀었다고 생각하나요?"

"당치도 않습니다."

이누치요는 무릎을 벌리고 노히메 쪽으로 돌아앉았다. 얼굴이 상기되고 입술이 여자의 그것처럼 빨개졌다.

　　"저희는 무武로써 성주님을 섬기는 몸. 무는 문文 아래에 있습니다. 문무文武의 순서라면 몰라도 무문武文이 되어서는 질서가 무너집니다. 비록 성주님의 명이라도 분수에 어긋나는 것이면 따르지 않겠습니다."

　　"호호호."

　　노히메는 웃기 시작했다. 결코 경멸하는 웃음은 아니었으나 그렇다고 마음을 누그러뜨린 웃음도 아니었다. 연하인 이누치요 따위는 상대도 안 된다는 듯한 묘한 웃음이었다.

　　"알겠어요. 그러면 내가 성주님께 말씀 드리지요. 성주님 ——"

　　교묘히 자기를 이누치요보다 한 단계 높이 올려놓았다.

　　노부나가는 두 사람의 대화가 재미있는 모양이었다. 조금 전까지의 불쾌한 기분은 사라지고 씨름의 심판이라도 보고 있는 듯한 태도였다.

　　"이누치요 님을 더 이상 난처하게 만들지 마십시오. 이누치요 님은 과연 성주님 마음에 드실 만큼 빈틈없이 책임을 다하고 있습니다."

　　"하하하하."

　　노부나가는 웃기 시작했다.

　　"승부가 났군, 승부가 났어."

　　"승부라니요?"

　　"이건 노부나가의 멋진 승리야. 그대도 이누치요도 모두 내 비위를 맞추려 하고 있어. 이렇게 멋대로 굴어도 그대들은 끽소리도 못해. 하하하하, 웃기는 일이라니까."

　　방약무인하게 웃다가 갑자기 웃음을 뚝 그치고 다시 평소와 같이 매서운 눈으로 돌아왔다.

　　"이누치요."

　　"예."

"사도노카미의 가신을 이리 불러라. 그리고 둘 다 이 노부나가가 어떻게 대응하는지 눈여겨보도록."

"그럼, 안내하겠습니다."

이누치요가 절을 하고 나간 뒤였다.

"노히메."

노부나가는 아내를 돌아보았다.

"오늘뿐이야. 앞으로 다시는 남자를 내전에 부르지 않겠어. 그 대신 남자들을 잘못 다루어 이 노부나가를 성가시게 하지 않도록, 알겠지? 똑똑히 봐둬. 남자는 그대의 아버지만 있는 게 아니라는 것을."

단호한 그 말에 노히메는 놀라 저도 모르게 가슴으로 손을 가져갔다.

5

이누치요는 전과 같은 침착한 모습으로 돌아와 타케노우치 큐로쿠를 데리고 들어왔다.

큐로쿠는 곁방 마루에 꿇어엎드렸다.

노부나가는 그를 무서운 눈으로 노려보다가 느닷없이 큰소리로 말했다.

"큐로쿠!"

큐로쿠는 소스라치게 놀라 고개를 들었다. 이처럼 반말로 부를 줄은 몰랐다.

"그대는 사도노카미가 발굴해낸 인물이라고? 그래, 히라테 마사히데를 만나보고 왔나?"

타케노우치 큐로쿠는 노부나가의 말을 이해하지 못해 한동안 생각에 잠겨 있었다.

"마사히데를 만나고 왔느냐고 묻지 않느냐?"

"예. 작은 성주님을 직접 뵈어도 되겠느냐는 말씀만 여쭙고 왔습니다마는……"

"거짓말이야."

"예?"

"마사히데가 이야기할 내용도 묻지 않고 그대를 나한테 보냈을 것 같으냐?"

"황송합니다."

"그대가 한 말에 마사히데가 동의했다. 그리고 이 말은 마사히데가 전하는 것보다 직접 나에게 말하는 것이 효과가 있다…… 이렇게 생각해 나에게로 보낸 거야. 그렇지 큐로쿠?"

"예."

"그대는 주인과 의리를 지키려고 왔는가?"

"무슨 말씀인지…… 저는 성주님의 말씀을 이해하지 못하겠습니다."

"거짓말 마라. 다 안다고 그 얼굴에 씌어 있어. 그대가 노부히로와 타케치요의 교환을 제의하여 히사마츠 일족과의 의리를 지키려는 얄팍한 충성심을 갖고 나를 찾아온 게 아니란 말이냐?"

큐로쿠는 깜짝 놀라 노부나가를 쳐다보았다.

얼마나 날카롭고 빈틈없는 지적인가. 그 말에 대꾸할 말이 없었다. 지나치게 날카로운 것은 대장이 삼가야 할 일인데도──이렇게 생각했을 때 다시 퍼붓듯이 말했다.

"사도노카미의 아낙에게 분명히 전하여라, 이 노부나가와의 약속을 기억하고 있느냐고."

"황송합니다마는…… 마님과의 약속이라니."

"그렇게 말하면 알 것이다. 단지 타케치요를 슨푸에 보내는 것이라면 상관하지 않겠다. 이 노부나가가 자신도 가끔 아츠타를 방문했다. 혈육의 동생이라 생각하고 말도 주고 공부도 하게 했어. 그러한 노부나가의 뜻이, 그를 슨푸에 보내더라도 헛일이 되지 않도록 책임질 수 있겠느냐고 말이다. 아니, 그래야 한다고 전하여라."

"그러면……"

큐로쿠는 짐짓 눈을 크게 떴다.

"타케치요 님과 노부히로 님의 교환에 대해서는……"

"이미 오래 전에 이 노부나가는 동의하고 있었어!"

엄하게 말하고 나서 노부나가는 싱긋 웃었다.

"하지만…… 그렇게 말하면 네 체면이 서지 않을 것이야. 좋아, 사도 노카미나 마사히데에게는 그대가 성의를 다해 권했기 때문에 겨우 노부나가가 받아들였다고 고하도록 하라."

"예."

큐로쿠는 저도 모르게 그 자리에 끓어엎드렸다.

'이것이 열다섯 살에 불과한 젊은이의……'

이렇게 생각하자 마음속 깊숙한 곳에서부터 몸서리가 쳐졌다.

얼마나 무서운 노부나가의 심려인가. 노부나가는 자기 계획이 실패한 것으로 알고 있을 큐로쿠에게 꽃을 들려주고 오다이에게는 은혜를 베푸는 체하고…… 아니 그보다는 오다이를 통해 슨푸의 정보를 얻으려 하는, 정情이란 이름의 돌을 바둑판에 두어 승리를 굳히려는 것이 분명했다……

6

'장래가 두려운 대장……'

언뜻 보기에는 성급한 듯하면서도 분별있는 어른보다 훨씬 더 먼 미래를 볼 줄 알았다.

그렇다면 거의 날마다 반복하다시피 하는 기묘한 행동도 반드시 어떤 생각이 있어서일 것이었다. 대관절 무엇을 꿈꾸고 있을까. 그런 생각을 하면 할수록 정체를 알 수 없는 공포와 당혹감이 뒤따랐다.

"알겠지, 큐로쿠?"

"예…… 예."

"그럴 것이다. 그대 얼굴을 보니 알 만한 사람인 것 같아. 거듭 말하겠다. 언젠가는 이 노부나가와 타케치요가 손을 잡고 옛날 이야기를 할 수 있도록 뒤에서 도우라고 사도노카미의 아낙에게 반드시 전하도록 하라."

"잘 알겠습니다."

"알겠거든 땀을 닦아. 땀이나 닦고 물러가거라."

큐로쿠는 하라는 대로 품속에서 종이를 꺼내 땀을 닦았다. 그가 알고 있는 몇몇 다이묘大名°들의 이름이 번개같이 머리에 떠올랐다.

타케치요의 아버지 마츠다이라 히로타다松平廣忠.

자기 아버지인 미즈노 타다마사水野忠政.

자기 형인 미즈노 노부모토水野信元.

히사마츠 사도노카미 토시카츠에게도, 노부나가의 아버지인 노부히데에게도 없는 매서운 칼바람 같은 것이 이 열다섯 살의 노부나가를 감싸고 있었다.

애써 그와 닮은 자를 찾는다면 쿠마熊의 젊은 도령 나미타로波太郎가 약간 비슷하기는 했다. 인생의 허무도 슬픔도 속속들이 깨닫고 자기 묘비에 합장하면서 여동생 오다이에게 여생을 맡기고 있는 큐로쿠로서도 노부나가만은 수수께끼였다.

큐로쿠가 공손히 절을 하고 물러간 뒤 노부나가는 이누치요에게도 턱짓으로 물러가라는 명을 내리고 나서 날카로운 눈매로 허공의 한 점을 응시했다.

노히메는 그러는 남편을 숨죽인 채 바라보고 있었다.

남자는 미노의 아버지만이 아니라고 했다. 그리고 큐로쿠에게는 거의 한마디도 입을 열 기회를 주지 않고 의연하게 대응하여 그를 돌려보냈다. 돌려보낸 뒤.

"어때, 보았지……?"

어린아이처럼 코를 벌름거리며 자랑할 줄 알았다. 그런데 노부나가는 지금 그 예상을 뒤엎고 숨을 쉬기에도 조심스러워질 만큼 깊은 생각에 잠겨 있었다.

노히메로서는 반드시 파악하지 않으면 안 될 대상이 남편이었다.

존경하면서도 사랑할 수 있는 남편으로 파악할 것인가. 아니면 경멸하며 언젠가는 그의 잠든 목을 자를 적으로 파악할 것인가……

그러나 노부나가는 역시 파악할 수 없는 대상이었다.

세상의 소문처럼 멍청이가 아니라는 것만은 의심할 여지가 없었다. 그러나 노히메로서는 자기를 사랑하고 자기를 인정하는 남편으로 깨달은 것이라면 무의미했다.

노부나가는 무슨 생각을 했는지 갑자기 노히메를 돌아보고, 짧게 말하며 그 자리에 벌렁 드러누웠다.

"노히메, 무릎!"

노히메가 깜짝 놀라 그 머리를 자기 무릎에 얹었다.

"귀!"

다시 말했다.

"귀가 가려워, 귀지를!"

노히메가 노부나가의 귀지를 파내기 시작하는데 자기는 굵은 집게손가락을 콧구멍에 쑤셔넣고 열심히 후비면서 다시 천장을 노려보기 시작했다.

7

노히메가 잠자코 있으려니 노부나가는 자기 손톱에 붙은 코딱지를 무심히 손끝으로 뭉쳐 다다미 위로 탁 튀겼다. 그리고 다시 손가락으로 코딱지를 후벼 뭉쳐서 또 튀겼다…… 그러면서 무엇을 생각하는지 눈 하나 깜빡거리지 않았다. 노히메는 처음엔 그 불결함에 이맛살을 찌푸리고 다음에는 웃음을 터뜨렸다.

아까 타케노우치를 대했을 때의 그 고압적인 태도에 비한다면 이것은 또 얼마나 개구쟁이 같은 장난인가.

"노히메 ——"

"예."

"아버지는 처음에 노부히로를 죽여도 좋다고 하셨어."

"누구에게 말인가요?"

"셋사이 중놈에게. 그런데 도중에 타케치요와의 교환 이야기가 나오자 대번에 기세가 꺾였어."

"육친의 정이니 그것도 무리가 아니겠지요."

"응. 하지만 전엔 그런 아버지가 아니었어. 좀더 강하고, 좀더 거친 아버지였어."

"귀지는 이제 그만 팔까요?"

"아니, 아직이야…… 아버지는 요즘에 부쩍 쇠약해지신 것 같아. 돌아가실지도 몰라."

"그런 불길한 말씀을."

"바보 같은 것. 산 사람이 죽지 않고 배길 수 있단 말이야? 그러나 만일에 아버지가 돌아가시면 오다 일족이 벌떼처럼 들고 일어나 날 제거하려 들 거야."

그 말을 듣고 노히메는 깜짝 놀랐다. 노부나가가 무엇을 생각하고 있었는지 그 일단을 겨우 알 것 같았다.

"그대의 아버지나 이마가와는 누를 수 있지만, 그들에게 나란 존재
는 방심할 수 없는 상대, 일족들은 그렇게 생각할 거야."

그 말을 듣고 보니 노히메도 수긍이 갔다.

일족 중에서 노부나가의 가계家系는 결코 대단한 것이 아니었다. 다
같이 오다라는 성은 가지고 있으나 오와리의 절반만을 지배하는 오다
야마토노카미織田大和守의 세 중신 가운데 하나에 지나지 않았다. 그
것이 아버지 노부히데의 대에 이르러 갑자기 일족을 누르게 되었다.

야마토노카미 외에 키요스清洲에는 종가인 오다 히코고로 노부토모
織田彦五郎信友가 있는데, 그도 또한 노부나가의 아버지 노부히데의 압
박에 은근히 반감을 품고 기회를 노리고 있었다.

이러한 가운데 아버지 노부히데에게 만일의 경우라도 생기면 종가
는 옛 중신들을 설득하여 반드시 노부나가 타도의 기치를 올릴 터였다.

노부나가가 말한 불안은 바로 이것이었다.

"노히메."

노부나가는 갑자기 노히메의 손을 뿌리치고 일어나 앉았다.

"지금 내가 한 얘기를 절대로 남한테 발설해선 안 돼."

"예."

"나는 말이지, 그들에게 속마음을 드러내지 않아. 그러면서 남의 속
을 캐내려는……"

말하다 말고 다시 흘끗 노히메를 바라보았다.

"내 코딱지를 주웠지? 몇 개나 주웠어?"

노히메 역시 쏘는 듯한 눈으로 노부나가를 일별했다.

"몇 개나 버렸는데요?"

"여섯 개!"

"그럼, 여기 모두 주워놓았어요. 아이, 더러워라."

"뭐, 더럽다고…… 이봐!"

"예."

"그 더러운 남편이 안아주겠어, 이리 와."

"예."

"그대는 생각했던 것보다 귀엽군. 여기 누워, 이번에는 이 노부나가가 그대의 귀지를 파내줄 테니까."

8

노히메는 그가 하라는 대로 노부나가의 무릎에 머리를 맡겼다. 그리고 탄탄한 허벅지 살에 얼굴이 닿자 온몸이 뜨겁게 불타기 시작했다.

'아직 마음은 허락지 않겠다……'

이런 자부심이 어딘가에서 노히메를 떠받치고 있는데도 손과 다리가 저절로 마비되어가는 것 같았다.

노부나가는 노히메의 둥그스름한 귓불에 손을 댔다가 그대로 턱으로 미끄러뜨렸다.

"노히메 ——"

"예."

"눈을 감아. 그리고 이 노부나가의 모습을 머리에 떠올리는 거야."

'무슨 말을 하려는 것일까, 이 악동은……'

이렇게 생각하면서도 노히메는 하라는 대로 눈을 감고 노부나가의 모습을 떠올렸다.

"떠올렸어?"

"예."

"떠올렸으면, 노부나가에게 그대의 손으로 무로마치室町° 조정의 옷을 입혀봐."

"예?"

"괜찮나 입혀보라니까."

"예."

"어때, 어울려?"

노히메는 속으로 흥 하고 코웃음치면서 역시 공상으로 옷을 입혔다. 미웠으나, 머릿속에 그린 노부나가는 의젓한 군주다웠다.

"어때, 미운가?"

노부나가의 손은 어느 틈에 어깨에서 허리로 내려와 노히메를 가만히 끌어안고 있었다. 감미로운 이슬이나 젖과도 같은 정감이 부드럽게 노히메의 몸을 감쌌다. 그 느낌을 놓치기가 아쉬워 노히메는 고개를 가로저었다.

"아뇨."

"밉지 않다면 그 반대란 말인가?"

"예."

"이대에 걸쳐 섬기겠어?"

"예."

"노히메! 나도 그대를 사랑할 것 같아. 우리 사이 좋게 지낼까?"

"예."

"만약 배신하는 날에는 갈가리 찢어 뼈까지 갈아 마신 다음 토해버리겠어."

노히메는 더 이상 대답할 수 없었다.

노부나가의 뜨거운 숨결이 폭풍우처럼 격렬하게 그녀의 입술을 덮어씌웠다.

"행복한가?"

"예."

"예라는 대답으로는 모자라. 행복하다고 분명하게 말해!"

"저는…… 저는…… 행복해요."

아직 서원의 창은 밝았다. 정원에 떨어진 낙엽을 날리는 바람소리가 대화가 끊어진 방안에 퍼져나갔다.

그러나 노히메는 땀에 흠뻑 젖어, 시야 가득히 만발한 봄의 꽃들을 보고 있었다.

잠시 후 노부나가는 갑자기 노히메를 떼어놓았다.

노히메는 시집온 후 처음으로 수치심을 느끼고 흐트러진 옷깃을 여몄다.

"노히메——"

"예."

이렇게 말하는 남편에게 노히메는 문득 원망 비슷한 애착을 느끼고 당황했다.

떠나는 기러기, 돌아오는 기러기

1

대지에는 유리조각을 뿌려놓은 것처럼 서리가 내렸다. 떨어질 낙엽은 모두 떨어진 듯, 짙게 물든 감귤나무의 푸른 잎만이 아침 햇살을 받아들이고 있었다.

정면에는 아베 오쿠라阿部大藏가 어디서 가져왔는지 볏짚 멍석을 깔고 화살에 입은 팔꿈치 상처를 치료하고 있었다. 그 오른쪽에는 사카이酒井, 이시카와石川, 우에무라, 사카키바라榊原, 아마노天野 등이 엄숙한 표정으로 창을 들고 서 있고, 왼쪽에는 오쿠보 신파치로 타다토시大久保新八郎忠俊가 아들 고로에몬 타다카즈五郎右衛門忠勝, 동생 진시로 타다카즈甚四郎忠員, 타다카즈의 아들 시치로에몬 타다요七郎右衛門忠世 등 일족 10여 명을 거느리고 듬성듬성 자란 수염을 쓰다듬고 있었다.

바로 그 뒤로 이마가와 군에게 점령당한 안죠 성의 망루가 보였다.

"셋사이 선사의 속셈을 알 수가 없어."

히라이와 킨파치로平岩金八郎가 왼손으로 볶은 쌀을 씹으면서 아베 진고로阿部甚五郎에게 말했다.

"승리의 여세를 몰아 어째서 우에노 본성을 함락시키지 않았는지……"

"아니오, 아니오."

아마노 진에몬이 고개를 저었다. 그는 허리에 찬 주머니에서 볶은 콩을 꺼내 빈속을 채우고 있었다.

"오다 단죠 노부히데가 일찌감치 오와리로 철수해 있었으므로 오와리를 공격한다는 것은 수렁에 발을 들여놓는 것과 마찬가지지요. 그보다는 안죠 성을 빼앗고 일단 철수하는 것이 승리를 승리답게 하는 방법입니다."

"그러나저러나 오다 쪽에선 타케치요 님을 순순히 내줄까요?"

"글쎄요. 돌아가신 성주님께서도 똑같은 제의를 받으시고 타케치요를 마음대로 하라면서 단죠의 제안을 거절하시지 않았습니까. 거칠기로는 돌아가신 성주님 못지 않은 단죠 노부히데도 마음대로 하라고 할 가능성이 얼마든지 있지요."

"그래요, 그것이 문제요."

오쿠보 신파치로는 아들이 주는 된장을 받아 핥았다.

"마음대로 하라면 우에노 성을 짓밟고 나고야까지 공격해들어갈 생각이겠지요. 저는 우에노의 작은 성에서 일단 멈춘 것은 이런 속셈이 있어서라고 봅니다. 아직 긴장을 늦추면 안 됩니다."

그리고는 대나무 껍질에 싼 된장을 일동 앞에 내밀었다.

"우선 맛부터 보세요. 그러면 힘이 솟을 겁니다."

"고맙소."

그런 뒤 잠시 동안 창을 세우고 된장을 핥고 볶은 쌀과 콩을 먹었다.

옷차림은 이미 노부시野武士°와 비슷했다. 비록 갑옷을 입기는 했지만 그 안의 옷은 누덕누덕 기운 것이었다. 그러나 이 50여 명이 창을 꼬나들고 안쬬 성으로 쳐들어갈 때의 처절한 모습에는 총대장 셋사이 선사는 말할 것도 없고 스루가駿河 쪽의 이이 지로 나오모리井伊次郎直盛와 아마노 아키노카미 카게츠라天野安芸守景貫도 혀를 찼을 정도였다.

한결같이 타케치요를 다시 찾겠다는 비원을 가지고 있었기 때문이었으나……

더구나 스루가 쪽에서는 말단인 아시가루足輕°에 이르기까지 현미밥이 지급되었지만, 급료조차 받지 못하고 있는 오카자키 군은 각자가 알아서 식량을 마련하지 않으면 안 되었다. 이 때문에 명색이 대장인 그들은 부하의 수까지 제한하면서 말도 타지 못하고 지금까지 도보로 싸워왔다.

"된장이란 것이 이렇게 맛있는 줄은 미처 몰랐는걸. 오쿠보 휘하 군사는 넉넉한 것 같아 여간 부럽지 않아."

우에무라 신로쿠로가 이렇게 말하자 오쿠보 신파치로는 입을 크게 벌리고 웃었다.

"그 대신 된장이 없으면 된장이 떨어질 걱정도 없지. 와하하하."

이때 척후 하나가 달려왔다.

"왔어요, 왔어. 여러분, 왔습니다."

춤을 추듯 팔을 들어 성으로 향하는 큰길 쪽을 가리켰다.

2

"뭐! 왔다구?"

일동은 황급히 밥자루를 정리하고 척후가 가리키는 큰길 쪽으로 눈길을 보냈다. 과연 네 명의 아시가루를 대동한 군사軍使 하나가 말을 타고 소나무 사이를 누비면서 다가오고 있었다.

일단 후루와타리로 철수하여 오다 노부히데의 의향을 확인한 히라테 나카츠카사노타유 마사히데가 돌아오는 것이 분명했다.

"음, 마사히데로군."

"좋은 소식일까, 나쁜 소식일까?"

일동은 얼굴을 마주보고는 쿠사즈리草摺°의 먼지를 털었다.

오카자키 군 50여 명이 안죠 성 외곽을 지키고 있다는 것을 마사히데의 뇌리에 새겨주기 위해서였다.

"오늘은 내가 나서겠소. 모두들 잘 보고 계시오."

오쿠보 신파치로는 창자루로 땅을 한 번 치고 입 언저리에 묻은 된장을 손으로 문지르며 길 한가운데에 떡 버티고 섰다.

맑게 갠 하늘에 끊임없이 솔개가 날고 있었다.

오늘 히라테 마사히데는 갑옷 대신 화사한 전복戰服을 입고 툭 튀어나온 이마에 잔뜩 주름을 잡고 있었다.

"누구냐!"

신파치로는 일단 찢어질 듯 소리를 지르고 유유히 창을 들어 싸울 자세를 취했다.

"안죠 성의 정문은 우리 오카자키의 군사가 지키고 있다. 수상한 자는 개미 한 마리도 지나가지 못한다. 누구냐!"

"오오, 이거 수고가 많으십니다. 당신은 오쿠보 신파치로 타다토시 님이 아니오?"

"뭣이, 아는 체하지 마라. 나는 분명히 오쿠보 신파치로 타다토시가 맞다마는 너처럼 설익은 표주박 같은 놈은 알지 못한다."

"후후후."

히라테 마사히데는 웃었다.

"신파치로 님은 소문난 호걸인 줄 알고 있는데, 건망증이 결점이로군요."

50

"그렇다. 생각해내기도 하고 잊어버리기도 하는 게 내 버릇이다. 지금 그대가 여기서 이름을 대고 지나가도 돌아갈 때는 다시 잊어버릴지도 모른다."

"음, 그렇다면 이름을 대지 말고 지나가야겠군. 나는 그대한테는 용무가 없소. 임제종臨濟宗의 셋사이 선사를 만나러 왔으니까."

"허어."

이번에는 신파치로가 히죽 웃었다.

"우리가 여기를 지키고 있다는 것을 알면서 이름도 밝히지 않고 지나가겠다니…… 이거 재미있군! 자, 어디 지나가 보지 그래? 참고로 말하겠는데, 가슴에 바람구멍이 뚫리면 그대로 내다버리겠다."

마사히데는 탁 가슴을 쳤다.

"알겠소."

고개를 끄덕이면서 말을 이었다.

"이 설익은 표주박에게도 혈통이 있소. 가슴에 구멍이 뚫리건 말건 맡은 바 책임은 다할 것이오. 그런데도 당신네 오카자키 일당은 피끓는 혈기에 귀중한 타케치요 님의 목숨과 관계되는 이 군사에게 무례한 행동을 하겠다는 거요?"

"흥."

신파치로는 다시 창끝을 마사히데 앞으로 바짝 들이댔다.

"약간은 줏대가 있는 것 같군. 줏대가 있다는 것을 알면 무턱대고 좋아지는 게 우리 오카자키 가의 버릇이지. 그럼 좀더 두고 보기로 하겠다. 안에 들어가도 도망치게 하지는 않을 테니까."

그리고는 다시 한 번 유유하게 창을 손으로 훑고 창자루로 땅을 탁쳤다.

"들어가라!"

우렁차게 소리쳤다.

3

히라테 마사히데는 신파치로가 창을 내리자 다시 방금 전과 같은 찌푸린 얼굴로 돌아와 성문으로 들어갔다.

"알 수가 없다니까."

신파치로는 일동을 돌아보았다.

"놈은 좀처럼 뱃속을 드러내지 않는데, 길한 일일까 흉한 일일까?"

아무도 말하지 않았다. 마사히데의 그 찌푸린 얼굴이 몹시 마음에 걸렸다.

"만일 흉한 일이라면 나는 놈을 죽여 없애겠소."

진심이 아니라는 것을 모두 알고 있기 때문에 아무도 대답하는 사람이 없었다.

만일 마사히데가 인질교환에 응하지 않는다면 셋사이도 그대로 물러서지 않을 것이었다. 그러면 다시 전쟁이 벌어지고, 오카자키 군은 오와리 주력을 맞아 선봉에 서지 않을 수 없었다.

안죠 성 공격 때도 화살받이가 되었는데, 오와리로 쳐들어가 후루와타리나 나고야 성에 이르면 이 50여 명도 몇 사람 살아남지 못할 것이었다.

"자, 그 사이에 배나 채워둡시다."

아베 오쿠라가 깊은 못을 들여다보는 눈길로 밥자루를 벌리자 다른 사람들도 앉아 각자 입을 움직이기 시작했다.

담판이 결렬되면 아마도 당장 진격명령이 내릴 터였다.

병졸이 장작에 불을 지펴 낡은 냄비에 물을 끓이기 시작했다. 볶은 쌀을 먹고 난 다음 갈증을 푸는 귀중한 물인 동시에 추위를 막아주는 따뜻한 물이기도 했다.

식사가 끝났다. 일동은 다시 각자의 밥자루에 볶은 쌀과 콩을 나누어

가지고 허리에 찬 다음 신발을 꼼꼼히 점검했다.

이미 셋사이와 마사히데 사이에서 타케치요의 운명에 대한 논의가 시작되었다는 생각에 가만히 있기가 불안했다.

"자, 이제 준비는 끝났소."

"음. 이렇게 된 이상 오와리가 미노라 해도 겁낼 것 없소. 갈 데까지 가는 수밖에."

신발 점검이 끝난 뒤 이번에는 각자 잠을 자기 위해 양지 쪽에 드러 누웠다. 밤에는 추위가 심해 함부로 자다가는 얼어죽기도 했다. 미리 잠을 자는 것과 배를 채워두는 일은 누구나 다 아는 무사의 준수사항이 었다. 그들 중에서도 가장 잘 자는 사람은 역시 경험이 많은 아베 오쿠 라였다.

"영감은 정말 잘 잔다니까."

백발을 햇빛에 반짝이며 가볍게 코를 고는 노인을, 오쿠보 진시로의 아들 타다요가 부러운 듯이 바라보고 있을 때, 성에서 사람이 나왔다.

"사카이 우타노스케酒井雅樂助 님, 셋사이 선사가 부르십니다."

우타노스케는 빙긋이 웃고 일어났다.

"여러분, 낭보요."

모두가 번쩍 눈을 떴다.

"뭐, 낭보!"

우타노스케는 머리를 끄덕이고, 치밀어오르는 기쁨을 감추지 못해 다시 웃었다.

"히라테 마사히데는 아직 돌아가지 않았소. 그런데도 나를 부르는 것은 논의가 교환 쪽으로 기울었다는 증거임이 분명해요."

"그렇소!"

신파치로가 손뼉을 치고 감탄하며 벌떡 일어났다.

"그렇군."

이어서 히라이와 킨파치로도, 오쿠보 진시로도, 아마노 진에몬도 벌떡 일어나 우타노스케의 뒷모습을 보며 와아 하고 환성을 질렀다.

"조용히, 조용히들 하시오. 너무 기뻐하다가는 나중에 후회할지도 몰라요."

아베 오쿠라는 앉은 채로 손을 흔들면서 역시 두 눈에는 눈물을 떠올리고 있었다.

"와아!"

다시 누군가가 기성을 질렀다. 이번에는 완전히 사나이의 눈물을 감추는 기성이었다.

4

사카이 우타노스케가 방에 들어가자 셋사이는 빙긋이 미소를 떠올렸다. 역시 우타노스케의 추측이 옳았던 모양이다.

그는 성큼성큼 셋사이 앞으로 다가가서 히라테 마사히데에게 목례를 보냈다.

분명히 마사히데는 아까처럼 찌푸린 표정을 짓고 있을 줄 알았는데 그 역시 싱글벙글 웃고 있었다. 이러한 교섭의 내막에 관해서 오카자키 쪽에서는 아무것도 모르는 경우가 많았다. 그들은 오카자키 쪽보다는 훨씬 더 복잡한 함축성을 가지고 행동하고는 했다.

"오카자키의 원로 사카이 우타노스케 님 ―"

셋사이가 마치 오랜 친구라도 되는 것처럼 부드러운 목소리로 소개했다. 마사히데는 우타노스케가 민망할 정도로 친근한 태도를 보였다.

"고명하신 이름은 진작부터 들어 알고 있습니다. 히라테 나카츠카사 노타유 마사히데입니다. 기억해주시기 바랍니다."

정중하게 절을 했다.

"이 성에는 아마노 아키노카미 님과 이이 지로 님이 남으시겠군요."

그리고는 혼잣말처럼 덧붙였다.

"그래서 저희들도 사부로고로 노부히로 님을 다시 모셔가기로 했습니다."

'이 녀석이……'

우타노스케는 저도 모르게 웃었다. 아마노 카게츠라와 이이 나오모리에게 점령당해 할 수 없이 노부히로의 목숨을 구걸하러 온 것이 아닌가. 그러나 웃고 나서 깜짝 놀랐다. 그 다음에 내뱉은 마사히데의 말이 하나의 채찍이 되어 가슴을 사정없이 후려쳤기 때문이다.

"아울러…… 차제에 돌아가신 오카자키 님의 유아遺兒 타케치요 님 신상에 만일의 경우 무슨 일이 생겨서는 아니 되므로 여러분의 손에 돌려드리려 합니다."

셋사이는 그러는 마사히데의 말을 들었는지 못 들었는지 장지에 비친 매화나무 가지 그림자를 가늘게 뜬 눈으로 바라보고 있었다.

"어쨌거나 오다 가와 마츠다이라 가의 갈등은 오래 되었으니까요."

"그렇습니다."

"아시겠지만, 오다 문중에서는 이번 일로 젊은 무사와 그 밖의 사람들이 타케치요를 돌려보내지 말라, 타케치요를 죽이라는 목소리를 더욱 높이고 있는 형편이어서."

"으음……"

우타노스케도 그 말에 동의했다.

"오카자키 문중에서도 사부로고로 님을 그대로 내주지 말라, 도중에서 죽이라고 하는 얘기들이 나오고 있습니다."

"바로 그것입니다, 제가 우려하는 것은."

마사히데는 다시 녹아들 듯한 웃음을 떠올렸다.

"그래서 양자를 교환하는 장소 말씀인데…… 어디가 좋을까요, 귀하의 생각으로는?"

"글쎄요……"

우타노스케는 짐짓 고개를 갸웃하며 생각에 잠기는 체했다.

"타케치요 님을 이 성까지 보내주십시오. 그 다음에 사부로고로 님의 인도를 부탁하시는 것이 안전할 것 같습니다."

마사히데는 가볍게 손을 흔들고 후후후 하고 웃었다.

"우타노스케 님, 위험 부담은 반반이 되어야 할 것입니다."

"반반……이라고 하시면?"

"우리 쪽에서 사부로고로 님을 아츠타까지 보내주시도록 부탁한 뒤 타케치요 님을 인도했으면 했으나, 셋사이 선사께서 찬성하지 않으셨습니다."

우타노스케는 섬뜩한 생각이 들어 셋사이를 다시 보았다. 그는 여전히 눈을 가늘게 뜨고 장지문의 햇살을 바라보고 있었다.

'음, 이것은 깊이 생각할 문제야……'

오카자키 쪽에서는 승부에만 정신이 팔려 여기까지는 생각하고 있지 않았다. 그러나 양자간에 날카롭게 대립된 분위기를 고려하면 그 교환의 장소가 이미 큰 위험성을 내포하고 있음이 틀림없었다……

5

오다 노부히로를 아츠타까지 보내고 거기서 타케치요를 인도받는다는 생각은 하지도 못했었다. 노부히로를 넘겨준 뒤, 만일에 전쟁이라도 벌어지면 오카자키의 세력은 남김없이 오와리의 흙으로 변할 것이다. 그렇다고 여기까지 타케치요를 데려오라, 그러면 노부히로를 건네겠다고 하면 그것은 지나치게 뻔뻔스러운 처사였다.

셋사이가 자기 혼자 결정을 내리지 못하고 지리에 밝은 우타노스케를 부른 이유를 그제야 알 수 있었다.

"어떻습니까, 교환장소를 양자의 중간지점인 오타카大高로 하는 것은?"

이미 이에 대해 충분히 생각하고 온 듯한 마사히데의 말에 우타노스케는 다시 고개를 갸웃했다. 아츠타와 안죠의 중간지점이라면 분명 오타카이지만, 과연 그렇게 해도 되는 것일까?

지금까지 아무 일도 없다는 듯이 장지문의 햇빛만 바라보던 셋사이가 불쑥 말했다.

"우스운 일이야."

우타노스케는 고개를 갸웃하고 다음 말을 기다렸으나 셋사이는 후후후 웃고는 입을 다물었다.

'무엇이 우습다는 말일까……?'

셋사이의 마음에는 오타카가 별로 탐탁지 않은 모양이었다. 그런데도 우타노스케는 그 이유가 무엇인지 알 수 없었다.

"그러면 차라리 우에노로 정할까요?"

마사히데는 일단 양보했다. 이에 대해서도 충분한 검토가 있었으리라 생각하니 문득 우타노스케에게 짚이는 것이 있었다.

오타카도 우에노도 다 같이 오와리에 속했다. 승승장구하고 있는 이마가와 쪽에서 패색이 짙은 오와리까지 인질을 보낸다는 것은 우스운 이야기임이 틀림없었다. 이 사실을 깨달은 우타노스케는 자신감이 생겼다.

"우에노라면 승낙하기 어렵습니다."

"그것은 또 왜 그러죠?"

"왜냐하면……"

기세 좋게 말하다가 우타노스케는 겨우 자신을 억제했다. 상대는 패색이 짙은 상황에서 성주의 명성을 떨어뜨리지 않으려고 필사적인 줄다리기를 하고 있었다. 무사의 속성을 아는 사람이라면 이 자리에서 노골적으로 승패를 입에 올려서는 안 되었다.

"왜냐하면, 우리 오카자키에는 난폭한 무사가 많기 때문입니다."

"허어. 그 용맹성은 우리도 잘 알고 있으나, 그것이 이번 장소와 무슨 관계라도……?"

"있습니다. 난폭한 무사가 많기 때문에 오와리에 들어갔다가 만일에 원한을 품은 귀하의 무사들과 싸움이라도 벌어지면 큰일입니다."

이 말에 셋사이는 빙긋 웃었으나, 마사히데의 얼굴에는 고뇌의 기색이 역력히 떠올랐다.

상대가 이미 무엇을 깨달았는지 알고서 하는 고뇌임이 틀림없었다.

"으음, 그렇기도 하겠군요."

잠시 후 마사히데는 길게 한숨을 쉬고 나서 딱 잘라 말했다.

"미카와三河 영내의 어디로 정하면 될까요? 하지만 야하기가와矢矧川의 동쪽은 곤란합니다. 거기서는 저희들 쪽 거친 무사들이 일을 저지를지도 모르니까요."

셋사이는 어느 쪽이 좋다는 말은 않고 그저 고개만 끄덕였다.

"그럴 거요, 그럴 것이오. 그렇다면 니시노西野 정도면 좋을지 모르겠군요."

셋사이는 처음부터 이 생각을 하고 있었던 듯.

"니시노로 정합시다. 히라테 님은 어떻소?"

셋사이의 물음에 마사히데는 순간 입술을 깨물었으나, 이내 밝게 웃기 시작했다.

"일단 그 부근이라면……"

6

마사히데도 셋사이도 각각 오다와 이마가와 양가를 짊어진 사람들로 과연 예사 인물들이 아니었다. 서로 상대의 속셈을 읽으면서 급소를 찌르는 데 빈틈이 없었다.

우타노스케는 이 두 사람 앞에서 자기가 작고 초라하게 보여 견딜 수 없었다.

정직하고 외곬이며 의리에는 강했으나 정치적인 수완에서는 아직 오카자키 쪽은 이도 나지 않았을 정도로 한참이나 미숙했다.

토리이 이가노카미 타다요시鳥居伊賀守忠吉가 겨우 그러한 거래에 깊은 생각을 피력했을 뿐, 이시카와 아키도 자신도 어린아이와 같았다.

과연 두 사람 사이에 우타노스케로서는 이해하기 어려운 대화가 다시 이어지고 있었다.

"그러면 니시노의 카사데라笠寺로 할까요?"

셋사이의 말에 마사히데는 고개를 끄덕였다.

"카사데라는 조동종曹洞宗의 사찰이라 알고 있습니다마는."

"그래요. 나하고는 종파가 다르지만 거절은 하지 않을 것입니다."

"알겠습니다. 그러면 이 성에서 사부로고로 노부히로 님을 카사데라까지 호송할 사람은 누구인가요?"

"글쎄요……"

셋사이는 부드럽게 우타노스케를 돌아보며 미소지었다.

"그것은 역시 타케치요 님을 아츠타에서 호송할 인물에 따라 달라지겠지요."

아무래도 우타노스케를 부른 진의는 여기에 있는 것 같았다.

우타노스케는 잔뜩 긴장했다. 과연 그 인선은 어렵다. 만일 노부히로를 호송할 인물이 상대에게 거부당하면 그야말로 큰일이었다. 노부히로를 건네고 나서 전쟁이 벌어질 우려는 없었다. 그러나 그 태도나 응대가 비굴하면 타케치요를 욕되게 할 뿐만 아니라 셋사이도 이마가 와 일족의 체면을 손상시키는 결과가 될 것이었다. 그리고 뻣뻣한 태도 일 때는 오다 쪽을 자극하여 유쾌하지 못한 분란을 일으킬 위험성이 있 었다.

"그렇소."

우타노스케는 소리를 낮추었다.

"이것은 오다 쪽 인선을 여쭙고 나서 생각하는 것이 도리라고 생각 합니다."

히라테 마사히데는 휴 하고 가만히 한숨을 쉬었다. 그 역시 적의 인 물을 확인한 뒤에 노부히로에게 수치를 주지 않을 인물을 딸리게 할 생 각이었음이 틀림없다.

"저의 복안을 말씀 드리지요. 타케치요 님을 호송할 우리 쪽 사람으 로는 오다 겐바노죠 노부히라織田玄蕃允信平와 오다 카게유사에몬 노 부나리織田勘解由左衛門信業가 어떨까 합니다."

우타노스케는 다시 셋사이를 흘끗 바라보았다. 이 두 사람은 모두 오 다 일족 중에서 지위와 용맹으로 알려진 중진이었다.

히라테 마사히데는 이러한 사람들을 딸리게 함으로써 오와리 쪽의 패색을 인질교환을 통해 압도하려 하는 것이 분명했다.

이 두 사람에 대해 문무와 식견에서 뒤지지 않을 인물이 오카자키 쪽 에 과연 있을까? 만일 상대가 무슨 말을 걸어왔을 때 얼굴을 붉히는 일 이라도 발생한다면……

"누구로 하겠소? 타케치요 님을 맞이하는 것이므로 당연히 타케치 요 가문에서 택하는 것이 좋을 텐데요."

셋사이는 이렇게 말하고 긴 눈썹 밑으로 비로소 우타노스케를 바라 보았다.

우타노스케는 등에 식은땀이 흐르는 것을 느꼈다. 오직 한 사람, 그들에 비해 결코 뒤지지 않을 것으로 생각되는 토리이 타다요시 영감은 전쟁이 끝나자 곧장 오카자키로 돌아가 조세징수를 담당하고 있었다.

우타노스케는 눈을 감고 깊이 숨을 들이마셨다.

"그러시면⋯⋯"

7

이번에는 마사히데가 재촉했다.

"오카자키에서는 어느 분을 추천하시겠습니까?"

노부히로는 어쨌든 단죠 노부히데의 장남이었다. 그런데 이름도 없는 하급무사를 딸린다면 당연히 마사히데의 면목이 서지 않을 터였다.

"그러면⋯⋯ 그 일은 이 사람이⋯⋯"

말하려던 우타노스케에게 한 가지 생각이 퍼뜩 떠올랐다. 장소가 카사데라의 객실이라면 의복만 해도 걱정이었다. 상대는 어디까지나 당당한 차림으로 나타날 것이 틀림없었다. 그렇다면 여기서는 차라리 상대의 의표를 찌를 인물을 보내는 것이 상책 아닐까.

"사부로고로 님을 무사히 인도할 때까지는 벌레 한 마리도 얼씬거리지 못하게 해야 할 것이므로, 우리는 오쿠보 신파치로 타다토시가 적임자라 생각합니다."

"아니, 오쿠보 님을⋯⋯"

아니나다를까 마사히데의 표정이 어두워졌다. 방금 전에 마사히데에게 창을 들이댔던 신파치로의 사나운 모습을 떠올렸을 것임이 틀림없었다.

"오쿠보 신파치로는 곤란하다는 말씀입니까?"

"아니, 곤란한 것은 아니지만, 오쿠보 님의 일족과는 두 차례에 걸친 아즈키자카小豆坂 전투가 있었으므로 오다 쪽에서도 원한을 품은 사람이 있을 것이니……"

"그러기에 신파치로가 적임자라 생각합니다."

우타노스케는 천천히 무릎걸음으로 나아갔다.

"그 신파치로가 원한을 잊고 사부로고로 님을 정중히 전송한다면 양가 화합을 위해서라도 더 없이 좋은 일이라 생각합니다."

셋사이가 무릎을 탁 쳤다.

"그렇군요."

마사히데의 눈썹이 꿈틀 움직였다. 그리고 조금 전의 어색해하던 태도를 싹 바꾸어 그 자리를 얼버무렸다.

"오쿠보 님이라면 우리로서도 가장 안심할 수 있는 분…… 그렇습니다, 그렇고 말고요."

"그러면 날짜를."

셋사이가 다음 이야기로 말을 돌리자 마사히데는 서슴없이 잘라 말했다.

"내일, 즉 십일 오시午時(오전 12시 무렵) ──"

"결정됐소!"

셋사이는 다시 무릎을 쳤다.

"그렇게 알고 준비하시오."

우타노스케는 절을 하고 자리를 떴다.

오쿠보 신파치로는 철저한 무골武骨. 고인이 된 성주 히로타다가 오카자키 성에 돌아올 때도 반反히로타다 파인 마츠다이라 노부사다松平信定 등에게 몇 차례나 청원서를 써주면서 큰소리를 쳤던 사나이였다.

"주군을 위해서라면 이 신파치로는 신불이라도 얼마든지 속여넘기겠소."

그런 만큼 풍류 따위는 알지도 못하고 통하지도 않았다. 또 열등감을 가졌을 리도 없었다. 할말은 끝까지 하고, 역할을 훌륭히 해낼 수 있는 사나이…… 하지만 이 신파치로 타다토시가 과연 그 일을 흔쾌히 받아들일 것인가. 우타노스케로서는 그것이 적잖이 걱정되었다.

과연 ─

고대하던 일동에게 10일 오시에 인질을 교환하게 되었다는 사유를 설명하고 마음먹은 대로 말했다.

"우리 쪽에서 노부히로를 호송할 역할은 오쿠보 신파치로, 그대에게 맡기겠소."

이렇게 말하자 그는 즉시 고개를 좌우로 흔들었다.

"사양하겠소. 당치도 않아요!"

"왜 그렇게 냉정하오, 어째서 사양한단 말이오?"

"도중에 기분이 상하면 나는 노부히로 놈을 한칼에 베어 죽이게 될지도 몰라요. 그러면 난처할 것 아니오? 그러니 당신이 가시오, 당신이 좋겠소."

신파치로는 입을 크게 벌리고 웃어댔다.

8

우타노스케는 아무렇지도 않다는 표정으로 잠시 신파치로를 바라보고 있었다. 좀 전의 회담에서는 주눅이 들었던 우타노스케도 문중의 인물을 다루는 데는 자신이 있었다.

"신파치로 님."

"왜요?"

"그대는 대관절 몇 살이오?"

"그것 참 묘한 것을 묻는군요. 나는 아직 이십대 젊은이에 못잖은 기개를 가지고 싸우고 있소."

"그대도 이젠 사십대가 지나 오십줄을 바라보고 있소. 그렇다면 그 나이에 맞는 생각이 있어야 할 것 아니겠소?"

"하하하, 나한테 노부히로의 호송을 떠맡기려는 모양이지만 난 절대로 못하겠소."

"그렇다면 굳이 부탁하진 않겠소. 하지만 그대는 갈 길만 알지 돌아오는 길은 모르는 것 같소. 물론 갈 때는 노부히로의 호송이지만 돌아올 때는 타케치요 님을 모시고 오는 거요. 나는 말이오, 돌아가신 성주님을 오카자키 성으로 모셔온 그대에게 이번에도 타케치요 님을 모시게 하는 것이 그대 가문의 용맹에 보답하는 길이라 생각되어 부탁하려는 거요."

"그건……"

신파치로는 목소리를 낮추었다.

우타노스케는 손을 들어 그의 말을 막았다.

"여러분, 어떻게 생각하십니까, 이 우타노스케의 계획을?"

물론 반대하는 사람이 있을 리 없었다.

"그건……"

신파치로는 다시 고개를 숙이고 우타노스케에게 다가갔다.

신파치로가 신경쓰고 있는 것 역시 자신의 무식이고 처세에 능숙하지 못한 태도였다. 만일 상대에게 눌려 인질인 타케치요에게 누를 끼치면 어쩌나 하는 마음이었다.

"여러분, 모두 나더러 그 일을 맡으라고 하는 것입니까?"

우타노스케는 고개를 끄덕였다.

"그럼, 만일에 이 신파치로가 참을성이 없어서 오다 쪽 가신을 응징해도 두말하지 않겠습니까?"

"맡긴 이상 누가 그러겠소?"

신파치로는 이때 비로소 길게 숨을 내쉬면서 일족을 둘러보았다.

"알겠소, 내가 맡지요. 장소가 니시노라면 같이 갈 사람은 전혀 필요치 않아요."

"아니, 필요치 않다니?"

"그래요. 나말고 두 사람, 아들 고로에몬 타다카츠(뒷날의 신파치로新八郎)와 조카 시치로에몬 타다요 두 사람만 데려가겠소. 진시로도 이의는 없겠지?"

진시로는 타다요의 아버지이자 신파치로의 동생이었다.

"이의는 없어요. 하지만 세 사람만 가면 타케치요 님을 모시기에는 너무 초라해 보이지 않을까요?"

"바보 같은 소리!"

신파치로는 동생을 꾸짖었다.

"미카와는 우리의 영내, 영내는 성안과 같아. 성안이라면 비록 혼자 걷는다 해도 조금도 위신이 떨어지지 않아. 그럼 고로에몬, 시치로에몬, 떠나도록 하자."

우타노스케는 자신도 모르게 회심의 미소를 떠올렸다. 그가 상상했던 대로 신파치로 타다토시는 아무 계책도 없이 무장한 채로 떠날 모양이었다.

"이대로 갑니까?"

아들 고로에몬이 묻자 신파치로는 그 역시 호되게 꾸짖었다.

"멍청이 같은 놈, 우리는 도둑맞은 사람을 찾으러 도둑의 자식을 끌고 가는 거야. 예복차림으로 갈 줄 알았느냐? 그 마음을 잊고 기가 죽는다면 너희 둘 다 이 신파치로가 단칼에 베어버리겠다."

이렇게 소리지르고 그대로 성안으로 들어갔다. 울에 갇힌 오다 노부히로를 결정이 내려진 대로 즉시 호송해야 한다——그런 불 같은 성미를 가진 신파치로였다.

9

신파치로 타다토시는 원래부터 오쿠보란 성을 갖고 있지는 않았다. 그의 소년시절까지는 대대로 우츠宇津라 불렸는데, 신파치로 타다토시의 대에 이르러 오쿠보大窪로 바꾸고 다시 오쿠보大久保로 고쳤다.

그가 소년일 때 에치젠越前의 무예가武藝家 오쿠보 토고로大窪藤五郎가 오카자키에 머물러 있을 때였다. 그는 신파치로의 무용을 칭찬하며 말했다.

"내 성을 물려줄 자가 있다면 그건 신파치로일 뿐."

이 말이 그를 몹시 감동시켰다.

"그렇다면 오쿠보로."

그래서 얼른 성을 바꾸었다고 했다. 그는 이처럼 맑은 물과 같은 면이 있는 반면, 일단 어떤 일을 결심하면 곁눈질도 하지 않는 강인한 성품이었다.

신파치로는 그 즉시 아들과 조카를 데리고 노부히로가 갇혀 있는 별채로 갔다.

"지금부터 이 오쿠보 신파치로 타다토시가 명령에 따라 오다 사부로고로를 감시하겠다."

쩌렁쩌렁 울리는 소리를 듣고 옥졸이 정중히 절하고 사라졌다.

신파치로는 울타리 안으로 들어갔다. 그리고 굳게 닫힌 측간 옆의 작은 창 쪽으로 다가갔다.

"오다의 아들놈아, 내일 아침 일찍 길을 떠나야 하니 준비하여라."

안쪽을 들여다보면서 말을 걸었다. 안에서 창을 향해 걸어오는 발소리가 들렸다. 스르르 장지문을 연 것은 셋사이의 배려로 특별히 노부히로를 돌보게 한 두 시녀 중의 하나였다. 신파치로는 그 여자의 어깨 너머로 노부히로를 들여다보았다.

노부히로는 방 한가운데에 단정히 앉아 있었다. 얼굴도 입술도 백지장처럼 하얗고 초췌했으나 그 눈은 빛나고 있었다. 그렇다고는 하지만 그것도 대단한 광채는 아니었다.

"그대가 오쿠보 타다토시인가?"

묻는 순간 눈꺼풀이 꿈틀거렸다. 이목구비를 비롯해 얼굴 모습은 노부나가와 몹시 비슷했다. 그러나 그의 풍모는 전체적으로 동생에 비해 좀더 품위는 있었지만 장부의 기상은 느낄 수 없었다. 아마 그 가슴속에서 숨쉬는 배포는 더욱 작을 터였다.

"뭐라 했는지 잘 안 들린다. 좀더 남자답게 큰소리로 말해라."

신파치로는 일부러 귀에 손을 대고 말했다.

"그대가 오쿠보 타다토시인가?"

"그렇다."

"길떠난다고 하는 걸 보니 인질교환이 이루어질 모양이군."

"나는 모른다, 그런 것은."

"행선지는 알고 있겠지. 어디까지냐?"

"그것도 몰라. 가보면 알게 될 것이다."

노부히로는 주먹을 마구 떨면서 고개를 떨구었다.

"특별히 준비할 것도 없겠지만 잘 기억해두어라. 내일 아침에 출발이다."

이렇게 말하고 신파치로는 창가에서 사라졌다.

아들 타다카츠와 조카 타다요는 그 방약무인한 신파치로의 태도에 어이가 없어 서로 얼굴을 마주보고 있었다.

"타다요, 너는 이이 지로 님에게 가서 말 네 필을 빌려오너라. 우리

넷이 니시노까지 타고 갈 말이다. 명마는 필요치 않아."

"아버님."

타다카츠가 옆에서 끼여들었다.

"노부히로 님만은 가마로 가는 것이⋯⋯"

"뭣이!"

신파치로는 물어뜯을 듯한 눈으로 쏘아붙였다.

"너하고 타다요가 메고 가겠거든 가마로 해라."

타다요는 싱긋 웃고 그대로 말을 빌리러 달려갔다.

10

당시 사원은 얼마 되지 않는 난세의 완충지대였다. 세속에서 위태로운 기반을 겨우 유지하고 있었다.

오늘 카사데라는 그 습관에 따라 오다와 이마가와 양가가 무기를 버리고 서로 만나는 장소로 선택되었다. 산문을 들어서면 양쪽에 장막이 쳐져 있고, 이것이 겨울 바람에 펄럭이고 있었다.

산문 앞에는 양가 무사와 마을사람들이 호기심 가득한 눈을 빛내며 늘어서 있었다.

오카자키의 어린 성주 마츠다이라 타케치요와 오다 가문의 맏아들인 안죠 성주 노부히로의 교환이라는, 백성들로서는 생각지도 못했던 다이묘들의 비극적인 무대를 구경하기 위해 모여서서 이야기들을 하고 있었다.

"타케치요 님은 이제 여덟 살난 어린아이라는군."

"도대체 어떤 모습으로 나타날까?"

"오다 노부히로 님은 이미 열여덟, 아주 멋지게 생겼을 거야."

일단 산문에 들어서면 그들의 눈에는 보이지 않는다. 양자의 도착과 출발을 지켜보고, 다이묘의 생활에도 역시 '고통'이 있다는 것을 직접 확인하며 자신을 위로하고 싶었으리라.

점점 더 사람들의 수가 불어났다. 저마다 갖가지 상상의 날개를 펴면서 이윽고 사시巳時(오전 10시)가 지났을 때였다.

"길을 비켜라. 비키지 않으면 다친다!"

크게 외쳐대는 소리에 이어 동쪽 가도에서 흙먼지를 일으키며 달려온 것은 말을 탄 네 명의 무사들. 사람들은 와아 소리를 지르며 길을 열었다.

맨 앞에서 달려오는 것은 견고한 갑옷으로 몸을 감싸고 머리띠를 질끈 동여맨 머리카락을 휘날리는 늠름한 무사. 손에는 창을 꼬나들고 입을 크게 벌려 고함치면서 때때로 창을 머리 위에서 휘두르고는 했다.

그 다음 무사는 아직 젊었다. 그만은 갑옷을 입었으면서도 칼도 창도 갖고 있지 않았다. 그 뒤로 스물두셋은 된 강인해 보이는 젊은 무사 두 사람이 약간의 간격을 두고 따라오고 있었다. 그 두 사람은 얼음과 같이 날카로운 창을 오른쪽 옆구리에 바싹 끼고 있었다.

"선발대야, 안죠 성에서 오는 선발대야."

"그러나저러나 정말 씩씩하군. 대관절 맨 앞의 무사는 누구일까?"

사람들이 길을 비키면서 저마다 한마디씩 하고 있을 때.

"멈춰라."

산문 앞에서 선두 무사가 느닷없이 말머리를 돌렸다. 내리기 위해서가 아닌 듯, 그는 말을 교묘히 조종하여 크게 원을 그렸다.

다음 세 사람도 그를 따라 똑같이 했다.

맨 앞의 무사는 다시 창을 휘두르며 산문 안을 향해 외쳤다.

"먼저 도착한 이마가와, 오다 양가 사람들에게 고한다. 마츠다이라 타케치요 님의 부하 오쿠보 신파치로 타다토시가 오다 사부로고로 노부히로를 호송하여 방금 도착했다. 곧바로 산문을 통과하겠다!"

사람들이 깜짝 놀라 노부히로와 신파치로를 번갈아 바라보았다. 신파치로는 그때야 비로소 말에서 내려 불 같은 눈으로 주위를 둘러보고, 노부히로에게 턱짓을 했다.

"들어가!"

노부히로는 땀을 뻘뻘 흘리며 잠자코 말에서 내려, 잠시 비틀거리다가 겨우 고삐에 의지하여 숨을 돌렸다.

사람들은 말 없이 조용하기만 했다.

"들어가!"

신파치로는 다시 소리질렀다.

11

순간 노부히로는 고삐를 놓을까 하고 망설이는 모양이었다. 산문 안으로 말을 끌고 들어가도 될 것인가를 생각하는 듯했다.

그 모습에 사람들 속에서 한 병졸이 걸어나와 노부히로의 손에서 고삐를 받았다. 오다 쪽 하급무사임이 틀림없었다.

신파치로는 흘끔 바라보았으나 아무 말도 하지 않았다.

그는 말을 끌고는 노부히로의 뒤를 따라 오만하게 가슴을 떡 펴고 문으로 들어갔다.

슬그머니 사람들의 웅성거림이 되살아났다. 아마도 그들이 상상했던 것과는 다른 모습으로 도착했기 때문인 듯.

이때 서쪽 가로에서 또 한 사람이 말을 타고 나타났다. 그는 하인 하나를 데리고 있었다.

"아니, 갑옷을 입지 않았군."

"마치 놀이라도 나온 사람 같아."

사람들이 고개를 갸웃거리며 의아하게 생각한 것도 당연한 일이었다. 고삐를 쥔 하인은 먼길을 걷는 사람처럼 단단히 준비를 하고 긴칼을 메고 있었으나 말에 탄 인물은 화려한 비단옷을 입은, 그림으로 그려놓은 듯한 젊은이였다.

"설마 저 사람이 마츠다이라 타케치요 님은……"

"당연하지. 타케치요 님은 아직 여덟 살에 지나지 않아. 역시 선발대일 거야."

사람들이 웅성거리는 가운데 말을 탄 젊은이는 시원하게 생긴 눈으로 유유히 주위를 둘러보면서 다가오고 있었다.

훌륭한 옷차림으로 보아 신분이 낮은 사람 같지는 않았으나 아무도 그 인물을 아는 사람이 없었다.

오다 일족의 배후——정확히 말하자면 노부나가의 배후에 있으면서 종종 모습을 나타내는 쿠마의 젊은 도령 타케노우치 나미타로竹之內波太郞였다.

나미타로는 산문 앞에서 말을 내려 하카마袴°의 주름을 펴면서, 혼자 중얼거리듯 말했다.

"아츠타에서 곧 객인客人이 도착하신다."

그리고는 그대로 군중 속의 한 사람이 되었다.

"뭐야…… 저 사람도 구경꾼이란 말인가?"

"그런 모양이지. 그런데 어디 성주일까?"

이와 같은 의아심도 사람들의 눈길과 함께 곧 이어 노상에 모습을 나타낸 타케치요를 호송하는 행렬로 옮겨갔다.

행렬 맨 앞에 창을 든 무사, 그 뒤에 노바카마野袴° 차림의 무사 하나가 말을 타고 있었다. 이어서 가마가 두 채.

가마 뒤에 타케치요의 장난감과 일용품들이 들어 있는 궤짝이 따르고, 다시 그 뒤에 시동이 고삐를 잡은 말 한 필. 이 말에는 아무도 타고 있지 않았다.

그 말은 노부나가가 타케치요에게 선사한, 이마에 하얀 초승달 모양의 반점이 있는 밤색 말이었다.

마지막으로 다시 한 필, 여기에는 훌륭하게 차려입은 무사가 타고 총지휘를 하고 있었다.

산문 앞에 이르러 말을 탄 무사가 소리쳤다. 그러나 자기 이름은 대지 않았다.

"마츠다이라 타케치요 님 도착!"

그 말이 떨어지기가 바쁘게 후닥닥 달려나오는 자가 있었다.

"앗!"

사람들은 소리지르면서 저도 모르게 숨을 죽였다. 가마 앞에 넓죽 꿇어엎드린 인물은, 조금 전에 오다 노부히로의 등을 떼밀듯이 하며 절 안으로 몰아넣은 오쿠보 신파치로 타다토시였다.

12

오쿠보 신파치로는 온몸으로 꿇어엎드리는 것과 동시에 큰소리로 부르짖었다.

"타케치요 님! 어린 성주님!"

그 소리에 놀라 가마가 멈추었다.

"오쿠보 영감입니다. 가마 문을 열고 말씀해주십시오!"

사람들의 눈이 휘둥그레져 있는 가운데 가마의 문이 안에서 열렸다.

그리고 아주 태평스러워 보이는 둥근 얼굴이 나타났다. 옷차림도 노부나가가 새로 마련해준 듯 흰 비단 나들이옷에 접시꽃 문장이 새겨져 있었다.

"오쿠보로군."

작은 입술이 움직였다.

"예…… 예…… 옛!"

신파치로는 1년 반 만에 대하는 타케치요를 노려보듯이 하며 몸만 땅에 엎드렸다.

"타케치요 님! 우리는 이겼습니다. 안 계시는 동안 마음을 합쳐 누구에게도…… 누구에게도…… 지지 않았습니다."

이렇게 말하는 신파치로의 얼굴이 점점 더 일그러지더니 이윽고 눈물이 온통 얼굴을 덮었다.

타케치요의 눈이 무엇을 깨달았는지 번쩍 크게 뜨이더니 찌를 듯이 신파치로를 바라보았다.

"많이 자라셨습니다…… 장성하셨습니다……"

"……"

"이제 마츠다이라 가문은 만만세입니다……"

"오쿠보."

"예!"

"눈물을 닦아."

"예…… 예."

"대장부는 울지 않는 법이야."

"예…… 예…… 예."

"노부나가 님에게 말을 선사받았어. 그대가 끌고 가도록."

"노부나가 님에게……?"

타케치요는 고개를 끄덕이고 가마의 문을 탁 닫았다.

말을 탄 무사는 이미 두 사람 모두 말에서 내려 있었다. 가마가 움직였다. 그리고 곧장 산문 안으로 들어갔다.

"바로 이 말입니다."

타케치요의 말을 끌고 온 아시가루가 아직 땅에 끓은 채 망연해 있는 신파치로에게 고삐를 내밀었다.

신파치로는 그것을 낚아채듯 받아들고 주위를 일단 둘러보고는 일어나서 말과 같이 산문 안으로 사라져갔다.

보고 있던 사람들은 길게 숨을 몰아쉬고 다시 자기들이 상상한 것을 수군거렸다.

"으음…… 뻔한 일이야."

"뭐가?"

"뭐라니, 오다 쪽에서 진 거야."

"지다니?"

"졌기 때문에 오다 노부히로 님은 그런 푸대접을 받고도 가만히 있는 거지."

"하긴 그래. 과연 이긴 쪽과 진 쪽은……"

이런 대화를 사람들 속의 일원이 된 타케노우치 나미타로는 잔잔한 표정으로 듣고 있었다.

13

인질교환은 절의 객실에서 표면상 무사히 끝났다.

오다 노부히로를 넘겨받으러 온 겐바노죠 노부히라와 카게유사에몬 노부나리는 모두 감정이 없는 사람인 양 조용했으나, 오쿠보 신파치로는 끝까지 기고만장했다.

노부히라가 계절에 대해 인사말을 하면 뻔한 말이라는 듯 쏘아붙이기도 했다.

"겨울에는 춥게 마련이오."

타케치요가 많이 자랐다고 하면 고개를 꼬고 대답도 하지 않았다.

교환이 끝나고 각자 카사데라에서 귀환할 때가 되어 사정은 크게 바뀌었다.

오다 쪽에서는 타케치요를 태우고 온 가마에 노부히로를 태우고 행렬다운 모양새를 갖추고 돌아갈 수 있었는데, 마츠다이라 쪽에서는 타케치요가 노부나가에게 받은 말 한 필뿐이었다.

이때에도 타케치요 일행이 먼저 출발했다.

신파치로의 조카 타다요가 타케치요의 말고삐를 쥐고 아들 타다카츠가 앞장을 섰다. 신파치로는 가마 뒤를 따라 절을 나왔다.

행렬이 너무 초라했다. 사람들은 멋대로 비평하기 시작했다. 이때 오다 쪽에서 무사 7, 8명을 보내 경호해주겠노라고 했다.

나미타로는 사람들 속에 섞여 이러한 진행과정을 싱글벙글 웃으며 지켜보고 있었다.

타케치요를 호위해주겠다는 것은 물론 구실에 지나지 않고, 사실은 자기들에게 수치를 준 신파치로를 무사히 돌려보내지 않겠다는 속셈인 듯했다. 신파치로가 이것을 과연 어떻게 처리할 것인지.

"미안하오. 그럼 부탁하겠소."

대뜸 승낙하는 바람에 제의한 노부나리가 도리어 의아하게 생각했을 정도였다.

"여기는 미카와의 땅이므로 전방에는 위험이 없소. 그러니 후방을 잘 부탁하오."

'눈치채고 있구나……'

나미타로는 간파했으나, 오다 쪽 무사들은 서로 얼굴을 마주보고 그대로 신파치로의 뒤를 따랐다.

맨 앞은 타다카츠, 이어서 타케치요. 그리고 다음에는 타다요가 타고 온 말에 아마노 산노스케가 타고, 아베 토쿠치요는 걸었다. 이들과 조금 떨어져서 신파치로, 다시 그 뒤에는 오다 쪽 무사 8명.

타케치요와 산노스케三之助, 토쿠치요德千代 등이 없었다면 용맹한 오쿠보 쪽 세 사람만으로도 충분히 오다 쪽 8명에 대항할 수 있었다. 그러나 어린 세 아이들이 있었기 때문에, 만일 싸움이 벌어진다면 어느 편이 이길지 알 수 없는 형편이었다.

"자네들 공연히 고생을 사서 하는군."

절의 객실에서는 그토록 무뚝뚝하던 신파치로가 일부러 걸음을 늦추듯이 하면서 오다 쪽 무사에게 야유하기 시작한 것은 길에서 사람들의 모습이 사라진 뒤의 일이었다.

오다 쪽 무사는 대답하지 않았다.

사찰 참배를 위해 닦아놓은 반듯한 길을 벗어나자 잎 떨어진 오리나무에 까마귀가 떼를 지어 잿빛 하늘 가득히 불길한 소리로 울어대고 있었다.

그 밑에서 행렬은 오카자키로 향하는 길로 접어들었다. 아직 셋사이가 안죠 성에 있는데도 그곳을 그냥 지나쳐 세상을 뜬 히로타다의 성으로 맞아들이려고 했다. 이 역시 오쿠보 쪽의 독단적인 결정이었다.

이윽고 일행의 눈앞에 야하기가와의 물줄기가 떠올랐다.

그 강을 건너면 이미 오카자키에 도착한 것이나 다름없었다. 이에 신파치로는 천천히 말에서 내려 오다 쪽을 돌아보았다.

14

신파치로가 말에서 내렸기 때문에 무사들의 발도 자연스럽게 멈추어졌다. 미리 의논했던 모양인지 신파치로의 아들과 조카는 신파치로 혼자 남기고 상류 쪽을 향해 강기슭을 거슬러올라갔다.

물론 다리까지 걸어가지는 않을 것이다. 그렇다면 어딘가에 나룻배라도 숨겨놓았을 것이 분명했다.

신파치로는 다른 사람들을 무시하기라도 하듯 말에서 내려 유유히 수면을 바라보며 오줌을 눴다.

"여러분, 수고가 많았소."

부르르 하반신을 떨어 마지막 오줌 한 방울을 떨어뜨린 뒤 천천히 창을 땅에 세웠다.

"돌아가거든 고맙다는 말을 전해주시오."

무사들은 서로 얼굴을 마주보았다. 그리고 물러가는 대신 빙 둘러 작게 원을 그렸다.

신파치로는 그 원 안에 갇혀 히죽 웃었다. 그들이 타케치요를 뒤쫓으려 하지 않는 것이 신파치로에게는 고마웠다. 원한은 타케치요에게는 미치지 않고 신파치로 한 사람에게 집중되어 있었다.

"이대로는 돌아갈 수 없다는 말인가?"

"물론 그렇다."

무사 하나가 한 발짝 걸어나와 창끝을 쳐들었다.

"굳이 이름은 밝히지 않겠다. 그럴 필요도 없을 것이다. 너는 임무를 훌륭히 완수했어."

"하하하……"

신파치로는 웃었다. 웃으면서 눈물이 나와 견딜 수 없었다.

성은 이마가와의 손에 들어가고, 그 후 운명도 비가 될지 바람이 될지 모를 고아의 가신이었다. 그 가신이 유랑의 비탄을 여덟 살의 타케치요가 맛보지 않게 하려고 감히 토해낸 폭언이었다.

그것을 상대는 '훌륭히 임무를 완수했다'고 했다.

이 말을 순진하게 기뻐할 정도로 그의 마음에는 티없는 동심이 살아 있었다.

"하하하…… 잘 알겠다. 이대로 돌아가면 너희들은 체면이 서지 않을 것이다. 그러니 마음대로 하여라."

이번에는 상대의 창이 일제히 들렸다. 동시에 모두 한 걸음씩 물러나 원이 저절로 넓어졌다.

"덤비겠다면 —"

신파치로 역시 창을 가슴 위로 들어올렸다.

"전력을 다해 상대하는 것이 예의일 테지."

"닥쳐, 건방지다!"

"뭐, 건방지다구? 누가 지껄였어? 앞으로 나와라. 그놈부터 먼저 상대하겠다."

"나다!"

한 무사가 창을 꼬나들고 앞으로 나왔다.

"용감한 놈."

신파치로는 어깨를 들먹였다.

"하지만 그런 어설픈 자세로 이 신파치로를 이길 수 있다고 생각하느냐?"

"닥쳐, 승패는 내가 알 바 아니다."

"허어, 이 세상에 승패가 없는 싸움도 있더냐?"

"있기에 창을 겨누었지 않느냐? 치욕을 당하고는 이대로 돌아갈 수 없다. 잔소리 말고 어서 덤벼라."

"으음. 그럼, 질 것을 각오하고 싸우겠다는 것이로구나. 하긴…… 그럴 수도 있겠지. 그럼, 에잇!"

신파치로의 기합소리가 얼어붙은 겨울 공기를 가르는 순간 상대는 앗 하고 눈을 감았다. 쑥 하고 가슴을 뚫고 들어올 뜨거운 쇠의 충격을 예상하면서……

15

전쟁으로 날이 밝고 전쟁으로 날이 지는 신파치로의 생애 중에서도 이런 일은 일찍이 없었다. 눈을 감은 상대의 얼굴이 가엾기도 하고 애처롭기도 하여 무어라 말할 수 없는 감회가 그의 가슴을 짓눌렀다.

물론 마음만 먹으면 대번에 찔러 죽일 수 있을 뿐 아니라, 다음의 적에 대해 공격자세를 취할 여유도 충분히 있었다. 그러나 무언가가 그를 꼭 붙들어 움직이지 못하게 했다.

아니나다를까 젊은이는 눈을 뜨고 창을 움직이면서, 믿을 수 없다는 듯한 표정을 얼굴 가득히 떠올렸다.

"그만두겠다."

신파치로가 말했다.

"너희들과는 싸우지 않겠다."

"비겁한 놈! 네가 그만두더라도 이쪽에선 창을 거두지 않겠다."

"알고 있다. 나도 오쿠보의 수령이야, 알고 있어."

무슨 생각을 했는지 신파치로는 창을 홱 던졌다. 그리고 땅에 그냥 책상다리를 하고 앉았다.

"나는 지금 문득 인생이란 걸 깨달았다. 인간의 일생이란 슬픈 아집 我執이란 것을 알았지. 나는 오늘 나를 위해 그 아집을 관철시켰다. 그 때문에 너희들은 체면이 짓밟혔어. 좋아, 마음대로 찔러라, 어서 내 목을 베어가라."

에워쌌던 무사들이 서로 얼굴을 마주보고 다시 한 걸음 물러났을 정도로 그것은 솔직한 술회였고 또한 태도였다.

"단 하나, 나는 너희들에게 아무 원한도 없다는 것만은 기억하기 바란다. 나에게는 타케치요 님에 대한 충성밖에는 아무것도 없다. 그 타케치요 님을 무사히 돌려받을 수 있었어. 그것만으로도 만족하고 지옥에 가겠다. 자, 어서 찔러라."

"알았다!"

한 무사가 말했다.

이번에는 신파치로가 눈을 감았다. 약한 햇살을 받아 자못 한가로워 보이는 야인野人의 얼굴이 황야를 장식하는 꽃처럼 비쳤다.

"각오해라."

외쳤다. 순간 싸늘한 공기가 스쳐갔다.

'이것이 마지막인가……'

생각했을 때, 창은 신파치로 오른쪽에 있는 작은 돌을 냅다 찔렀다.

신파치로는 깜짝 놀라 눈을 떴다.

지금 창을 내지른 사람의 위치에 화려한 채색그림에서나 볼 수 있는 젊은 사나이가 강한 빛을 발하고 서 있었다.

"누구냐, 너는?"

신파치로가 소리쳤다.

"모처럼의 아집 싸움, 방해하지 마라."

상대는 희미하게 웃었다. 웃기는 했으나 신파치로를 보려고는 하지 않고, 8명의 무사를 향해 조용히 말했다.

"오늘 이렇게 될 것이라고 나고야의 젊은 성주께서는 다 예상하고 계신다. 여기서 상대를 쓰러뜨리면 우리가 지는 거야. 어서 돌아가라. 이것은 노부나가 님의 명령이시다."

이 말에 8명의 무사는 신파치로가 의아하게 생각할 정도로 순순히 창을 거두었다.

"너는 누구냐?"

다시 신파치로가 소리쳤다.

"이름은 말할 수 없다."

타케노우치 나미타로는 이렇게 대답하고 어느 틈에 왔는지 오리나무에 매어놓은 말고삐를 풀었다.

"아무쪼록 타케치요 님에게 충성을 다하도록. 작은 고집에 사로잡히지 말고 큰 사람으로 키워나가는 것이 그대들의 임무이오."

그대로 훌쩍 말에 올라 8명의 무사 뒤를 따라갔다.

오쿠보 신파치로는 그 자리에 앉은 채 갑자기 울상을 지었다.

까마귀가 다시 까악까악 울면서 오리나무 가지에 모여들었다.

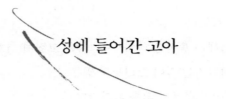

성에 들어간 고아

1

슨푸 성 안팎은 이미 새봄 맞이 준비로 부산했으나, 요시모토義元만은 오늘도 한가로운 표정으로 향냄새를 맡고 있었다.

그가 불러들인 것은 일족인 세키구치 교부쇼유 치카나가關口刑部少輔親永 부녀와 키라 요시야스吉良義安 부녀였다.

열 가지 향냄새를 맡고 나서 교부쇼유의 딸이 차를 가져올 무렵부터 살이 찐 요시모토는 무릎이 저려오는 것을 느끼고 요시야스의 딸에게 말했다.

"오카메阿龜, 사방침을……"

요시야스의 딸도 치카나가의 딸도 각각 본명이 있었으나, 요시모토는 치카나가의 딸 세나瀨名를 츠루鶴라 부르고 요시야스의 딸 츠바키椿를 카메라 불렀다.

물론 그것은 스루가 고쇼御所˚라 불리는 요시모토의 사랑을 담은 애칭으로, 이것이 그대로 고쇼에서 그들을 부르는 이름이 되었다.

츠루히메鶴姬, 카메히메龜姬.

그러고 보니 세키구치 교부쇼유의 딸은 어딘지 모르게 백두루미를 연상케 하는 고고한 면을 지니고 있고, 키라 요시야스의 딸은 거북을 연상시키는 사랑스런 눈과 영리한 면을 지니고 있었다.

요시모토는 카메히메가 바치는 사방침에 기대어 츠루히메가 올린 차를 맛있게 마셨다.

"음, 오다의 아들 노부나가가 타케치요에게 말을 선물했다는 이야기로군……"

츠루히메의 아버지에게 말했다. 이것이 향냄새를 맡기 전부터의 오늘의 화제였다.

"예. 그 말이 없었다면 타케치요는 니시노에서부터 고생했을 것입니다. 노부나가가 제법 머리를 잘 썼다고 소문이 자자합니다."

요시모토는 미소를 띤 채 차를 마셨다.

"모두 분수에 맞는 홍정을 하게 마련이지. 그런데 오쿠보 신파치로 놈은 그 말에 태운 채로 타케치요를 오카자키 성으로 데려갔다는 말인가?"

"예, 죽은 아버지에게 성묘하지 않고 성으로 보내면 타케치요의 머리에 옛 영지에 대한 기억은 남지 않을 거라고 하면서, 셋사이 님의 지시도 기다리지 않고 성묘를 시켰다고 합니다."

"그래도 셋사이는 가만히 있던가?"

"쓴웃음을 지으며 용서했다고 합니다."

"으음."

요시모토는 고개를 끄덕이고 몹시 저린 오른쪽 다리를 뻗었다.

"미안하지만 오츠루, 다리를 좀 주물러다오."

"예."

츠루히메는 대답하고 그 다리를 주무르기 시작했다.

카메히메는 그동안 하녀의 도움을 받아 향합과 향로를 정리하기 시작했다.

"오츠루는 몇 살이지?"

"열넷입니다."

"음, 열네 살이 됐단 말이지. 그럼 오카메는?"

질문을 받은 카메히메는 받들고 있던 향합을 시녀의 손에 넘기고, 손을 짚었다.

"열둘입니다."

"어떻소, 노부나가가 말을 주었다고 하니 나도 타케치요에게 무언가를 줘야 하지 않겠소?"

키라 요시야스는 시무룩한 표정으로 말했다.

"가신이 멋대로 성묘를 시키는 바람에 예정된 시각에 고쇼에 도착하지 못한 것은 방자한 일입니다. 단단히 꾸짖어놓는 것이 후일을 위해 좋을 줄 압니다."

"그럴까?"

요시모토는 눈썹을 그린 이마에 작게 주름을 잡으면서 넌지시 말을 던졌다.

"어떻소, 요시야스? 그대는 몇 살 때부터 소실을…… 두었으면 하는 생각을 가졌소? 나는 아직 절에 있을 무렵인 아홉인가 열 살 때였는데……"

2

뜻하지 않은 요시모토의 말에, 그 아버지들보다 딸들이 당황해하며 눈길을 교환했다.

요시모토는 그 모습을 보며 허옇게 부은 얼굴에 미소를 떠올렸다.

"이것 보시오. 이 처녀들에게도 벌써 봄이 다가오고 있지 않소? 남자들에게는 좀더 그 시기가 빨리 오는 거요."

"그러시면 타케치요의 소실로 누구라도 주시려고……"

"후후후후. 너무 관대하다는 말인가? 생각이 모자라요, 그대들은……"

세키구치 치카나가는 고개를 갸웃했다.

"말씀하신 뜻을 이해하지 못하겠습니다. 이 치카나가가 타케치요의 양육을 분부받은 이상 언젠가는 성주님께 도움이 되도록 엄하고 또 엄하게 키울 생각으로 있습니다마는……"

"엄한 것과 무자비한 것과는 달라요, 치카나가."

"예. 하지만…… 지나치게 무자비하게는……"

그가 말하자 요시모토는 손을 들어 제지했다.

"나는 무자비하게 키우라고 말하는 거요."

이번에는 요시야스가 고개를 갸웃하고 치카나가를 바라보았다.

두 사람의 딸들도 요시모토가 무슨 말을 할 것인지 호기심이 생기는 모양이었다.

"오다 쪽에서 비위를 맞춰 돌려보내는 것을 보니 타케치요는 예사 아이는 아닌 것 같소."

"하기야 오카자키 쪽에서 조부 키요야스가 다시 태어났다고 하는 것만 보아도."

"치카나가—"

"예."

"사람을 키우는 데 가장 무자비한 방법은 일찍부터 미식美食을 시키고 여자를 안겨주는 일이라고 생각지 않소? 이 두 가지를 주어 새끼호랑이다 용이다 하면서 추켜세우면……"

요시모토는 갑자기 손을 흔들고 뻗었던 다리를 오므렸다.

"어떠냐, 오츠루는?"

농담을 하는지 진담을 하는지 모를 표정으로 다시 웃었다.

"혹시 타케치요에게 시집갈 생각은 없느냐?"

츠루히메는 눈이 휘둥그레져서 고개를 저었다.

"싫으냐?"

"예. 저는 열넷입니다. 여덟 살에 성도 없는 아이와는……"

"그럼, 오카메는 어떠냐?"

카메히메는 둥근 눈으로 요시모토를 쳐다보고 나서 가볍게 고개를 저었다.

"후후후, 미카와의 어린것이 몹시도 싫은 모양이군. 농담이야, 농담. 신경쓰지 마라. 그런데 치카나가."

"예."

"그대에게 타케치요를 맡긴 이상 길들이는 데에 특히 유념해야 할 거요."

세키구치 교부쇼유 치카나가는 납득이 가는 것도 같고 그렇지 않은 것도 같은 눈길을 들며 작은 소리로 대답했다.

"그 일에 대해서는 이미……"

치카나가의 아내는 이마가와 요시모토의 여동생이었다. 따라서 츠루히메는 요시모토의 조카였다.

"어떤가, 미야마치宮町에 있는 타케치요의 거처에 대한 준비는?"

"예. 도착만 기다리고 있을 정도로……"

"여자는 가까이하지 않게 하더라도 이 요시모토와 오와리의 대우는 비교도 되지 않을 만큼 훌륭하게 하도록 염두에 두어야 해. 아직 어리니까. 알겠지?"

치카나가는 몇 번이나 자신에게 타이르듯 고개를 끄덕였다.

"그 점에 대해서는 명심하고 있습니다."

3

노부나가가 타케치요에게 보인 약간의 애정이, 타케치요에 대한 스루가의 대우를 더욱 관대한 방향으로 흐르게 할 줄은 생각지도 못한 일이었다.

세키구치 교부쇼유 치카나가는 자기 집 근처에 지어놓은 타케치요의 임시거처에 서둘러 나무를 갖다 심고 돌을 옮겨놓았으며, 거실에는 툇마루 외에 객실과 툇마루 사이에 새로 방을 들이기도 했다.

이처럼 귀양 비슷하게 정착하는 손님을 다루는 데 슨푸 사람들은 익숙해 있었다. 조정에서 실각한 공경公卿들이 지금까지 숱하게 찾아와 이마가와의 보호 아래 여생을 보내고 있었기 때문이다.

그 무렵에도 요시모토의 이모가 되는 나카미카도 노부타네中御門宣胤의 딸을 비롯하여 산죠니시 사네즈미三條西實澄, 나카미카도 노부츠나中御門宣綱, 레이제이 타메카즈冷泉爲和, 보죠坊城 가문의 유아遺兒 등이 각각 임시로 거처하며 와카和歌°, 공차기, 활쏘기, 향냄새 맡기, 바둑 등을 받아들여 쿄토京都에 뒤이은 문화의 성채를 이루고 있었다.

요시모토 자신도 바둑을 두고 피리를 배웠다. 그 피리도 종래의 횡적橫笛 외에 샤쿠하치尺八°라는 종적縱笛을 불었으며, 요리 역시 쿄토식인 물두부, 찐 보리 등을 상에 올리도록 했다.

그런 의미에서 아츠타와는 비교도 안 될 만큼 화려한 성이었다. 그런데 이곳에 새로 지은 특별한 집에 당사자인 타케치요가 아직 도착하지 않고 있었다.

섣달 그믐도 점점 가까워지고 있었다. 올해 안으로 도착한다 해도 요시모토와 타케치요의 만남은 내년 봄에나 이루어질 듯했다.

타케치요의 집 가까이에 작은 암자가 하나 생겼다. 미카와에 남아 있는 셋사이의 지시에 따라 치겐인智源院이라는 작은 절 안에 지은 암자였는데, 그 암자에는 어떤 사연을 간직한 듯한 기품 있는 한 여승이 옮겨왔다.

이름은 젠오니라 하지만 가문의 무사들도 그 전신을 알지 못했다. 그저 쿄토와 연관이 있는 사람일 것이라는 소문만 떠돌고 있었다.

이리하여 텐분天文 18년(1549)도 앞으로 7일밖에 남지 않은 날, 먼저 임제종의 셋사이 선사가 도착했다. 이어 그 이틀 후 미카와의 고아가 스루가의 임시거처로 왔다.

도착 날짜가 확실하지 않았기 때문에 미리 와 있던 오카자키의 가족들도 그를 마중하지 못했다. 서쪽 가도에서 성 아래로 왔을 때는 잿빛 하늘에서 눈발이 날리기 시작했다.

가마는 한 채였다. 따르는 사람은 어른 둘에 시동 여섯.

두 사람의 어른은 사카이 우타노스케 마사이에와 아베 신시로 시게요시阿部新四郎重吉. 여섯 명의 측근 시동은 나이토 요산베에內藤與三兵衛, 아마노 마타고로天野又五郎, 이시카와 요시치로石川與七郎, 아베 젠쿠로阿部善九郎(이전의 토쿠치요), 히라이와 시치노스케平岩七之助, 노노야마 후지베에野野山藤兵衛.

통보에 따라 세키구치 교부쇼유 치카나가는 측신 두 사람과 츠루히메를 동반하고 임시거처의 문 앞까지 마중 나갔다.

물론 츠루히메까지 동반할 생각은 없었으나, 열네 살인 츠루히메가 요시모토의 말을 듣고 이 고아에게 흥미를 느껴 일부러 아버지를 따라왔다.

사카이 우타노스케가 먼저 치카나가를 발견하고 다가와 하얗게 눈이 덮인 삿갓을 벗고 정중하게 예를 차렸다.

"오오, 날씨가 많이 추우니 어서 와요."

치카나가는 일행에게 현관 마루로 오르라고 했다. 그런데 가마 안의 타케치요는 무슨 생각을 했는지 가마의 문을 열었다.

"내리겠어, 가마를 멈춰라."

4

가마가 멈추었다. 히라이와 시치노스케가 얼른 타케치요 앞에 신발을 가지런히 놓았다. 타케치요는 전에 할머니에게 받은 작은 칼을 들고 밖으로 나와 신기한 듯 주위를 둘러보았다.

치카나가의 눈도 츠루히메의 눈도 약속이라도 한 듯 타케치요에게 쏠렸다.

타케치요는 우선 작은 손을 내밀어 손바닥에 떨어지는 눈을 한두 송이 받아 보고는 태연한 표정으로, 치카나가에게 말했다.

"수고하오."

이어서 츠루히메에게도 어른스럽게 말했다.

"추울 텐데 고생하는군."

츠루히메는 옷소매를 입에 대고 살짝 웃었다. 이 아이의 소실이 되지 않겠느냐고 한 요시모토의 말이 생각났기 때문이다.

여덟 살로서는 몸집이 큰 편이었고, 그 태도도 반감을 사기에 충분할 만큼 오만했다.

그러나 아직 소실 따위는…… 상상만 해도 웃음이 터져나올 것 같았다. 우선 성도 영지도 빼앗긴 고아인 주제에 스루가 고쇼의 조카를 붙들고 '고생하는군'이라고 하는 것 자체가 우스웠다. 결국엔 이 시골뜨기도 고쇼의 제후와 장수들은 물론 요시모토의 근시나 시종들에게까지 마냥 놀림과 조롱을 당할 것이다. 이렇게 생각하니 츠루히메는 이 성도 없는 아이를 곯려주고 싶어 오금이 쑤셨다.

"타케치요 님은 미카와에서 오셨다지요?"

"아니, 아츠타에서 왔어."

"아츠타와 슨푸는 어느 쪽이 더 큰가요?"

타케치요의 눈이 번쩍 빛났다. 조롱받고 있다는 것을 알았는지, 눈을 맞고 서 있는 시동들을 돌아보았다.

"모두 따라와."

가볍게 말하고 그대로 문을 통과했다.

"어머……"

츠루히메가 다시 웃는데, 아버지 치카나가가 어깨를 탁 치며 나무라고 타케치요를 따라 문으로 들어갔다.

츠루히메는 이대로는 돌아가고 싶지 않았다. 자못 어른인 체하고 자기를 무시한 타케치요를 어떻게 해서든지 다시 한 번 곯려주고 싶었다.

그래서 그녀도 아버지 뒤를 따라 집 안으로 들어갔다.

새로 칠한 벽은 이미 말라 있었으나 현관에 들어서자 나무냄새가 물씬 풍겨 그 시골뜨기를 살게 하기에는 아까운 듯한 기분이 들었다.

마루 앞에서 타케치요가 걸음을 딱 멈추었다.

무슨 일일까? 하고 아버지와 시종의 어깨 너머로 바라보니 마루 저편에 한 여승이 앉아 있었다.

'아, 치겐인에 암자가 생겼으니까……'

츠루히메가 이렇게 생각했을 때 타케치요의 입에서 짤막한 말이 새어나왔다.

'할머님!'이라고 했는지 '할멈!'이라고 했는지는 확실치 않았으나, 그것은 어디까지나 감동을 억제하는 깊은 외침이었다…… 동시에 그를 마중 나온 여승의 눈에 느닷없이 이슬이 맺혔다.

한편 타케치요는 돌처럼 굳어 움직이지 않았다. 아니, 단지 움직이지 않는 것만이 아니라, 그 길게 찢어진 눈에서 포동포동 살이 찐 두 볼로 길게 흰 선을 그리며 눈물이 흘러내렸다……

츠루히메는 깜짝 놀랐다. 감수성이 예민한 이 여자아이는 눈앞의 광경이 예사 일이 아니라는 것을 알았다.

잠시 후 타케치요는 다시 전과 같은 조용한 얼굴로 돌아와 츠루히메와 그 아버지를 돌아보았다.

"초면인사는 내일 하도록 하자. 그대들 오늘은 그만 돌아가도 좋아. 수고가 많았어."

츠루히메는 그 무례한 말투에 또다시 눈이 휘둥그레졌다.

5

스루가 고쇼의 매제가 오카자키의 고아를 직접 맞이한다…… 이 한 가지만도 이례적인데, 상대는 고쇼의 매제를 마치 하인이나 되는 것처럼 대하고 있었다.

만일 아버지 치카나가 말리지 않았다면 츠루히메는 화가 치밀어 그 무례를 타케치요보다도 우타노스케에게 항의했을 게 분명했다.

그러나 치카나가는 웃지도 않고 화가 치밀어 쌔근거리는 츠루히메의 어깨를 가볍게 두드렸다.

"그럼, 내일 다시 —"

그리고 문을 나와서야 비로소 딸을 돌아보았다.

"고쇼 님의 분부시다. 당분간 뭐라 해서는 안 돼."

"하지만 지나치게 예의가 없어요."

치카나가는 이 말엔 대답하지 않았다.

"뛰어난 관상……"

자기 자신에게 말하듯이 중얼거리며 감탄했다.

"같은 나이 또래의 아이들 중에서 타케치요의 얼굴만이 이상하게도 부각되어 보였어."

"아버지는 또 관상 이야기……"

"그래, 나는 삼십 년 가까이나 사람 관상을 보아왔다. 지금까지 본 중에서는 타케다武田의 젊은 도령이 가장 뛰어났었는데, 타케치요는 그에 못지 않아……"

"감탄하시는 것을 보니 아버지 역시 고쇼 님처럼 저를 그 시골뜨기 에게……"

"그랬을지도 모르지, 네 나이가 좀더 어렸더라면."

츠루히메는 타케치요에 대한 불쾌감을 아버지에게 농담을 하여 잊으려 하면서 오기로 말했다.

"그렇게까지 마음에 드시면 나이가 어려도 상관없어요. 시집가서 마음껏 그 튀어나온 이마를 때려주겠어요."

아버지는 못 들었는지 그대로 무언가를 생각하면서 자기 집 문으로 들어갔다. 아직도 눈은 조금씩 내리고 있었다. 이 상태라면 밤까지도 계속될 듯했다. 돌아다보니, 타케치요의 집 문을 아직 여장도 풀지 않은 아베 신시로가 안에서 잠그고 있었다.

'여승이 아직 돌아가지 않았는데 문을 잠그다니, 그 여승은 대관절 누구일까?'

츠루히메는 고개를 갸웃하고 나서 세차게 머리를 흔들었다. 아버지의 암시를 받아서 그런지는 몰라도, 확실히 타케치요의 얼굴은 이상하게도 기억에 남았다. 준수하지도 단아하지도 않거니와 어딘가에 슬기로운 빛이 감도는 것도 아니었다. 그런데도 같은 나이 또래의 시동들은 전혀 얼굴이 기억나지 않으나 타케치요만은 가증스러울 정도로 뇌리에 박혀 있었다.

'화가 났기 때문에 그럴 거야.'

츠루히메는 그런 아이에게 불쾌감을 느끼는 자기 자신이 더욱 싫었다. 그 기분을 떨쳐버리기 위해 집으로 들어가자마자 그녀는 거실에 쿄토산 향 상자를 늘어놓기 시작했다.

그렇게 하여 일단은 타케치요에 대한 것을 잊어버리고 있었다. 그런데 설날의 고쇼 축하연에서 다시 타케치요를 만나 생각지도 못한 정경을 목격하게 되었다.

설에는 관례에 따라 슨푸에 있는 여러 다이묘와 벼슬아치들은 물론 가문의 장수들이 모두 고쇼에 모여 요시모토에게 새해를 맞는 축하를 드렸다. 그에 대해 요시모토가 내리는 도소주屠蘇酒°는 평소 귀여워하고 있는 츠루히메와 카메히메가 3년이나 계속 따르고 있었다.

그런 만큼 츠루히메는 새벽부터 일어나 머리 단장과 화장을 하고 새로 지은 예복차림으로 아버지보다 먼저 성에 들어갔다. 예복 무늬는 소나무 밑에 학이 있는 그림을 수놓은 것으로, 이것은 요시모토가 하사한 슨푸의 한 자랑거리였다.

6

정면 상단의 높은 자리에 요시모토, 그 오른쪽에는 요시모토의 숙부뻘이 되는 셋사이 선사가 승전한 초봄이라고는 생각되지 않을 정도로 조용한 표정으로 앉아 있고, 왼쪽에는 요시모토의 장인이자 카이甲斐 성주 타케다 하루노부武田晴信의 아버지 노부토라 뉴도信虎入道가 매서운 눈으로 주위를 둘러보고 있었다.

그 아래 다다미 200장쯤 되는 넓은 방에는 오다와라小田原의 호죠 우지야스北條氏康가 보낸 전승 축하사절을 비롯하여 화려하게 차려입은 장수들의 모습이, 갖가지 색깔의 옷을 입고 여기저기 배치되어 있는 시녀들과 섞여 입구까지 넘쳐나고 있었다.

날씨가 좋을 때는 정면의 문을 열어놓는 것이 관례였다. 문을 열어놓으면 정원의 연못과 정원석 너머로 설날의 후지산富士山이 그대로 웅장한 모습을 드러냈다.

적자嫡子 우지자네氏眞의 모습이 보이지 않는 것은 감기 때문이었는데, 어쨌든 이 어마어마한 위용은 아마 쿄토의 쇼군將軍°도 훨씬 못 미칠 것이라는 평판이 나 있을 정도였다.

그런 만큼 술주전자를 들고 요시모토 옆에서 대기하는 츠루히메는 그 화려함에 언제나 가슴이 설레곤 하였다.

요시모토의 명에 따라 잔이 돌 때마다 지명된 무장들은 공손하게 머리를 조아리고는 했다. 셋사이 선사나 카이의 노부토라 뉴도 앞에 서면 손이 떨렸지만, 젊은 무장의 뜨거운 눈길과 마주치면 뽑혀나온 여자라는 자부심으로 뺨까지 화끈거렸다. 그 잔이 거의 반쯤 돌았을 때였다.

"참, 오카자키의 타케치요가 와 있었군."

요시모토의 눈길이 정원 가까운 쪽 한구석으로 향해질 때까지 츠루히메는 타케치요 같은 것은 깡그리 잊고 있었다.

그 말에 깜짝 놀라 요시모토의 눈길을 더듬어나가는데, 과연 타케치요가 우타노스케를 따라 사람들 속에 섞여 있었다.

"타케치요…… 타케치요……"

요시모토는 타케치요를 손짓해 불렀다. 오늘의 신년 축하연을 기회로 삼아 그를 여러 장수들에게 소개할 모양이다.

"예."

타케치요는 대답하고 자리에서 일어났다.

"이리 가까이 오너라, 내가 요시모토야."

타케치요는 사람들 사이를 천천히 걸어 바로 상좌 앞에 와서 앉았다.

"그대들도 잘 기억해두시오. 이 아이가 바로 오카자키 키요야스淸康의 손자—"

말하지 않아도 여러 장수들의 눈길은 모두 타케치요에게 집중되어 있었다.

"새해 복 많이 받으십시오."

타케치요가 단정한 자세로 절을 했다.

"오오, 착한 아이로군. 그래, 아츠타는 어떠하더냐? 너도 할아버지처럼 강한 사람이 되어라."

요시모토는 부드러운 표정으로 츠루히메에게 턱짓으로 지시했다.

"오츠루, 타케치요에게 도소주를 따라주어라."

츠루히메는 오늘도 역시 너무도 침착한 타케치요에게 문득 가소로움을 느끼면서 공손히 주전자를 들고 타케치요 앞으로 나갔다.

타케치요는 흘끔 츠루히메의 얼굴을 쳐다보더니 말했다.

"지난번 그 여자로군. 수고가 많아."

주위에까지 들리는 큰 소리로 말하면서 다른 젊은 무사들처럼 주저하는 빛은 전혀 보이지 않고 잔을 들었다.

"허어, 타케치요는 벌써 오츠루를 알고 있었나?"

"예."

"언제, 어디서?"

요시모토는 흥미롭다는 듯이 츠루히메와 타케치요를 번갈아 바라보았다.

7

츠루히메는 얼굴을 확 붉혔으나 타케치요에게는 수치심이 있을 리없었다.

"슨푸에 도착하던 날, 일부러 이 타케치요를 마중 나와주었습니다."

"허어, 오츠루가 말인가?"

"예. 눈이 내리는 추운 날에……"

대답하면서 타케치요는 시치미를 떼고 도소주 몇 방울을 더 따르게 하고 잔을 돌렸다.

"그게 정말이냐 오츠루, 눈 오는 날에?"

이번에는 츠루히메에게 눈길을 보냈다. 츠루히메는 이때처럼 수치를 느낀 일은 일찍이 없었다.

아버지를 따라나섰다가 약간의 흥미를 느낀 것뿐인데도 마치 마음에 들어 마중 나갔던 것처럼 들렸다. 그리고 오늘도 이 미카와의 시골뜨기는 자신에 대한 말투를 전혀 고치지 않고 있었다.

자리에 있기가 부끄러워 기어들어가는 듯한 목소리로 대답했다.

"예—"

요시모토는 소리를 내어 웃었다.

"그래? 그럼 너는 지난번 이야기를 진지하게 생각했던 모양이로구나. 타케치요—"

"예."

"넌 이 오츠루가 마음에 드느냐?"

"예."

"어떠냐, 아내로 삼고 싶으냐?"

타케치요가 문득 노부나가의 얼굴을 떠올린 것은, 노부나가 역시 똑같은 말을 타케치요에게 한 적이 있었기 때문이다.

"예."

"예라니, 그럼 아내로 삼아도 괜찮다는 말이냐?"

"고쇼 님의 말씀이라면 어쩔 수 없습니다."

"어쩔 수 없다는 것은 꼭 그랬으면 좋겠다는 말은 아니로구나."

"예."

"하하하하. 그래 잘 알겠다. 오츠루, 지금 그 말을 들었지? 너에게 꼭 장가들고 싶다는 집념을 가진 것은 아닌 것 같다."

판에 박은 듯한 신년 축하의 말이 요시모토를 지루하게 만들었던 듯.

"여봐라, 오카메. 어디 한번 타케치요와 나란히 앉아보아라."

요시모토가 이번에는 키라 요시야스의 딸을 불렀다. 열두 살인 카메히메는 츠루히메처럼 그런 이야기에 구애받지 않았다. 그녀는 파도를 타고 있는 거북을 그린, 츠루히메와는 대조가 되는 옷소매를 팔랑거리며 다가와 타케치요 곁에 앉았다. 그것을 보고 있는 사람들의 눈에 저절로 미소가 떠올랐다.

"어떠냐 타케치요, 이 아가씨는?"

타케치요는 카메히메를 똑바로 응시하며 머리에서 무릎에 이르기까지 감상이라도 하듯 훑어보았다. 타케치요의 눈에는 이 카메히메 쪽이 더 아름답게 보였다.

츠루히메의 피부는 이미 어른의 것이었다. 희고 매끄러우며 문득 누군가의 유방을 연상케 하는 면이 있었으나, 그런 만큼 자기와는 거리가 먼 느낌이 있었다. 그런데 카메히메에게는 겨우 물이 오르기 시작한 복숭아 같은 솜털이 있었다. 그 솜털에 뺨을 비비면 훈훈한 향기가 그를 감쌀 것 같은 느낌이었다.

"예쁩니다!"

이 경우의 예쁘다는 말은 자기에게 가깝다는 느낌을 말한 것이리라.

"그래? 오카메 쪽이 더 아름답다는 말이냐?"

"예."

"마음에 든다면 언젠가 너에게 허락하겠다."

"예."

카메히메는 재미있다는 듯 타케치요를 바라보고 있었으나, 츠루히메는 더 이상 고개를 들고 있을 수 없었다. 설날의 축하모임에서 설익은 미카와의 시골뜨기에게 이런 노골적인 말로 경쟁상대인 카메히메와 비교당하리라고는…… 생각지도 못했던 일이다.

8

타케치요의 말에 그 자리에 참석했던 사람들은 저도 모르게 두 처녀의 용모를 비교해보았다.

츠루히메는 이미 부드럽게 익기 시작한 느낌이었고, 카메히메는 아직 물도 오르기 전이었다. 그러나 앞으로 2년쯤 지나면 타케치요의 말대로 카메히메 쪽이 더 아름다워질 것 같은 생각이 들었다.

카메히메에게는 어딘지 모르게 의연하면서도 단아함이 느껴지는데 츠루히메는 그 반대였다. 고집은 세어 보였으나 부드럽고 탄력적인 살갗을 지닌 어엿한 여성의 모습을 방불케 했다.

"어떤가, 그대라면 어느 쪽을 원하겠나?"

"아, 나는 역시 츠루히메 쪽이지. 저걸 봐, 피부 색깔이며 부드러운 살결……"

"나는 타케치요처럼 카메히메가 좋다고 생각해. 그 빛나는 눈에는 정절과 지혜의 빛이 무한히 깃들여 있어."

젊은이들 대부분은 이미 어른이 된 츠루히메를 선호했고, 여자에 부족을 느끼지 않는 장년층은 카메히메를 취했다.

이러한 수군거림이 츠루히메의 귀에 들어왔다. 그녀는 자리를 박차고 일어나 어딘가로 가서 실컷 소리내어 울고 싶은 굴욕감을 느꼈다.

"그렇구나. 타케치요는 이 오카메가 좋은 모양이군. 그렇다면 네 손으로 다시 한 번 도소주를 따라주어라."

"예."

"오카메, 어서 따라라."

그리고 잔이 소반에 놓였을 때야 비로소 요시모토는 타케치요를 물러가게 했다.

타케치요는 천천히 절하고 다시 여러 장수들의 눈길을 온몸에 받으며 자기 자리로 돌아갔다……

츠루히메는 그제야 얼굴을 들고, 이번에는 다른 감정으로 타케치요를 바라보았다. 그런데 타케치요는 자기 자리는 내버려두고 정원에 면한 마루로 걸어가는 것이 아닌가.

"도련님! 자리는 여깁니다, 자리는."

우타노스케가 작은 소리로 주의를 주었으나 타케치요에게는 들리지 않는 모양이었다.

츠루히메의 가슴에 문득 잔인한 호기심이 치솟았다. 이 아이가 무슨 실수라도 하여 크게 웃음거리라도 된다면 자기 가슴에 맺힌 응어리가 풀릴 것 같았다.

"앗!"

츠루히메만이 아니라 타케치요를 바라보고 있던 사람들은 모두 고개를 움츠렸다. 이것은 그야말로 스루가 고쇼가 생긴 이래 처음 보는 진풍경이었다.

타케치요는 좌석을 잘못 찾은 것이 아니라 오줌이 마려워 그 배설구를 찾아 마루 가장자리에 섰던 것이다.

그는 천천히 하카마를 걷고 왼쪽 넓적다리로 하여 손가락만한 남자의 상징을 끄집어냈다.

"아니 이런, 도련님!"

우타노스케가 소리를 질렀으나, 그때는 이미 후지산 쪽을 조준한 한 가닥 은빛 물줄기가 기세 좋게 정원석 위에 쏟아지고 있었다.

츠루히메는 어떻게 될 것인가 하고 몰래 요시모토의 안색을 살폈다.

마루에 먼지 하나가 떨어져도 크게 꾸짖는 요시모토의 성질을 알고 있었기 때문이다. 갑자기 요시모토 옆에서 뚱뚱하게 살찐 몸을 흔들어대며 카이의 타케다 노부토라의 폭소가 터져나왔다.

"와하하하, 와하하하!"

그 폭소에 이끌려 요시모토도 웃었다.

"이거 정말 재미있군! 저 아이는 간이 배 밖으로 나온 녀석이야. 재미있어, 와하하하."

어지간히 참고 있었던 모양인지, 미카와의 고아는 정원석을 향해 아직도 은빛 물줄기를 쏘아대고 있었다.

다가오는 사람

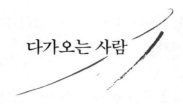

1

신년 하례가 끝난 뒤, 타케치요는 이튿날부터 공부를 하기 위해 이른 아침부터 할머니 겐오니(케요인)를 따라 임제종의 셋사이 선사를 찾아 갔다.

물론 셋사이의 지시이기는 했으나 슨푸 성안의 화려함과는 비교도 안 되는 소박한 그의 처소로 안내되었을 때, 타케치요는 의아하다는 듯 주위를 둘러보고 고개를 갸웃했다.

타케치요가 알고 있는 셋사이 선사는 요시모토의 사부이자 실권자이며 나는 새도 떨어뜨릴 정도의 맹장이었다.

그런데도 검게 물들인 승복을 입고 가늘게 뜬 눈으로 타케치요를 바라보고 있었다.

"타케치요입니다. 잘 부탁 드립니다."

데리고 온 겐오니가 절을 했다.

"스님은 이만 자리를 피해주십시오."

이렇게 말할 때까지 타케치요는 이 사람이 셋사이 선사인 줄 깨닫지 못했다. 선사의 말에 젠오니는 물러갔다.

"타케치요."

"예."

"오늘은 처음 공부하는 날이다. 나날의 공부는 젠오니가 상대하겠지만 나도 때때로 가르치겠다. 저 구석에 있는 탁자를 이리 가져오너라."

"예."

타케치요는 일어나서 그 소박한 탁자를 가져왔다. 두 사람은 그것을 사이에 두고 마주앉았다.

오늘도 어제에 이어 쾌청한 날씨였다. 창에 정원수가 그림자를 떨구고 그 그림자에 때때로 새의 모습이 비쳤다.

"공부를 시작하기 전에 네게 물어볼 것이 있다. 너는 어제 고쇼에서 정원에 오줌을 누었지?"

"예."

"무슨 생각으로 그랬느냐, 말해보아라."

"변소가 어디 있는지 몰랐기 때문입니다. 남에게 묻는 것도 폐가 될 것 같아서."

"허어, 어째서 물어보는 것이 폐가 된다는 말이냐?"

"그 사람들도 대개는 알지 못할 것 같았기 때문입니다."

"으음…… 그러면 그 결과가 어떻게 될지는 생각해보았느냐?"

타케치요는 천진스럽게 고개를 저었다. 물론 결과 같은 것은 생각지도 않고 있었음이 틀림없다.

셋사이는 부드러운 표정으로 두서너 번 고개를 끄덕였다.

"지부노타유 님은 그런 버릇없는 짓을 매우 싫어하시는 분이라서 심기가 몹시 불편하셨다. 그리고…… 여러 장수들은 대담한 행동을 했다면서 너의 그 큰 뱃심에 손뼉을 치며 기뻐했지."

타케치요는 납득이 가지 않는다는 얼굴로 고개를 갸웃했다.

"너는 한꺼번에 여러 장수들과 인사를 나눈 것과 마찬가지였는데…… 그러면 미리 그렇게 될 줄 알고 일부러 그런 것이 아니더냐?"

"아닙니다. 미리 생각하고 그랬던 것은 아닙니다."

"오와리에서는 너에게 그런 것은 예의범절에 벗어나는 일이니 삼가야 한다고 가르치는 사람이 없었더냐?"

"예. 없었습니다……"

타케치요는 머리를 끄덕이다가 가로저었다.

"예의에 어긋나지 않으니 어디에 있든 망설일 것 없다고 했습니다."

"허어, 별난 사람이 또 있었구나. 누구더냐, 그 사람이?"

"예, 노부나가 님입니다."

"뭐, 노부나가가……"

셋사이는 이렇게 말하고 물끄러미 타케치요를 바라본 채 다시 두서너 번 고개를 끄덕였다.

2

셋사이는 타케치요의 그 한마디에서 문득 노부나가의 모든 성격을 들여다본 듯한 생각이 들었다.

"사사건건 의표를 찌르는군. 나쁜 생각은 아니지만……"

셋사이는 갑자기 미소를 떠올렸다.

"그러나 조금은 위험한 행동이었다."

"무슨 말씀이신지……"

"너는 대번에 너의 존재를 여러 사람에게 알렸다. 그것도 끝을 알 수 없는 담력을 지닌 아이로. 그 점에서는 훌륭했으나, 일단 그런 사람으로 알려지면 언제나 엄한 감시를 받게 되는 게야. 옛말에 호랑이를 들에 놓아준다는 말이 있는데……"

말하다 말고 셋사이는 자기 말이 아직 타케치요에게는 이해되지 못할 것이라 여기고, 화제를 돌렸다.

"어떠냐, 너는 노부나가를 좋아하느냐?"

"예, 아주 좋아합니다!"

"스루가 고쇼는?"

"아버님이 신세를 지신 고마운 분이라고 생각합니다."

"음, 알겠다. 너는 솔직한 성격이로구나. 그래, 오와리에서는 누구한테 따로 배우기라도 했느냐?"

"사서四書, 오경五經…… 만쇼 사萬松寺 스님과 카토 즈쇼加藤圖書 같은 이에게 약간."

셋사이는 이 아이에게 기대하는 자신의 희망이 희미하게 빛을 띠는 것을 깨달았다.

그가 요시모토 휘하에 있으면서 승복과 갑옷을 구별하여 입는 것도 그 희망 때문이었다. 요시모토를 통해 100년 동안 이어져온 이 아수라의 난세에 구원의 횃불을 들 사람을 배출하기 위해서.

셋사이는 자신의 희망을 이루려는 입장에서 본다면 요시모토에게 적잖이 실망하고 있었다. 요시모토 당대에 이루어지지 않으면 그 아들 우지자네 시대에 ── 라고 생각해왔으나 자식을 키우는 데에서만은 요시모토는 거의 무능에 가까웠다.

자식에 대한 사랑이 지나쳐 우지자네의 교육을 셋사이에게 맡기는 대신 내전의 여자들한테만 맡겼다.

사실 어제 신년 축하모임에도 모습을 나타내지 않고, 타케치요가 무심코 누는 오줌에 모든 장수들의 간담이 서늘해질 무렵 우지자네는 아야메라 부르는 평민 출신의 하녀를 불러들여 감기 핑계를 대고 설날 대낮부터 동침하고 있었다는 소문이다.

그런 만큼 셋사이가 타케치요에게 기대하는 것은 인간으로서의 사랑 이상, 법제자法弟子로서의 무장武將이었다. 아니, 좀더 강조해서 말하면 그것은 불심佛心으로 새로운 질서를 확립할 대정치가, 구세救世의 성장聖將이었다.

"좋아. 그러면 오늘 공부를 시작할까."

"예."

"타케치요는 공자孔子라는 옛날 성인을 알고 있느냐?"

"예. 『논어論語』의 공자님."

"그래. 그 공자의 제자에 자공子貢이라는 사람이 있었다."

"자공……"

"응, 그 자공이 어느 날 정치라는 것이 무엇입니까 하고 공자에게 물었을 때, 공자는 이렇게 대답했다…… 무릇 국가에는 식食과 병兵과 신信이 있어야 하느니라."

타케치요는 둥근 어깨를 꼿꼿이 세우고 셋사이를 빤히 쳐다보고 있었다. 그것은 지식에 굶주린 인광을 발하는 눈이었다. 셋사이는 지금까지 타케치요의 주변에 형편없는 교육자가 없었다는 점에 감사하는 동시에 애처로움을 느끼면서 말을 이었다.

"그랬더니 자공이 다시 질문했다. 만약 국가가 그 세 가지를 모두 갖추지 못할 때는 어느 것을 버려야 할까요."

3

"식과 병과 신 중에서……?"

"그래. 식은 먹을 것, 병은 무기, 신은 사람들간의 믿음이라고나 할까. 너희 마츠다이라 가문의 예를 든다면, 일족 가운데 신이 없었다면 벌써 무너지고 말았을 것이다……"

셋사이는 이렇게 말하고 다시 뚫어질 듯한 타케치요의 눈길에 미소를 띠었다.

"네 생각부터 물어보겠다. 자공이 그 세 가지가 어떤 사정으로 인해 다 갖추어지지 못할 때는 우선 무엇을 버려야 하느냐고 한 질문을 지금 너에게 한다면 너는 무어라 대답하겠느냐?"

"식과 병과 신……?"

타케치요는 다시 한 번 중얼거리고 나서 탐색하는 듯한 눈길로 대답했다.

"병——"

셋사이는 뜻밖의 대답에 놀라 잠시 타케치요를 물끄러미 바라보았다. 어른의 상식으로는 무기야말로 첫째, 무기야말로 언제나 다른 것에 우선한다고 생각하던 시대였다.

"어째서 병을 먼저 버려야 한다는 것이냐?"

"예."

타케치요는 잠시 고개를 갸웃하고 생각하다가 입을 열었다.

"세 가지 중에서 병을 가장 가볍게 보아야 할 것 같아서……"

말하다 말고 이번에는 무언가 생각이 떠올랐는지 얼른 덧붙였다.

"사람은 먹지 않으면 살 수 없습니다. 하지만 창을 버려도 사람은 살 수 있습니다."

"허어!"

셋사이는 짐짓 놀랐다는 듯이 눈을 둥그렇게 떴다.

"공자도 타케치요와 같은 대답을 했다. 병을 버리라고 말이다."

타케치요는 생긋 웃고 고개를 끄덕였다.

"자공이 또 물었다. 나머지 두 가지 중에서 다시 하나를 버려야 할 때가 오면 그때는 무엇을 버려야 하겠느냐고. 타케치요라면 무엇을 버리겠느냐?"

"나머지는 식과 신…… 신을 버리겠습니다. 식이 없으면 살 수 없으니까요."

의기양양하게 대답하자 셋사이는 미소를 떠올렸다.

"타케치요는 몹시 식에 매달리는구나. 오와리에서 배를 곯은 적이 있느냐?"

"예, 산노스케, 젠쿠로(토쿠치요)와 함께…… 배가 고프면 모든 일이 기분 나쁘고 한심스러웠습니다."

셋사이는 고개를 끄덕였다. 사로잡힌 세 아이의 부자유스러움이 눈에 보이는 듯했다.

"알겠다. 그런데 그럴 때 무언가 먹을 것이 생기면 너는 어떻게 했느냐?"

"먼저 산노스케에게 주었습니다."

"그 다음에는?"

"제가 먹었습니다. 젠쿠로는 제가 먹은 다음이 아니면 먹지 않았습니다."

"허어, 젠쿠로는 타케치요가 먹기 전에는 안 먹었다는 말이냐?"

"예. 하지만 그 후부터는 산노스케도 먹지 않았습니다. 젠쿠로를 따라서. 그래서 나중에는 미리 셋으로 나누어서 제가 먼저 골라 가졌습니다."

셋사이는 웃으면서 무언가에 기도라도 하고 싶은 기분이 들었다. 이 작은 정치가가 공복空腹을 앞에 놓고 심각하게 생각하는 모습이 눈앞에 떠올랐다.

"그래, 잘한 일이다. 타케치요의 방법이 옳았어. 그런데…… 공자는 자공에게 그렇게는 대답하지 않았단다."

"그러면 식을 버리라고 했습니까?"

"그래. 식과 신 두 가지 중에서 먼저 식을 버리라고 했어."

타케치요는 고개를 갸우뚱하고, 나직한 소리로 의아하다는 듯이 말했다.

"식을 버리고 나라를 살린다…… 그것은 공자님이 잘못 생각하신 게 아닐까요?"

4

"타케치요."

"예."

"이 점에 대해서는 다음 공부시간까지 천천히 생각할 여유를 주겠다. 어째서 공자가 식보다 신을 더 소중하게 여겼는지."

"예, 생각해보겠습니다."

"그런데 그 생각의 기본이 되는 것…… 그것은 이미 네 말에서도 나왔다는 걸 알아두어라."

타케치요는 그 의미를 몰라 셋사이를 쳐다보고 다시 좌우로 고개를 흔들었다.

"타케치요는 처음에는 산노스케에게 먼저 주었어. 그런 뒤 젠쿠로에게도 주었는데, 그 아이는 타케치요가 먹기 전에는 먹지 않아서 그랬다고 했지?"

"예."

"젠쿠로는 왜 먹지 않았을까? 그리고 다음부터는 산노스케도 젠쿠로의 흉내를 냈다고 했지?"

"예…… 예……"

"산노스케는 어째서 젠쿠로를 흉내냈을까? 타케치요, 그 이유를 너는 알겠느냐?"

"글쎄요……"

"그 대답은 다음까지 천천히 생각하기로 하고, 이번에는 내 생각을 말해보기로 하겠다."

"예."

"처음에 산노스케는 아직 어리기 때문에, 타케치요가 모두 먹어버리면 자기 것이 없어질지도 모른다…… 그렇게 생각했을 것이다."

타케치요는 눈을 깜빡거리며 고개를 끄덕였다.

"그러나 젠쿠로는 타케치요가 혼자 다 먹지 않을 것을 알고 있었어. 타케치요를 믿고 있었던 거야. 믿음이 있었기에 타케치요가 먹기 전에는 먹지 않은 거지……"

셋사이는 여기서 말을 끊고, 자기 눈빛이 타케치요의 나이를 잊고 다른 중들을 꾸짖을 때처럼 엄하게 변해간다는 것을 의식했다.

"그 다음에는 산노스케도 타케치요를 믿게 되었다. 가만히 있어도 혼자 먹을 사람이 아니란 것을 깨달았던 거야. 산노스케는 젠쿠로의 흉내를 낸 것이 아니라 타케치요를 믿고 젠쿠로를 믿었던 거야. 알겠느냐, 신이 있었기에 그 약간의 식이 살아난 게야. 세 사람의 목숨을 이어준 것이지. 그런데 그 신이 없었다면 어떻게 되었겠느냐……"

셋사이는 여기서 다시 부드러운 눈으로 돌아왔다.

"젠쿠로가 혼자 먹었다면 다른 두 사람은 굶었을 게다. 타케치요가 혼자 먹어도, 산노스케가 혼자 먹어도 마찬가지지. 사람과 사람 사이에 신이 없어지면, 신이 있을 때는 세 사람 모두 굶주림을 벗어날 수 있었던 그 식이 세 사람이 다투는 씨앗이 되어 오히려 세 사람을 피비린내 나는 싸움으로 끌어들일지도 몰라."

여기까지 말했을 때 타케치요는 탁 하고 자기 무릎을 쳤다. 어느 틈에 몸은 탁자 앞으로 내밀어지고 눈은 보름달처럼 동그래졌다.

그러나 셋사이는 당장 타케치요의 대답을 들으려고는 하지 않았다.

"알겠느냐, 학문에서 속단은 금물이다. 다음 공부할 때까지 천천히 생각하도록 해라."

"예."

"서로 믿는 마음——그런 믿음이 있어서 인간인 게야. 인간이 만든 것이 국가라고는 하지만 믿음이 없으면 짐승의 세계…… 나는 그렇게 생각한다. 짐승의 세계에는 식이 있어도 서로 싸움이 그치지 않아 살 수가 없어…… 자, 오늘은 여기까지 하자. 스님과 함께 돌아가서 여러 장군들에게 인사하는 게 좋을 것이다."

"예!"

대답했으나 타케치요의 자세는 아직 그대로였다. 셋사이는 손뼉을 쳐서 옆방에서 기다리는 겐오니를 불렀다.

5

"스님, 오늘 일과는 끝났습니다."

셋사이가 부드러운 목소리로 말하는데, 겐오니는 옆에서 생각에 잠겨 있는 타케치요를 흘끗 돌아보고, '마음에 드시는지요……' 하고 묻고 싶은 모양이었다.

셋사이는 소리내지 않고 조용히 웃었다.

"상서로운 정월을 맞이했습니다. 설날에도 오늘도 후지산을 보았으니까요."

"그러시다면?"

"여러 가지로 바쁜 몸이지만 한 달에 세 번은 만날 생각입니다. 그 사흘이 앞으로 이 사람의 즐거움이 될 것입니다."

겐오니는 고개를 끄덕였다. 끄덕이는 것과 동시에 두 눈에 빛나는 것이 깃들었다.

그럴 것이었다. 모든 것을 손자의 교육에 걸고 멀리 오카자키에서 찾아왔으나, 마음에 걸리는 점이 있었다. 과연 타케치요가 이 실권자의 눈에 드느냐 그렇지 못하느냐 하는 데 그 모든 것은 달려 있었다.

"감사합니다."

"그 날짜는 추후 스님의 암자에 알리기로 하고 오늘은 이만……"

"예."

절을 하고 일어서는 겐오니를 셋사이가 다시 불렀다.

"스님, 나날의 처신을 부디 조심하십시오. 남의 눈에 띄지 않도록, 조심 또 조심."

"잘 알겠습니다. 그럼……"

겐오니에게 이끌려 타케치요는 방을 나왔다. 밖에 나왔는데도 가슴속에는 셋사이의 얼굴이 크게 눈을 뜨고 있었다. 머릿속이 모두 펄펄 끓어오르는 것 같았다.

'식이 있어도 신이 없으면 그 식은 전쟁의 씨앗이 된다.'

이 한 가지 발견이 작은 가슴속에서 여러 가지 공상으로 형태를 바꾸어나갔다.

넓게 펼쳐진 야하기가와 유역의 논. 그 논의 벼이삭이 이글이글 타오르는 불길의 혓바닥에 휩쓸려 순식간에 초토로 변해간다. 그러면 이 초토는 이미 전쟁의 씨앗은 아니다.

그런가 하면 이 일과는 아무런 관련도 없는데, 자신을 오카자키에서 아버지 묘에 성묘케 한 토리이 노인과 사카이 우타노스케가 전쟁을 벌이는 모습이 보이기도 했다.

'어째서 싸움을 하는 것일까?'

생각하는데 두 사람의 목소리까지 들려왔다.

"타케치요 따위의 성장을 기다릴 수 없다. 나는 직접 이마가와 쪽의 부하가 되어 이 땅을 손에 넣겠다."

"닥쳐. 그대 혼자의 것으로는 만들게 하지 않겠다. 이시카와도 아마노도 있다. 차지할 수 있다면 어디 한번 차지해보아라."

'과연 기름진 땅이어서 전쟁의 씨앗이 될 수도 있을 것이다. 싸우지 않게 하려면 무엇이 필요할 것인가?'

초토화시키는 일인가.

아니다, 타케치요에 대한 믿음!

타케치요는 자기가 어느 틈에 자신의 임시거처 앞에서 할머니의 손에서 우타노스케의 손에 넘겨지고, 다시 세키구치 치카나가의 집 문으로 들어가 현관 마루에 있다는 것을 완전히 잊고 있었다.

"도련님, 정신을 차려야지요!"

우타노스케의 주의를 받고 흠칫 놀라 정신을 차리고 보니, 눈앞에 어제보다 훨씬 더 아름답게 차린 츠루히메가 양쪽에 시녀를 거느리고 빤히 그를 바라보고 있었다.

"기다리고 있었어요, 타케치요 님. 자, 안으로 들어가요."

츠루히메의 말은 시원스러웠으나 눈도 얼굴도 결코 웃고 있는 것은 아니었다.

6

"새해 복 많이 받으세요."

그러나 타케치요는 아직 머릿속의 생각을 떨치지 못하고 혼잣말을 중얼거렸다.

"신이 없다면……"

"예!"

"신이……"

말하다 말고 다시 흠칫하며, 이 아가씨에게도 미움을 받아서는 안 되 겠다는 생각을 했다.

그는 웃었다. 이 경우 웃는 것이 상대에게 자신의 신뢰감을 전하는 유일한 방법이라 생각했기 때문이다.

그러나 상대는 이에 응하는 대신 가만히 현관 마루로 내려와 느닷없 이 타케치요의 손을 잡았다.

부드럽고 나긋나긋한, 무언가를 부추기는 듯한 손. 더구나 그 손에 서는 난초와 사향의 향기가 물씬 풍겼다.

"타케치요 님은 제 동생이에요."

"츠루히메의 동생……"

"앞으로는 그렇게 생각하라는 아버님의 말씀이 계셔서 오늘은 이렇 게 타케치요 님을."

마중 나왔다는 의미일 것이다. 츠루히메는 그대로 안으로 걸어가며, 작은 소리로 물었다.

"기뻐요?"

타케치요는 순순히 고개를 끄덕였다.

"아가씨는 아름다워, 그래서 기뻐."

"아름답지 않으면?"

타케치요는 잠자코 상대를 새삼스럽게 바라보았다. 뻔한 걸 묻는 츠 루히메가 약간 이상하다는 생각이 들었다.

안에서는 치카나가 부부가 가신의 아이들에게 둘러싸여 신년 휘호揮 毫를 한 뒤 축하연을 베풀고 있었다.

우타노스케가 새해 인사를 위해 찾아갔을 때, 치카나가는 얼른 일어 나 타케치요를 자기 옆자리에 앉혔다.

"모두들 기억해두도록. 이 복스러운 관상, 드물게 보는 길상吉相이야. 카이의 젊은 도련님 타케다 하루노부 님에게 결코 뒤지지 않아……뿐만 아니라 카이의 노부토라 님은 배포도 자기 아들을 능가한다면서 손뼉을 치며 기뻐하셨지…… 그 오줌 눈 일로 해서 말이야."

약간 술기운이 돈 듯 치카나가의 혀가 바삐 움직였다. 아니, 혀만이 아니라 진심으로 타케치요가 마음에 드는 모양이었다.

타케치요가 일동의 새해 인사를 진심어린 마음으로 받고 난 뒤, 다시 츠루히메가 타케치요의 손을 잡았다.

우타노스케를 그 자리에 남긴 채 복도를 건너 맞은편 별채에 있는 자기 방으로 데리고 들어갔다.

그 방에는 츠루히메보다 좀더 어린 7, 8명의 처녀들이 모여 수북하게 쌓아놓은 과자를 중심으로 둘러앉아 있었다.

"이분이 그 소문으로 유명해진 타케치요 님……"

이 말에 처녀들의 눈길이 일제히 타케치요에게 집중되었다. 그중의 하나가 손짓하며 자기 옆자리를 비웠으나 츠루히메는 고개를 저으며 얼른 다른 자리로 타케치요를 데려갔다.

"어머, 타케치요 님은 나를 좋아하는데. 그렇지 않아요?"

그 말을 듣고 보니 이 방에는 카메히메도 앉아 있었다.

츠루히메는 일단 타케치요를 카메히메와 대면하게 하고는 얼른 자기 쪽으로 바싹 끌어당겼다.

어느 틈에 손만이 아니라 둥근 어깨를 감싸듯이 하고 있어, 타케치요의 팔꿈치는 전혀 의도하지 않았는데 부드러운 츠루히메의 무릎에 얹히고 말았다.

타케치요는 얼굴이 후끈거리며 달아오르는 야릇한 감정을 처음으로 경험했다.

7

츠루히메는 타케치요를 옷소매로 감싸듯이 하고 모두에게 말했다.

"타케치요 님은 앞으로 나라에서 제일가는 무사가 될 거라고 했어."

그 모습은 비웃는 것 같기도 하고 자랑하는 것 같기도 한 교태였다.

"하지만 지금은 우리 집에서 맡은 소중한 고쇼 님의 손님이야. 그렇죠, 타케치요 님?"

타케치요는 고개만 끄덕였을 뿐 전혀 다른 생각을 하고 있었다.

그것은 지금까지 경험한 적이 없는 기묘한 정감의 추구였다. 좋은 향의 냄새가 그렇게 만든 것일까, 아니면 부드러운 츠루히메의 무릎 때문일까……

어쨌든 타케치요는 오랫동안 목욕을 하고 난 뒤처럼 나른한 기분으로 그의 이성理性이 황홀하게 마비되어가는 것을 지켜보고 있었다. 응석을 부려보고 싶은, 그러면서도 화를 내고도 싶은……

츠루히메는 그러는 타케치요와는 관계없이, 타케치요의 신상 이야기를 과장해가면서 모두에게 들려주었다. 할아버지 키요야스가 오와리까지 공격하면서 스물다섯 살에 모리야마守山의 전투에서 전사했다는 것, 그의 아버지도 또한 스물네 살의 젊은 나이로 세상을 떠나고, 타케치요는 아츠타에서 이 슨푸로 어렵게 오게 된 손님이라는 것 등.

일동은 그 이야기를 각각 자기 상상을 섞어가면서 들었다.

한숨을 쉬거나 눈물을 흘리면서 듣는 사람도 있었다.

장지문에 다시 선명한 빛이 비쳤다. 새봄다운 명랑한 분위기가 가득 방을 채워나갔다. 츠루히메는 자기 설명에 만족을 느끼면서, 뺨과 뺨이 닿을 듯한 거리에서 타케치요의 얼굴을 들여다보았다.

"내 말이 맞지요, 타케치요 님……"

그러다가 그만 그의 몸을 자기 무릎에서 휙 밀어냈다.

어느 틈에 타케치요는 자기 무릎에서 양지 쪽의 고양이처럼 눈을 가늘게 뜨고 하필이면 츠루히메 옆에 있는 카메히메를 황홀한 듯 쳐다보고 있는 게 아닌가.

츠루히메의 눈썹이 치켜올라갔다. 꿈틀 하고 눈꺼풀이 두서너 번 경련했다.

'내 무릎에서 다른 여자를……'

그것이 불가사의한 분노가 되어 가슴을 치면서, 어젯밤 성안에서의 일이 떠올랐다.

'여러 장수들이 늘어서 있는 가운데 나보다 카메히메를 더 좋아한다고 공공연하게 말한 이 아이……'

그 무례한 아이를 츠루히메는 자신의 미모로 굴복시키려고 했다. 그런데 불손하게도 타케치요는 그녀의 무릎에서 카메히메를 황홀하게 쳐다보고 있는 것이었다.

'어떻게 해줄까?'

찌르는 듯한 통증과 함께 치솟는 오기를 츠루히메는 꾹 누르고 일단 밀어냈던 타케치요를 다시 끌어당겼다.

"아 참, 타케치요 님에게 드릴 것이 있어요."

민첩하게 일어나 타케치요의 손을 잡은 채 안의 침소로 들어갔다.

침소는 그들이 있는 곳에서 방 두 개를 지나야 했다. 한낮의 햇빛도 미치지 못해 그곳은 어둑어둑하고 싸늘했다. 침소에 들어서자마자 두 소매로 타케치요를 감싸는 츠루히메의 숨결은 뜨거웠다.

"타케치요!"

"응."

"타케치요는 이 누나가 마음에 들지 않아?"

"아니."

"그럼…… 그럼…… 어째서 다른 여자를……"

츠루히메는 본능적으로 그 이름은 대지 않고 무섭게 타케치요에게 뺨을 비벼댔다. 타케치요는 눈이 휘둥그레져 츠루히메가 하는 대로 가만히 있었다……

8

타케치요로서는 츠루히메가 어째서 이처럼 흥분하여 뺨을 비비고 밀치거나 끌어당기거나 하는지 그 이유를 알 수 없었다.

화가 났는가 생각하면 귀여워해주는 것 같기도 하고, 귀여워해주는가 싶으면 나무라고 있는 것 같기도 했다.

"타케치요……"

"응……"

"나는 네가 좋아. 자, 이렇게……"

타케치요는 깜짝 놀랐다. 이렇게 심한 애무를 받아본 적이 없었다. 츠루히메의 향긋한 입술이 이마에서 뺨으로, 뺨에서 목덜미로……그리고 다시 눈꺼풀과 입술에서 소리를 내기도 했다.

'혹시 미친 것은 아닐까……?'

의심하고 있는데, 이번에는 갑자기 두 눈 가득히 눈물을 떠올렸다.

"타케치요!"

"응."

"너도 내가 좋지?"

"응."

"자, 그 입으로 좋다!고 분명하게 말해."

"좋아……"

"앞으로는 절대로 다른 여자에게 눈길을 돌리지 않겠다……"

"앞으로는 절대로 다른 여자에게……"

말하는 동안 차차 츠루히메의 마음을 알 것 같았다. 그러나 그것은 어른의 감정은 아니었다……

츠루히메가 이렇게 나를 사랑해주고 있는데, 나는 카메히메가 좋다고 했다. 그 마음에도 없는 말에 대한 후회였고 하나의 작은 깨달음이기도 했다.

'그렇구나. 여자들에게는 함부로 마음에 떠오르는 말을 해서는 안 되는 것이로구나……'

마음먹은 대로 말한 것이 이처럼 상대에게 혼란을 주었다면 안타까운 일이다.

'저 여자도 좋다……'

'이 여자도 싫지는 않다……'

그렇다면, '좋아한다 —' 고 말해도 전혀 거짓말이 아니라고 생각했다. 츠루히메는 계속 입술의 비를 퍼붓고는 다시 한 번 두 팔로 꼭 끌어안더니, 이번에는 안도하는 어조로 말했다.

"타케치요 님은 남자다워!"

"글쎄."

"자기 잘못을 금방 솔직하게 인정했어."

타케치요는 숨이 막힐 것 같았다. 어느 틈에 자기 코가 상대의 젖가슴 위에 올라 있었다.

"타케치요 님, 좋아요?"

"응."

"내가 다른 데 시집갈 때까지 지금 한 약속 잊으면 안 돼요."

"응, 아가씨는 다른 데 시집가는 거야?"

"그럼…… 벌써 열네 살인데."

"어느 성으로 가는데?"

"히쿠마노曳馬野(하마마츠浜松)의 성이거나, 아니면 이대로 슨푸의 방에 들어가거나."

"슨푸의 방이라니?"

"타케치요 님은 아직 몰라요…… 젊은 도련님이 나에게……"

다시 격렬하게 몸부림치며 끌어안았다.

"나하고 약속한 것 누구한테도 말하면 안 돼요."

"응."

"단둘의…… 우리 두 사람만의…… 알았죠, 이건 비밀이에요."

타케치요는 왠지 이상하다는 생각이 들었으나 순순히 젖가슴 위에서 고개를 끄덕였다.

봄에 내리는 서리

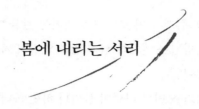

1

마츠다이라 타케치요가 오와리를 떠난 지 3년이 지났다.

노부나가는 아까부터 나고야 성 자기 거실에서 정원의 벚꽃을 잔뜩 노려보며 손톱을 깨물고 있었다. 무엇을 깊이 생각할 때의 버릇——아니 그보다는, 그것을 히라테 마사히데가 천한 자의 짓이라고 간한 뒤부터 고집이 되어 몸에 밴 행위였다.

"무엇을 생각하고 있나요?"

옆에서 노히메가 물었다.

"벚나무의 꽃봉오리가 커졌어."

퉤 하고 깨문 손톱을 정원 디딤돌 위에 뱉으면서 혀를 세게 찼다.

노히메는 양미간을 모으고 노부나가에게 차를 권했다. 벚나무의 꽃봉오리 따위에 감회를 느끼고 있는 표정이 아니었기 때문이다.

"곧 꽃이 만발하게 될 거예요."

"꽃은 피면 지는 법."

"그것은……"

부드럽게 웃어 보이며 노히메는 말을 이었다.

"서방님은 언제나 남의 말을 앞질러 가로막으시는군요."

"뭣이?"

"비가 오거나 바람이 불거나 하면 좀더 빨리 지겠지요."

노부나가는 다시 강하게 혀를 차고 무섭게 아내를 노려보았으나 화를 내지는 않았다.

"타케치요를 기억하고 있나?"

"미카와의 마츠다이라……"

"음, 지금은 슨푸에 있을 타케치요. 녀석은 나에게 귀찮은 선물 하나를 남기고 떠났어."

"선물이라뇨?"

"이와무로岩室 말이야."

노히메는 고개를 끄덕이는 대신 모른 체하고 그의 곁을 떠났다.

'역시 그 일이로구나……'

생각만 해도 남편 이상으로 가슴이 아픈 노히메였다.

이와무로란 노부나가의 아버지 노부히데가 얼마 전 막내아들을 낳게 한 열여덟 살 된 애첩을 가리키는 말이었다.

아츠타의 카토 즈쇼노스케의 동생 이와무로 마고사부로岩室孫三郎의 딸로, 노부히데가 그녀를 알게 된 것은 즈쇼의 집에 타케치요를 맡긴 인연 때문이었다.

"타케치요 녀석이 없었다면 이와무로는 아버지의 눈에 띄지 않았을 텐데……"

안죠 성을 함락하고 타케치요를 죽일 것인가 말 것인가로 논의가 분분하던 무렵, 노부히데는 즈쇼의 집에 들렀다가 마침 거기 있는 이와무로를 보았다.

그리고 맏아들 노부히로와 타케치요의 교환에서는 노부나가의 의견이 관철되었으나 그 대신 아버지는 당시 열여섯 살의 이와무로를 첩으로 삼았다.

이미 마흔두 살인 노부히데. 그 아버지가 열여섯 살 젊은 여자와 사랑에 빠지는 것도 보기 좋은 일은 아니었다. 그런데 그 이와무로가 중심이 되어 가문에, 적자의 위치에서 노부나가를 몰아내기 위한 불길을 당겼다.

노히메가 두려워하는 것은 그 불길만이 아니었다. 무슨 일에나 의표를 찌르는 노부나가. 만일 화근을 제거하기 위해 이와무로를 납치라도 하여 아버지와의 불화의 골을 더 깊게 하면 어떻게 할 것인가.

"노히메 ──"

"예."

"역시 해야겠어."

"뭘……?"

모르는 체하는 얼굴로 돌아보고 덜컥 가슴이 내려앉았다. 노부나가의 눈에 무언가를 결심한 듯한 싸늘한 의지가 얼어붙어 있었다……

2

노부나가의 눈이 불타고 있는 동안은 차라리 나았다. 하지만 일단 결심이 서면 이번에는 소름이 끼칠 만큼 싸늘한 빛으로 변해갔다. 노히메는 그것을 잘 알고 있었다.

노부나가가 벗어던진 하오리羽織°를 조용히 치우면서, 불안을 감추지 못하고 물었다.

"해야겠다니요?"

"스에모리 성末森城에서 아버지를 쫓아내지 않으면 우리 오와리 전체가 어지러워져."

노부나가의 말은 추상과 같았다. 스에모리 성에는 노부나가의 동생 노부유키信行가 성주로 있는데, 아버지는 노부유키가 아직 독신으로 있는 것을 기화로 성의 내전에 이와무로를 살게 하면서, 거의 후루와타리 성에는 있지 않았다.

아버지를 남편이 간하겠다는 뜻이라면 물론 노히메에게도 이의가 없었다. 그러나 언제나 의표를 찌르는 것이 노부나가였다. 도대체 어떻게 하겠다는 것일까? 쫓아내겠다는 말 자체가 이미 부드러운 표현이 아니었다.

"스에모리 성에는 요즘 멍청이들이 너무 많이 모여들고 있어. 하야시 사도林佐渡, 시바타 곤로쿠柴田權六, 사쿠마 우에몬佐久間右衛門 형제, 그리고 이누야마犬山의 노부키요信淸까지 얼굴을 내밀고 있어. 그냥 두면 무사하지 못할 거야."

노히메는 조용히 일어나 다시 노부나가 곁으로 왔다. 지금 말한 사람들이 이와무로와 접촉하여 노부나가를 적자의 자리에서 밀어내려고 은밀히 일을 꾸미고 있다는 사실은 노히메도 잘 알고 있었다.

그들은 노부나가를 몰아내고 그의 동생인 칸쥬로 노부유키勘十郎信行에게 가문을 잇게 하려 했다.

"그럼, 아버님에게는 무어라 간언하시렵니까?"

"간언……? 간언 따위는 무의미해."

"그렇다면?"

"이와무로를 납치해 끌어와야지."

노히메의 얼굴이 점점 창백해졌다. 역시 예감이 적중했다.

"호호호."

노부나가는 웃었다.

"질투를 하는군, 입술이 떨리는 것을 보니."

"……"

"나는 오와리에서 제일가는 멍청이야. 아버지와 첩을 놓고 싸워도 누구 하나 놀라지 않아."

"하지만…… 그런 일은."

"남이라면 용서받지 못해. 그러나 나에게는 족쇄 같은 것을 채울 수 없어."

"그렇더라도…… 일부러 아버님을 진노케 하시면……"

"노히메!"

"예."

"그대도 별로 영리하지 못하군."

"서방님 신상을 염려하기 때문이에요."

"속이 좁군, 좁아."

노부나가는 손을 내젓더니 그 손을 곧장 입으로 가져가 손톱을 깨물었다.

"내 말을 잘 들어. 불혹의 나이가 지나 어린 계집에게 홀딱 빠지고, 그것도 모자라 나와 노부유키를 맞서게 하려는 아버지라면 백성들을 위해서라도 빨리 사라지는 게 좋아. 나는 이와무로를 납치해와서, 알겠지! 하고 딱 한마디만 하겠어. 그래도 정신차리지 못하는 아버지라면 그쪽에서 먼저 창을 휘둘러 자기 자식을 죽이러 오겠지."

"오신다면 어떻게 하겠어요?"

"싸우는 거야. 싸워서 아버지도 아들도 형도 아우도 한꺼번에 망하는 것이 세상을 위한 일이야, 알겠어? 알겠으면 하카마를 이리 줘, 다녀오겠어!"

노부나가는 벌떡 일어나 옷의 띠를 고쳐매기 시작했다. 그러나 노히메는 아직 일어나지 않았다. 불안했다. 남편의 성격이 못 견디게 불안했다……

3

일어나지 않고 있는 노히메를 흘끗 바라보더니 노부나가는 혀를 차고 그대로 나가려고 했다.

"서방님!"

참다못해 노히메는 노부나가의 소매에 매달렸다.

"더 이상 문중사람들의 오해를 사서는 안 됩니다. 참으세요."

노부나가는 눈을 부라리며 노히메를 돌아보았다. 노히메는 필사적이었다.

"그렇지 않아도 서방님의 마음은 문중사람들에게 통하기 어려워요. 일부러 분쟁의 씨앗을 뿌렸다는 말을 들으면 서방님을 위해서도 안타까운 일이에요."

"뭣이, 일부러 분쟁의 씨앗을 뿌리다니, 내가 말이야?"

"예. 상대가 파놓은 함정에 스스로 뛰어든다는 생각이 들어요. 성급한 서방님이시라 틀림없이 화를 내고 일을 벌일 것이라고…… 만일…… 만일에 상대가 그런 계략을 꾸민 거라면 어떻게 하겠어요?"

"이봐!"

"예."

"그대는 마음이 아주 약해졌어."

"서방님을 생각해서 그래요."

"멍청이 같은 것! 잊지 마라. 그대는 이 노부나가를 파멸시키라는 장인의 명으로 미노에서 왔다는 것을."

"서방님!"

노히메의 목소리가 날카로워지고 눈썹이 치켜올라갔다.

"농담이 너무 심하십니다…… 진심으로 하신 말씀입니까?"

"진심이라면 용서하지 않겠다는 것인가?"

"좋지 못한 버릇이에요! 그런 조롱으로 인심을 잃으면 뜻을 이루지 못합니다."

노부나가는 희미하게 입술을 일그러뜨리고 눈을 부드럽게 했다. 겁도 먹지 않고 서슴없이 간언하는 노히메의 마음이 가슴을 찔렀다.

"그래? 조롱하면 나쁜가?"

"앞으로 얼마 동안은 서두르지 말고, 깊이 생각해보십시오."

"그래? 조롱하는 것은 나쁜 버릇인가?"

노부나가는 같은 말을 다시 한 번 되풀이하고 나서 노히메의 어깨를 툭 쳤다.

"하하하하. 그대가 이렇게 놀랄 줄은 몰랐어. 이제 나도 자신이 생겼다. 노히메, 걱정할 것 없어. 이 노부나가는 말이지, 쉽게 남이 쳐놓은 함정에 빠질 정도로 어리석게 태어나지는 않았어. 누가 곤로쿠 따위의 함정에……"

다시 웃었다. 아무래도 이번 사건의 주모자는 시바타 곤로쿠라고 점을 찍은 듯.

"이와무로를 납치하겠다고 한 것은 농담이었어. 그대가 얼마나 놀라는지 보고 싶어서 그랬던 거야. 자, 하카마를 줘! 하카마……"

노히메는 길게 안도의 숨을 쉬고 노부나가의 소매를 놓았다. 어딘가 아직 화가 가라앉지 않은 모습이었다. 하지만 반대로 의지하고 싶은 신뢰감도 치솟았다.

나이는 자기보다 세 살이 아래인데도 어느 틈에 그 부자연스러움이 없어지고 노부나가를 섬기는 아내가 되어 있었다.

그러나저러나 노부나가의 그 야유하는 버릇과 독설이 뜻하지 않은 적을 만들 것 같아 그것이 걱정되었다.

노히메가 하카마를 건네자 노부나가는 서둘러 입으면서 복도를 향해 큰소리로 외쳤다.

"이누치요! 말을!"

노부나가가 무슨 생각을 하고 있는지 노히메는 여전히 알지 못했다. 그러나 이와무로를 납치하겠다고 한 말은 확실히 농담인 것 같았다.

노히메는 바깥채와의 경계까지 칼을 받쳐들고 나가 배웅했다.

"걱정할 것 없어."

노부나가는 다시 한 번 작은 소리로 말하고 바람처럼 현관을 향해 달려갔다.

4

이누치요는 이미 현관에 노부나가가 자랑하는 잿빛 점박이 백마와 자기 말을 끌어다놓고 있었다.

히라테 마사히데로부터 마에다 이누치요만은 언제나 노부나가를 따르라는 명령을 받고 있었다.

가신들이 노부나가의 모습을 발견하고 무사 대기실에서 허겁지겁 달려나와 땅에 꿇어앉는 것을 거들떠보지도 않고, 노부나가는 훌쩍 애마에 올랐다.

이누치요에게도 아무 말 하지 않았다. 잔뜩 흐린 하늘을 흘깃 쳐다보고 그대로 말에 채찍을 가했다.

마에다 이누치요도 뒤질세라 말을 달렸다. 여전히 질풍과도 같은 노부나가의 행동이었다.

성문을 나선 말은 아츠타로 향했다.

후루와타리의 본성일까 아니면 큰 성주 노부히데가 애첩과 같이 있는 스에모리 성일까 하고 생각하던 이누치요는 고개를 갸웃하고 노부나가의 뒤를 따랐다.

벚꽃은 아직 피지 않았으나 매화와 복사꽃은 이미 점점이 봄을 수놓아 아츠타의 숲에까지 이어져 있었다.

"도련님!"

이누치요가 불렀다.

"응!"

노부나가는 대답했다. 그러나 고삐를 늦추지는 않았다.

"어디로 가십니까?"

"카토 즈쇼노스케에게."

이누치요는 다시 고개를 갸웃했다. 마츠다이라 타케치요가 떠난 뒤 아직 한 번도 찾아간 일이 없는 즈쇼의 집을 어째서 찾아가려는 것일까? 이윽고 눈에 익은 즈쇼의 집이 보였다. 이누치요는 얼른 노부나가를 앞질러갔다.

"문을 열어라!"

말에서 내리며 소리쳤다.

"나고야 성의 작은 성주님이 오셨다. 문 열어라."

곧 문이 열리고, 노부나가는 말을 탄 채 등을 구부리고 안으로 들어갔다.

갑작스러운 방문에 놀라지 않을 리가 없었다. 카토 즈쇼노스케는 허둥지둥 마루로 달려나와 마중하며 양미간을 모으고 있었다.

당연한 일이었다.

"즈쇼, 들어가겠소!"

노부나가는 말을 내뱉고 성큼성큼 앞서서 들어갔다.

"어서 오십시오."

입으로는 이렇게 말하면서도 당황하는 표정이 그대로 객실로 이어졌다.

"흐음."

객실 입구에서 노부나가는 걸음을 멈췄다.

"삼짇날 장식˚을 이미 끝내놓았군."

"황송합니다. 딸아이가 했습니다."

"꽃꽂이라 하는 것이군. 솜씨가 있소?"

"미숙하여 아직 솜씨라고는 할 수 없습니다."

그때는 이미 노부나가가 이 꽃을 배경으로 하여 상좌에 앉아 있었다.

"타케치요가 있을 때는 종종 찾아왔었는데…… 오늘은 그대에게 부탁할 일이 있어서 찾아왔소."

"이 즈쇼에게 부탁할 말씀이라니…… 대관절 무엇입니까?"

"여자요. 그대의 조카딸이오."

"저의 조카딸……?"

즈쇼가 신경질적인 표정으로 고개를 갸웃하는 것을 보고 노부나가는 지체 없이 말했다.

"그대의 동생 이와무로 츠기모리岩室次盛의 딸, 이름이 유키雪라 하던가. 그 유키를 달라고 왔소. 나에게 주시오."

"예?"

즈쇼는 자기 귀를 의심했다. 그 조카딸이라면 이미 노부히데의 소실이 되어 아이까지 낳았지 않은가……

5

즈쇼는 잠시 노부나가를 똑바로 쳐다보았다.

"농담이시겠지요……"

그리고는 얇은 입술을 일그러뜨리고 말했다.

"농담이 너무 심하시군요. 동생에게 딸이 또 있었던가 하고 저는 생

130

각했습니다."

"뭐, 농담……?"

"예. 어수룩한 즈쇼라서 농담인 줄 모르고 깜짝 놀랐습니다."

"알 수 없는 소리를 하는군. 농담이 아니오. 진심이기 때문에 남을 통하지 않고 이처럼 직접 찾아온 거요."

"죄송합니다……"

"그렇다면 어디 혼처라도 정했소?"

"또 농담을 하시는군요."

"즈쇼!"

"예."

"오늘 당장 대답하라는 것은 아니오. 한 사흘쯤 잘 생각해보시오. 이 노부나가가 목숨을 걸고 부탁하는 것이오."

"예……?"

"무장의 명예를 걸고 부탁한다는 말이오! 알겠소?"

즈쇼의 얼굴에서 한꺼번에 핏기가 싹 가셨다. 문득 노부나가가 무슨 생각을 하고 있는지 깨달을 수 있었다.

아버지의 애첩. 하지만 이와무로의 딸은 아직 분별이 모자라는 여자 아이에 지나지 않았다. 더구나 그 아이가 불혹의 나이를 맞이한 노부히데의 총애를 한몸에 받고 있고, 노부나가를 반대하는 파가 어떤 음모를 꾸미고 있다는 것은 즈쇼도 들어 알고 있었다.

그런 이와무로의 딸을 적자인 노부나가가 달라고 한다. 무사의 명예를 건다는 말까지 하는 데는 즈쇼도 그 수수께끼를 풀어내지 않을 수 없었다.

"발칙한 계집. 그대 형제의 손으로 처리하시오."

이렇게 말하는 것으로 풀이할 수밖에 없었다.

어쨌든지 이 얼마나 갑작스런 일인가!

"알겠소? 알겠거든 나는 이만 돌아가겠소. 잘 기억해두시오, 사흘 후에 다시 오리다."

눈 깜짝할 사이도 없었다. 홱 하카마 자락을 젖히고 노부나가는 벌써 객실에서 나갔다.

"이누치요, 돌아가자."

이누치요는 현관 앞에서 두 마리 말을 붙든 채 기다리고 있었다. 이 측근시동은 아마 노히메 이상으로 주인 노부나가의 성격을 잘 알고 있었을 것이다.

"작은 성주님이 돌아가신다!"

문을 향해 소리지르고, 노부나가가 훌쩍 말에 올랐을 때는 그 역시 말 위에 있었다.

채찍소리가 울렸다. 한 줄기 바람을 몰고 사람과 말이 다시 봄의 가로를 달리기 시작했다.

"도련님!"

"웅!"

"어디로 가시렵니까?"

"날 홀린 여자를 만나러 간다."

"홀린 여자라니……"

"너는 아직 몰라. 잠자코 따라오기만 하면 돼. 스에모리 성으로 가는 거야."

"스에모리 성……"

달리면서 고개를 갸웃했다.

"스에모리 성에 도련님이 반한 여자가……"

"하하하……"

격의 없이 지내는 이누치요가 고개를 갸웃하자 노부나가는 재미있다는 듯이 말 위에서 웃었다.

"이와무로 마고사부로 츠기모리의 딸인데 유키라고 하지. 성에 와 있어. 그 여자를 소실로 삼을 생각이다."

"옛!"

"재미있을 게야. 내가 직접 그 여자를 만나 연모의 정을 호소하겠어. 이 노부나가도 약간 바람기가 생겼다. 어서 가자. 하하하."

6

이누치요는 노히메처럼 놀라지는 않았다. 무슨 일에나 남의 의표를 찌르는 일만 하여 생각하기에 따라서는 완전히 미친 사람이라고밖에 할 수 없는 노부나가의 행위, 그러나 측근시동 이누치요의 입장에서 보면 언제나 기묘한 방법으로 사건수습이 마련되어 있고는 했다.

'다시 도련님의 버릇이 고개를 들었어……'

아버지의 애첩을 연모하다니 당치도 않은 말이었으나, 그것이 본심이라고는 생각되지 않았다. 무엇을 노리고 또 무엇 때문에…… 그런 생각을 하니 불안하기도 하고 동시에 호기심도 생겼다.

주종主從은 도중에 말을 세우고 잠시 숨을 돌렸다. 그러나 그때 노부나가는 이누치요에게 눈길조차 주지 않았다. 물을 마시는 말의 목을 두드리면서 무언가 열심히 생각했다.

"좋아!"

이렇게 중얼거리기도 하고 혼자 고개를 끄덕이기도 했다.

주종은 다시 땀을 흘리며 질주했다.

비는 아직 내리지 않았으나 구름이 낮게 깔리고 기온은 점점 높아지고 있었다.

스에모리 성에 이르렀을 때 성안에서는 쉴새없이 끌과 망치소리가 들리고 있었다. 미노에서도 미카와에서도 요즈음 잠시 동안 전쟁의 움직임은 느껴지지 않았다.

전투가 소강상태에 접어든 것을 기회로 노부히데는 스에모리 성을 보수하겠다고 했다. 그러나 이것은 어디까지나 표면적인 이유이고, 사실은 어린 애첩을 위해 세번째 성을 쌓으려는 것인 듯했다.

"이누치요, 저것을 봐라."

"성을 증축하는 것 말입니까?"

"바보 같은 녀석, 저것은 증축이 아니라 아버지의 감옥을 만들고 있는 거야."

이누치요는 의아하다는 듯 고개를 갸웃했으나 그때 이미 노부나가는 무어라 소리지르면서 해자에 놓인 다리를 건너 성안으로 말을 달리고 있었다.

"앗! 나고야의 젊은 성주님!"

"대관절 무슨 일로 오셨을까?"

"저렇게 엉뚱한 행동만 하시니 상속문제로 말썽이 생기는 것도 무리가 아니지."

제대로 인사도 받지 않고 그냥 지나가버리는 바람에 문지기들이 혀를 차는 동안 이누치요 또한 그 뒤를 따랐다.

"이누치요! 말을──"

노부나가는 본성 현관에서 말고삐를 휙 던져주었다. 당직 무사가 깜짝 놀라 달려오는 것을 보고 아무 말도 없이 채찍을 거꾸로 든 채 성큼성큼 안으로 들어갔다.

"아니, 나고야의 젊은 성주님께서……"

보고를 받고 허겁지겁 노부나가 앞에 나타난 것은 이 성의 원로로서 칸쥬로 노부유키의 휘하에 있는 시바타 곤로쿠로 카츠이에柴田權六郎勝家였다.

"지금 칸쥬로 님은 건축현장을 돌아보고 계시니 잠시 서원에서."

"곤로쿠!"

"예."

"누가 노부유키에게 용무가 있다고 했나?"

"그럼, 성주님께? 성주님이라면 현재 후루와타리 본성에……"

"알고 있어!"

노부나가는 채찍으로 철썩 옷자락을 때리고 나서 장난꾸러기처럼 히죽거리며 목을 길게 뽑았다.

"곤로쿠."

"예."

"잠시 못 보는 사이에 그대도 대단한 인물이 된 모양이더군."

"또 그런 농담을……"

"농담이 아니야. 그대는 이 노부나가의 누나를 아내로 달라고?"

노부나가의 성격을 알고 있는 곤로쿠는 둥근 얼굴이 빨개져서 저도 모르게 한 걸음 물러섰다.

7

"나는 그 말을 들었을 때 과연 곤로쿠는 우리 가문의 기둥이구나 하고 생각했지."

"도련님, 장소를 생각해주십시오…… 모두들 웃습니다."

"웃다니…… 내가 감사하는 마음을 그대에게 전하려고 하는데 감히 어느 안전이라고 비웃는 자가 있겠는가. 그렇지 않은가, 곤로쿠?"

"예."

"그대도 알고 있듯이 호색가인 우리 아버지는 아이를 마구 만들어내고 있어. 남자 열하나, 여자 열셋까지는 알고 있으나 그 외에도 또 있을 게야."

"예. 열두번째 아드님인 마타쥬로又十郞 님이 계십니다."

노부나가는 귀찮다는 듯 손을 내저었다.

"나는 그걸 묻고 있는 게 아니야. 그토록 남아돌 정도로 많기 때문에 그 뒤를 이을 내가 곤란을 겪고 있어. 이런 내 마음을 알고 그중 하나를 그대가 떠맡겠다는 그 충성심이 놀라워. 정말 훌륭해."

빨개졌던 시바타 곤로쿠의 얼굴에서 이번에는 핏기가 가셨다. 곤로쿠가 그것을 칸쥬로 노부유키를 통해 신청했다가 깨끗이 거절당한 사실을 노부나가는 알고 있는 모양이었다.

"나는 그 말을 듣고 눈물을 흘렸어. 곤로쿠의 충성심은 평생토록 잊지 않겠다고 마음에 새겨두었지."

"도련님!"

"내 말을 좀더 들어. 그것을 아버지가 거절했다더군. 나는 아버지의 처사에 화가 났어. 그대의 이런 충성심을 모르시다니, 아버지는 망령이 들지 않았나 하는 생각까지 했어…… 그런데 곤로쿠!"

"예."

"내가 그대라면 가만히 있지 않을 거야. 충성은 둘째치고 이것은 남자의 체면에 관한 문제라고 생각해."

곤로쿠는 더 이상 대답할 수 없었다. 노부나가가 무슨 말을 하려는지 짐작이 갔다. 칼날 앞에서 희롱당하는 기분이었다.

"나 같으면 모반을 하겠어. 내가 그대라면 그대가 모시고 있는 노부유키를 부추겨 형제들간에 싸움을 일으키겠어."

"도련님…… 장소가 장소이니 만큼……"

"글쎄, 계속 들어봐. 형제가 많기 때문에 이들이 힘을 합치면 아무도 대적하지 못해. 그러나 이들이 서로 싸운다면 역시 사람이 많기 때문에 말할 수 없이 약해지는 거야. 여기저기서 서로 물어뜯고 쥐어박고 결국엔 다 같이 쓰러지고 말겠지. 그런데 만만치 않은 것은 아버지야……하지만 여기에도 한 가지 약점은 있어. 계집이야. 젊은 계집을 던져주고 계집과 같이 우리 안에 가두면 돼. 하하하하. 그러면 오와리는 그대의 것…… 곤로쿠, 내가 그대라면 이런 각본을 실천에 옮기겠어."

"도련님!"

"그렇게 하지 않는 그대, 참으로 우러러볼 충신이야. 잘 기억해두겠어, 이 노부나가가."

이렇게 말하면서 노부나가는 천천히 등을 돌렸다.

"도련님! 그쪽은 내전입니다."

"알고 있어. 그리로 가는 거야."

"잠시 기다려주십시오…… 내전에는…… 내전에는……"

"상관없어, 곤로쿠. 나는 내전에 볼일이 있어."

"전해드리겠습니다, 하실 말씀이 있으시면 저에게……"

쫓아오는 곤로쿠를 노부나가는 철썩 하고 채찍으로 때렸다.

"앞뒤가 꽉 막힌 녀석이로군. 나를 홀린 여자를 만나러 가는 거야. 따라오지 마라."

"홀린 여자라니……"

"이와무로의 딸이야. 사랑은 상대를 가리지 않는다는 말이 있잖아?"

싱긋 웃고 그대로 안으로 사라졌다.

8

이와무로의 딸은 노부히데가 오랜만에 후루와타리의 본성으로 가 있는 동안, 아직 낳은 지 얼마 안 되는 젖먹이를 유모의 손에서 받아안아 어르고 있었다.

"자, 마타쥬로. 어디 좀 웃어봐."

이 아기가 자기 자식인 동시에 오다 노부히데의 열두번째 아들이란 사실이 여간 신기하지 않았다. 사실 지난 2, 3년 동안 자기한테 찾아온 놀라운 변화는 자신도 믿을 수 없을 정도의 것들이었다. 근엄한 성직자의 집안에서 태어나 노부히데의 소실이 될 때까지 자신의 아름다움조차 깨닫지 못하고 살아왔다.

전에 한 번 큰아버지 카토 즈쇼의 집 렌가連歌° 모임에 참석하여, 노부히데 앞에 과자를 바쳤던 일이 있을 정도였다. 그때는 아직 열 살이나 열한 살쯤 되었을 무렵이라 노부히데의 눈에는 전혀 띄지 않았다. 다만 큰아버지의 렌가 모임에 후루와타리의 성주가 참석한다는 말을 듣고, 큰아버지를 자랑스럽게 생각했을 정도였다.

그런데 이 만남이 계기가 되어 미카와의 마쓰다이라 타케치요가 큰아버지의 집을 찾아왔다. 그때에도 다이묘의 아들이란 어떤 사람일까 하고 흥미는 가졌으나, 별로 가까이하려고는 하지 않았고 가까이할 수 있다고도 생각지 않았다.

다만 그녀는 가끔 타케치요를 방문하는 아주 난폭하고 지저분한 젊은이를 보고 자기도 모르게 이맛살을 찌푸렸던 일을 기억하고 있었다. 그 젊은이는 언제나 허리에 무엇인가를 차고 타케치요를 찾아왔다. 아니, 어떤 때는 말을 탄 채 주먹밥을 먹으면서 나타나 타케치요와 같이 그것을 나누어 먹기도 하고, 마루에 서서 오줌을 누는가 하면 참외씨를 뱉어내기도 했다.

타케치요가 떠난 뒤부터는 그 젊은이도 찾아오지 않았다. 그리고 타케치요가 떠날 무렵, 두서너 번 찾아와 큰아버지와 무언가 의논하던 노부히데의 눈에 띄었다.

처음에는 후루와타리의 본성에 불려갔는데 거기 살고 있는 두 소실의 질투를 받아 결국 이 성으로 옮겨왔다. 그리고 그 난폭한 젊은이가 실은 노부히데의 적자 노부나가라는 것을 알았을 때는 있을 수 없는 일이라 생각하고 소스라치게 놀랐다.

성주의 도련님 ——

차림새에서 동작에 이르기까지 처녀의 가슴에 아름다운 환상을 그리게 했다.

'그 젊은이가 정말 도련님이었을까……?'

그런데 이 스에모리 성으로 옮겨와 보니, 그녀가 환상으로 그리던 것과 똑같은 젊은이가 살고 있었다.

단아한 얼굴, 올바른 예의, 아름다운 옷, 언어의 구사도 세련되었고, 부하들에 대한 배려도 나무랄 데 없었다.

'이 사람이 그 젊은이의 동생……'

이런 훌륭한 젊은이가 있는데 어째서 그 지저분하기 짝이 없는 사람에게 성을 물려주지 않으면 안 되는 것일까? 이런 생각을 하고 있을 때였다.

"상속은 동생 칸쥬로 노부유키 님에게."

문중에서 쑥덕거리는 말을 듣고 이와무로의 딸은 자기 느낌이 옳았다고 생각했다.

하지만 그 이상 어떤 야심도 있을 리 없었다. 다만 자기와 노부히데 사이에 태어난 아기가 성주의 아들이라는 놀라움에 그저 고개만 갸웃거릴 뿐……

이와무로의 딸이 다시 한 번 자신의 아들인 젖먹이와 뺨을 비비고 있을 때였다.

"이와무로의 딸은 있느냐? 어디에 있는가."

복도 부근에서 사나이의 거친 목소리가 들렸다.

9

그녀는 가만히 젖먹이의 뺨에서 얼굴을 떼고, 유모를 돌아보았다.

"누굴까?"

노부히데의 목소리와 몹시 비슷했다. 그러나 불혹의 나이가 지난 노부히데는 내전에 대고 이렇게 큰소리로 말하는 일이 없었다.

'혹시 화라도 난 것일까?'

노부히데는 이와무로의 딸이 무슨 말을 해도, 의아하게 생각할 정도로 나직하게 웃어넘기고는 했다. 그 다정함이 때로는 미덥지가 못해 두 사람의 연령 차이를 실감하는 일조차 있었다.

"이와무로의 딸은 어디 있느냐?"

이번에는 목소리가 가까이에서 들렸다. 아니, 목소리만이 아니라 방마다 문을 열었다가 닫는 소리가 점점 더 가까워졌다.

"마타쥬로 님을……"

유모가 손을 내밀어 젖먹이를 받아안았다.

"술이 과하신 것 같은데 어느 분일까요?"

이상하다는 듯 고개를 갸웃했을 때 방문이 스르르 열렸다. 순간 이와무로의 딸은 눈이 휘둥그레졌다. 놀란 나머지 작은 입이 크게 벌어져 다물어지지 않았다.

"오, 그대가 이와무로 마고사부로의 딸이로군."

노부나가는 선 채로 그녀를 똑바로 응시했다.

"나를 기억하고 있나?"

"나고야의 노부나가 님……"

"그래, 노부나가야. 이 노부나가가 그대에게 처음 반한 것은 아츠타의 카토 즈쇼의 집에서였어."

이와무로의 딸은 자기 귀를 의심했다. 노부나가가 처음으로 반했다고 했는지 노부히데가…… 그랬다는 것인지 알 수 없었다.

"그대는 남자의 사랑이란 것을 아는가?"

"……"

"왜 그렇게 멍청하게 서 있는 거야? 좋아! 나도 앉을 테니 그대도 앉아."

"예…… 예."

"약간 겁을 먹고 있군. 무리가 아니지. 이 노부나가의 힘은 천하 제일이니까…… 그러나 반한 여자는 내던지지 않아. 안심하고 내 질문에 대답하도록 해."

이와무로의 딸은 비틀거리면서 앉았다. 그녀의 상식으로는 노부나가의 기습적인 질문에 아무것도 대답할 수 없었다.

'노부나가는 정말 내가 성주에게 사랑받고 있다는 것을 알지 못할까. 내 곁에 있는 유모에게 안긴 마타쥬로도 모르는 것일까?'

이 성에 와서 그녀가 들은 이야기는 노부나가의 성질이 난폭하다는 것, 그리고 생각이 모자라는 멍청이라는 것이었다.

멍청이라서 아무것도 모르고 자기한테 사랑을 호소하는 것이라면, 어떻게 타일러 돌려보내야 할지……?

노부나가는 비로소 유모를 보았다. 하지만 그 팔에 안겨 있는 막내동생 쪽은 보지 않았다.

"거기 있는 너!"

"예…… 예."

유모가 겁을 먹고 깊이 머리를 숙였다.

"눈치도 없는 것, 썩 나가거라. 우물거리고 있으면 단칼에 베어버리겠다."

철컥 하는 칼소리를 듣고 유모는 황급하게 방에서 뛰쳐나갔다.

"그런데, 이와무로의 딸 ―"

"예."

"이 방에는 이제 아무도 없어. 그러니 걱정 말고 대답해. 그대는 남자의 사랑을 아는가 모르는가?"

이와무로의 딸은 저도 모르게 무릎걸음으로 조금 물러났다.

"예…… 예."

꺼질 듯한 목소리로 대답하고 꿀꺽 침을 삼켰다.

10

"안다는 말이로군. 그렇다면 나도 안심했어."

노부나가는 갑자기 터질 듯한 소리로 웃었다.

"나는 누가 무어라 해도 그대를 손에 넣기로 결심했어."

"……"

"그대가 싫다고 하건 좋다고 하건 그런 것은 내가 알 바 아니야. 나는 그대를 손에 넣고 말겠어!"

"……"

"이 일에 대해서는 먼저 그대의 큰아버지에게 알리고 왔어."

"옛, 큰아버지께……"

"그래. 그대의 큰아버지는 우물쭈물 확실한 대답을 안 했지만, 나는 분명히 손에 넣겠다고 말하고 왔어. 알겠나?"

"도련님…… 그것은…… 그것은 아니 될 말씀입니다."

"닥쳐! 아직 나는 이야기를 계속하는 중이야. 내 말이 끝나거든 대답해. 나는 사나이로서 일단 결심했어, 알겠나. 누가 뭐라 하건 물러서지 않아. 만일 그대가 마음에 둔 사나이가 있다면 죽여버리겠어. 그것이 시바타 곤로쿠건 사쿠마 우에몬이건 누구라도 용서치 않아."

이와무로의 딸은 노부나가의 눈을 쳐다보기가 무서웠다. 그것은 분명 보통 사람의 눈이 아니었다. 깜빡거리는 것을 잊어버린 채 인광을 발하는 괴물의 눈, 미친 사람의 눈이었다.

그녀는 갑자기 부들부들 떨기 시작했다. 노부나가가 당장에라도 덤벼들 듯한 예감이 온몸을 감쌌다.

"잘 들어. 이것이 사나이의 사랑이란 거야. 만일 동생인 노부유키가 그대를 연모하고 있다면 그도 용서치 않겠어. 아버지라면 결투를 벌이겠어."

"예……?"

"알겠거든 대답해. 결투를 하게 만들든가 내 뜻에 따르든가."

이와무로의 딸은 다시 몸을 뒤로 빼면서 손을 내저었다.

"잠깐!"

말하려 했으나 마비된 듯 입술이 움직이지 않았다.

소리를 질러 도움을 청할 분별도 도망칠 기력도 이미 없었다. 이런 경우를 두고 오금을 펴지 못한다고 하는 모양이었다. 오로지 노부나가의 눈만이 자기를 압박해왔다.

"하하하……"

노부나가는 웃었다.

이와무로의 딸은 천치처럼 눈을 감았다. 그 웃음 뒤에 어떤 일이 벌어질지, 이것은 자신의 의사와는 관계없다…… 절망감이 온몸의 피를 얼어붙게 했을 때 머리 위에서 다시 벼락이 떨어졌다.

"사흘!"

분명 이렇게 말한 것 같았다.

"그때 대답을 들으러 오겠어. 잘 생각해보도록."

이와무로의 딸은 의식이 몽롱해졌다. 그 몽롱한 의식 속에서 장지문이 열리고 또 닫혔다. 거친 발소리가 멀어지고 이어서 허둥지둥 달려오는 발소리가 있었다.

"아씨! 정신 차리세요, 정신을……"

상반신을 부축해준 것이 마타쥬로의 유모라고 깨달았을 때 갑자기 옆에서 아기 울음소리가 귀에 들렸다.

"정신을 차려야 해요, 정신을……"

"아아!"

이와무로의 딸은 비로소 다다미 위에 내던져진 마타쥬로를 바라보고 이어서 유모에게 매달렸다.

"노부나가 님은……? 도련님은?"

"돌아가셨어요. 바람처럼."

"무서워! 무서운 사람이야!"

"정신을 차리셔야 해요."

"아아, 얼마나 무서웠던지……"

이와무로의 딸은 다시 한 번 유모에게 매달려 새처럼 바르르 떨었다.

11

노부히데가 후루와타리 본성에서 돌아온 것은 해가 떨어질 무렵이었다.

자기가 없는 동안 노부나가가 다녀갔다는 보고를 맨 먼저 시바타 곤로쿠로부터 들으면서 요즘 부쩍 살이 찐 노부히데는 고개를 갸웃했다.

"그래?"

가볍게 고개만 끄덕였을 뿐 그대로 내전으로 향했다.

'노부나가 녀석, 아비의 마음도 모르고……'

일족이 둘로 갈려 노부나가 배척의 기운이 거세게 감돌고 있다는 것을 누구보다도 잘 아는 노부히데였다.

처음에는 웃어넘겼으나 그 불길이 점점 더 세게 번져나가고 있었다. 지금은 나고야에 있는 노부나가와 노부유키의 생모 츠치다土田 부인까지도 노부유키를 지지하는 것 같았다. 결국 노부나가의 편은 아버지 노부히데와 히라테 마사히데말고는 없었다.

노부나가 휘하에 있는 4대 중신 중 하나인 하야시 사도노카미까지도 은근히 노부유키와 손을 잡고 있는 형편이었다.

이와무로의 딸이 거처하는 방에 들어가 하카마를 벗고 좋아하는 술을 마시는데, 그녀는 마치 응석받이 딸이 아버지에게 무언가를 호소하듯 낮에 벌어진 일을 자세히 노부히데에게 고해바쳤다.

"성주님과의 결투도 불사하겠다고 무서운 눈으로 말했어요."

노부히데는 쓴웃음을 지으며 고개를 끄덕였다.

"못 말릴 녀석이야, 노부나가는…… 그러니 어떻게 하면 좋겠나?"

혼잣말처럼 반문하는데 그녀는 그게 불만인 것 같았다. 좀더 격렬한 분노를 터뜨렸으면 하고 기대했을 것이 분명했다.

"어떻게 하면 좋다니요……?"

"그토록 연모하는 상대라면 그대가 나고야에 가는 것도 괜찮겠지."

"어머…… 어찌 그런 냉정한 말씀을."

노부히데는 다시 먼 곳을 바라보는 눈으로 술잔을 들고 있다가, 한숨을 쉬었다.

"그래, 노부나가가 그 말을 하려고 왔었다는 말이로군."

"성주님!"

"응."

"노부나가 님은 무서워요. 그래서 문중사람들의 마음이 떠나는 것이라고 생각합니다."

"그래?"

"이에 비해 노부유키 님은 점점 더 신망이 두터워지고 있어요."

"노부나가가 그렇게 되도록 만들고 있으니까."

"노부나가 님이 돌아가신 뒤 노부유키 님은 곧 위로하는 사람을 보내주셨어요."

"노부유키는 그런 녀석이야."

"성주님! 시바타 님도 사쿠마 님도 노부나가 님은 모든 것을 다 알면서 그런 일을 한다고 말씀하셨어요."

"음, 모를 리가 없겠지."

"알면서도 감히 아버님께 도전하는 그 폭언, 그래도 성주님은 용서하시겠습니까?"

노부히데는 다시 얼마 동안 잠자코 있었다.

초저녁부터 점점 기온이 내려가 이대로 가면 밤에 서리가 내릴 것 같았다. 늦추위가 심한 해에는 유난히 전쟁이 많았다.

'올해에도 사건이 많을까……'

노부히데는 다섯 점 반(오후 9시)경에 잔을 물렸다.

"또 전쟁이 시작될 것 같아. 그만 자도록 하지."

이와무로의 딸을 돌아보았다. 그녀는 어느 틈에 짙은 화장을 한 얼굴로 잔뜩 교태를 부리면서, 얼른 잠자리로 등잔을 옮겼다.

"예."

12

'아무것도 모르는 계집아이 ─'

노부히데는 이불 밖으로 두 손을 내민 채 옆에 있는 이와무로의 딸을 돌아보았다.

146

그녀는 그토록 노부나가에게 겁을 먹고 있으면서도 노부히데가 곁에 있다는 것만으로도 안도감을 되찾은 모양이었다.

노부히데를 통해 알게 된 밤의 세계에 녹아들려고 기다리고 있었다.

아직 질투라는 것조차 모를 터였다. 증오나 문중의 움직임 같은 것은 더더욱 알 리 없었다. 하지만 노부히데와 가장 가까이 있기 때문에 여러 가지 암투의 도구로 이용되고 있었다.

"이와무로——"

"예."

"그대는 이 노부히데가 어째서 그대만을 가까이하는지 알고 있나?"

"예…… 아니."

"그대에게는 아직 세속의 때가 묻지 않았어. 티없는 여자아이 그대로이기 때문이야."

"예."

"나는 그대도 알고 있듯이 스물다섯 명의 자식이 있어. 그리고 그 어머니들은 내가 가까이할 때마다 저주라거나 질투라거나…… 아니, 제가 낳은 자식을 위해 무언가를 얻어내려고 작심하고 나한테 다가오는 거야."

"예."

"나는 그것을 견디지 못하겠어. 싸움은 밖에서 하는 것만으로도 충분해…… 아니, 밖에서 하는 싸움도 이젠 진력이 났어. 다행히 미노에도 스루가에도 거센 바람은 지나갔다……고 생각하고 있었는데, 그것도 왠지 이상하게 돌아가고 있는 것 같아. 밖에 싸움이 없으면 안에서 싸움의 구실을 찾는 거야. 이럴 바에는 차라리 모두 한덩어리가 되어 밖에서 싸우는 편이 나을 것 같다는 생각이다. 그런데……"

어느 틈에 노부히데는 평소의 습관대로 그녀의 부드러운 어깨 밑에 가만히 한 팔을 밀어넣고 있었다.

그녀는 만족한 새끼고양이처럼 노부히데의 듬직한 가슴에 얼굴을 밀어붙이고 가쁜 숨을 쉬고 있었다.

"이와무로, 다시 전쟁이 시작되면 나는 후루와타리의 본성으로 돌아가야 해."

"그때는…… 저도 데려가주십시오."

"바로 그게 문제야. 그대가 과연 본성의 생활을 견뎌낼 수 있을지 하는 것이."

"노부나가 님이 무섭기 때문에…… 그렇다는 말씀인가요?"

"아니, 노부나가가 아니라, 수많은 여자들의 눈과 마음이야."

"그런 것이라면 이 이와무로는 조금도 무섭지 않아요. 성주님이 옆에 계시니까."

"이와무로—"

"예."

"전쟁이 벌어지면 나는 그대 곁에 있을 수 없어."

"정말입니까……?"

"만일의 경우에는 노부나가와 상의해, 알겠어? 노부유키에게 상의하면 안 돼."

"어……어째서입니까? 노부유키 님이 훨씬 더 상냥하신데."

"바로 그거야. 노부유키는 누구에게나 상냥해. 하지만 누구에게나 상냥한 사람은 중요할 때엔 쓸모가 없어. 누구에게나 이용만 당할 뿐 자기 줏대가 없지. 노부나가는 말이야, 그대를 희롱하는 것으로 나에게 충고한 거야. 그대에게 말하면 나에게 통한다, 방심하여 가문의 분란을 초래하지 말라, 동쪽에서도 서쪽에서도 그것을 노리는 자가 있다고 나에게 충고한 거야."

"어머나……"

그녀는 불만인 듯했다. 그리고 그 불만을 그대로 젊은 유혹으로 녹이려고 노부히데에게 매달려왔다.

13

노부히데는 전에 없이 격렬한 정열로 그녀의 애무에 답했다. 그러면서도 때때로 멍하니 천장을 바라보거나 갑자기 생각난 듯이 그녀를 불러보기도 했다.

이와무로의 딸은 노부히데가 무언가 자기에게 말하고 싶은 것이 있지 않은가 생각했다. 그러나 먼저 물어보거나 하지는 않았다. 만일에 물어보면 틀림없이 노부나가의 이름이 또 나올 것 같았다.

'노부나가 님은 싫어……'

일단 마음속에 자리잡은 혐오감은 쉽게 사라지지 않을 것 같았다. 아니, 그 혐오감의 그늘에는 노부유키나 곤로쿠, 우에몬 등의 노부나가에 대한 평이 크게 작용하고 있었지만, 그녀는 깨닫지 못하고 있었다.

노부나가가 후계자가 되면 오다 가문은 순식간에 분쟁에 휘말린다. 실력에서는 노부나가에 미치지 못했으나 키요스, 이와쿠라岩倉, 이누야마에는 각각 종가의 혈통을 이은 오다 일족이 살고 있고, 노부나가의 생모 츠치다 부인의 친정 쪽인 츠치다 시모우사土田下總를 비롯하여 진보 아키神保安芸, 츠즈키 쿠란도都築藏人, 야마구치 사마노스케山口左馬助 등도 모두 노부나가를 싫어한다는 말이 들리고 있었다.

특히 노부나가의 매부 이누야마의 오다 노부키요織田信淸 등은 노부히데가 죽으면 당장 반기를 들고 나고야 성을 공격할 것이라는 소문도 들리고 있었다.

'그러한 노부나가를 성주님은 어째서 후계자로 삼으려는 것일까?'

이것은 노부히데의 착각임이 틀림없다.

"역시 후계자는 노부유키로."

말할 날이 올 것을 은근히 기대하고 있었기 때문에 더 이상 확실하게는 물어보지 않았다.

축시丑時(오전 2시)를 고하는 순라군의 딱따기소리가 조용한 성안의 망루 부근에서 들려왔다. 그때 이미 잠들어 있는 줄 알았던 노부히데가 다시 그녀를 불렀다.

"이와무로——"

"아아, 추워요……"

대답 대신 그녀가 바싹 다가갔을 때였다.

"노부나가……"

또 노부히데는 말하기 시작했다.

"무어라 말씀하셨어요? 성주님……"

"으, 으, 으……"

"성주님! 꿈을 꾸셨어요?"

"이와무로……"

"예."

"난 돌아가겠어. 난 돌아갈 거야……"

"어디로 돌아가시겠다는 것입니까?"

"후루와타리…… 본성으로……"

"옛?"

"불러줘…… 시바타 곤로쿠를…… 사쿠마……"

그 말이 예사롭지 않다는 것을 깨닫고 이와무로의 딸은 얼른 이불을 젖혔다.

"성주님! 어디가…… 어디가 편찮으십니까?"

"으응!"

이불을 젖히는데 노부히데는 잠시 전쟁이 멈춘 동안 부쩍 살이 찐 목덜미와 후두부를 할퀴듯이 쥐어뜯었다.

그 손가락의 움직임에서도 이상한 경련을 깨닫고 그녀는 싸악 온몸의 피가 얼어붙었다.

'예사 일이 아니다!'

"누구 좀 와주세요!"

소리지르며 달려나가려 했을 때 노부히데의 손이 뻗어와 그녀의 옷자락을 움켜잡았다.

14

"기다려……"

노부히데는 숨을 몰아쉬며 헐떡거렸다. 벌써 입술도 자유를 잃어 오른쪽 입가에서 침이 흐르고 거기서 흰 거품이 나오고 있었다.

"노부나가."

다시 말했다.

"떠들지 마라…… 돌아가겠다…… 후루와타리…… 떠들지 마라. 이대로 후루와타리로……"

"성주님!"

이와무로의 딸은 다시 머리맡에 털썩 앉았다. 이제는 그녀도 사태가 심상치 않다는 것을 깨달았다.

물론 저녁의 주효에 독 같은 것이 들어갔을 리는 없고, 이것은 뇌졸중임이 틀림없었다.

"성주님! 정신을 차리세요……"

너무도 갑작스러운 일이라 눈물도 나오지 않았다. 그러나 노부히데가 무엇을 느끼고 무엇을 말하려는지는 어렴풋이 알 수 있었다.

노부히데는 이 스에모리 성에서 죽었다는 말을 듣고 싶지 않았을 것이다. 빨리 후루와타리 성에 돌아가고 싶다, 노부나가를 불러라, 남길 말이 있다고 말하려는 것이 틀림없었다.

아니, 그보다 내가 죽었다는 것을 즉시 발표하는 날에는 큰일난다 ──이런 뜻도 포함되어 있었을지 모른다.

"노부나가에게……"

다시 노부히데의 입술이 움직였다.

그때는 이미 눈이 초점을 잃고 이상한 빛을 발하며, 부들부들 떠는 손은 악력을 잃고 가슴 위에 얹혀져 있었다.

그 우람한 가슴에서 심장이 뛰는 것이 똑똑히 보였으나 그것이 도리어 그녀의 공포심을 부채질했다.

"이와……이와……"

이번에는 몸이 새우처럼 구부러졌다. 그러는 동시에 아직은 자유롭게 움직이는 오른손의 손톱이 다다미의 실을 끊고 이어서 울컥 하고 무언가를 토해냈다.

검은 핏덩어리였다. 아니, 피가 섞인 오물에 술냄새가 배어 있었다.

이와무로의 딸은 정신없이 노부히데를 안아일으켰다.

"성주님! 정신을……"

노부히데는 크게 고개를 한 번 끄덕였다. 그것은 무엇을 의미하는가? 42년의 생애에 미련이 많은 단말마. 그것에 대한 슬픈 최후의 긍정인지도 몰랐다.

"으음."

깊은 숨소리가 새어나왔다. 이어서 신음소리가 그 무게에 끊어질 듯한 호흡으로 바뀌었을 때 이미 의식은 꺼져 있었다.

"성주님! 성주님!"

그녀는 미친 듯이 두세 번 격렬하게 상반신을 흔들고 와락 그 자리에 엎드려 통곡했다.

급보를 받고 시바타 곤로쿠와 사쿠마 우에몬 두 원로가 달려왔을 때는 마타쥬로의 유모와 시녀의 손으로 오물이 치워지고, 의식이 없는 노부히데 위에 흰 이불이 덮여 있었다.

"성주님! 성주님!"

곤로쿠가 불러보았다. 호흡은 여전히 무서운 신음소리로 이어지고 있었다.

"누가 속히 나고야와 후루와타리로……"

사쿠마 우에몬은, 그 역시 허겁지겁 달려온 칸쥬로 노부유키에게 말하고 곤로쿠와 눈짓을 교환했다.

"벼루를——"

그리고는 칸쥬로의 시동에게 말했다.

시동이 벼루와 종이를 가져왔다.

"유언을! 자, 내가 듣겠으니 그대로 받아 적도록 하시오."

곤로쿠는 벼루와 종이를 넋을 잃고 있는 이와무로의 딸에게 다짜고짜 들이대고, 엄한 소리로 말했다.

15

"성주님, 유언을……"

이와무로의 딸이 멍하니 벼루와 종이를 받아드는 것을 보고 시바타 곤로쿠는 노부히데의 입에 귀를 갖다 대었다.

의식이 없는 노부히데는 여전히 신음만을 계속하고 있었다.

"예? 무어라 말씀하셨습니까? 후계자는 칸쥬로 노부유키 님으로. 예, 알겠습니다……"

그리고는 이와무로의 딸 쪽으로 방향을 바꾸었다.

"자, 유언하신 대로 쓰세요. 첫째, 후계자는 칸쥬로 노부유키로."

정신을 차리고 보니 어느 틈에 노부유키는 사쿠마 우에몬과 같이 자리를 뜨고, 실내에는 죽음을 앞둔 노부히데와 이와무로의 딸, 그리고 곤로쿠 세 사람만이 남아 있었다.

"어째서 빨리 쓰지 않소? 성주님의 마지막 말씀이오."

꾸짖듯이 소리지르는 바람에 그녀는 깜짝 놀랐다. 렌가를 정서할 수 있을 정도로 글씨를 잘 쓰는 그녀였으나 지금 곤로쿠의 말을 받아적기에는 두려움이 앞섰다.

지난 밤에도 노부히데는 분명히 노부나가에게……라고 말했다. 뿐만 아니라 만약의 경우에는 노부유키에게 의지하지 말고 노부나가와 상의하라고, 마치 이 급변을 예상하기라도 한 듯한 말까지 남겼다.

"어째 쓰지 않는 거요?"

곤로쿠가 다시 재촉했다.

"쓸 수 없습니다. 성주님이 아무 말씀도 안 하셨기 때문에."

"뭣이?"

곤로쿠는 혀를 차고 물어뜯을 듯이 그녀를 노려보았다.

"내 귀를 의심한단 말이오? 성주님은 분명히 그렇게 말씀하셨소…… 그대도 정확히 들었을 거요. 자, 어서 써요. 마타쥬로 님이 불쌍하지도 않단 말이오? 노부나가 님이 무섭지도 않소?"

그녀는 갑자기 부들부들 떨기 시작했다. 시바타 곤로쿠가 이토록 무섭고 비열한 사람인 줄은 몰랐다.

'어쨌든 이것은 완전한 음모 아닌가. 그렇다면 이 사람들은 진작부터 그럴 계획으로……'

이와무로의 딸은 붓을 그대로 다다미에 떨어뜨렸다. 이대로 성주님과 같이 죽었으면 하는 충동이 불현듯 가슴에 치밀었다.

그때 노부히데가 으음 하고 다시 크게 신음하는가 싶더니 갑자기 심한 경련을 일으켰다.

"아차!"

곤로쿠는 허겁지겁 노부히데의 가슴을 부둥켜안았다.

"성주님! 성주님!"

두 번 부르고는 그대로 거칠게 손을 놓았다.

모든 것이 끝났다……

미노의 사이토, 미카와의 마츠다이라, 이세의 키타바타케北畠와 한 치의 양보도 없이 싸우고 또 싸우던 오다 단죠노츄 노부히데는 지상에 많은 회한을 남긴 채 그 영혼을 하늘로 돌렸다.

훤하게 날이 밝을 무렵이 되어서야 의사를 비롯하여 중신들이 속속 스에모리 성으로 달려왔다.

유해는 아직 숨이 있는 것으로 하고 즉시 노부유키가 있던 본성으로 옮겨졌다. 열여덟 살의 애첩과 동침하다가 죽었다는 소문은 누가 보아도 웃을 일이었다.

날이 밝으면 삼진날, 이미 벚꽃이 피려 하고 있었으나 지상에는 서리가 잔뜩 내려 있었다. 마치 꽃이 진 것처럼……

꽃 공양

1

뜻하지 않은 아버지의 죽음 소식을 전해듣고 노부나가는 소스라치게 놀라 이부자리를 걷어차고 벌떡 일어났다.

노히메는 창백한 얼굴로 잠시 멍청해 있었다. 그러나 과연 사이토 도산齋藤道三의 딸이었다. 곧 일어나 매무새를 가다듬고 아직 이부자리 위에 있는 노부나가의 머리맡에 코소데小袖°와 하카마 등 옷을 가져왔다.

노부나가는 흘끗 그것을 바라보고 고개를 끄덕였다. 상복이 아니었다. 말은 안 하지만 상喪을 숨기라는 뜻인 것 같기도 하고, 그런 습관을 알고 있는 것 같기도 했다.

"노히메 ——"

"예. 어서 옷을 갈아입으시지요."

"서두를 것 없어. 이미 돌아가신 이상."

노히메는 잠자코 가슴에 두 손을 모았다. 그러고 보니 크게 뜬 노부나가의 눈에서 눈물이 뚝뚝 떨어지고 있었다.

"인생은 겨우 오십 년…… 그런데도 팔 년이나 일찍 돌아가셨어."

노히메도 갑자기 슬픔이 치밀어 나직이 흐느껴 울었다.

"노히메 ——"

"예."

"울면 안 돼. 미카와의 타케치요보다 나는 십 년이나 더 아버지를 오래 모셨어……"

"예!"

"자, 준비해!"

노히메가 오열을 씹으며 뒤로 돌아오자 노부나가는 옷에 한 팔을 끼고는 생각하고 또 한 팔을 끼고는 고개를 갸웃했다.

타케치요는 비록 적의 인질이었으나 내부적으로는 행복한 단결을 이루고 있었다. 그러나 노부나가는 외부에도 적이 있고, 내부에도 적이 있었다.

스스로 초래한 사태라고 할지도 모를 일. 그러나 그렇게 하지 않고는 안 되었던 사정은 아무도 생각하려 하지 않았다.

하카마의 띠를 묶고 탁 하고 배를 두드리며 노부나가는 말했다.

"좋아."

드디어 변고를 당한 아버지와 대면할 각오가 된 모양이었다. 칼걸이에서 칼을 내려 건네는 아내에게 보기 드물게 미소를 보이고 다시 울먹였다.

"노히메 ——"

"예…… 예."

"아버지는 단 하나, 이 노부나가에게 커다란 유산을 남겨주셨어. 당신은 그게 뭔지 알 수 있겠나?"

노히메는 솔직하게 고개를 저었다.

"이 노부나가를 끝까지 믿어주셨지. 노부나가야말로 자기가 이루지 못한 꿈을 이룰 녀석이라고…… 그것을 믿어주셨어."

"아버님의 꿈이라니요?"

"곧 알게 될 거야. 오와리 한 지방의 노부나가가 되지 말라고 하신…… 오다 일족의 흥망보다 훨씬 더 큰 꿈!"

노히메는 문득 떠오르는 것이 있었다. 노부히데가 언젠가 히라테 마사히데에게 귀띔했다는 말이었다.

"제가 킷포시 곁에 있는 한 절대로 오다 일족은 망하지 않습니다."

후계문제로 이런 말을 했을 때 노부히데가 웃으면서 했다는 말.

"오다 일족 같은 것은 망해도 어쩔 수 없는 일, 좀더 큰 것이 이루어지기만 하면."

노부나가는 지금 그 '큰 것' 을 말하고 있는 것 같았다.

"그럼, 뒷일을 잘 부탁해. 문중의 움직임이나 분위기 같은 것을."

노부나가는 이렇게 말하고 빠른 걸음으로 침소를 나왔다.

바깥채와의 경계에서는 이미 이누치요가 엄숙한 자세로 기다리고 있었다.

2

"나고야의 도련님이 오셨습니다."

좌중이 갑자기 술렁거리기 시작했다.

파격적인 것으로 유명한 그가 아버지의 죽음을 도대체 어떤 표정으로 받아들일까? 아니 그보다도 중신들의 의견에 어떤 독설을 퍼부을 것인가 하는 데 대한 혐오와 경계심 때문이었다.

노부히데의 머리맡에는 누이들도 츠치다 부인도 없었다. 아직 정식으로 상喪을 발표할 때는 아니었다. 중태에 빠진 채 중신들을 가까이 부른 형식이었다.

히라테, 하야시, 아오야마青山, 나이토 등 4명의 원로 외에 오다 겐바노죠, 오다 카게유사에몬, 오다 미키노죠織田造酒丞가 있었다. 사쿠마, 시바타, 히라타平田, 야마구치, 진보神保, 츠즈키가 나란히 좌정하고 노부나가의 형제로는 노부히로와 노부유키뿐. 그리고 웬일인지 노부나가의 매부 노부키요가 멀리 이누야마 성에서부터 와 있었다.

"도련님, 이쪽으로——"

노부나가의 모습을 보고 먼저 히라테 마사히데가 노부유키의 상좌로 그를 안내했다.

노부나가는 이를 무시하고 성큼성큼 아버지 곁으로 다가가 허리를 굽혀 아버지 이마에 손을 얹었다.

그 무례한 행동에 히라테 마사히데와 하야시 사도가 거의 동시에 나무랐다.

"도련님!"

노부나가의 귀에는 들리지 않는 듯——

"이미 차가워졌어!"

모두가 들을 수 있도록 큰소리로 혼잣말을 했다.

"극락왕생이야. 어째서 베개를 북쪽으로 향하게 하지 않았어? 어째서 빨리 향과 꽃을 준비하지 않았어?"

"도련님!"

"아직 상을 발표하지 않았습니다."

"뭐라구?"

노부나가는 무섭게 눈을 부릅떴다.

"죽은 사람을 이대로 내버려둬도 된단 말인가? 지시는 내가 한다. 어서 유해를 후루와타리의 본성으로 옮기도록."

"노부나가 님."

이누야마의 노부키요가 쓸쓸한 표정을 짓고 선 채로 노부나가를 바라보았다.

"우선 앉으시오."

그러면서 혀를 찼다.

"언제 상을 발표하느냐 하는 것은 중요한 문제요."

노부나가는 아무렇게나 책상다리를 하고 앉았다.

"어째서?"

"어째서라니 그건 얼빠진 질문이오. 동쪽의 이마가와, 서쪽의 키타바타케北畠, 북쪽의 사이토齋藤, 안전한 것은 남쪽 바다뿐이오. 후루와타리 성으로 옮겨모시는 데는 이의가 없지만, 중태에 빠지신 것으로 가느냐 아니면 아무 일도 없다는 듯이 가마로 모시느냐……"

노부나가는 손을 흔들었다.

"다 필요없어!"

"필요없다니."

"물론이지. 그런 얕은꾀에 넘어갈 적이 아니야. 사실 그대로 밀고나가는 거야."

"형님."

노부유키가 무릎걸음으로 나앉았다.

"그럼, 아버님이 이와무로의 딸과 동침하다가 세상을 떠났다는 웃음거리가 돼도 좋다는 말입니까? 그것이 효도하는 길이라고 생각한다는 말입니까?"

"물론이다, 노부유키. 무장이 전쟁터에서 쓰러지지 않고 다다미 위에서 왕생한다…… 이건 좀처럼 누릴 수 없는 복이야. 애첩과 동침중이었다면 더더욱 그래. 그 이상의 왕생극락은 없어. 비웃는 녀석도 있을지 모르나 마음속으로는 부러워하고 있을 거야. 속이 들여다보이는 효도 따위는 아버지가 원하지 않아."

"도련님!"

160

히라테 마사히데가 참다못해 옷소매를 당겼을 때였다.

"실은……"

중신들의 말석에서 말하는 사람이 있었다.

"반드시 이 자리에서 피력하지 않으면 안 될 유언이 있습니다."

"뭣이, 유언이……?"

일동의 눈길이 뜻하지 않은 목소리가 나오는 곳으로 쏠렸다. 발언한 것은 시바타 곤로쿠였다.

3

곤로쿠가 품에서 보자기에 싼 것을 공손히 꺼내는 모습을 노부나가는 눈을 가늘게 뜬 채 바라보고 있었다.

"음, 유언이라. 어디 봅시다."

목소리가 아주 부드러워지며 곤로쿠를 포근히 감싸는 듯한 감을 주었다.

곤로쿠는 내심 당황했다. 고래고래 소리를 지를 줄 알았는데 이게 웬일일까?

물론 유언은 가짜였다. 노부히데가 가짜라는 말을 할 리도 없고 이와무로의 딸이 따로 진실을 적어두었을 리도 없었다. 따라서 곤로쿠는 그것을 읽기만 하면 되었다……

노부나가에 대한 반감과 의구심은 그것만으로도 충분히 효과를 나타낼 수 있었다. 노부나가가 이 일로 격분하면 할수록 목적은 쉽게 달성될 것이었다.

"이것은 가짜다!"

소리지른다면 사람들은 더욱 그 진위를 의심할 것이다. 그런 정도로 노부나가는 문중의 신뢰를 잃고 있다——고 곤로쿠는 생각하고 있었다.

"그래요? 유서가…… 그렇다면 다행이군."

노부나가는 다시 말했다.

"내가 모두에게 읽어주겠소. 자, 이리 주시오."

또다시 부드럽게 독촉하는 바람에 곤로쿠는 저도 모르게 일어섰다. 상대가 너무 부드러운 태도여서 거절할 수도 없었다.

노부나가는 곤로쿠의 손에서 유서를 받아들고 두어 번 그것을 자기 이마에 대었다가 그대로 품속에 집어넣었다.

"유서를 펴기 전에 아버지의 마지막 모습을 알고 싶군. 노부유키, 너는 아버지를 돌아가시기 전에 뵌 적이 있느냐?"

"물론입니다."

노부유키가 대답했다.

"내가 달려갔을 때는 아직 의식이 또렷하셔서……"

"음."

그는 노부유키의 말을 중단시켰다.

"그렇다면 너는 불효자야."

"이상한 말이로군요…… 어째서 제가 불효자입니까?"

"의식이 분명하고 숨도 끊어지지 않았는데 어째서 아버지를 이곳으로 옮겨서 간호하지 않았지? 너 아까 무어라 했지? 아버지는 이와무로와 동침중에 숨이 끊어졌다…… 세상의 웃음거리가 돼도 좋으냐고 나를 나무랐어. 그 말을 잊지 않았을 테지?"

"그야…… 물론 그랬지만."

"닥쳐라! 너는 형을 우롱할 생각이냐? 동침중에 그런 일이 생긴 게 사실이라면 도리가 없어. 하지만 의식이 있었다면 그와 같은 웃음거리가 되지 않게 할 수도 있었어. 어느 것이 사실이냐, 분명하게 말하라."

"황송하지만……"

들다 못해 시바타 곤로쿠가 끼여들었다. 노부나가는 웃으면서 손을
내저었다.

"그대의 충성심은 알고 있으니 잠자코 있으시오. 그런데 노부유키!"

"예."

"이 유서는 아버지의 구술을 이와무로의 딸이 받아쓴 것이라고 곤로
쿠가 그러는데, 너도 그렇다고 인정하느냐?"

"글쎄…… 그것은…… 저는 그 자리에 없었기 때문에."

"모른다는 말이지. 모르기 때문에 믿을 수 없다는 말이로구나. 좋아!
그렇다면 이 유서를 펴도 소용없다는 것을 알았어. 아버지가 살아 계실
때 네가 아버지를 만났는데 너한테는 쓰게 하지 않고 여자에게 쓰게 했
다는 것은 믿을 수 없어. 이것은 노부나가가 영원히 보관해두겠다. 그
런데, 곤로쿠!"

"예."

"참고삼아 그대에게 한 가지 묻겠는데."

노부나가는 이렇게 말하면서 짓궂게도 히죽 웃으면서 어깨를 늘어
뜨렸다.

4

노부나가의 미소에 곤로쿠는 그만 소름이 끼쳤다. 그가 생각했던 것
처럼 상대는 단순하지 않았다. 만일 이 자리에서 더 이상 유서에 대해
말한다면, '알겠소, 알겠다니까' 하고 손을 흔들 것이 분명하다.

"참고삼아……라고 하시면……?"

곤로쿠는 겨드랑이에 식은땀이 흐르는 것을 느끼면서 진지한 표정
으로 노부나가를 쳐다보았다.

"다름 아니라, 상상(喪)에 대한 말인데…… 얕은꾀를 쓰지 않고 그냥 발상했을 때, 만일 이 노부나가를 깔보고 군사를 오와리에 진입시키는 자가 있다면 그대는 그게 누구라고 생각하시오?"

"글쎄요, 그것은……"

"모르겠다, 이 말이오? 하하하. 가슴에 손을 얹고 잘 생각해보시오. 과연 누구겠소?"

다그쳐 묻는 말에 곤로쿠의 얼굴이 빨개졌다. 아니, 곤로쿠만이 아니었다. 노부유키는 돌처럼 굳어진 표정으로 눈도 깜짝이지 않았고, 이누야마 성의 노부키요와 하야시 사도도 분명 얼굴이 경직되어 있을 것이었다.

"모르겠소?"

노부나가는 다시 웃었다.

"나는 잘 알아요. 나는 오와리에서 제일가는 멍청이라고 하지만 말이오, 그들의 뱃속은 읽고 읽고 또 읽고 있소. 걱정하지 마시오."

"예!"

"곤로쿠, 이 노부나가는 말이오, 오와리가 침범을 당해야 비로소 싸우는 그런 겁쟁이로도, 그렇다고 분별있는 자로도 태어나지 못했소. 적의 창이 움직이는 것을 보면 지체없이 뛰어들어가 적의 숨통을 끊어놓을 것이오. 안심하고 아버지의 유해를 본성으로 옮기고 바로 장례준비를 해주시오."

노부나가의 말을 지금껏 지그시 눈을 감은 채 듣고 있던 히라테 마사히데가 입을 열었다.

"아, 잠깐……"

노부나가의 말을 중단시켰다.

"도련님…… 아니, 오늘부터는 도련님이 아니고 성주님입니다. 성주님, 성주님도 말씀하셨습니다마는, 저 역시 방비를 튼튼히 하면 겁낼 것이 없다고 생각합니다. 그러므로 어차피 치러야 할 장례식이니 즉시 거행하여 그 후 더욱 방비를 굳게 하면 도리어 세상의 빈축을 사지 않으리라 생각하는데 어떻습니까?"

그는 조용히 일동을 둘러보았다. 노부나가의 눈 또한 전처럼 매의 눈으로 돌아와 마사히데와 함께 엄하게 일동을 둘러보았다.

나이토 카츠스케內藤勝助가 먼저 후우 하고 안도의 숨을 내쉬었다.

"성주님의 분부시라면 오로지 따를 뿐입니다."

"옳은 말이오."

아오야마 요소자에몬青山與三左衛門도 고개를 끄덕였다.

네 명의 원로 중에서 세 사람이 동의한 이상 다른 반대는 통할 것 같지 않다──이렇게 판단한 노부유키도 노부나가에게로 향했다.

"형님 말씀이 옳다고 생각합니다."

노부나가는 눈을 크게 뜨고 혀를 찼다. 노부유키의 이 나약한 성격이 비위에 거슬렸다. 그 자리의 분위기에 순응할 뿐 줏대가 없었다. 팔방미인으로 있고 싶은 듯 잔재주와 야심만 가지고 있을 뿐이었다.

"그럼, 지금부터 곧 유해를 본성으로 옮기도록 하시오. 그런 뒤 장례를 위한 만반의 준비를 하시오."

히라테 마사히데가 조용히 결정사항을 선언했다. 고개를 숙인 시바타 곤로쿠는 이를 악물고 눈물을 뚝뚝 떨구고 있었다.

5

오다 일족은 노부나가에 대한 심한 반감을 간직한 채 빈고노카미 노부히데備後守信秀의 장례를 치르게 되었다.

텐분 20년(1551) 3월 7일.

장소는 11년 전에 노부히데 자신이 건립한 나고야의 카메타케 야마龜岳山 만쇼 사, 주례 역시 노부히데가 직접 절의 주지로 초빙한 다이운大雲 화상으로 결정되었다.

오다 본가의 벼슬 카즈사노스케上總介를 새로이 계승한 노부나가는 거의 그 협의석상에 모습을 나타내지 않았다.

하야시 사도와 히라테 나카츠카사만이 서로의 속마음을 탐색하면서 표면적인 풍파를 숨긴 채 노부히데의 장례만은 무사히 끝내려 했다.

문제는 물론 그 후에 있었다.

시바타 곤로쿠, 사쿠마 우에몬, 그 동생인 시치로자에몬七郎左衛門, 하야시 사도, 사쿠마 다이가쿠佐久間大學, 야마구치 사마노스케, 츠즈키 쿠란도 외에 노부나가의 외숙부 츠치다 시모우사와 이복누나의 남편 진보 아키, 오다 노부키요까지도 노부나가야말로 오다 가문을 멸망케 할 장본인이라 주장하고 있었다.

'만일 장례식 뒤에 이들 일당이 소란을 일으킨다면……'

노부나가의 가슴은 아팠다.

아버지를 이와무로의 딸에게서 떼어놓고 속히 본성에 돌아가게 하려던 것도 이 때문이었다. 이마가와 쪽에서는 이미 만반의 준비를 갖추고 서서히 오와리를 압박하기 시작하고 있었다.

노부나가가 보기에 나루미鳴海 성주인 야마구치 사마노스케 부자는 이미 그 압박을 이기지 못해 은밀히 적과 내통하는 기색마저 있었다.

안죠 성을 빼앗기고 사쿠라이櫻井 또한 적의 수중에 있었다. 이마가와 쪽에서는 내로라 하는 무장 카츠라야마 빗츄노카미 우지모토葛山備中守氏元, 오카베 고로베에 모토노부岡部五郎兵衛元信, 미우라 사마노스케 요시나리三浦左馬助義就, 이오 부젠노카미 아키코레飯尾豊前守顯滋, 아사이 코시로 마사토시淺井小四郎政敏 등이 나루미 성과 마주보는 곳에 성채를 구축하고 있었다.

노부히데의 죽음이 일족의 분열을 초래하면 기다렸다는 듯이 공세를 취할 것이 확실했다. 아니, 그 정도라면 아직 노부나가로서는 자신이 있었다. 하지만 그렇게 되면 노히메의 아버지 사이토 도산이 가만히 있을 리 없었다.

"나의 소중한 사위를 몰아내다니 어디 될 말인가!"

노부나가를 돕는다는 구실로 즉시 군사를 오와리에 진입시켜 이마가와 쪽과 땅을 다투게 될 것이다.

장례식을 하루 앞둔 6일 오후였다.

"노히메! 칼을——"

노부나가는 지금까지 방에서 뒹굴며 코털을 뽑거나 손톱을 깨물거나 하고 있다가 느닷없이 벌떡 일어났다.

노히메는 깜짝 놀라 칼걸이에서 칼을 내려 그에게 건넸다.

"노히메!"

"예."

"지금이야말로 이 노부나가가 미망迷妄을 끊을 때야!"

말과 행동은 언제나 하나. 홱 웃통을 벗어던지고 노부나가의 몸은 어느 틈에 정원으로 날았다.

그러나 칼은 뽑지 않았다. 불길이 뻗칠 것 같은 눈을 크게 뜨고 하늘을 노려보고 있었다.

노히메는 숨이 막힐 것 같았다. 그녀 역시 노부나가의 고민은 알고 있었다. 오다 문중의 혼란을 틈타 이마가와와 사이토가 개입해오면 이기건 지건 노부나가가 설 땅은 없었다. 열아홉 살에 오다의 카즈사노스케가 된 노부나가는 마츠다이라 타케치요와 같은 고아의 신세가 될 것이었다.

"에잇!"

넉 자짜리 큰 칼이 칼집에서 뽑혔다. 가득히 봉오리를 맺은 정원의 벚나무가 잿빛 하늘 아래서 어렴풋이 움직이는 것 같았다.

6

이튿날—

만쇼 사 경내에는 이미 여기저기 꽃이 피어 있었다. 그 아래를 노히메는 무거운 걸음으로 걷고 있었다.

노부나가는 어제 오후 '미망을 끊겠다!'고 칼을 휘두른 뒤 그대로 어딘가로 가서 오늘 아침까지 나타나지 않았다.

필시 후루와타리 본성으로 마지막 담판을 지으러 갔을 테지만, 자기 손으로 오늘의 장례식 상복을 입혀주지 못한 것이 유감이었다. 아니, 유감은 그것만이 아니었다. 미노의 아버지가 이번에는 오겠지…… 하고 생각했는데 조문의 글 한 장을 보내왔을 뿐, 여전히 오다 일족을 노리는 독수리 한 마리로 남아 있었다. 물론 아버지가 그리웠다. 그러나 지금은 진정으로 남편을 사랑하고 있었다. 그런데 이 두 사람은 융합되지 못할 물과 기름의 사이라니……

노히메의 모습을 발견하고 노부히데의 시동이었던 고미 신조五味新藏가 말했다.

"미노의 마님이 도착하셨습니다!"

손에 든 분향자 명단에 붓으로 표시를 하고 나서 안내했다.

이미 본당에는 일족들이 모여 있었다. 노히메는 고개를 숙이고 염주를 굴리면서 상주인 노부나가의 자리 뒤로 갔다. 상주 노부나가의 자리는 아직 공석인 채로 있었으나, 그 다음 자리에 있는 칸쥬로 노부유키는 단정히 상복을 차려입고 정중히 노히메를 맞이했다.

노히메는 목례를 하고 자리에 앉았다.

노부유키 다음에는 역시 정실 소생인 3남 키쥬로喜十郎, 그 다음에 는 세 살의 딸 오이치於市. 노부나가를 포함하여 이 네 사람만이 정실 츠치다 부인의 자식이었다.

오이치 다음에는 전에 안죠 성의 성주였던 서자 중의 맏이인 사부로 고로 노부히로. 이어서 노부카네信包, 키조喜藏, 히코시치로彦七郎, 한쿠로半九郎, 쥬로마루十郎丸, 겐고로源五郎 등 태어난 순서대로 앉고, 마지막으로 젖먹이인 마타쥬로가 이와무로의 딸에게 안겨 소리내어 주먹을 빨고 있었다.

또 그 줄 다음에는 노히메, 츠치다 부인과 사이를 두고 서출의 딸이 12명. 셋째 줄에는 10명이 넘는 소실의 자리가 마련되어 있었다.

어린 상제가 많은 장례식이어서, 한껏 슬픈 분위기가 감돌아야 할 텐데도 서출의 딸과 소실들은 기묘하게도 꽃밭과도 같은 느낌을 주었다.

노히메는 고개를 숙일 때마다 눈물이 떨어져 견딜 수 없었다. 표면적으로는 성대하고 엄숙한 장례식이지만, 내면에는 시기와 증오가 뱀처럼 도사리고 있었다.

유족석 옆에는 본가 키요스의 성주 오다 히코고로와 오다 가문의 장손……이라고는 해도 지금은 완전히 실권을 잃고 키요스의 식객으로 전락한 명문 시바 요시무네斯波義統가 짐짓 엄숙한 표정으로 자리잡고, 그 뒤에 일족과 원로 중신들이 위엄있게 앉아 있었다.

승려의 손으로 촛불이 밝혀지고 향이 피워졌다. 이윽고 주례 다이운 화상을 비롯하여 인근 각지에서 찾아온 승려들이 들어왔다.

그 수는 대략 400명.

자기가 세운 절에서 이처럼 성대하게 공양을 받는 노부히데는 과연 환희의 불과佛果를 받고 있는 것일까……?

정면에 세워진 '반쇼인 모모이와도겐 다이센조몬万松院桃岩道見大禪定門'이라 씌어 있는 흰 나무로 된 위패를 등불이 환하게 비추기 시작했을 때, 사람들로 가득 찬 넓은 불전에서 엄숙한 독경소리가 울려퍼지기 시작했다.

7

노히메는 여간 초조하지 않았다. 이미 독경이 시작되었는데도 여전히 상주 노부나가의 자리는 빈 채로 있었다.

'도중에 무슨 변고라도……'

생각이 들어 더더욱 가슴이 떨렸다.

히라테 마사히데가 자세를 낮추고 노부유키 뒤에서 자기 쪽으로 다가오는 것을 보고 노히메는 다시 가슴이 섬뜩했다.

"성주님은?"

마사히데는 주위에 신경을 쓰면서 귀에 입을 가까이 대고 말했다.

"성은 같이 나오셨나요?"

빠른 말로 물었다. 노히메는 당장에는 대답할 수 없었다.

"성주님은…… 어젯밤…… 외출하신 채."

마사히데의 얼굴에서 한꺼번에 핏기가 가셨다. 그러나 과연 노련한 마사히데였다. 다음 말은 입밖에 내지 않고 두어 번 가볍게 고개를 끄덕이고는 자기 자리로 돌아갔다.

노히메는 머리가 확 달아올랐다.

마사히데의 말로 노부나가가 가신들과 함께 있지 않았다는 것을 알게 된 동시에, 상상이 불길한 쪽으로 치달았다.

살해된 것은 아닐까? 아니면 어디 감금이라도 당한 것이 아닐까?

싸움을 자주 하는 사람들 사이에서는 그러한 일은 다반사였다.

애당초 노부나가의 행동은 너무나 색달랐다. 아버지 장례식에도 참석하지 않고——그런 비난을 퍼뜨리며 뒤에서는 자객을 동원한다……

명복을 비는 독경은 계속되고 있었다.

아니나다를까 사람들의 눈길이 공석으로 쏠렸다. 노히메는 더 이상 고개를 쳐들 용기도 나지 않았다.

'나를 석방하라! 석방하지 못하겠느냐, 이놈들아.'

우리 안에서 소리지르는 노부나가의 환상이 보이기도 하고, 풀을 움켜쥐고 피투성이가 되어 쓰러져 있는 모습이 눈앞을 스치기도 했다.

이윽고 승려들도 노부나가가 없다는 것을 깨달은 듯 독경소리가 점점 작아져갔다.

"분향을……"

그때 한 승려가 일어나 주례에게 무어라 귀엣말을 하고 나서 수석 원로인 하야시 사도에게 왔다.

"상주께서는 웬일이십니까? 범패를 중단할까요?"

하야시 사도는 씁쓸한 표정으로 옆자리의 마사히데를 돌아보았다.

"아직 안 오셨습니까? 설마 아버님에 대한 분향을 잊지는 않으셨겠지요?"

마사히데는 입술을 깨물고 염주를 굴렸다.

"곧 오시겠지요."

"귀하가 키우신 분이라 물론 잘못은 있을 리 없으나 장례식 도중에 독경이 중단된다면 우스운 일이지……"

마사히데는 그 말에 대답하는 대신 고개를 돌려 경내를 바라보기도 하고 객석으로 눈길을 돌리기도 했다.

그 눈길을 보고 두세 사람이 허둥지둥 자리에서 일어났다.

그들이 자리에 돌아오기 전에 결국 독경소리는 끊어졌다.

다시 승려가 중신들 쪽으로 달려왔다.

고미 신조는 분향 순서를 적은 종이를 든 채 구원을 청하듯 하야시 사도와 히라테 마사히데를 번갈아 바라보고 있었다.

　드디어 하야시 사도는 뒤를 돌아보며 한쪽 무릎을 세웠다.

　"가문을 이어받을 성주님은 어디 계시오?"

　분노에 찬 눈으로 일동을 돌아보았다.

8

　"분향을 하실 차례요! 성주님은……"

　하야시 사도가 다시 말을 꺼내었다.

　"아니, 잠깐만."

　히라테 마사히데는 깜짝 놀라 손을 내저었다.

　"후계자인 성주님이 좀 늦어진다고 해서 차남부터 분향할 수는 없는 일, 잠깐만 더 기다려봅시다."

　마사히데의 몸가짐은 의연했으나 얼굴도 입술도 잔뜩 상기되고 이마에는 납덩어리 같은 땀이 흐르고 있었다.

　"아버님을 마지막으로 보내드리는 평생에 단 한 번밖에 없는 의식, 아무리 대담무쌍한 성주님이라도 설마 잊지야 않으셨겠지요."

　"히라테 님!"

　"예."

　"아니…… 아직은 말하지 않겠소. 좋아요, 조금만 더 기다립시다."

　노히메는 귀를 막고 싶었다. 독경소리가 끝난 다음에 들리는 나직한 소리들은 한결같이 노부나가에 대한 반감과 조소뿐 누구 하나 걱정하는 사람이 없었다.

　차남 노부유키가 늦어졌다면 도중에 변고가 났을지도 모른다는 말이 분명히 나왔을 것이었다.

'이런 반감들 속에서 성주님은 대관절 어떻게 일족을 통솔해나갈 것인가……'

감금, 암살 따위의 불상사는 없을지 모르나 노부나가의 앞날은 캄캄하기만 할 것 같았다.

"또 낚시질이라도 하시는 걸까?"

"씨름인지도 몰라."

"아니, 춤일 거야. 한창 꽃놀이의 계절이니까."

"그러나저러나 대단한 성주님이셔. 아버님의 장례식을 잊어버리시다니."

이렇게 수군거리는 소리에 섞여 종손 오다 히코고로의 목소리가 들렸다.

"중신들에게 묻겠는데, 언제까지 기다릴 생각이오?"

"예, 잠시만 더."

마사히데의 대답이었다.

"이런 일은 전대미문이오, 마사히데."

"황송합니다."

"아니, 그대가 황송해할 것은 없어요. 그러나 만일의 경우를 위해 묻겠는데, 끝내 노부나가가 나타나지 않으면 오늘의 장례식은 중지하겠소?"

부드럽게 힐문하는 말을 듣고는 그만 마사히데도 우물쭈물할 수밖에 없었다.

"아니, 그렇지는……"

"노부유키부터 분향해도 괜찮다는 말이오? 아니면 노부유키가 먼저 분향해서는 안 된다는 말이오?"

"그렇지는…… 않습니다. 다만 잠시만 더."

"히라테 님."

이번에는 사도가 입을 열었다.

"시간에 대어 오시지 않기 때문에 이대로 진행한다 해도 우리는 불충不忠이 아니라고 생각하는데요."

"그렇습니다."

"친척 어른들에 대한 예의도 생각해야 할 것이므로 더 이상 기다릴 수 없지 않겠소?"

이때였다. 히코고로와 마사히데의 대화에 정신이 팔려 아무도 깨닫지 못하고 있던 불전 입구에 그림자 하나가 나타났다.

"앗!"

말석에 앉아 있던 사람이 외쳤다.

"성주님! 성주님이십니다. 성주님이 오셨습니다."

"뭣이, 성주님이……"

노히메는 깜짝 놀라 고개를 들었다.

아니, 노히메만이 아니었다. 유족도 승려들도 일제히 약속이라도 한 듯 입구를 보았다.

9

'천만다행이다. 이제는 마사히데 님도 면목이 설 것이다……'

이렇게 생각하면서 노히메는 자기 눈을 의심했다. 노부나가의 복장이 어젯밤 입고 나갔을 때 그대로인 평상복이라는 사실을 깨달았다. 상복도 입지 않고, 하카마를 입은 것 같지도 않았다.

머리는 평소와 다름없는 챠센茶筅°, 그것을 빨간 끈으로 묶고 있었다. 무섭게 빛나는 눈에 떡 벌어진 가슴을 잔뜩 펴고 앞으로 걸어나오고 있었다. 노히메는 그런 복장으로 아버지 장례식에…… 하며 가슴을 누르고 숨을 죽였다.

왼손에 그가 애용하는 넉 자 가까운 큰 칼을 들고 오만하게 걷는 노부나가의 허리띠만이 어제와 달랐다.

그런데 자세히 보니 허리띠가 아니라 허리에 둘둘 감고 있는 것은 볏짚으로 엮은 동아줄이었다.

"앗!"

마사히데도 그것을 보았다. 하지만 이미 노부나가가 영전에 다가가고 있었기 때문에 나무랄 틈도 없었다.

"이 무슨 해괴한 일인가, 동아줄을 두르고 있다니."

하야시 사도가 혀를 찼다.

"……"

이 기묘한 아들을 낳은 츠치다 부인도 깜짝 놀라 상반신을 일으켰다.

"원, 이럴 수가!"

"옷자락을 봐, 흙이 묻어 있어."

"역시 씨름판에서 온 것 같아."

"어쨌든지……"

아버지 장례식에 늦게 참석한데다, 마냥 기다리게 해놓고는 이런 해괴한 복장으로 나타나다니 너무 도가 지나쳤다.

승려들의 눈은 물론 장례식을 주관하는 주례의 눈길도 노부나가에게 쏠렸다. 그러나 당사자인 노부나가는 아무렇지도 않다는 듯 앞을 노려본 채, 깜짝 놀라 통로를 열어주는 사람들 사이를 뚫고 곧바로 영전으로 향했다.

천개天蓋°와 그것에 비쳐서 반짝거리는 등불, 400명에 달하는 승려와 방에 가득한 향내…… 이런 모든 것이 방약무인한 한 사람 때문에 그 엄숙함을 짓밟힌 느낌이었다.

이윽고 노부나가는 위패 앞에서 걸음을 멈추었다.

이와 동시에 수군거리던 소리가 뚝 멈춘 것은, 이 젊은이가 들고 온 큰 칼의 칼집으로 탕 하고 마루를 쳤기 때문이었다.

"분향하십시오, 카즈사노스케 님!"

다시 독경이 시작되었다.

노부나가는 허리를 구부리지도 머리를 숙이지도 않고 오만하게 서서 왼손에 잡은 칼을 마루에 짚고는 무섭게 위패를 노려보고 있었다.

반쇼인 모모이와도겐 다이센조몬.

이미 사람들은 그 기묘한 행동에 정신이 팔려 숨을 죽인 채 바라보고 있을 뿐이었다. 이때 노부나가는 오른손을 뻗어 한 주먹 가득히 향을 집었다.

"아——"

사람들은 저도 모르게 나직하게 소리를 질렀다.

노부나가는 한 주먹 가득 움켜쥔 향을 느닷없이 아버지의 위패를 향해 냅다 던졌다. 향은 사방으로 흩어졌다. 주례 다이운 화상은 눈도 깜짝이지 않았으나 좌우 앞줄에 있던 승려들은 소스라치게 놀라 눈을 비비는 자까지 있었다.

"실성했어! 이건 확실히 실성한 거야……"

하야시 사도가 이렇게 중얼거렸을 때, 노부나가는 영전에서 방향을 휙 돌려 이번에는 방을 가득 메운 사람들을 무섭게 노려보았다.

10

하야시 사도가 중얼거리는 소리는 사람들의 귀에 들어오지 않았다. 그들은 이미 상상을 초월한 노부나가의 행동으로 일종의 최면상태에 빠져 비판할 힘을 잃고 있었다.

176

영전에서 등을 홱 돌려 잠시 그대로 서 있던 노부나가는, 그러나 곧장 출구로 향하지는 않았다. 먹이를 노리고 몸부림치는 매처럼 차례차례 일동을 둘러보면서 사람들의 눈매를 살펴나갔다.

"성주님!"

마사히데가 입을 열었다.

"저쪽에 좌석이⋯⋯"

노부나가는 이 말을 들었는지 못 들었는지 그대로 몇 걸음 친척들의 자리로 걸어가, 키요스의 오다 히코고로에게 선 채 말했다.

"수고가 많았소."

실력으로는 노부나가에 미치지 못하지만 가문으로 볼 때는 종가. 그 히코고로는 얼굴이 파랗게 질려 얼른 눈길을 떨구었다. 그러면서도 고개를 끄덕인 것은 거역하기 어려운 노부나가의 무서운 기세에 눌렸기 때문일 터였다.

노부나가는 이어 이누야마 성의 노부키요에게 눈길을 돌렸다.

"여러모로 애를 많이 쓰시는군요."

노부키요는 멍청히 있었다. 만일 그 말이 뼈를 찌르는 야유라는 것을 알았다면 그대로 물러설 인물이 아니었으나, 너무나 갑작스러운 일이어서 미처 응수할 겨를이 없었다.

노부나가는 다시 칼로 탕 하며 마루를 구르고 몇 걸음 옮겼다.

아버지의 동생, 어머니의 오빠 등 크고 작은 다이묘들에게 성주의 위엄을 갖추고 쏘아보고는 던지듯 말했다.

"수고들 하셨소──"

"성주님!"

다시 히라테 마사히데가 불렀을 때는 이미 출구를 향해 뚜벅뚜벅 걸어가고 있었다.

고미 신조가 얼른 정신을 차리고 떨리는 목소리로 분향 순서가 적힌

종이를 읽었다.

"다음에는…… 칸쥬로 노부유키 님."

아직도 많은 사람들의 눈은 빨려들기라도 하듯 노부나가의 뒤를 쫓고 있었다.

노부나가는 불전에서 내려올 때까지 한 번도 뒤돌아보지 않았다. 어느 틈에 엷게 햇살이 비치는 나무 밑에서 그 칼을 어깨에 둘러메고 한 손을 볏짚 동아줄에 찌르고는 성큼성큼 산문을 향해 걸어갔다.

노히메는 노부나가가 보이지 않게 되자 비로소 자기가 살아 있다는 것을 깨달았다.

안도한 것이 아니었다.

'과연 성주님이다……'

이렇게 생각하기에는 너무나 기행奇行이 지나쳤다. 어제 낮에 결심이 섰다, 미망을 끊었다──고 한 속마음을 어느 정도 이해할 것 같아 도리어 걱정이었다.

이렇게 나가다가는 일족 전체를 적으로 돌려, 한치도 양보하지 않겠다고 선언하고 나설지도 몰랐다.

나루미의 야마구치, 이누야마 성의 노부키요, 이 두 사람이 동시에 일을 도모한다면 후루와타리와 나고야의 운명은 크게 흔들릴 것이 분명했다.

'어째서 이토록 오만하고 기묘한 위압을 가해나가는 것일까……'

생각하다가 갑자기 히라테 마사히데가 걱정스러워졌다. 현재로서는 노부나가의 유일한 심복…… 아니 그보다는 사부師傅인 마사히데가 오늘의 불찰에 대해 일족의 지탄을 받아 할복자살이라도 강요당하게 되는 것은 아닐까? 그렇게 되면 노부나가는 문자 그대로 고립된 고아가 될 수밖에 없었다.

가만히 중신의 좌석을 살펴보았다. 그러나 마사히데는 아무 일도 없었다는 듯이 조용히 눈길을 앞으로 던지고 있었다.

"다음은 카즈사노스케 마님."

고미 신조가 겨우 냉정을 되찾고 맑은 목소리로 노히메를 불렀다.

11

노히메가 일어서자 모든 눈길이 일제히 이 기묘한 성주의 부인에게 집중되었다.

아름다웠다. 짓밟힌 이성理性이 떠받쳐줄 기둥을 잃고 나긋한 연약함이 온몸에 배어 있었다.

어떤 사람은 가엾게 생각하고, 어떤 사람들은 생각난 듯이 한숨을 쉬었다.

적진과도 같은 나고야 성에 출가해와서 의지하는 것이라고는 오직 그 기괴한 성주 한 사람뿐. 언젠가는 일족의 배척을 받아 불행해질 것이 확실하다——이런 관점에 선 사람들은 미인박명의 슬픔은 노히메를 위해 있다는 생각까지 했다.

향을 피우고 영전에 서서 노히메는 조용히 명복을 빌었다.

'저만은 성주님의 진심을 알고 있습니다……'

눈에 떠오르는 노부히데에게, 아버지의 죽음을 알고 눈물을 흘린 노부나가의 진심을 알리고 싶었다.

'아무쪼록 그이를 지켜주십시오……'

오로지 이것만을 빌 수밖에 없었다.

분향을 끝내고 자리에 돌아오려 했을 때 세 살짜리 이치히메가 노히메의 옷소매를 붙들고 더듬거리는 소리로, 고개를 갸웃했다.

"아버지, 죽었어……?"

이 아기는 인형이 걷는 것처럼 사랑스러워, 보는 사람들의 눈물을 자아내게 했다.

츠치다 부인과 노히메의 분향이 끝난 뒤 많은 서자들이 순서대로 영전으로 나갔다.

그리고 12남인 마타쥬로가 이와무로의 딸에게 안겨 분향대 앞에 섰을 때 이번에는 노히메 때와는 다른 오열이 터져나왔다.

이 젊고 아름다운 애첩은 젖먹이와 함께 홀로 된 슬픔과는 다른 요염함으로 사람들의 눈길을 끌었다.

"저토록 아리따우니 돌아가신 성주님이 스에모리 성을 떠나시지 않은 것도 무리가 아니지."

"동감이오, 미노 마님과는 또 다른 아름다움을 지니고 있어요."

"그렇소, 미노 마님을 활짝 핀 창포에 비유한다면 이쪽은 붉은 모란이라고나 할까."

"하지만 아직 열여덟, 앞으로 누구의 꽃이 되려는지. 그대로 두면 이 역시 전쟁의 씨앗이 될 것 같소."

주인을 잃은 여자에 대한 상상은 애처로움을 넘어 다른 흥밋거리의 중심이 되어갔다.

이와 같은 수군거림을 중신의 좌석에서 묵묵히 듣고 있는 것은 히라테 마사히데였다. 그로서는 홀연히 나타났다가 다시 바람처럼 사라진 노부나가의 마음을 아직 이해할 수 없었다.

'무엇 때문에……?'

생각하니 가슴속에서 두 가지 감정이 서로 무섭게 얽혀 싸웠다.

아무 생각도 없이 그런 기묘한 행동을 할 노부나가로는 생각되지 않았다. 하지만 이것은 분명히 친척과 일족 모두에 대한 도전이 아닌가. 감히 도전하여 그들을 제압할 힘이 노부나가에게는 과연 있기는 한 것일까? 없다면 이것은 난폭한 호랑이가 강물에 뛰어드는 것과 같은 졸

장부의 용기이지 장수가 된 자의 행동으로는 받아들일 수 없다.

친척들의 분향이 끝났다.

하야시 사도에 이어 자기 이름이 불렸을 때 마사히데는 깜짝 놀라 자리를 차고 일어났다.

'큰 성주님, 용서해주십시오.'

자신의 가르침에 무언가 잘못이 있지 않았나──생각하며 향을 피우는 마사히데의 눈에 촉촉이 눈물이 맺혔다.

자리에 돌아와 마사히데는 다시 눈을 감았다. 볏짚 동아줄을 매고 나타나 아버지의 위패에 향을 내던지고 사라진 노부나가의 모습이 아직껏 그를 사로잡고 놓아주지 않았다.

죽음의 충고

1

노부히데의 장례는 어쨌거나 끝났다.

그러나 일은 그것으로 끝나지 않았다. 시바타 곤로쿠는 그 이튿날부터 일족의 원로들을 부지런히 찾아다니면서, 장례식날 노부나가가 취한 행동을 새로운 공격목표로 삼고 있었다.

물론 곤로쿠나 사쿠마 우에몬에게 사사로운 감정이 있는 것은 아니었다. 어디까지나 오다 가문의 앞날을 위하여, 노부나가가 가문을 망치게 될 것을 염려하고 있었다.

카이의 타케다 집안에서는 가문을 위해 아버지 노부토라를 그 아들 신겐信玄과 사위 이마가와 요시모토今川義元가 공모해 슨푸로 유인하여 유폐시킨 예가 있었다.

곤로쿠와 우에몬은 물론 하야시 사도까지 노부나가는 분명 노부토라 이상의 폭군이 될 것임을 믿어 의심치 않았다. 그들의 공격은 날카로웠다. 자기들이야말로 '충신'이라고 굳게 믿고 있었기 때문에 공격은 날카로울 수밖에 없었다.

이대로라면 칠일재七日齋° 법요식 뒤 정식으로 노부나가의 퇴진이 문중의 중요 문제로 떠오르지 않을 수 없는 형세였다.

3월 9일 해질 무렵이었다.

이튿날 거행될 법요식에 관한 의논이 끝난 뒤 히라테 마사히데는 만쇼 사로 주지 다이운 화상을 방문했다. 화상은 마사히데를 보고 웃으면서 물었다.

"안색이 좋지 않은데, 성주 때문에 걱정이 되시오?"

"예, 그렇습니다."

화상은 고개를 끄덕이고 자기 손으로 직접 차를 따라 마사히데에게 권했다.

"소승이 보기에 걱정할 때는 이미 지났는데요……"

마사히데는 잔을 들어 차를 마셨다.

"스님께서도 역시 후계자로는 노부유키 님을……"

화상은 가만히 고개를 저었다.

"그릇이 다릅니다, 카즈사노스케 님과는."

마사히데의 눈길이 화상의 얼굴에 못박혔다.

"기대해볼 만하다는 말씀입니까?"

"그야 마사히데 님이 더 잘 아실 텐데요. 지금 성주님은 세상의 작은 자로는 잴 수 없습니다."

"무슨 말씀입니까? 그렇다면 스님도 큰그릇으로 보고 계시는지요?"

화상은 이번에는 끄덕이는 대신 꾸짖는 듯한 어조로 말했다.

"이제 와서 망설인다면 불충不忠일 것이오."

"누구에게?"

"물론 돌아가신 만쇼인萬松院 님이지요."

마사히데는 숨을 죽였다. 여기에도 자기 편이 한 사람 있다……고 생각하니 가슴이 뜨거워 당장에는 말이 나오지 않았다.

"마사히데 님."

"예."

"카즈사노스케 님은 이치 밖의 이치를 보고 계십니다."

"이치 밖의 이치라니요?"

"모든 일에서 이미 무애無碍의 법계法界에 한 발 들여놓고 계십니다. 부친의 위패에 향을 던진 그 기질, 그 기질이야말로 일체를 인정하기 때문에 일체를 파괴하는 큰 용기의 창窓인 것이오……"

다시 조용히 미소를 떠올렸다.

"그러므로 보좌하는 사람도 목숨을 걸고 모셔야 합니다. 보좌하는 사람이 뒤처지면 카즈사노스케 님이 달려가기 힘들 것이오, 알겠소?"

히라테 마사히데는 문득 떠오르는 생각이 있었다.

"많은 가르침을 받았습니다."

정중하게 절하고 돌아온 그는 지필묵을 탁자 위에 놓고 그 앞에 조용히 앉았다.

2

"보좌하는 사람이 뒤처지면 카즈사노스케 님이 달려가기 힘들 것이오, 알겠소?"

다이운 화상의 말이 히라테 마사히데의 마음에 진드기처럼 달라붙어 있었다.

"보좌하는 사람도 목숨을 걸고 모셔야 합니다."

이렇게 말했다.

"이제 와서 망설인다면 불충일 것이오."

이렇게도 말했다.

다이운 화상은 속세의 인연으로 말하면 노부히데의 숙부였다. 그 동작과 어조는 매우 부드러웠으나 안에는 노부히데 이상으로 예리한 기백을 지니고 있고, 그 위치는 이마가와 요시모토를 대하는 셋사이와 비슷했다.

셋사이가 경우에 따라서는 진두에 나서서 요시모토를 돕는 것과는 달리, 다이운 화상은 뒤에서 노부히데의 신앙과 사상을 길러주는 데 도움을 주었다.

지난해 궁전 보수를 위한 헌금이나 이세伊勢와 아츠타 두 신사의 기부에 관한 문제를 노부히데가 가장 먼저 상의한 사람은 다이운 화상이었다.

전략과 전술에서부터 행정에 이르기까지 노부히데, 마사히데, 다이운 화상 이 세 사람은 모든 일에서 서로 상의하여 결정한 과거를 지니고 있었다.

마사히데는 그러한 화상으로부터, 듣기에 따라서는 아주 신랄한 꾸중을 들은 셈이었다.

제자 노부나가가 달려가기 힘들 것이라니, 이 얼마나 무서운 힐난의 말인가.

"그대가 가르친 노부나가는 이미 그대가 알지 못할 세계로 발을 뻗고 있소."

이렇게 말한 것과도 같았다.

마사히데는 이를 단순한 비아냥으로만 받아들이지는 않았다.

화상의 말 그 밑바닥에는 노부나가의 능력을 충분히 인정한 바탕 위에서의 격려가 있었다.

마사히데는 탁자 앞에 앉은 채 잠시 눈을 감고 움직이지 않았다.

"아버님, 불을……"

셋째아들 히로히데弘秀가 들어와 가만히 촛대를 놓았으나 마사히데는 아무 말도 하지 않았다.

글을 쓸 때는 생각에 잠기는 아버지의 버릇을 잘 아는 히로히데가 발소리를 죽이고 조용히 나가려 했을 때, 마사히데가 불렀다.

"진자에몬甚左衛門 ──"

"예."

"너는 지금 성주를 어떻게 생각하느냐?"

"예……"

대답한 뒤 히로히데는 잠시 고개를 갸웃하더니 답했다.

"탈선이 좀 지나치신 것 같습니다."

"음."

마사히데는 조용한 눈으로 머리를 끄덕이며, 부드러운 목소리로 말했다.

"고로에몬五郎右衛門은 있느냐? 이리 들라고 해라."

고로에몬은 히로히데의 형, 곧 마사히데의 둘째아들이다.

히로히데가 나간 뒤 곧바로 고로에몬이 들어왔다.

"아버님, 부르셨습니까?"

"응, 한 가지 묻고 싶은 것이 있어서 불렀다. 너는 지금 성주를 어떻게 생각하느냐?"

"어떻게 생각하다니요?"

"훌륭한 주군이냐, 아니면 우매한 주군이냐?"

"훌륭하다고는…… 할 수 없을 것 같습니다…… 장례식날 일을 생각하면."

마사히데는 또 머리를 끄덕였다.

"알았다. 켄모츠監物도 있겠지? 이리 들어오라고 해라."

켄모츠는 마사히데의 장남이었다. 그는 자기가 가지고 있는 사나운 말을 노부나가가 달라고 했을 때 거절한 적이 있었다.

그 뒤 다시 드리겠다고 했다가 심한 꾸중을 들었다.

"필요없다, 멍청이 같은 녀석 ——"

그 이후 그는 노부나가를 몹시 두려워하고 있었다.

이윽고 그 장남이 들어와 마사히데 앞에 앉았다.

3

"켄모츠 ——"

마사히데는 전보다 더 낮은 소리로 말했다.

"너는 지금 성주를 어떻게 생각하느냐?"

"무슨 말씀이십니까?"

"겉으로는 아주 난폭하다. 그런데 마음은 따뜻한, 정이 깊은 분이다…… 아비의 생각이다. 네가 보기에는 어떠냐?"

켄모츠는 대답하지 않았다. 대답 대신 새삼스럽게 그런 것을 묻는 아버지가 이상하다는 얼굴빛이었다.

"정이 많은 분이라고 생각지 않느냐?"

"그런 분일지도 모르지요. 지금까지 한번도 그 다정한 마음이 밖으로 나타났다고는 생각지 않습니다만."

"으음."

마사히데는 나직하게 한숨을 내쉬었다.

"만약 다정한 마음이 있다면 그것을 드러나게 하여 문중의 화목을 도모한다…… 이것이 우리가 해야 할 일이다."

"새삼스럽게 왜 그런 말씀을 하십니까?"

"그렇게 섬길 자신이 너에게 있는지 묻고 있는 게다."

"아버님! 이 켄모츠에게는 아직 부족한 게 많습니다. 그럴 자신 없습니다."

마사히데는 고개를 크게 끄덕이고 나가도 좋다고 손짓했다.

켄모츠는 분명 노부나가에게 반감을 품고 있다. 세 아들──그들 모두는 다이운 화상이 말한…… 그리고 자기가 바라고 있는, 노부나가의 진정한 기품을 전혀 이해하지 못하고 있었다.

혼자 남은 마사히데는 다시 눈을 감은 채 깊은 생각에 잠겨들었다.

창 밖은 점점 더 어두워가고, 불빛이 너울거릴 때마다 마사히데의 그림자도 너울거렸다.

"만쇼인 님……"

잠시 후 마사히데의 입에서 흘러나온 말은 이미 세상을 뜬 성주 노부히데를 향한 하소연이었다.

"이 마사히데는 가신 중에서 가장 총애를 받았습니다……"

마사히데의 눈자위가 촉촉이 젖어들었다.

"원통합니다…… 총애에 보답하지 못하는 것이 원통합니다."

바로 눈앞에 노부히데가 있기라도 한 것처럼 마사히데의 혼잣말은 이어졌다.

"저는 지금까지 킷포시 님과 달리기를 하고 있었습니다. 킷포시 님이 오와리의 태수가 되셨을 때는 오와리의 사부師傅, 킨키近畿를 손에 넣으시면 그 후견인…… 그 자부심도 혼자만의 것이었던 모양입니다…… 아니, 이 마사히데는 슬퍼서 우는 것이 아닙니다. 기쁘면서도 죄송스러워서……"

어디선가 쥐가 부스럭 하고 움직였다.

마사히데에게 그 작은 소리는 노부히데의 영혼이 반응하는 것으로 생각되었다.

"아아, 듣고 계시는구나……"

소리가 난 천장 한구석을 쳐다보던 그는 다시 어린아이처럼 눈물을 뚝뚝 떨어뜨렸다.

"성주님! 이 마사히데는 마침내 킷포시 님에게 추월당했습니다. 이미 충성이 충성이 되지 못하는 단계…… 오히려 방해가 되는 곳까지…… 성주님! 이 마사히데도 성주님께서 뽑아주신 킷포시 님의 사부…… 이대로 물러나지는 않겠습니다! 이 마사히데도 무사입니다. 지혜가 모자라는 점, 깊이 사죄 드리고 반드시 총애에 보답하겠습니다. 아무쪼록 용서를…… 용서를…… 성주님!"

4

마사히데는 어느 틈에 다다미에 두 손을 짚고 어깨를 들썩이며 울고 있었다.

혼자 눈물짓는 슬픔의 눈물이 아니었다. 물론 기쁨의 눈물도 아닌, 어딘지 모르게 감미로운 봄비와도 같은 감상적 눈물이었다.

'성주님은 돌아가셨다……'

너무나 뜻밖인 그 죽음으로 하여 인생의 허무가 떨쳐버릴 수 없는 강한 힘으로 그를 감싸고 있었다.

노부히데가 죽었다……는 생각이 곧 그 이면에서 머지않아 자기도 죽을 것이라는 연상에 '쓸쓸함'을 더해주었다.

수많은 전쟁터를 누비면서도 지금까지 살아 있다는 것이 문득 이상해지면서, 난 무엇 때문에 태어났을까 하는 허무한 생각에 사로잡히기도 했다.

그 어떤 경우든 마사히데 나름의 이성理性으로 받아들여지는 것은 역시 마사히데 자신의 성실성 때문이었다.

노부히데나 자신이 지난해의 낙엽이 되어 떨어져갔다고 하더라도,

그것이 바로 그 나무의 고사枯死를 뜻하지는 않는다. 올해는 또 올해대로 나무의 잎은 다시 무성하게 우거지리라. 아니, 그것은 썩어가는 낙엽을 거름으로 하여 더욱 튼튼해진 줄기에 가지가 뻗어 생명의 나무로 무성하게 번성해나갈 것임이 틀림없다. 그런 의미에서 노부나가도 곤로쿠도 올해의 잎 — 이라고 마사히데는 생각했다.

마사히데 자신도 젊었을 때는 노부히데가 마땅치 않았다. 이런 주군 밑에서는 평생 빛을 보지 못할지도 모른다고 냉정하게 계산했던 적도 있었다. 그러던 것이 어느 틈에 노부히데에게 이끌려 마침내는 심복하게 되어 오늘에 이르렀다.

노부나가의 경우도 마찬가지. 시바타 곤로쿠 한 사람 심복시킬 힘도 없이 무슨 일을 할 수 있겠는가!

'순리에 맡기자……'

이러한 마음을 그는 소극적인 체념이라고는 결코 생각하고 싶지 않았다.

"킷포시를 그대에게 부탁한다."

킷포시의 교육을 부탁해온 노부히데.

"잘 알겠습니다."

그 부탁에 대답했던 자신. 그 맹세만은 목숨이 다할 때까지 관철시키지 않으면 안 될 무사의 의지.

실컷 울고 나서 마사히데는 고개를 들었다.

이미 그 표정에는 비애나 수심 같은 것은 전혀 없었다. 그는 주위를 둘러보며 갓난아기처럼 웃고 나서 벼루를 끌어당겨 천천히 먹을 갈기 시작했다.

왠지 모르게 인생이 즐겁기도 하고 우습기도 했다.

부지런히 학문을 닦기 시작하던 무렵부터 무네마키宗牧, 노부히데 등과 렌가 모임에서 함께 풍류를 즐겼던 과거마저 불가사의한 일로, 마치 남의 일처럼 회상되었다.

향긋한 먹 냄새가 코를 찔러왔다.

모든 것은 오늘 이 한 장의 유서를 쓰기 위한 연습이었고 풍류였던가 생각되면서, 갑자기 웃음이 새어나왔다.

"후후후……"

마사히데는 먹을 다 갈고 나서 촛대의 심지를 잘랐다. 주위가 훤하게 밝아지면서 종이의 흰빛에서도 역시 향기가 나는 것 같았다.

마사히데는 붓을 들고 천천히 붓끝을 내렸다.

가족들은 잠들었을 시간. 집 안은 죽은 듯 정적에 감싸여 있었다.

마사히데는 우선 '상소문上疏文 ─' 세 글자를 쓰고는 눈을 가늘게 뜨고 그 먹 자국을 들여다보았다.

5

일단 마음을 정하고 나니 그 다음은 맑은 자재自在의 세계를 홀로 걷는 것과 다름없었다. 가로막는 자도 없고 가로막힐 것도 없었다.

"누차의 간언諫言이 받아들여지지 못한 것은 오로지 이 마사히데가 불초한 탓, 이에 스스로 배를 갈라 자결하나이다. 가엾은 마사히데의 죽음을 얼마라도 불쌍히 여기신다면 다음에 적은 사항 중 한 가지만이라도 받아들여주십시오. 그 한 가지만이라도 실행해주신다면 비록 지하에서나마 감사 드리며 기쁘게 여기겠습니다."

단숨에 써내려가던 마사히데는 갑자기 붓을 멈추며 찢어버리고 싶은 마음에 사로잡혔다. 자신이 거짓말을 쓴다고는 생각지 않았다. 다만 읽는 노부나가가 얼마나 괴로워할 것인가 하는 생각에 가슴이 아팠다.

그러나 마사히데는 찢지는 않았다. 지금 어조를 누그러뜨리면 그의 생애가 거짓이 된다. 노부나가와의 달리기 경주에서는 이미 상대의 모습이 보이지 않을 정도로 뒤떨어졌다.

뒤떨어졌다고 해서 결코 달리기를 멈추지는 않았다. 지금도 마지막 기력을 다해 달리고 있다……

목숨을 걸고!

마사히데는 비록 노부나가에게는 일고의 가치도 없는 글이라 하더라도, 자신의 진심인 이상 꾸밈없이 쓰겠다고 다시 다짐했다.

"첫째, 기묘한 복장은 필히 삼가십시오. 동아줄, 챠센 차림은 절대 안 됩니다. 하카마도 입지 않은 차림의 외출은 말할 것도 없고 벌거벗으시는 것은 천부당만부당한 일입니다. 오와리의 가신들이 한결같이 탄식하는 이유는 바로 여기에 있습니다."

마사히데는 지그시 눈을 감았다.

어제까지 자신에게는 분명 이것이 가장 큰 걱정거리였다. 오와리에서 제일가는 명마를 타고 밤 또는 감 따위를 씹고 있거나 참외 씨를 뱉어내고, 백성들과 어울려 미친 듯이 춤을 추는 모습이 구제받을 수 없는 불량아로 보였다. 그러나 지금은 그 생각이 달라졌다.

그 불량아의 이면에 숨어 있는 노부나가의 진면목이 가슴속에 짙게 전해져왔다.

백성들을 길거리에서 굶주리게 하고 궁전을 황폐한 대로 내버려둔 채 자신의 탐욕만 채우려고 살육을 일삼는 무장들의 횡포에 노부나가는 통렬한 비난을 퍼붓고 있었다. 백성 다스리는 근본을 잊고 그 무슨 예의이고 그 무슨 의식이란 말인가.

"너도 같은 무리다!"

아버지 위패 앞에 동아줄 맨 모습으로 향을 내던진 것도, 눈물을 뿌리며 그렇게 외친 것처럼 생각되었다.

자신의 유서를 보고도 눈물 한 방울 흘리지 않고 바로 찢어버릴지도,

아니, 어쩌면 내 시체에 침을 뱉을지도 모를 일.

　'하지만…… 그래도 상관없다.'

　마사히데는 다시 붓을 들어 두번째 이하를 계속 써내려갔다. 그러나
이 모든 것은 노부나가를 평범한 상식인으로 끌어내리려 하는 경주에
지친 늙은이의 넋두리에 지나지 않을지도 몰랐다.

　'하지만…… 그래도 상관없다.'

　글을 다 썼을 때는 한밤중인 듯 고요함이 감돌고 있었다.

　마사히데는 글을 쓸 때는 밤을 새게 마련인 자신의 버릇을 가족들이
전혀 의심하지 않는 것을 고맙게 여겼다.

　상소문을 반듯하게 탁자 위에 놓았다.

　"이제야 겨우 끝났습니다, 만쇼인 님."

　마사히데는 조용히 일어나 소리가 나지 않도록 다다미 두 장을 뒤집
었다. 칼걸이에서 노부나가의 것과 같은 비젠 코츄備前光忠라는 이름
의 단도를 꺼내 산보三方° 위에 놓고 그 앞에 앉아 천천히 주위를 둘러
보았다.

　벌써 어딘가 멀리서 닭이 울기 시작했다.

6

　마사히데는 다시 한 번 미소지었다.

　자신의 죽음으로 노부나가가 그 기괴한 행동을 고칠 것이라고는 생
각되지 않았다. 그러나 주위에는 노부나가에게 뒤져 노부나가의 모습
을 볼 수 없게 된 자가 많았다. 그 사실을 노부나가가 깨닫기만 한다면
그것으로 충분했다.

　'한 사람만이 너무 앞서 달리면 정치도 전투도 할 수 없게 된다……'

마사히데는 조용히 웃통을 벗기 시작했다.

춥지도 덥지도 않은 부드러운 봄의 공기가 슬픔도 망설임도 없어진 그의 마음과 하나가 되어갔다.

가만히 배를 만져보니 늘어난 주름살이 느껴졌다.

"용케도 지금까지 살아왔군."

산보 위의 단도를 집어 칼집에서 빼냈다. 그리고 흰 종이로 그 끝을 감았다.

"그럼, 성주님……"

소리내어 중얼거린 뒤 눈을 감고 마음을 가다듬었다. 마지막으로 가다듬은 상념은 영원히 이 세상에 남을 혼백의 의지로 바뀐다고 했다.

'노부나가 님을 지켜주십시오! 노부나가 님에게서 떠나지 마십시오! 노부나가 님께…… 노부나가 님께……'

예리한 칼끝으로 옆구리를 찔렀다.

'모쪼록 노부나가 님을…… 노부나가 님을……'

아프기도 했고 팔이 약간 떨리기도 했다. 그러나 그것은 어디까지나 살갗에 와닿는 감각에 지나지 않았다. 눈을 똑바로 뜨고 허공에 기도하는 모습은 처절한 의지의 화신 바로 그것이었다.

"노부나가 님을 떠나지 마십시오!"

상념이 목소리가 되어나왔다. 그때 이미 칼은 오른쪽 옆구리까지 그어져 창자가 비어져나왔다.

마사히데는 칼을 배에서 뽑았다. 뽑는 동시에 다다미를 향해 머리를 푹 숙였다. 눈에서 번쩍 번개가 치고, 그것이 기묘한 무지개가 되는가 싶더니 뾰족한 칼끝을 왼쪽 경동맥에 대고 몸을 확 덮어씌웠다.

피가 튀었다. 기묘한 무지개의 소용돌이가 어둠이 되었다.

"노부나가 님을 지켜주십시오……"

이미 육신의 마지막 목소리는 알아들을 수 없었다. 일곱 번 다시 태어나도 노부나가를 섬기겠다는 소원을 간직한 채 마사히데의 몸은 그 자리에 푹 고꾸라졌다.

"아버님, 아직 주무십니까? 출사하실 시각입니다."

이튿날 아침 장남 켄모츠가 자기 역시 카타기누肩衣°를 입고 만쇼 사법요식에 참석할 차림으로 문 밖에서 불렀다.

"아버님! 아버님!"

대답이 없는 것을 이상하게 여긴 켄모츠는 가만히 문을 열다가 그 자리에 털썩 주저앉았다.

"고로에몬, 진자에몬! 아버님이…… 아버님이……"

자결이라 말하려던 소리는 않고, 입 속으로 중얼거렸다.

'실성하셨어…… 그렇지 않다면 어찌 자결을.'

차남인 고로에몬이 달려왔다. 진자에몬도 왔다. 그러나 켄모츠는 자기가 부른 동생들에게 아버지의 유해를 건드리지 못하게 했다. 노부나가가 무서웠기 때문이다.

"진자에몬!"

"예."

"빨리 성으로 가서 노부나가 님에게 말씀 드려라. 아버님이 실성하셔서 자결하셨다고, 직접 검시하시겠느냐고. 어제 아버님이 물으신 것에 대해서는 입밖에 내면 안 된다, 알겠지?"

셋째아들이 창백한 얼굴로 허둥지둥 마구간으로 달려갔다.

7

노부나가가 히라테의 집으로 달려온 것은 그로부터 반 각刻(1시간)도 되기 전이었다.

그 역시 오늘은 얌전히 법요식에 참석할 생각이었는지 여느 때와 같은 지저분한 차림이 아니었다.

고로에몬과 켄모츠의 안내를 받아 마사히데의 방으로 들어간 노부나가의 눈은 찢어지기라도 할 듯이 크게 뜨였다.

"켄모츠!"

"예."

"그대는 아버지가 실성하여 돌아가셨다고 했지?"

"예. 그렇게밖에는 달리…… 생각할 수가 없었습니다. 항상 성주님의 은혜를 말씀하시며 아무 부족 없이 지내시던 아버지가……"

"바보 같은 녀석!"

노부나가가 소리질렀다.

"그대는 이 모습이 실성해서 죽은 것으로 보인단 말인가. 과연 마사히데답군……"

말하다 말고 목이 메어 입을 한 일자로 꾹 다물고는 성큼성큼 다가가 마사히데의 몸을 두 손으로 안아 일으켰다.

물론 옷과 손에 모두 피가 묻었지만 노부나가는 개의치 않았다. 안아 일으키고는 아직도 칼을 꼭 쥐고 있는 오른손의 손가락을 하나하나 펴나갔다.

"황송합니다, 성주님! 그 일은 저희가 하겠습니다."

고로에몬이 당황하여 곁으로 다가갔으나 노부나가는 난폭하게 그를 밀치고 칼을 놓은 손과 손을 한데 모아주었다.

켄모츠도 진자에몬도 말석에 무릎을 꿇은 채 겁먹은 얼굴로 지켜보고 있었다. 실성해서 죽었다고 하지 않으면 난폭한 노부나가가 분노에 못 이겨 녹봉祿俸을 빼앗고 자기네 형제를 쫓아내지 않을까, 그것을 두려워했던 것이다.

노부나가는 합장을 시키고 나서 유해를 똑바로 뉘고 벌떡 일어나 소리질렀다.

"향을!"

진자에몬은 얼른 향을 피웠다.

"켄모츠, 꽃을!"

다시 말했다.

그 자신은 합장을 하지 않았으나 노한 것 같지도 않다……고 판단한 켄모츠가 꽃을 바치면서 말했다.

"황송합니다."

노부나가는 날카로운 일별을 던졌을 뿐 별로 꾸짖지는 않았다.

그제야 생각난 듯이 진자에몬이 흐느끼기 시작했다.

노부나가는 여전히 선 채로 마사히데로부터 눈을 떼지 않았다.

"고로에몬—"

"예."

"유서를 가져와!"

"유서……라 하시면?"

"못난 놈, 탁자 위에 있지 않아!"

"옛?"

켄모츠는 깜짝 놀라 탁자 위를 보았다.

노부나가는 혀를 찼다. 형제가 셋씩이나 되면서도 아버지가 죽은 이유도 모르다니. 노인이 불쌍해 견딜 수 없었다.

고로에몬은 유서의 겉봉을 보고 그만 새파랗게 질렸다. '상소문—'이라 씌어 있었다.

아버지가 웬일일까? 이 폭군에게 간언한다는 것은 화약을 던지는 일과 같지 않은가. 이젠 우리 집안도 끝장이다—이렇게 생각하니 노부나가에게 내미는 손이 부들부들 떨렸다.

노부나가는 상소문—이라 쓰인 겉봉을 흘끗 바라보고, 고로에몬을 턱으로 가리키며 엄한 소리로 말했다.

"좋아, 나에게 줄 필요 없이 그대로 읽도록 해."

8

고로에몬은 떨리는 목소리로 유서를 읽어나갔다.

'되도록 부드러운 표현이었으면……'

이렇게 마음으로 기원하며 읽어나갔다. 그러나 바라던 것과는 정반대였다.

자식들을 꾸짖는 것과 똑같은 어조로 머리 모양에서 말버릇까지 세세하게 지적하고 있었다. 바보라는 말을 함부로 부하에게 쓰지 말고 손톱을 깨물지 말라, 남이 슬퍼할 때는 함께 슬퍼하고 남이 흥겨워할 때는 함께 흥겨워하라, 남에게 욕지거리를 퍼붓지 말라는 등 노부나가에게 바랄 수 없는 것들만 나열되어 있었다.

한 조목을 읽을 때마다 고로에몬은 머리 위에 떨어질 벼락을 예상하고 몸이 굳어졌다.

노부나가는 다 읽을 때까지 한 마디도 하지 않았다. 얼굴을 위로 향한 채 지그시 눈을 감고 마음으로 무언가를 바라보고 있었다. 고로에몬이 다 읽고 나서 유서를 접은 뒤에도 잠시 동안 그대로 있었다.

이윽고 노부나가는 눈을 떴다. 그리고 유서를 받쳐들고 안절부절못하는 고로에몬을 꾸짖으며 유서를 받아 품안에 넣었다.

"바보 녀석!"

고로에몬을 꾸짖었는지 아니면 마사히데의 죽음을 평한 말인지 세 아들은 알지 못했다.

노부나가는 홱 돌아섰다.

"오늘은 셋 모두 근무하지 않아도 좋다. 알겠나?"

"예."

세 사람은 그 자리에 엎드렸다.

실성해서 죽었다는 그런 얼빠진 소리는 말고 정중하게 장례를 치르도록——그렇게 말하고 싶었으나, 노부나가는 굳이 그 말을 입에 올리지 않았다.

'아비의 마음도 모르는 자식들이 아무리 공양을 드려도 그것은 공양이 되지 못한다……'

노부나가는 히라테의 집 밖으로 나오더니, 한숨 섞인 소리로 중얼거리고 말에 냅다 채찍질을 했다.

"가엾은 노인……"

오늘도 뒤에서 말을 타고 그를 따르는 것은 마에다 이누치요. 노부나가는 이 이누치요조차 잊은 듯이 쇼나이가와庄內川 둑을 향해 정신없이 달려갔다. 이누치요가 따라갔을 때 노부나가는 이미 제방 밑 풀밭에 말을 버리고 조약돌이 그대로 들여다보이는 강물 속에 들어가 옷자락을 움켜쥐고 서 있었다.

그 눈은 강물이 아니라 하늘을 쳐다보고 있었다. 이누치요는 그런 자세가 눈물을 떨구지 않고 말릴 때 하는 버릇임을 잘 알고 있었다.

노부나가는 슬플 때면 하늘을 쳐다보았다. 아니, 쳐다보는 것이 아니라 노려보는 것이었다.

"노인……"

노부나가는 다시 혼자 중얼거렸다.

"노인은…… 이 노부나가더러 혼자 걸으라는 것이겠지…… 이보다더…… 더욱 강해지라는 것이겠지. 가엾은 노인 같으니라구……"

더 이상 참지 못하고 눈초리에서 눈물이 주르르 흘러내렸다.

"노인!"

노부나가는 외치는 것과 동시에 맑은 물을 힘껏 걷어찼다.

"이것이 노부나가가 노인에게 공양하는 물이오, 마셔요!"

그가 걷어찬 물은 은구슬이 되어 공중에 흩어졌다가 그대로 그의 머리에 떨어졌다.

"노인!"

이미 노부나가는 제정신이 아니었다.

"이걸 마셔, 물이야! 마지막…… 공양이다…… 이걸 마셔!"

마구 물을 걷어차다가 드디어 와락 울음을 터뜨리고 두 손을 내저으며 물 속에서 발을 굴렀다.

"노인! 이 바보 같은 영감! 이 노부나가는, 언젠가 노인의 이름을 따서 절을 세우겠어, 그리고 그곳에 공양을 하지. 그때까지 지옥에나 가 있어!"

이누치요는 노부나가의 말을 활짝 핀 벚나무 밑으로 끌고 가 그의 홍분이 가라앉기를 언제까지나 기다리고 있었다.

때를 기다리는 호랑이

1

슨푸의 미야마치에 있는 타케치요의 집 정원에도 세 그루 벚나무에 꽃이 활짝 피어 있었다.

그 꽃 아래서 타케치요는 지금 목검을 겨누고 한 낭인과 대치하고 있었다.

슨푸에 온 지 3년째를 맞이하여 열한 살이 된 타케치요의 몸은 몰라볼 정도로 성장해 있었다.

"덤벼라! 힘이 형편없구나!"

낭인이 소리질렀다.

"얏!"

타케치요는 수건을 동여맨 이마에 구슬땀을 빛내며 땅을 차고 몸을 날렸다.

목검이 딱 소리를 내고 공중에서 얽히고, 이어서 타케치요의 몸이 상대의 몸에 쿵 하고 부딪쳤다.

상대는 비틀거리면서, 공격해들어오는 타케치요의 목검을 간신히 받아냈다.

일부러 진 것이 아니었다. 타케치요의 실력을 확실하게 깨달았을 때였다.

"잠깐!"

낭인은 타케치요를 꾸짖었다.

"몇 번 말해야 알겠느냐? 틀렸어, 틀렸어."

타케치요는 눈을 부릅뜨고 대들었다.

"왜 틀렸다는 거야? 힘이 부족한지는 몰라도 이번엔 보기 좋게 쓰러뜨렸는데."

"그게 틀렸다는 거야. 힘이 형편없다고 한 것은 널 유인하기 위해서였다."

"유인하고도 졌으니까, 할말 없잖아?"

"입 다물고 있어. 너는 잡병이냐 대장이냐?"

"그야…… 대장이지."

"대장의 칼은 잡병의 칼과 다르다고 몇 번이나 말해야 알겠어? 미카와의 고아는 알아듣지 못하는군."

"뭐야……!"

"힘이 없다, 덤벼라! 하는 말에 넘어가 달려든다면 그건 잡병이야. 대장은 그 따위 상대의 말에 움직여서는 안 돼."

"음."

"그런 말에 정신을 빼앗기지 말고 언제나 전군을 어떻게 지휘할 것인가를 잊어서는 안 되는 거야. 그러니까……"

낭인은 말을 끊고, 느닷없이 공격해왔다.

"앗!"

탁 하고 어깨를 얻어맞은 타케치요는 비명을 지르며 한 발 물러섰다.

"비겁하다!"

"천만에."

낭인은 껄껄 웃었다.

"자신이 먼저 덤벼서는 안 돼. 그러나 상대가 언제 공격해오건 재빨리 그것을 피해야 하는 거야. 그러면서 전군의 움직임을 살펴야 해. 즉 공격을 가해오면 반드시 피하고…… 피하되 절대로 베임을 당해서는 안 돼. 상대를 베어서도 안 되고 이쪽이 당해서도 안 돼! 이게 바로 대장의 칼이야. 그런데도 너는……"

말하다 말고 다시 목검을 휘둘렀다.

"얏!"

이번에는 딱 하고 머리띠 위에서 목검이 울렸다. 타케치요는 털썩 엉덩방아를 찧었다. 낭인은 그 위에서 다시 내려칠 듯이 목검을 휘둘러 보였다.

"이것으로 타케치요는 묵사발이 됐어. 묵사발이 되는 대장이라면 미덥지가 못해. 여기가 전쟁터였다면 네 영지는 틀림없이 날아갔을 거야. 자, 일어나. 일어나서 다시 한 번!"

그는 올해 봄 큐슈九州에서 찾아든 떠돌이무사 오쿠야마 덴신奧山傳心이었다.

2

오쿠야마 덴신은 스스로 악동이 된 기분으로 계속 타케치요를 굻렸다. 당시 검술에는 아직 예법다운 깊이가 없었고, 어디까지나 실용 위주로 경험을 토대로 한 무술이었다.

그런 만큼 입과 손과 두뇌와 체력을 하나로 하여 상대를 쓰러뜨리는 것이 목적이었으나, 오쿠야마 덴신은 그런 것을 비웃고 장수의 검과 잡병의 검을 엄격하게 구별하고 있었다.

그러면서도 타케치요를 상대할 때는 도리어 자신이 어린아이처럼 열을 올렸다.

'어째서일까?'

종종 자기 자신을 돌아보지만 원인은 알 수 없었다.

타케치요라는 아이의 성격 안에 무언가 자기를 도발시키는 이상한 것이 깃들여 있었다.

"허둥대지 마라!"

꾸짖으면 자기 자신이 고개를 갸웃거리게 될 정도로 침착해지고, 투지가 모자란다고 꾸짖으면 갑자기 표범으로 돌변했다.

온화한 성격인가 싶으면 더할 나위 없이 성미가 급하고, 성미가 급한가 싶으면 느긋하여 좀처럼 움직이지 않는 면이 있었다.

'재미있는 아이다!'

덴신은 생각했다.

이 모가 많은 구슬은 닦을수록 여러 가지 빛을 발할 것 같아 누가 부탁하지 않아도 연습을 시키지 않을 수 없었다.

오늘도 그는 약간 어린아이 같은 마음이 들었다. 물론 목검으로 정말 때릴 수는 없지만, 때때로 형식적인 일격을 가하고 그 다음에는 허공을 쳐서 모범을 보였다.

"자, 이것으로 묵사발이 됐어."

이 말에 타케치요는 갑자기 어깨를 축 늘어뜨리고 입술을 일그러뜨렸다.

"하하하."

덴신은 웃었다.

"얼빠진 형편없는 대장이로구나. 대장이란 묵사발이 되었을 때도 책략을 생각해야 하는 거야. 그런데도 맥없이 두 손을 들고 말다니……"

가까이 가서 타케치요의 머리에 한 손을 올려놓는 순간이었다.

탁 하고 덴신의 후두부에서 소리가 났다. 타케치요가 재빨리 그의 소매 밑에서 빠져나와 멋지게 복수를 했다.

"아얏!"

덴신은 목검을 휘둘렀다.

"아하하하."

타케치요는 뒤로 빠지면서 손뼉을 쳤다.

"고죠五條 다리에서 우시와카牛若°가 어째서 벤케이弁慶°를 이겼는지 알고 있느냐?"

"뭣이!"

"그건 말이지, 기술을 익히면 어린아이라도 어른을 이길 수 있다는 걸 말하는 거야. 그러니 기술을 익히란 말이지. 아하하하, 여기서도 벤케이가 졌어."

타케치요가 이렇게 놀리자 오쿠야마 덴신은 시무룩해졌다. 자기가 어린아이처럼 되어서는 이 끈질긴 아이를 가르칠 수 없다──이런 반성 비슷한 것이 씁쓸하게 마음을 스쳤다.

"장난으로 알아서는 안 돼!"

덴신은 말했다.

"자, 공격하는 연습이다. 타케치요, 반격은 그 다음에 한다. 오백 번! 시작."

엄한 표정에 타케치요는 다시 순순히 고개를 끄덕였다.

벗나무를 상대로 하여, 그 앞에서 유연한 발놀림으로 목검을 겨누었다가 후려치고, 또 후려치고는 다시 공격자세를 취했다.

이러한 타케치요의 모습을, 어느 틈에 나타났는지 할머니 케요인, 지금의 겐오니가 넋을 잃고 정원에 서서 바라보고 있었다.

덴신은 툇마루에 걸터앉아 눈도 깜빡이지 않았다.

3

할머니의 눈으로 보아도 타케치요에게는 판단하기 어려운 복잡한 데가 있었다. 지난 해 가을, 꿈에도 잊지 못하고 있는 오카자키로부터 이마가와 쪽 대리인의 소부교總奉行°로 임명된 토리이 이가노카미 타다요시가 그의 아들 모토타다元忠를 데리고 왔을 때도 그랬다.

평소에는 '신信 ──' 이야말로 자기 가문의 보배라고 하면서, 어린아이라고는 생각할 수 없을 만큼 짙은 애정으로 측신들을 감싸면서도, 멀리 오카자키에서 측근의 시동이 되기 위해 일부러 찾아온 모토타다를 거실 마루에서 발로 걷어찼다.

모토타다는 타케치요보다 세 살 위인 열세 살이었다.

"매에게는 매, 때까치에게는 때까치대로의 장점이 있을 것입니다."

타케치요가 때까치를 잡아 매처럼 길들여서 놀고 있을 때 다만 이렇게 말했을 뿐인데도 얼굴을 붉히고 격노했다.

"건방진 놈, 다시 한 번 말해봐!"

말보다 먼저 오른발을 들어 모토타다를 걷어찼다. 모토타다는 마루에서 굴러떨어져 억울하다는 듯이 타케치요를 쳐다보았다. 그러자 타케치요는 느닷없이 자기도 마당으로 뛰어내려가, 이번에는 머리 위로 주먹을 날렸다.

그 광경을 보았을 때 겐오니는 가슴이 터지는 것 같았다.

토리이 타다요시는 지금까지 타케치요에게는 생명의 줄이었다. 그의 남모를 도움이 없었다면 슨푸에서의 생활이 불가능했을 것이다. 타다요시의 세심한 배려에 언제나 고마움을 느끼면서도 왜 그의 아들에게 이처럼 난폭한 행동을 하는 것일까.

겐오니는 뒤로 돌아가서 아버지인 타다요시에게 사죄하는 도리밖에 없었다.

타다요시는 웃으면서 손을 내저었다.

"노하시는 것도 당연합니다. 모토타다 놈이 너무 약은 체했으니까요. 타케치요 님의 마음속에는 때까치라도 훈련시키기에 따라 매가 된다, 인간도 마음가짐 여하에 따라 달라진다는 생각이 있을 것입니다. 과연 키요야스清康 님의 손자라 다르십니다. 진노하셨을 때 사정없이 그 분노를 터뜨리는 점은 높이 사야 할 것입니다."

이렇게 대답했기 때문에 겨우 안심은 했지만, 바로 그때부터 타케치요는 그 때까치를 데리고 놀지 않았다.

"어쨌느냐, 그렇게 길이 잘 들었는데?"

넌지시 물었을 때였다.

"이왕이면 매를 길들이는 것이 좋을 듯해 놓아주었어요."

담담하게 대답했다.

'성미가 급해서 곤란하다……'

생각하면 깊이 반성하는 기색을 보이고, 화를 내는가 싶으면 전혀 화를 내지 않기도 하고……

바로 얼마 전에도 암자 너머의 채소밭에서 나비를 쫓고 있는 타케치요를 이마가와 가의 가신 아이들이 여럿 몰려와 놀려대고 있었다.

"미카와의 고아야, 채소밭에서 노니까 거름 냄새가 나는구나."

입을 모아 놀렸으나 상대해주지 않았다. 얼빠진 표정으로 돌아보고 싱긋 웃기만 할 뿐이다. 그 모습은 참는 것이 아니라 정말 바보인 것처럼 보였다. 셋사이 선사는 장래성이 있다고 하고, 오쿠야마 덴신은 재미있다고 했다. 그러나 할머니의 입장에서 보면 무언가 부족한 데가 있었다.

"좋아, 이번에는 달리기를 하는 거야."

갑자기 덴신이 벌떡 일어났다. 아마도 500번의 목검 연습이 끝난 모양이었다.

"타케치요, 네 몸은 허리가 너무 길어. 인간이라면 자기 체형쯤은 스스로 만들 수 있어야 해. 자연스럽지 못한 몸에는 자연스럽지 못한 성격밖에는 깃들지 않아. 자, 따라오너라. 아베카와安倍江 기슭까지 달리는 거다."

4

덴신은 타케치요를 따라 뛰어나가려는 측근 아이들을 손으로 제지하고 자기 혼자 타케치요를 따라 문을 나섰다.

문을 나선 그는 전혀 사정을 보아주지 않고 재빨리 타케치요를 앞질렀다.

"아베카와의 아군이 위험에 처했다. 어서 달려."

묘한 억양으로 말하고 바람처럼 달려갔다.

타케치요는 이런 일에도 익숙해 있었다.

상대가 아무리 빨리 달려도 자기가 달리는 속도는 흐트러뜨리지 않았다.

"그래도 대장이냐."

만일 도중에 낙오하거나 주저앉거나 하면, 꾸중듣게 된다는 것을 잘 알고 있었다.

"왜 이리 늦어, 좀더 빨리 뛰지 못하겠어!"

"……"

"그러다가 아군은 전멸당한다. 무릎을 높이 올리고 손을 크게 흔들어. 그래, 그렇게. 좀더 빨리."

덴신은 쏜살같이 앞으로 달려나가 제자리걸음을 하며 갖은 소리를 다해 타케치요를 놀려댔다.

타케치요는 입을 꼭 다문 채 덴신을 보려고도 하지 않았다.

우에이시마치上石町에서 우메야마치梅屋町 거리를 빠져나와 강변 마을에 다다를 무렵 타케치요의 얼굴은 몹시 창백해졌다.

자칫 입을 열고 말이라도 하면 피로가 그의 발을 멈추게 한다. 일단 멈추면 이미 종아리에 납덩어리가 매달린 것처럼 움직일 수 없었다.

"자, 거의 다 왔다, 빨리!"

타케치요는 속으로 외쳤다.

'제기랄!'

그러나 발만은 여전히 같은 보폭, 같은 속도로 달리고 있었다.

드디어 봄의 강물이 보이기 시작했다. 그 기슭에는 아직 복숭아와 벚나무 꽃이 피어 있고 그 사이를 노란 유채꽃이 누비고 있었다.

강어귀에 이르러서도 덴신은 걸음을 늦추지 않았다.

"멀리 있는 자는 듣거라, 가까이 있는 자는 와서 보아라. 내가 바로 천하에 단 하나뿐인 마츠다이라의 타케치요다."

이렇게 말하면서 참고 또 참으면서 힘겹게 달려오는 타케치요를 보고 말했다.

"앗, 적장은 타케치요의 모습을 보고 말을 탄 채 물 속으로 첨벙 뛰어들었다. 놓치지 말고 쫓아라…… 하지만 이쪽은 말을 타고 가는 게 아니다. 어서 가!"

타케치요의 피로가 극에 달한 것을 알고 덴신은 그 자리에 옷을 획 벗어 던졌다.

"너도 벗어라. 적장을 놓쳐서는 안 된다. 지금이다! 지금이 타케치요의 운명을 결정할 때다. 어서!"

덴신은 강가에서 제자리걸음을 하는 타케치요를 잡고 강제로 옷을 벗겨나갔다.

"적……적……적장은 누구냐!"

참다못해 타케치요는 비로소 말했다. 둥그스레한 가슴이 파도처럼 흔들리고 심장소리가 그대로 들려오는 것 같았다.

"몸이 왜 이렇게 허약하냐? 나를 봐라."

덴신은 바위와도 같은 자기 가슴을 두드렸다.

"적장에 따라서는 뒤쫓을 필요가 없다는 것이냐? 그런 잔꾀를 가지고 훈련하면 도리어 방해가 된다. 자, 어서 쫓아라."

말하기가 무섭게 타케치요를 벌거벗은 가슴에 안고 그대로 물 속으로 뛰어들어갔다. 그리고 차디찬 물이 자기 허리까지 잠겼을 때 타케치요를 번쩍 쳐들어 물살이 급한 흐름 속에 풍덩 내던졌다.

"헤엄쳐라. 헤엄치지 못하면 아베카와 강물 따윈 전부 마셔버려."

떠올랐다가는 가라앉곤 하며 허우적거리는 타케치요를 손뼉을 치면서 놀려댔다.

5

타케치요는 겨우 키가 자라는 데까지 와서 길게 숨을 내쉬었다. 3월의 차가운 물은 달음질로 느슨해진 피부를 잔뜩 오므라들게 하여 온몸의 근육이 옥죄이는 느낌이었다.

그렇다고 이 정도에 비명을 지를 만큼 나약한 타케치요는 아니었다. 올해에도 이미 추위 속에서 냉수로 몸을 단련시켰다.

하지만 물살이 빠르고 다리 피로가 심할 뿐만 아니라, 강바닥의 물때도 그의 의지에 저항했다. 일어서려다가 그만 미끄러져 물을 마시게 되고, 그것을 토하려다 다시 미끄러졌다.

"아하하하. 좀더 마셔, 좀더 마시는 거야."

덴신은 타케치요가 떠내려간 만큼 자기도 하류 쪽으로 걸으면서 야유를 늦추지 않았다.

겨우 배꼽에 닿을 정도인 얕은 곳에 이르렀을 때였다.

"적장은……"

타케치요는 헐떡거렸다.

"누……누……누구냐?"

"집념이 정말 대단하구나. 해치웠느냐, 놓쳤느냐?"

"놓치기는 했지만…… 누……누……누구냐?"

타케치요는 어서 뭍으로 올라가고 싶었다. 졌다고도 손을 들었다고도 하지 않고 육지에서 몸을 말리고 싶었다.

"적장은 너하고 연고가 깊은 오다 카즈사노스케 노부나가야."

"뭣이, 노부나가 님…… 그렇다면 그만두겠어. 쫓지 않겠어. 타케치요와는 동맹군이니까."

타케치요는 기슭으로 올라왔다.

"꾀를 부리는구나, 이 엉뚱한 녀석이."

"엉뚱한 게 아니라, 신의를 중히 여기고 쫓지 않는 거야."

"하하하하. 좋아, 그럼 이리 와. 하지만 곧바로 쉬면 안 돼. 춤을 추는 것처럼 제자리걸음을 하면서 팔을 벌려. 이렇게 오른쪽으로, 왼쪽으로, 왼쪽으로, 오른쪽으로……"

덴신은 타케치요와 함께, 이번에는 요즘 상인이나 농부들 사이에서 유행하는 춤과 같은 손놀림으로 체조를 시작했다. 유연하면서도 온몸의 근육을 고루 발달시키는 아름다운 선의 움직임이었다.

"이봐, 타케치요."

"왜."

"달리고 나서 수영을 하니 기분 좋지?"

"나쁘지는 않아."

"너는 지난 해 이 강가에서 석전石戰하는 것을 보았다면서?"

212

"그래, 보았어."

"그때 승부를 알아맞혔다고 하더군. 수가 많은 쪽에는 신신(信臣)이 없기 때문에 진다. 적은 쪽은 단결이 있기 때문에 이긴다면서……"

타케치요는 대답하지 않았다.

"나는 셋사이 선사한테 그 이야기를 듣고 너에게 반했어. 그러나 나는 좀 난폭한 사람이야. 어때 싫으냐?"

"그렇지는 않아."

"그래? 그럼, 이 근처에서 점심을 먹도록 하자. 내가 준비해왔어."

두 사람은 체조를 끝내고 옷을 입었다. 강가에 나란히 앉아 덴신이 허리에 차고 온 작은 주머니를 열었다.

"이것이 너의 볶은 쌀, 나는 주먹밥이다."

덴신은 타케치요의 무릎에 볶은 쌀을 담은 주머니를 휙 던져주고 자기만 주먹밥을 꺼내 맛있게 먹기 시작했다. 주먹밥에는 매실 장아찌가 들어 있고 따로 소금에 절인 빨간 송어 한 토막이 있었다.

타케치요가 부러운 듯 흘끗 바라보았다.

"못난 놈."

덴신이 꾸짖었다.

"대장이 부하와 똑같이 맛있는 것을 먹으려 해도 되는 거냐? 이것은 너의 할머니가 준비한 점심이야."

타케치요는 알았다는 듯이 고개를 끄덕이고 볶은 쌀을 씹었다.

6

"대장의 수업修業과 잡병의 수업은 처음부터 달라야 해."

덴신은 짓궂게도 입맛을 다시면서 송어를 먹었다.

"어떠냐 타케치요, 너도 다른 사람의 부하가 되면?"

타케치요는 대답하지 않았다.

"부하가 되면 아주 편해. 생명도 입도 주인에게 맡기면 되니까. 하지만 대장이 되면 그렇지가 못해. 무예와 병법은 말할 것도 없고 학문을 닦아야 하고 예의도 지킬 줄 알아야 해. 좋은 부하를 가지려면 자신의 먹을 것을 줄이더라도 부하를 굶주리게 해서는 안 돼."

"알고 있어."

"알고 있는 것과 생각하는 것은 달라. 지금껏 네가 아는 게 무어란 말이냐? 우선 너는 너무 말랐어."

"……"

"눈빛도 좋지 못해. 몸이 마른 것은 좋은 음식을 먹지 못해서 그렇다고 할 테지. 그 생각부터가 틀려먹었어."

"그 생각이라니 어떤 생각?"

"좋은 것을 먹지 못하면 살이 찌지 않는다는 생각. 그것은 졸개나 하는 생각이지 대장이 할 생각은 아니야. 대장은 말이다……"

"그래, 대장은……?"

"아지랑이를 먹어도 살이 찌고, 배에서 쪼르륵 소리가 나도 얼굴은 벙실벙실 웃고 있어야 해."

"아지랑이를 먹고 살이 찐다고?"

타케치요가 심각한 얼굴로 고개를 갸웃했다. 덴신은 똑바로 그를 쏘아보았다. 언제나 농담 속에 진실을 담고 상대의 마음을 끌어당겨 의문의 핵심을 꿰뚫는 덴신의 교육법이었다.

"아지랑이로는 피와 살이 되지 않는다고 생각하는 인간은 대장은커녕 훌륭한 잡병도 되지 못해. 타케치요, 인간에게는 현명한 사람과 어리석은 사람의 차이가 있다는 것은 알겠지. 넌 그것이 왜 그렇다고 생각하느냐?"

"글쎄……"

"아지랑이를 어떻게 먹느냐 하는 그 방법에 달려 있어. 이것은 너 하나만을 놓고 하는 이야기가 아니야. 너의 부모도 좋은 아지랑이…… 즉 올바른 호흡을 하지 않으면 안 되는데, 비록 부모가 올바른 호흡을 하고 아무 부족이 없는 아이를 낳았다 해도, 그 아이의 호흡이 고르지 못하면 이 역시 이야기가 안 돼. 알겠어? 이 대기는 여러 가지 우주의 영靈을 포함하고 있어. 그중에서 호흡을 가다듬고 무엇을 섭취하느냐에 따라 그 사람의 그릇 크기가 결정되는 거야."

타케치요는 알 것 같기도 했으나 모르는 대목도 있었다. 덴신은 그것을 눈치채고 다시 껄껄 웃었다.

"나는 사실 셋사이 선사로부터 더 이상 타케치요를 괴롭히지 말라는 편지를 받고 무척 고민했다. 하지만 셋사이 선사도 좌선을 가르칠 때 먼저 호흡부터 가다듬으라고 했을 거야. 호흡이 고르지 못한 인간은 아무 일도 하지 못해. 괴로울 때도 슬플 때도 기쁠 때도 즐거울 때도 똑같은 호흡으로 우주의 영기靈氣를 섭취하는, 그런 사람으로 너를 키우려고 애쓰고 계시는 거야."

타케치요는 무릎을 탁 치면서 고개를 끄덕였다. 덴신은 요즘 린자이사臨濟寺에서 좌선하고 있는 타케치요에게 하나의 충고를 주려 하고 있었다.

"자, 이제 끝났다. 그만 돌아가자."

자기 주먹밥을 다 먹고 나서 덴신은 얼른 일어나 걷기 시작했다. 타케치요도 서둘러 볶은 쌀 주머니를 허리에 차고 그 뒤를 따랐다.

그때였다. 타케치요와 덴신 두 사람이 들길에서 거리로 들어서려는 곳에서 겨우 세 살 정도 되었을 사내아이의 손을 잡은 남루한 옷차림의 여자가 말을 걸었다.

"잠시 여쭤보고 싶은 말이 있습니다."

7

말을 건 여자는 스물네댓쯤 되어 보였다. 무사의 아내인지 농부의 아내인지 구별하기 어려운 모습으로 허리에는 짧은 칼을 꽂고 있었고, 입은 옷은 누덕누덕 기운 것이었다.

손을 잡고 있는 아이는 눈과 귀가 유난히 크고, 영양 부족으로 핼쑥해진 얼굴은 햇빛에 그을려 있었으며, 거지와 구분하지 못할 정도로 행색이 초라했다. 더구나 그 여자는 등에 누더기에 싼 봇짐을 짊어지고 있었다.

"허어……"

타케치요보다 덴신이 먼저 걸음을 멈추었다.

여자의 허리에 칼만 없다면 거지가 이사를 가는 게 아닌가 생각될 정도였다.

"길 떠나온 지가 상당히 오래된 것 같은데, 당신은 무사의 아내로군요. 그래, 묻고 싶은 말은 뭐요?"

"저어, 슨푸의 미야마치로 가는 길을 알고 싶습니다."

"슨푸의 미야마치?"

덴신은 흘끗 타케치요를 돌아보았다.

"왜 큰길로 가지 않는 거요? 지름길은 찾기가 어려운데."

"보시다시피 어린것을 데리고 있기 때문입니다."

"그래요? 한데 당신은 미카와 사람인 것 같군요. 슨푸의 미야마치라면 같이 가면서 가르쳐주겠소. 누구네 집을 찾나요?"

여자는 잠시 경계하듯 덴신을 바라보았다.

"치겐인이라는 절을 찾아가는 길입니다."

"아, 치겐인. 치겐인이라면 잘 알고 있지요. 주지인 치겐 님도, 경내 암자에 사시는 겐오니 님도……"

그러면서 타케치요에게 다가가 작은 소리로 물었다.

"본 기억이 있니?"

타케치요는 가만히 고개를 저었다. 본 것 같기도 하고 그렇지 않은 것도 같아 기억이 확실치 않았다.

"좋아, 네가 저 아이를 업고 가도록 해라. 몹시 피곤해 보이는구나."

타케치요는 걸음을 멈추고 잠시 생각하는 듯하다가 결심이 선 듯 얼른 아이 앞에 웅크리고 앉았다.

"내가 업고 가겠어. 나도 같은 방향이니까."

아이는 사양하지 않았다. 무척이나 피곤했는지 콧물이 허옇게 말라붙은 얼굴을 바싹 붙이듯이 하고 업혔다.

동행하는 여자는 거듭 고맙다고 치하하고는 탐색하듯 물었다.

"미야마치에는 오카자키의 마츠다이라 타케치요 님도 계시다는 말을 들었습니다마는."

"아, 있어요, 있어."

덴신의 말이었다.

"당신과도 무슨 관계가 있소?"

"아닙니다."

여자는 고개를 저었다.

"남편이 살아 있을 때는 관계가 있었습니다마는……"

"허어, 그럼 당신은 혼자가 되었소?"

"예."

"마츠다이라 일족이 그렇게 되었으니 여러 가지로 생계에 어려움을 겪고 있겠군요?"

"예."

"나도 한때 오카자키에 머문 적이 있지요. 그런데 당신의 남편은 누구였소?"

여자는 다시 경계하듯 흘끗 덴신을 쳐다보고 나서 말했다.

"혼다 헤이하치로입니다."

"허어, 혼다 헤이하치로 님의 미망인이시군요. 그러면 이 아이는 그의 아들. 언젠가는 헤이하치로의 이름을 이어받을…… 그랬군, 그랬었군……"

몇 번이나 고개를 끄덕이고 타케치요를 돌아보았다.

"훌륭한 아이를 업었어. 소문난 용사의 아들이야. 너도 꼭 본받아야해."

타케치요는 두 눈이 빨개져서 얼른 고개를 돌리고 걸었다.

8

타케치요는 슨푸에 온 이후 여러 유민을 보았다. 건장한 남자는 드물고 아녀자와 불구자가 대부분이었다. 강도질도 도둑질도 하지 못하는 불쌍한 거지들이, 계속 쫓는데도 자꾸 성 아래로 왔다.

'전국에는 얼마나 많은 유민이 있을까?'

때때로 이런 생각을 하고 가슴을 태웠다.

그 이야기를 셋사이 선사에게 했을 때.

"바로 그래서 천하를 태평하게 만들 사람이 어서 나와야 하는 게야."

선사는 슬픈 표정으로 말했다. 타케치요는 두 눈만 둥그렇게 떴을 뿐 아직 그 말 속에 숨은 기대까지는 깨닫지 못했다.

그뿐 아니라 장난에 열중할 때의 타케치요는 유민 같은 것은 깡그리 잊어버렸다. 그러나 지금 눈앞에 그중의 한 사람을 대하고 보니 숨이 막히는 느낌이었다.

할머니가 여러 번 그 충의忠義에 대해 이야기해준 혼다의 미망인. 지금 타케치요가 업고 있는 아이의 할아버지 타다토요忠豐는 최초의 안죠 성 공격 때 자신의 아버지를 대신하여 전사하고, 그 아들 타다타카忠高도 또한 4년 전 같은 성에 제일 먼저 쳐들어가 아군의 진로를 열어주고는 적의 화살에 쓰러졌다.

그 무렵 타다타카의 젊은 아내는 임신하고 있었다고 했다.

할머니 겐오니는 이 미망인을 일단 슨푸로 데려왔다고 했다. 그러나 자존심 강한 그녀는 여기서 출산하기를 거부하고 미카와로 돌아가 남자들과 섞여 밭을 갈면서 유복자를 양육하고 있다고 했다.

"그렇게 해야 할아버지와 아버지의 뜻을 잇는 아이가 된다면서."

겐오니에게 이 말을 들었을 때 타케치요는 뜨거운 응어리가 한동안 가슴에서 사라지지 않았다.

'이런 훌륭한 가신이 나에게는 있다……'

그 생각에는 긍지보다도 슬픔이 앞섰다.

혼다의 미망인까지도 결국 미카와를 버리고 유민이 되어버린 것일까……?

타케치요는 등에 업은 아이의 옷을 슬쩍 만져보았다. 자신의 어머니가 미즈노에서 오카자키로 시집올 때 가져왔다는 목화씨. 그 솜으로 손수 짠 무명은 올도 알아볼 수 없을 만큼 낡았다. 미망인의 옷깃에서도, 짚신에서도, 오래되어 악취라도 풍길 것 같았다.

'용서해다오……'

타케치요는 마음속으로 등에 업은 아이에게 사죄했다.

덴신은 그러는 타케치요의 모습을 흘끗 보고도 모르는 척 미망인에게 말을 걸었다.

"어떤가요, 이마가와 쪽 관리가 들어온 후 생활이 더 나아진 오카자키 사람들도 있습니까?"

"아뇨, 그런 사람은 없어요."

"그럼, 이마가와 쪽의 징세가 마츠다이라 때보다 더 심하다는 말입니까?"

미망인은 그 질문에는 대답하지 않았다.

"오와리와의 경계선에 성과 성채를 쌓느라고 비용이 많이 들기 때문이겠지요."

"마츠다이라 가문 사람들은 한결같이 가난한가요?"

"예, 아기를 처음 낳고도 아기 옷을 지어주었다는 말을 듣지 못했습니다."

"으음…… 그러면 믿는 것이라고는 슨푸에 있는 타케치요 한 사람뿐이겠군요?"

"예, 그것도……"

말하다 말고 미망인이 입을 다물었을 때, 타케치요의 등에서 갑자기 아이가 보채기 시작했다. 배가 고파 그런 듯. 타케치요는 허리에 찬 주머니를 끌러 가만히 아이의 손에 쥐여주었다.

9

미야마치 어귀에서 타케치요와 덴신은 혼다의 미망인과 헤어졌다. 치겐인을 찾아간다고 했으므로 할머니 겐오니에게 의지하려는 것이 분명했다.

할머니가 입에 침이 마르도록 그 기품을 칭찬한 혼다의 미망인까지 고향을 버려야 할 지경으로 그곳 사람들은 궁핍한 것일까.

미망인이 아들의 손을 잡고 치겐인의 산문으로 들어서는 것을 보고 있을 때였다.

"어떠냐, 마음에 와닿는 것이 있느냐?"

덴신은 타케치요의 어깨를 툭 쳤다.

"대장이 정신 차리지 못하면 이렇게 되는 거야."

타케치요는 대답 대신 크게 한숨을 쉬었다.

"너도 이제 열한 살, 어른이 되었다는 증거를 보이고, 영지領地의 안위를 도모할 나이가 되었어."

이렇게 말하고 덴신은 문득 어색하게 웃었다.

"지금이라도 늦지 않아. 미카와 사람의 마음은 아직 허물어지지 않았어. 그 미망인의 맑은 눈동자! 바르게 아지랑이를 먹고 사는 사람의 얼굴이야."

"응."

"자, 오늘은 이만 하자. 이제부터는 시동들과 마음껏 뛰어놀아도 좋다. 나는 셋사이 선사를 만나러 가겠다."

문 앞에서 다음과 같이 커다랗게 소리지르고는 그대로 사라져갔다.

"타케치요 님이 돌아오셨다!"

타케치요는 문 안으로 들어갔다.

허둥지둥 달려나온 히라이와 시치노스케와 이시카와 요시치로를 흘끗 바라보기만 했을 뿐 타케치요는 아무 말도 않고 방으로 들어갔다.

방에는 지난해에 슨푸로 온 토리이 모토타다가 단정한 자세로 앉아 있었다. 타케치요는 역시 아무 말도 하지 않았다.

탁자를 등지고 앉아 잔뜩 허공을 노려보며 생각에 잠겨 있었다.

"무슨 걱정되는 일이라도?"

모토타다가 물었다. 모토타다는 열네 살이 되어 이미 마에가미前髪°가 어울리지 않을 정도로 성숙하게 보였다.

"모토타다!"

"예."

"너는 오카자키의 사정을 알고 있겠지. 모두들 그렇게 가난한가?"

"예, 풍족하지는 않습니다."

"먹을 것이 부족하지는 않은가?"

"예, 조와 피말고도 들에 먹을 수 있는 풀이 많이 자라기 때문에."

"옷은 어때?"

"예. 지난해 가을이었습니다. 히라이와 킨파치로가 딸을 위해 처음으로 옷을 마련했습니다."

"처음으로……"

타케치요는 의아한 표정이었다.

"그 딸은 몇 살이나 됐지?"

"열한 살입니다."

타케치요는 무서운 눈으로 모토타다를 노려보았다.

태어난 지 11년 만에 처음으로 새 옷을 입었다니 이 얼마나 안타까운 말인가.

"그밖에는 아직 새로 옷을 지어 입은 아이가 있다는 말을 듣지 못했습니다."

"물러가라, 모토타다!"

"예, 알겠습니다."

모토타다가 물러간 뒤 혼자 남은 타케치요는 으드득 이를 갈았다. 상대는 진실을 고했을 뿐이다. 그런데도 화를 내다니…… 하고 생각해보았지만…… 감정은 결코 의지에 굴복하려 하지 않았다.

일단 물러갔던 모토타다가 다시 왔다.

"아룁니다."

모토타다가 문 어귀에서 두 손을 짚었을 때 타케치요는 자제력을 잃고 소리질렀다.

"시끄러워! 뭐야?"

10

모토타다는 타케치요를 똑바로 응시한 채 말했다.

"오카자키에서 사람이 왔습니다. 뵙기를 원하고 있습니다."

"뭣이, 오카자키에서……"

타케치요는 가슴이 철렁하여 이맛살을 찌푸렸다.

"무슨 일인지 네가 대신 물어보아라."

모토타다는 물러가지 않았다. 대담하게 눈을 크게 뜨고 타케치요를 응시한 채로 있었다.

"모토타다!"

"예."

"내 말이 안 들려? 오늘은 기분이 나쁘니 네가 대신 만나도록 해."

"도련님 ―"

모토타다는 타케치요의 말이 채 끝나기도 전에 말했다.

"오카자키에서는 가신들이 모두 어떤 생각을 하며 살고 있는지 아십니까?"

"뭐야? 너 지금 내 말을 거역하려는 거냐?"

"거역합니다."

모토타다는 무릎걸음으로 다가앉으며 싸늘하게 쏘아붙였다.

"가신들은 가슴을 펴지도, 숨 한번 제대로 쉬지도, 고개를 들고 걷지도 못합니다…… 이런 생활을 알지 못하시는 도련님이라면 얼마든지 거역하겠습니다!"

타케치요는 불타는 눈으로 모토타다를 노려보고, 모토타다 역시 눈도 깜빡이지 않고 그 눈길을 맞받았다. 두 아이의 눈길은 불꽃을 튀기듯 공간을 파고들었다.

"모토타다!"

"예."

"너는 가신들이 나 때문에 슨푸 녀석들에게 기를 펴지 못한다는 말을 하려는 것이 아니냐?"

"아닙니다!"

모토타다는 딱 잘라 말했다.

"도련님만을 생각하고 그런 굴욕을 참고 있지는 않습니다."

"이상한 말을 하는구나. 그럼, 누구를 위해 참고 있는 거냐?"

"전쟁이 벌어지면 으레 선봉을 명령받아, 아버지를, 형을 잃고 아들을 전사케 하면서도, 또 매일매일 끼니를 때우기가 어려워도 이를 악물고 스루가 녀석들에게 굽실거리는 모습…… 전쟁터에서는 군사의 장수가 머리를 맬 끈도 없어 볏짚으로 묶고 괭이를 들고 싸우는…… 그런 모습들이 도련님에게는 보이지 않습니까? 이것을 단지 도련님을 위해서만이라고 생각하십니까? 이 모토타다는 그렇게 생각하지 않습니다! 도련님의 마음에 희망을 걸고 의지하는 모습! 의지할 데가 있기 때문에 참는 것이라고 생각합니다."

"뭣이!"

"도련님을 위해서가 아니라, 도련님도 모든 가신들과 똑같이 고통을 당하고 있다, 그것을 잘 알고 있기 때문에 장래에 희망을 걸 수 있습니다. 찾아온 사람을 어째서 기꺼이 만나주지 않는 것입니까? 그대들의 고통은 이 타케치요도 잘 알고 있다, 참고 견디라고 왜 말씀하시지 않습니까?"

이렇게 말한 모토타다는 엄숙한 자세 그대로 무릎에 뚝뚝 눈물을 떨구었다.

타케치요는 몸을 부르르 떨면서 잠시 그대로 있었다.

토리이 노인이 자기 아들 모토타다를 일부러 슨푸에 보낸 뜻을 이해할 수 있었다.

"가신들에게 빚을 진 주군은 어리석은 주군이고, 가신들의 추앙을 받아 그 믿음에 부응하는 것이 현명한 주군이라고 이 모토타다는 생각합니다. 그런데도 대신 만나라고 하여 또다시 빚을 지시겠습니까?"

타케치요는 그만 모토타다의 눈길을 피해 고개를 돌렸다. 그렇다, 단지 상징적인 존재뿐이라면 그것은 빚이 된다. 의지를 받고 의지한 보람이 있는 주군이라야만 진정한 주군일 것이다.

"모토타다!"

타케치요의 목소리가 부드러워졌다.

"오카자키에서 온 사람은 누구더냐?"

"예, 혼다 타다타카의 미망인입니다."

"뭣이, 혼다의 미망인……"

11

타케치요는 자기 목소리에 놀라, 얼른 덧붙였다.

"만나겠다. 네 말이 모두 옳아. 만나겠어."

유민이라고 생각한 혼다의 미망인이 자신을 찾아온 사자使者라니. 혹시 모를 위험을 생각해서 그렇기도 했겠으나, 어쨌든 그 몸차림은 너무도 초라했다.

가신에게 그런 고생을 시키고…… 아니 그보다도 역시 자신에게 기대고 있구나 하고 생각하니 저절로 두 어깨에 무거운 짐의 중압감을 느꼈다.

'그 짐에서 벗어나려고 하면 안 된다.'

"무거운 짐이 인간을 만드는 게야. 홀가분하면 인간이 되지 못해."

기회가 있을 때마다 셋사이 선사가 한 말이 무섭게 가슴을 두드렸다.

모토타다는 물러갔다가 곧 혼다 미망인과 아이를 데리고 돌아왔다. 그 뒤에는 할머니 겐오니가 부드러운 얼굴로 염주를 굴리면서 따라 들어왔다.

"오, 혼다의 미망인…… 먼길에 고생이 많았소."

미망인은 아직 타케치요의 얼굴을 보지 않았다. 문지방 부근에 두 손을 짚고 엎드려, 감개가 북받치는 듯한 목소리로 말했다.

"별고 없으시다니 기쁘기 짝이 없습니다."

이 역시 가르침을 받았는지 조금 전에 헤어졌던 아이도 두 손을 짚고 공손히 머리를 조아렸다.

타케치요는 가슴이 뭉클했다.

모토타다 또한 고개를 옆으로 돌리고 입술을 꼭 깨물고 있었다.

미망인은 방금 전까지 입었던 누추한 옷을 격식을 차리기 위해 코소데로 갈아입기는 했으나 역시 기운 것, 그러나 흩어진 머리는 곱게 빗고 있었다. 몰라볼 정도는 아니었으나 꿋꿋이 살아가는 여자의 기품이 그 젊음 뒤에 번뜩이고 있었다.

"먼저 히사마츠 사도노카미 부인의 말씀부터 전하겠습니다. 일상생활이 몹시 부자유스러우시겠지만 절대로, 절대로 낙담하지 마시고 마음을 넓게 가지시길…… 그리고 이것은 그 부인께서 드리는 물건……"

여름옷 세 벌을 꺼내놓다가 놀랐다.

"앗!"

그제서야 비로소 조금 전에 자기 아이를 업어준 것이 타케치요였음을 깨달았다.

"도련님은 아까……"

타케치요는 손을 내저었다. 그리고 미망인이 내어 놓은 옷 한 벌을 들었다.

"이것을 올 여름에 이 아이에게 입히도록 하시오. 나 혼자 입기에는 과분하오."

순간 미망인은 멍하니 넋을 잃고 있었다.

그러나 곧 타케치요가 한 말을 알아듣고 왁 소리와 함께 울음을 터뜨리면서 그 자리에 엎드렸다.

"당치도 않습니다! 아니 될 말씀입니다. 이 아이는…… 이 아이는……"

타케치요는 그 말을 가로막았다.

"운이 좋은 아이야. 태어나서 처음으로 나는 아이를 업어봤어. 이리 오너라, 내가 안아줄 테니."

아이도 상대가 조금 전에 볶은 쌀을 준 사람인 걸 안 모양이었다. 아장아장 걸어와 타케치요의 무릎에 털썩 앉았다.

"아니, 헤이하치……"

미망인이 당황하여 손을 내밀었으나 겐오니가 웃으면서 그녀를 제지했다.

"그냥 두어요. 이 아이도 역시 타케치요의 오른팔이 될 텐데…… 그래, 삼대에 걸쳐 섬길 아이야."

토리이 모토타다는 고개를 옆으로 돌린 채 눈두덩을 손가락으로 가만히 눌렀다.

철 이른 벚꽃

1

"오츠루阿鶴, 이리 와."

츠루히메에게 말을 건네면서 우지자네는 정원으로 나갔다. 츠루히메는 그만 얼굴을 붉혔다. 오늘 꽃구경에 초대받은 처녀들의 눈이 일제히 자기 쪽으로 쏠렸기 때문이다.

고개를 떨군 채 신발을 찾아 신고 밖으로 나가니 꽃 속의 초롱불이 달무리처럼 희미해져 있었다.

"도련님……"

사람들이 보이지 않게 되자 얼른 다가가서 매달리듯 옷소매를 붙들었다.

우지자네는 그녀를 돌아보고 웃는 것도 웃지 않는 것도 아닌 표정으로 곧장 연못을 돌아 동산 그늘로 들어갔다.

열일곱 살이 되어 한층 더 요염해진 츠루히메를 우지자네가 이미 건드렸다는 소문이 여자들 사이에서 파다했다.

과연 그것이 사실인지 아닌지는 아무도 모른다. 그러나 요즘 우지자네의 생활은 공차기와 다도茶道를 제외하고는 여자들을 희롱하는 것이 전부인 듯했다.

아버지 요시모토는 바쁘다는 핑계로 이 유약한 후계자의 소행 따위는 별로 간섭하는 것 같지 않았다.

이를 기화로 최근에는 일족과 중신들의 집에까지 찾아가고는 했다. 세키구치 교부쇼유의 집에도 봄부터 벌써 두 번이나 찾아왔다.

"자, 이쪽으로 ——"

동산을 돌아나온 우지자네는 선 채로 츠루히메에게 말했다. 거기 있는 큰 바위에 올라앉으라는 것이었다.

츠루히메는 온몸을 비틀고 옷소매로 얼굴을 가리면서 바위 위에 앉았다.

그렇게 길러졌기 때문이라고는 하나 누구 앞에서도 막무가내인 우지자네의 태도는 츠루히메의 수치심을 한껏 자극했다.

"오츠루 ——"

"예."

"그대는 나를 좋아하지?"

"새삼스럽게…… 이상한 말씀을 하시는군요."

"나말고 좋아하는 사람이 또 있어?"

츠루히메는 원망스럽다는 듯 옷소매에서 얼굴을 들었다.

"있어, 없어?"

"없어요, 그런 사람은……"

"나뿐이란 말이지?"

"도련님."

"응?"

"저는 다른 여자들 사이에서 도는 소문이 무서워요."

"어떤 소문인데?"

"성주님의 허락도 없이 도련님의 총애를 받고 있다는……"

"무슨 상관이야. 나는 누구의 부하도 아니야. 그리고 이건 불의不義가 아니야."

선 채로 이렇게 말한 우지자네는 자기도 아무렇게나 바위에 걸터앉았다. 그리고는 아무런 감정도 보이지 않는 덤덤한 태도로 츠루히메를 바싹 끌어당겼다.

"오츠루——"

"예."

"그대는 나를 좋아하지?"

거듭 묻는 똑같은 말에 츠루히메는 대답 대신 몸을 바싹 붙이며 기대었다.

"그렇다면 부탁이 하나 있어."

우지자네는 담담한 어조로 말했다.

"요시야스義安의 딸, 머지않아 이오 부젠의 아들과 결혼할 모양이야. 그 전에 한 번이라도 좋으니 나와 만나게 해줘. 한 번이면 충분해, 한 번이면……"

2

츠루히메는 자기 귀를 의심했다. 요시야스의 딸이란 츠루히메와 미모를 다투는 카메히메를 가리키는 말이었다.

네가 정말 나를 좋아한다면, 그 카메히메와 나를 한 번 만나게 해달라고——우지자네는 말하고 있다. 일부다처가 권력자에게는 일상적인 일이지만, 그러나 여성에게는 여성의 자존심이 있었다. 비록 몇 사람 있다고 해도 상대를 꺼리고, 언젠가는 알게 된다 해도 우선은 숨기는 것이 보통이었다.

그런데도 우지자네는 뻔뻔스럽게 츠루히메에게 공공연히 말하고 있다. 날마다 반복되는 자극에 싫증이 나서 정상적인 상태를 벗어난 것일까? 아니면 질투심을 부추긴 뒤에 올 츠루히메의 격렬한 애무를 기대하고 한 말일까?

희미한 불빛도 그곳까지는 미치지 않아 자세한 표정의 움직임은 알 수 없었다. 그러나 그 목소리에서는 한 조각 수치심이나 미안해하는 빛을 느낄 수 없었다.

"어때, 싫은가?"

우지자네가 말했다.

"싫다면 도리가 없지만."

츠루히메는 현기증을 느꼈다.

"도련님!"

"내 말 들어주겠어? 들어주겠다면 오늘 밤이 좋아. 나는 여기서 기다리겠어."

"도련님!"

참다못해 츠루히메는 그를 안았던 팔에 힘을 주었다. 상대가 우지자네만 아니었다면 마구 짓밟아버리고 싶을 정도로 분했다.

"그런 일 때문에 저를 여기까지 불러냈나요?"

"응, 그래."

"얄미운 그 입…… 한 번만 더……"

하얀 이를 부드득 갈았다. 우지자네는 그제서야 츠루히메의 분노를 깨달은 듯, 혼자 중얼거리고 어색하게 두 팔을 상대의 등에 감았다.

"아, 알겠어."

달이 뜨려 하고 있었다. 츠루히메는 우지자네의 품에서 숨을 죽였다. 사나이의…… 아니 정확히 말하자면 우지자네의 마음을 읽지 못하고, 자신의 질투심을 자극하려고 그런 것이라고 생각했다.

주위가 은빛으로 빛나고 머리 위의 소나무가 옅은 그림자를 발 밑에 떨구었다.

"도련님."

"왜?"

"하루 속히 성주님의 허락을…… 이 츠루는 옆에서…… 옆에서 모시고 싶어요."

우지자네는 그 말에는 대답하지 않고 잠시 후 츠루히메를 가만히 떼어놓았다.

"아, 덥군 ──"

그러면서 말했다.

"이것으로 내 마음은 알았을 텐데."

"예."

"그러면, 조금 전에 한 말……"

"카메히메 말인가요?"

"그래, 난 오늘 밤이 아니면 나올 수 없어. 여기서 기다릴 테니 데리고 와."

츠루히메는 또다시 찬물을 뒤집어쓴 기분이었다. 펄쩍 뛰듯 우지자네를 떼밀고 창백하게 드러난 상대의 얼굴을 노려보았다.

"어서 갔다 와, 난 여기서 기다리고 있을 테니."

"아 ── 함."

바로 이때 동산 위의 어딘가에서 큰 하품소리가 났다.

"앗!"

츠루히메는 저도 모르게 우지자네의 품으로 뛰어들었고, 우지자네는 떨떠름한 목소리를 약간 날카롭게 하고는 위를 쳐다보았다.

"누구냐!"

"예, 타케치요입니다."

대답과 함께 역시 오늘 밤 초대를 받고 온 타케치요가 동산에서 내려왔다.

"달이 떴어요. 하지만 난 외톨이가 됐어요. 오츠루의 목소리를 듣고 내 상대가 어디론가 사라진 모양이에요."

"내 상대라니?"

우지자네가 물었다.

"카메히메."

타케치요는 자못 어른스러운 목소리로 대답했다.

3

카메히메라는 말에 우지자네는 확인하듯 물었다.

"네가 오카자키의 타케치요냐?"

"예."

"이리 가까이 오너라. 지금 뭐라고 했어? 카메히메와 너는 사랑을 속삭이고 있었다는 거냐?"

타케치요는 두 사람 옆으로 내려와 둥근 얼굴을 달빛에 드러냈다. 그러고 보니 요즘에 와서 부쩍 듬직해졌으며, 활기찬 모습도 이성을 찾을 만큼 성숙해 보였다.

"사랑은 아니오."

타케치요는 대답했다.

"그저 달이 뜨기를 기다리면서 함께 이런저런 이야기들을 나누고 있었어요."

"이런저런 이야기를 했다고…… 너는 몇 살이냐?"

"열하나"

"열하나라면……"

우지자네는 기억을 더듬는 표정이더니 고개를 끄덕이며 츠루히메를 바라보았다.

"사랑할 수 있지! 암, 있고 말고."

츠루히메는 그만 고개를 깊이 숙였다. 그 자리에서 도망치고 싶은 심정이었다.

"너는 카메히메를 좋아하는구나."

"카메히메도 이 타케치요를 좋아한다고 했어요."

"그래?"

우지자네는 일단 눈썹을 치켜올렸으나 곧 히죽 하고 웃는 얼굴이 되었다.

"네가 좋아하고 상대도 너를 좋아하면 그걸 사랑이라고 하는 거야, 타케치요."

"예."

"카메히메가 너를 껴안았지?"

타케치요는 전혀 거북해하는 기색 없이 고개를 끄덕였다.

"후후후."

우지자네가 웃었다. 아무래도 그의 문란한 성생활은 정상을 벗어난 자극을 찾아 일그러져 있는 모양이었다.

"너도 카메히메를 껴안아주었지?"

타케치요는 고개를 약간 갸웃했을 뿐 대답하지 않았다. 이미 어떤 것이 우지자네를 노하게 하고 어떤 것이 그를 기쁘게 하는지, 그 계산을 못할 나이는 아니었다. 어쩌면 타케치요 쪽에서 우지자네를 희롱해주고 싶은 생각인지도 몰랐다.

"너도 껴안아준 거야?"

"그럴 필요도 없었어요. 내가 꼭 안겨 있었으니까."

"그랬는데 오츠루와 내 목소리를 듣고 떨어졌단 말이지?"

타케치요는 다시 끄덕였다.

"이미 달도 보았고 이야기도 끝나 있었어요."

"무얼 모르는 놈이군……"

우지자네의 목소리가 갑자기 날카로워졌다. 그는 이 아이와 곧 시집가게 될 열다섯 살 카메히메와의 설익은 정사 이야기를 듣고 싶었던 것이 분명했다. 그러나 타케치요는 이 일에 대해서만은 우물우물 넘겨버렸다.

"타케치요!"

"예."

"여자는 말이다, 좋아하는 여자는 이렇게 안아주는 거야. 잘 봐."

"어머나……"

몸을 움츠리고 도망가려는 츠루히메를 우지자네가 난폭하게 끌어안았다.

"이렇게…… 이렇게……"

"도련님…… 제발…… 도련님."

달빛 속에 서 있는 타케치요는 전혀 안색을 바꾸지 않았다. 마치 감정 없는 나무 인형처럼. 그것이 우지자네의 흥을 깨뜨렸는지 갑작스럽게 츠루히메를 뿌리쳤다.

"에이, 정말 재미없는 밤이었어. 오카자키의 애송이가 선수를 치는 바람에."

그대로 연못가를 돌아 집 쪽으로 걸어가버렸다.

뿌리침을 당한 츠루히메는 바위 위에 쓰러진 채 망연히 우지자네의 뒷모습을 바라보았다.

4

우지자네의 모습이 집 쪽으로 사라진 뒤에도 타케치요는 잠시 그대로 서 있었다.

갑자기 츠루히메가 와락 울음을 터뜨렸다. 왜 우는지는 타케치요도 알 것 같았다. 우지자네의 호색적인 장난을 츠루히메는 사랑인 줄 알고 몸을 맡겼을 터였다. 순간 타케치요는 그대로 돌아가는 것은 그녀에게 미안한 일로 생각되었다. 아니, 그뿐 아니라 서서히 꿈틀거리는 젊은이로서의 흥미도 마음 한구석에는 있었다.

"츠루히메 —"

타케치요는 그 옆으로 걸어가 아직도 무섭게 파도치고 있는 둥근 어깨에 손을 얹었다. 순간 숨결이 가빠졌다.

"울면 못써. 카메히메와 만났다고 한 건 거짓말이었어."

사실 그 말은 거짓이었다. 츠루히메가 당황하여 울고 있는 모습에 그만…… 아니 그보다는 남자로서의 감정이 얼떨결에 거짓말을 하게 했는지도 몰랐다.

타케치요는 요시야스의 딸이 마음에 들었다. 이미 열다섯 살이 되어 뽀얗게 피어난 카메히메의 아름다움을 보고 있으려면, 만난 적이 없는 어머니의 향기를 느낄 수 있었다. 또는 카메히메가 지닌 기품과 아름다움이 할머니인 겐오니를 연상케 하는지도 몰랐다.

타케치요는 그 감정을 지난 정월에 카메히메한테 호소했다. 장소는 역시 이 세키구치 교부쇼유의 집이었다.

"타케치요는 네가 좋아."

확실하게 이렇게 말하는 것이 무장다운 일이라고 생각했다.

"저도 타케치요 님이 아주 좋아요."

상대는 대답했다.

타케치요는 고개를 끄덕였다. 이로써 카메히메와는 모든 것이 이해되었거니 했다.

"그럼, 성주님께 말씀 드려 카메히메를 아내로 달라고 하겠어."

카메히메는 깜짝 놀라 몸을 떼어내면서 희미하게 웃었다.

"그런 말씀, 성주님께 드리면 안 돼요."

타케치요는 느긋하게 고개를 끄덕였다. 상대가 수치심 때문에 마음에도 없는 말을 한다고 생각되었기 때문이다.

하지만 그 뒤부터 카메히메가 자신을 피하는 것만 같아 여간 안타깝지 않았다.

오늘 밤에도 카메히메를 동산으로 불러냈으나 그녀는 웃으며 고개를 저었다. 그래서 타케치요는 혼자 밖으로 나와 혼다 미망인의 얼굴과 카메히메의 얼굴을 함께 떠올리며 생각에 잠겨 있었다.

'여자란 대관절 무엇일까……?'

그 순간 발치께 바위 위에서 그 의문에 답하듯 하나의 정경이 펼쳐지고 있었다.

우지자네가 카메히메를 불러오라고 했을 때 타케치요는 왠지 얼굴이 뜨거워졌다.

요시모토는 존경하고 있었으나, 그 아들 우지자네에게는 흥미가 없었다. 그런 남자에게 카메히메를…… 눈에 보이지 않는 반발심이 그를 우지자네 앞에 나서게 했다.

눈앞에서 울고 있는 츠루히메의 모습 역시 가엾게 느껴졌다.

"우, 울지 마."

타케치요는 다정하게 말했다.

"이 타케치요는 이제 다 알았어. 나쁘게는 하지 않을게. 울면 못써."

귀에 얼굴을 가까이 대고 속삭였을 때, 웬일인지 츠루히메의 손이 철썩 하고 타케치요의 뺨에 날아왔다.

"아, 아, 아……"

왜 얻어맞았는지도 모른 채 타케치요는 허리를 구부리고 뒤로 물러섰다.

5

타케치요를 때리고 나서 츠루히메는 어깨를 들먹이며 더욱 심하게 울었다.

달이 점점 더 높이 떠올라, 엎드려 우는 츠루히메의 하반신을 요염하게 비치고 있었다. 몹시 충격받은 듯 옷자락 사이로 흰 살이 드러난 것도 깨닫지 못하고 있었다.

타케치요는 잠시 고개를 갸웃하고 생각하다가 다시 츠루히메 옆으로 다가갔다.

비록 달빛 속이라고는 하나 젊은 여자가 살갖을 드러내선 안 된다고 생각했기 때문이다. 가만히 옷자락으로 가려주고 중얼거렸다.

"나는 돌아가겠어."

그로서는 어쩔 도리가 없다고도 생각되었고, 또 현관 쪽에서 우지자네의 귀가를 알리는 소리가 들리기도 했다.

우지자네가 돌아가면 다른 손님들도 모두 돌아가고는 했다. 타케치요는 자기 혼자 남아서는 안 된다는 배려를 하고 있었다.

타케치요가 두서너 걸음 걷기 시작했을 때, 츠루히메가 날카로운 소리로 불렀다.

"잠깐!"

"불렀어?"

"기다려요!"

타케치요는 어슬렁어슬렁 되돌아갔다.

"아파요! 가슴이 아파요…… 여기……여기를."

타케치요는 고개를 끄덕이고 츠루히메의 가슴을 눌러주었다.

"타케치요 님."

"응."

타케치요는 손바닥에 빨려들어올 것 같은 유방의 감촉이 두려워 일부러 고개를 돌렸다.

"바로 거기를 좀더 강하게."

"이렇게?"

"예, 그렇게요. 타케치요 님."

"왜?"

"타케치요 님은 동산에서 아무것도 못 보았나요?"

"으, 응."

타케치요는 애매하게 고개를 저었다.

"말소리는 약간 들렸지만 아무것도 보지 못했어. 참, 그때는 구름이 달빛을 가려 아무것도 보이지 않았어."

"거짓말…… 모든 것을 다 보았으면서."

"못 보았다니까…… 왜 그렇게 의심이 많아?"

"아니, 봤을 거예요. 나는 다 알아요."

"알고 있다면 묻지 말았어야지."

"그것 보세요…… 아아, 어쩌면 좋을까."

"아무 걱정 말라고 했잖아? 타케치요는 말하지 않을 거야. 누구한테도…… 신에게 맹세하겠어."

"그 약속 꼭 지킬 수 있어요?"

"물론 지킬 수 있지."

"꼭이에요!"

"꼭이야. 안심해."

"아아, 이제……"

안도했다는 의미였을 것이다. 츠루히메의 손이, 가슴에 닿아 있는 타케치요의 손에 살짝 겹쳐졌을 때였다.

약간 떨어져 있는 해묵은 벚나무 근처에서 슬쩍 사람의 그림자가 움직였다.

집 주인 세키구치 교부쇼유 치카나가였다.

치카나가는 츠루히메와 타케치요 두 사람을 알아보았을 때 발걸음을 돌려 서둘러 집 안으로 들어갔다.

걱정스러운 듯 마루에 서 있는 아내의 귀에 입을 가까이 댔다.

"인연이야, 인연이라니까, 이것도."

그리고 자기 자신에게 말하듯 중얼거렸다.

"그렇더라도 열한 살치고는 너무 조숙해. 하지만 이렇게 된 이상 나이 차이를 생각할 때가 아니지. 상대는 타케치요요. 타케치요…… 타케치요……"

6

치카나가의 눈에는 자기 딸의 가슴을 누르고 있던 타케치요의 표정이 어엿한 청년으로 보였다. 그것도 쭈뼛쭈뼛 겁을 먹고 있는 것이 아니라, 당당하게 여성을 정복한 뒤의 젊은이처럼.

당황하고 있는 쪽은 츠루히메로, 그것이 도리어 못마땅할 정도였다.

"원 이런, 오츠루가 타케치요 님과……"

이맛살을 찌푸리는 부인을 제지하고 치카나가는 미소를 떠올렸다.

"이것도 인연, 절대로 나쁘지는 않을 거요. 그 정도로 의젓한 아이는 아마 슨푸에서는 찾아볼 수 없어요."

"오츠루는 성주님 주선으로 미우라 님과 혼담이 오가고 있어요. 미카와의 고아는 탐탁지 않아요."

"아니, 당신이 타케치요를 잘 몰라서 하는 말이오. 맡겨두고 보고만 있어요. 성주님도 결코 허락하지 않는다고는 할 수 없소."

"나는 그런 아이와…… 믿을 수 없어요, 오츠루가……"

"분명 이 눈으로 보고 왔소. 아, 저기 두 사람이 오는군. 당신은 잠자코 있어요."

내막은 어쨌거나 표면적으로는 요시모토의 조카딸이었다. 그런 츠루히메를 열한 살밖에 안 된, 신분이 다른 미카와의 고아가 정복했다면 온 슨푸에 소문이 퍼질 것이었다. 부인은 이것이 억울하고 안타까웠다.

두 사람이 마루 가까이 왔을 때 그만 엄한 소리가 나오고 말았다.

"너희들, 손님은 배웅하지 않고 어디서 무얼 하고 있었느냐?"

치카나가의 말대로 타케치요는 태연하기만 했다.

"동산 밑에서 달을 보고 있었습니다."

"젊은 남녀가 그런 일을 해서 소문이라도 나면 어떻게 하겠느냐?"

"젊은 남녀는 달을 보아서는 안 됩니까?"

말하고 나서야 비로소 타케치요는 그 말의 의미를 깨달았다. 얼마나 후련하고 개운한 느낌인지. 그러나 안절부절못하는 츠루히메의 모습에 변명해주지 않을 수 없었다.

"츠루히메에게는 잘못이 없습니다. 이 타케치요가 미처 깨닫지 못했습니다."

"아니야, 오츠루도 나빠!"

"그렇지 않습니다. 츠루히메는 꾸짖지 마십시오."

어른스럽게 고개를 숙이고 나서 츠루히메를 돌아다보았다.

"내가 말씀 드렸으니 어서 들어가도록 해. 알겠지, 난 이만 물러갈 테니까."

츠루히메가 점점 얼굴을 붉히고 고개를 떨구는데, 타케치요는 두 손으로 천천히 하카마의 주름을 펴면서 절을 했다.

"그럼, 이만 실례를……"

발걸음도 태도도 얄미울 정도로 침착하게 오늘의 종자 나이토 요산베에內藤與三兵衛를 불러 곧장 현관으로 나갔다.

물론 부부는 배웅하지 않았으나, 이런 식이라면 세키구치의 가신까지 자기 가신처럼 대하고 돌아갈 것이 틀림없었다.

"어떻소?"

치카나가는 다시 아내를 돌아보았다.

"자연스럽게 갖춰진 인품이 그 골상骨相에도 잘 나타나 있소. 믿음직스러워요. 장래가 든든해요."

오해를 더욱 깊이 하면서 딸에게도 말했다.

"걱정할 것 없다. 성주님께는 내가 잘 말씀 드리겠다…… 그러나 세상에 너무 소문이 나면 좋지 않아. 네 나이가 위니까, 세키구치 녀석이 자기 딸을 억지로 미카와에 보냈다는 말이 나올지도 모르지."

부인은 잠자코 있었으며, 딸도 오늘 밤에는 그 말에 반박할 여유가 없는 것 같았다. 세키구치 혼자 즐거운 듯 다시 웃었다.

7

그날 밤—

타케치요는 평소와 다름없이 잘 잤다. 슨푸의 산천은 그에게 결코 좋은 인상만은 아니었다. 그렇다고 해서 분노를 참을 수 없는 곳도 아니었으며, 나가 다니기가 지겨울 정도로 증오를 불러일으키는 땅도 아니었다.

왕고모 히사緋紗가 어머니 대신 귀여워해준 오카자키를 제외하고는, 아츠타에도 슨푸에도 타케치요의 성격은 곧 그곳에 잘 적응하는 부드러우면서도 굵은 선으로 일관되어 있었다.

이러한 그가 아침에 한번 눈을 떴다가 그 뒤 기묘한 꿈을 꾸었다.

처음 그의 꿈에 나타난 것은 울고 있는 츠루히메였다. 츠루히메는 울면서 그에게 무언가 호소했으나, 뜻밖에도 타케치요는 냉정했다.

울고 있던 츠루히메가 얼마 후 카메히메로 변했다.

카메히메가 슬피 우는 모습은 타케치요를 몹시 초조하게 했다. 왜 그런지는 몰랐으나 자기마저 슬퍼져 울 것만 같았다.

카메히메는 우지자네가 밉다고 했다.

그 말을 듣고는 타케치요도 갑자기 우지자네가 미워져, 그를 미워하게 된 이면에 무엇이 있었을 거라는 상상이 떠올라 견딜 수 없었다.

카메히메도 우지자네에 의해 츠루히메와 마찬가지로 바위 위에 쓰러져 울고 있었다는 것을 알고 나서는 꿈속에서 부르르 몸을 떨었다.

분노…… 아니 그것은 좀더 절실하게 자신의 몸을 뜨겁게 태우는 감정이었다.

"자, 울면 안 돼."

그 분노 속에서 타케치요는 카메히메를 끌어안고, 기를 쓰고 말하면서 눈을 번쩍 떴다.

"성주에게는 은혜를 입었으니 도리가 없지만, 우지자네 따위에게 어찌 타케치요가 굴복한단 말이냐. 두고 봐라! 녀석의 코를 도려내어 카메히메의 원수를 갚아주겠다!"

이미 창은 훤하게 밝아 있고, 새 울음소리가 들리고 있었다.

'일어날 시각'이라 생각하면서도 왠지 평소처럼 힘차게 이부자리를 걷어차고 일어날 마음이 들지 않았다.

카메히메의 얼굴이 너무도 선명하게 뇌리에 박혀 있었다.

"카메히메……"

눈을 감은 채 작은 소리로 불렀다. 순간 온몸에 속절없이 서글픈 생각이 떠올라 자칫 눈물이 나올 것 같았다.

'나는 카메히메를 좋아한다. 이것이 사랑인지도 모른다……'

그런 생각과 함께 문득 왕고모 히사의 얼굴이 보이기도 하고, 아츠타의 카토 즈쇼의 집에서 본 그의 조카딸 얼굴이 떠오르기도 했다. 점점 더 현실적이고 가까운 것이 되어 혼다의 미망인, 츠루히메, 카메히메가 서서히 밝아지는 눈 속에서 세 개의 물방울이 되어 빙글빙글 돌기 시작했다.

혼다의 미망인은 가엾은 생각이 들었다. 사랑해주어도 괜찮다고 생각되었다. 츠루히메에 대해서는 약간 화가 났다. 그리고 역시…… 카메히메에 대한 망상이 제일 강하게 타케치요의 가슴을 죄어나갔다.

"좋아!"

타케치요는 눈을 떴다.

카메히메를 우지자네 따위에게 넘겨줄 수는 없다. 이것도 일종의 전쟁이 아닌가…… 이부자리를 걷어차고 벌떡 일어났을 때.

"기침하십시오."

그를 곁에서 모시고 있는 이시카와 요시치로가 공손하게 앉아 말을 걸었다.

8

아침 훈련이 시작되었다.

뒤뜰 활터에서 서른 번의 활쏘기, 그 뒤 온몸이 땀으로 흠뻑 젖을 때까지 목검을 휘두르고 나서 작은 불단佛壇 앞에 앉았다.

불단 앞에서 숨을 가다듬고, 아침 식사는 그 다음이었다. 국 한 그릇에 야채 두 접시. 약간 되게 지은 현미밥 한 입을 마흔여덟 번씩 씹어 두 공기를 먹고, 야채 접시까지 깨끗이 비운 다음 이사카와 요시치로나 마츠다이라 요이치로松平與一郎를 데리고 치겐인에 가서 주지 치겐에게 학문을 배웠다. 치겐의 교육법은 철저했다. 한 달에 두 번 타케치요가 셋사이 선사를 찾아가 그 학력을 시험받기 때문이었다.

그런데 이날은 치겐인에 도착하여 1각刻(약 2시간)쯤 지났을 무렵 나이토 요산베에가 마중을 나왔다.

성주님이 타케치요를 만나려고 하니 곧 함께 성에 들라는 지시였다.

타케치요는 숙소로 돌아와 옷을 갈아입었다.

숙소에는 혼다의 미망인이 머물면서 타케치요가 옷 갈아입는 것을 도와주었는데, 그 옷은 새것이었다.

"이건 뭐야?"

타케치요가 물었다.

"도련님, 훌륭하십니다. 곧 관례를 올리셔도…… 전혀 손색이 없을 것 같네요."

미망인은 조금 떨어져서 뚫어지게 타케치요를 바라보며, 목소리를 낮추어 보낸 사람의 이름을 말했다.

"이 옷은 토리이 이가노카미 님이 은밀히 보내신 것입니다."

"그래, 영감이 보낸 것이라고?"

"예, 그밖에도 약간의 금품이 있는데, 그것은 제가 보관하고 있습니다."

"금품도?"

"예, 성주님이 좋아하시지 않을 거라고, 일부러 저를 뽑아 눈에 띄지 않게 보내셨습니다."

타케치요는 크게 고개를 끄덕였다.

"으음……"

카타기누의 옷매무새를 고쳤다.

"그대는 언제 오카자키로 돌아가오?"

"예. 이삼 일 안으로…… 밭일로 다시 바빠질 테니까요."

타케치요는 그대로 방을 나와 나이토 요산베에를 데리고 성으로 향했다.

요시모토의 눈을 피해가며 아직 얼굴도 보지 못한 어머니와 가신들이 오카자키의 명예를 생각해서 물건을 보내왔다. 그 정성이 깃든 옷을 입는다는 생각을 하면서 타케치요는 다시 굳게 다짐하고는 했다.

'누구에게도 지지 않을 것이다.'

그 감개가, 언젠가는 자기가 이 성의 주인이 되고 우지자네 등을 굴복시키는 환상으로 변했을 때 발걸음은 성의 정문을 들어서고 있었다.

공상은 자유였으나 현실은 그처럼 화려하지 못했다. 큰 현관에서 요산베에는 출입을 저지당하고, 같은 나이 또래인 시동의 안내를 받아 대기실에서 면회할 때를 기다리지 않으면 안 되었다.

시동들 중에는 요시모토나 우지자네가 남몰래 총애하는 자가 있어 섣불리 입을 열 수 없었다.

오늘은 기다리는 시간이 아주 짧았다. 금방 시동 키쿠마루菊丸가 마중을 나왔다.

"타케치요 님, 성주님이 방에서 만나시겠다고 합니다."

이 시동도 타케치요를 시골뜨기라 무시하고 놀려대는 시동들 중 하나였으나, 타케치요는 상대하지 않았다.

"오늘은 옷차림이 멋지네요."

"응, 봄이라서 갈아입고 왔어."

"이쪽으로."

안내를 받아 방으로 올라갔다.

"오, 타케치요, 바빠서 잠시 못 보는 사이에 많이 자랐구나."

목소리는 다정했으나 가늘게 뜬 눈은 옷차림을 예리하게 노려보고
있었다.

9

"자, 이리 가까이 오너라."

타케치요는 요시모토의 말에 따라 그의 곁으로 가서 앉았다. 요시모
토는 무언가를 읽고 있었던 듯 눈짓으로 근시에게 탁자를 치우고 물러
가라는 지시를 했다.

"타케치요, 너는 교부쇼유의 사나운 말을 멋지게 탔다면서?"

타케치요는 고개를 갸웃하고 잠시 생각했다. 그리고 나서 사실대로
대답했다.

"세키구치 님의 집에는 이렇다 할 사나운 말이 없습니다."

"그래? 나는 사나운 말인 줄 알았는데…… 어쨌든 멋지게 탄 것은
사실이냐?"

타케치요는 치카나가의 집 마구간에 있는 말을 이것저것 떠올리면
서 대답했다.

"예."

멋지게 탔다는 것은 약간 과장된 표현이었으나, 좌우간 치카나가가
타보라고 했기 때문에 마구간에 있는 말에 대해서는 어느 정도 낯이 익
었다.

타케치요의 솔직한 대답을 듣고 요시모토는 신음하듯 내뱉었다.

"으음."

그리고는 더욱 눈을 가늘게 떴다.

기분이 좋은 것은 아니었다. 두려움을 전혀 갖지 않고 침착하기만 한 소년의 태도가 왠지 비위를 건드렸다. 요시모토는 그것을 참고 있는 표정이었다.

"타케치요, 교부쇼유의 아내는 나의 여동생이야. 그러니 나와는 친척이 된다. 그런데 도대체 누가 너더러 타보라고 하더냐?"

타케치요는 영문을 몰라 가만히 있었다.

"토리이 이가노카미냐, 아니면 사카이 우타노스케냐? 누군가 너에게 지혜를 빌려준 자가 있을 것 아니냐?"

"없습니다."

"없다고……? 그렇다면 너 혼자서…… 분명 그러하냐?"

"예."

"그럼, 말해주겠다. 너의 가신들은 종종 나에게 너의 영지와 너를 돌려달라고 탄원해오고 있어. 나는 네 아버지가 가여워 번거로움을 무릅쓰고 너와 너의 영지를 맡아놓고 있는 형편이야. 그러니 돌려주지 않겠다는 건 아니다. 도무지 나의 호의를 모르는 자들이야."

요시모토는 말하고 나서 그런 것 따위는 안중에도 없다는 듯 가만히 웃었다.

"그래서 나는 누군가 너에게 귀띔해준 게 아닌가 했지. 첫째는 네가 이미 어린아이가 아니란 것, 둘째로 네가 내 친척이 되어도 절대로 나를 배반하지 않는다는 것…… 그 두 가지 인상을 갖게 하여 너를 오카자키에 데려갈 생각이라고 말이다."

아마도 요시모토는 세키구치 치카나가로부터 츠루히메와 타케치요의 정사를 잘못 전해 듣고, 그 말에서 묘한 결론을 이끌어내고는 혼자 고민하고 있는 모양이었다.

타케치요로서는 상대가 무슨 말을 하는지 도무지 종잡을 수 없었다.

'치카나가의 말[馬]과 지금 내게 한 이야기와는 무슨 관계가 있는 것일까……?'

"타케치요, 너는 나의 호의를 알 수 있겠지?"

"예."

"나는 너를 탓하지 않는다. 너 혼자의 생각으로 그랬다면 천지 자연의 이치라 생각하고 웃으면서 용서할 수 있다. 그러나……"

다시 눈을 날카롭게 떴다.

"그렇게 되면 너는 나의 조카사위가 되므로 오카자키에는 더더욱 돌려보낼 수 없어! 아직 미숙한 네가 어떻게 그 요충지를 지킬 수 있겠느냐. 오와리의 노부나가 따위는 문제가 아니야. 놈은 멍청이여서 아버지가 죽은 뒤 가신들과 계속 다투고 있어. 그러나 미노의 사이토 도산은 마음을 놓을 수가 없지. 에치고越後의 우에스기上杉도……"

말하다 말고 갑자기 목소리를 낮추었다.

"카이에도 사가미相模에도…… 맹장이 있어. 그들의 날갯짓으로부터 너를 지켜줄 사람은 나말고는 없어. 알겠느냐?"

타케치요는 진지하게 말하는 요시모토를 똑바로 응시한 채 다시 고개를 약간 갸웃했다.

10

요시모토와 같은 거물이 이처럼 힘주어 말하는 것을 보면 무언가 중대한 일임에는 틀림없다——이런 생각이 들기는 했으나 맥락을 파악할 수 없었다.

타케치요가 알 수 있는 것은 처남이 되는 카이의 타케다에게도, 사돈 간인 사가미의 호죠北條에게도 요시모토는 마음을 놓지 않고 있다는 사실뿐이었다.

"나는 네가 훌륭한 무장이 되어 내가 보기에도 오카자키를 충분히 지킬 수 있다는 생각이 들 때까지는 너를 데리고 있겠다. 그것이 네 아버지의 충성에도 보답하는 길이야."

요시모토는 강한 어조로 말한 뒤 생각난다는 듯이 또 웃었다.

"너는 누구의 지혜도 빌린 것이 아니라고 했다…… 만일 그렇다면 가신들을 꾸짖어주어라. 너는 내 조카사위가 된다. 그러나 이것은 오카자키로 빨리 돌아가기 위해서가 아니라, 그 반대라고 꾸짖어주는 거야. 내가 어찌 귀여운 조카사위를 떨어지게 하겠느냐? 너의 가신들은 너를 오카자키로 데리고 가서 관례를 올리게 할 모양이지만 나는 반대야. 관례는 올릴 수 있도록 기회를 보아 내가 직접 조치하겠다. 관례를 올린 뒤에도 돌려보내지 않겠어. 오카자키를 지킬 수 있는 유능한 대장이라고 판단될 때까지는 여기 있도록 하겠다. 그것이 나의 호의라는 것을 모른단 말이냐. 소란 피우지 말라고 꾸짖어주어라."

요시모토를 응시하고 있는 타케치요의 눈이 점점 더 커졌다.

'요시모토의 조카사위가 된다는 것은 무슨 뜻일까?'

가신들이 타케치요를 한시라도 빨리 오카자키로 맞이하려 한다는 것은 알고 있었다. 그 가신들은 자기가 요시모토의 조카사위가 되면 빨리 돌아갈 수 있다고 생각하고, 한편 요시모토는 점점 더 놓아주지 않으려는 것처럼 해석되었다.

'조카사위가 된다……?'

다시 고개를 갸웃했을 때였다.

"너도 다시 봐야 할 녀석이야."

"……"

"조카딸이지만 오츠루는 사나운 말처럼 생각되어 나조차 상대를 고르지 못해 자칫 혼기를 놓칠 뻔했는데, 너는 사나운 말이 아니라고 했어. 어린 나이에 멋지게 탔다고 했어. 하하하하. 그래 어떠하더냐, 오츠루는 온순하더냐?"

타케치요는 순간 칼이 머리로 파고든 듯한 느낌이었다. 순간적으로 요시모토가 한 말의 뜻을 알게 되었다.

요시모토의 '내 조카사위'란 타케치요가 츠루히메와 결혼한다는 뜻임을 알았다.

사나운 말이라고 한 것은 마구간에 매여 있는 말이 아니라 츠루히메를 가리킨다는 것도 알았다.

"성주님!"

타케치요는 외치듯이 말했다. 온몸에 땀이 나고 갑자기 세상이 빙글빙글 돌기 시작했다.

이게 어찌 된 일인가? 요시모토는 이미 타케치요가 츠루히메와 관계를 맺은 것으로 단정하고 이야기를 진행하고 있는데도 자신은 마구간의 말이나 연상하고 있었다니……

"성주님!"

그것은 사실이 아니라고 소리치려 했으나 말이 나오지 않았다. 당황한 마음에 타케치요는 요시모토에 대한 경계심이 번개처럼 사방에서 옥죄어들었다.

'도대체 이건 요시모토의 오해일까? 아니면 무슨 뜻이 있어서 강요하려는 것일까?'

자칫 서툰 대답을 하여 더 심한 궁지에 몰리게 되면 자신을 의지하고 피나는 고생을 하고 있는 가신들은 대관절 어떻게 될 것인가!

"하하하."

요시모토는 또다시 웃었다.

"너도 얼굴을 붉히는 것을 보니 역시 오츠루는…… 오츠루였던 모양이로군."

11

요시모토는 상대에게 자기 아량을 보이는 동시에, 이 침착한 소년으로부터 여자의 비밀을 엿보고 싶은 흥미도 있었다.

요시모토의 아내 역시 사나운 말이어서 때때로 진땀을 흘리고 있었기 때문이다.

카이의 귀신이라 불리는 타케다 노부토라의 딸로 아버지의 사나운 성질을 그대로 이어받은 듯.

"나보다 차라리 시동이나 희롱하세요."

불쾌할 때는 이렇게 말하고 태연히 요시모토의 요구를 거부한다고 했다. 절에서 자란 요시모토가 남색男色을 좋아하여 많은 시동을 사랑하는 탓이기도 했으나, 이 때문에 여자란 다루기 어렵다고 하며 도리어 남색에 빠지는 결과를 가져오기도 했다.

시동들의 사랑은 그야말로 헌신적이고 노예적이어서 오로지 성주를 생각하고 흠모하지만 여자들은 결코 그렇지 못했다. 언제나 술책을 부릴 뿐 아니라, 음험하고 생각이 모자랐다. 요즘에는 우지자네까지도 차차 여자에게 싫증을 느끼고 있었다.

"남자가 좋다."

이러한 요시모토의 눈에는 점점 성장해가는 츠루히메가 전형적인 여자로 보였다. 그것을 미카와의 소년이 어렵지 않게 정복했다고 한다.

"어떠냐, 처음에는 얌전했겠지만 지금까지도 똑같다고는 할 수 없겠지? 아니면 타케치요가 하는 말에 대해서만은 순순히 복종하느냐?"

타케치요는 머릿속의 혼란을 어떻게 수습할 것인지 초조해하면서도 입으로는 대답하고 말았다.

"예."

"음, 그토록 얌전하다는 말이로군…… 그래, 처음에는 네가 먼저 접근했느냐, 아니면 오츠루냐?"

"글쎄요, 그것은……"

"오츠루일 테지. 나이가 더 들었으니까."

"아니…… 제가 먼저입니다."

바위 위에서 하품을 하고…… 말하려다 지금은 그런 변명을 하지 않아야겠다는 고집이 가슴속에 자리잡았다.

자기 뒤에는 유민과 같은 생활을 견디며 오로지 빛이 들 때만을 기다리는 가신들이 있었다. 섣불리 입을 놀렸다가 요시모토의 비위를 건드려서는 안 된다. 요시모토가 기뻐하기만 한다면 오해도 좋고 거짓을 꾸며도 좋다…… 이렇게 마음을 결정하자 그 다음 말은 의외로 쉽게 입밖으로 나왔다.

"저는 잊어버리기를 잘하기 때문에 기억이 나지 않습니다."

"이 녀석, 참……"

요시모토는 웃었다.

"닳고 단 늙은이 같은 소리를 하는군. 너의 가신들이 시킨 일이 아니라면 잊어버릴 리가 없어."

"예."

"잊었을 리가 없어. 누가 먼저였느냐?"

"성주님의 판단에 맡기겠습니다."

타케치요는 대답하고 나서 스스로 무척 비참하다고 생각했다. 참아라, 참아야 한다, 타케치요…… 스스로 타일렀다. 그러면서도 한편에서는 요시모토를 놀라게 해주고 싶다는 패기도 고개를 들었다.

갑자기 요시모토가 눈을 가늘게 뜨고 손뼉을 쳐서 시동을 불렀다.

"중요한 일이 생각났다. 타케치요를 물러가게 하라."

타케치요는 공손히 절하고 시동의 뒤를 따라 복도로 나왔다.

'이 오해를 푸는 것이 좋을까, 그대로 두는 것이 좋을까……?'

아직 결정을 내리지 못하고 있는 타케치요에게 시동 키쿠마루가 다가와 작은 소리로 속삭였다.

"타케치요 님, 혹시 성주님이 곁에서 모시라고 하시지는 않았습니까?"

그 눈에서 같은 소년으로서의 심한 질투가 드러나 있었다.

"아니."

타케치요는 얼굴도 보지 않고, 가볍게 고개를 저었다.

첫사랑

1

이미 벚꽃은 대부분 떨어지고, 창 밖 황매화나무에는 노란 추를 매단 듯 꽃들이 가득 피어 있었다.

그 꽃이 점점 저녁 빛으로 그늘져갈 무렵이었다. 카메히메는 창을 통해 나비처럼 날아들어온 흰 종이쪽지를 보고 가슴이 덜컥 내려앉았다.

종이쪽지는 길고 가느다랗게 말아 끝을 접어 맨 편지.

얼른 일어나 창 밖을 내다보니 자그마한 사람의 모습이 이웃집 채소밭으로 사라졌다.

아직은 뒷날의 무사사회처럼 엄한 가풍이나 법도가 없을 때여서 젊은이들의 사랑과 사귐이 자유로웠으나, 이렇게 쪽지를 던져넣는 대담성은 이 시절에도 역시 찾아보기 어려웠다.

이미 혼인할 날도 정해져 공연히 봄이 아쉽게 여겨지는 카메히메. 아시카가足利 일족으로 미카와에서는 소문난 명문인 키라吉良 가문의 딸이면서도 요시모토의 인질과 다름없이 슨푸에서 자랐다. 성과는 다른 임시거처에 쿄토의 향기가 짙게 깔려 있어, 카메히메에게도 그리운 고

향이 되려 하고 있을 때였다.

'누굴까……?'

카메히메는 쪽지를 펼치기가 두려워 창에서 살짝 몸을 숨겼다.

채소밭에 숨어 누군가가 자기를 엿보고 있는 듯한 두려움이 있었다.

'이미 시집갈 날까지 정해졌다는 것을 알면서도 누가 보낸 편지일까……?'

잠시 생각하다가 카메히메는 떨리는 손으로 종이쪽지의 매듭을 풀기 시작했다.

이런 무모한 짓을 하는 사람이라면 혹시 타케치요인지도 모른다는 생각이 문득 떠올랐기 때문이다.

"어머나…… 이런."

종이쪽지를 펼치다가 카메히메는 저도 모르게 목을 움츠렸다.

쪽지 맨 아래에는 타케치요가 아니라 '츠루'라고 썼어 있고, 문투도 매우 우아하게 표현되어 있었다.

"남자의 글이 아니라서 매우 실망했을 거예요. 건너편 숲 노송나무 밑으로 와주세요. 좋은 소식을 전해주겠어요."

자매처럼 허물없이 지내온 츠루히메의 계획된 장난인 듯했다.

카메히메는 다시 한 번 밖을 내다보고 얼른 장지문을 열었다. 이미 날은 저물어가고 있었으나, 요시모토의 엄한 다스림이 미치고 있는 이곳에서는 위험에 대한 염려는 거의 없었다.

"아아, 이 짙은 향기……"

카메히메는 중얼거렸다.

세면대 옆에 있는 서향瑞香이 이미 핀 듯. 주위에 드리워진 저녁놀 전체가 감미로운 봄을 노래하고 있었다.

사립문을 몰래 열고 뒤꼍을 통해 채소밭으로 나갔다. 이 길을 알고 있는 츠루히메가 길가에 숨어 있다가 갑자기 뛰어나와 놀라게 할 것 같아, 밭을 지날 때까지 일부러 발소리를 죽이고 걸었다.

"도중에는 없어…… 노송나무 밑……"

입안에서 중얼거리면서 하늘을 쳐다보니 달 없는 시기에 들어선 나직한 하늘이 땀을 흘리게 할 만큼 눅눅했다.

무의식적으로 옷깃을 여미며, 카메히메는 종종걸음으로 뛰다시피 걸었다.

미야마치의 제신祭神은 쿄토의 기온祇園°과 같았다. 요시모토가 기증한 토리이鳥居°만이 희미하게 붉은 빛을 남기고 있을 뿐 그 안 나무들 주위는 캄캄했다.

노송나무는 우물 오른쪽 연못가에 꾸불꾸불한 나뭇가지를 늘어뜨리고 있었다.

"오츠루."

카메히메가 노송나무 옆까지 달려와 불렀을 때.

"아, 타케치요 님."

연못 가장자리에서 불쑥 일어난 그림자가 있었다.

2

"어머, 타케치요 님……"

카메히메는 나무라는 눈길을 보내며 걸음을 멈추었다. 쪽지를 보낸 것이 츠루히메인가 타케치요인가 어리둥절하기만 했다.

그런 모습을 보면서 타케치요가 카메히메에게 다가왔다.

"편지에 썼잖아? 좋은 소식 전해주겠다고."

카메히메는 약간의 실망과 분노를 느끼면서 문득 나무라는 어조가 되었다.

"편지는 타케치요 님 장난이었나요?"

"아니."

타케치요는 고개를 가로저었다.

"츠루라고 분명히 씌어 있었을 텐데?"

"그럼, 역시 츠루히메가…… 그러면, 타케치요 님은 어떻게 여기에 있나요?"

타케치요는 눈을 깜빡거리면서 저물어가는 후지산 부근의 하늘을 쳐다보았다.

"덥지도 않고 춥지도 않아. 아주 좋은 계절이지, 카메히메?"

카메히메는 쓴웃음을 지었다.

"타케치요 님은 어째서 여기 있는 거예요?"

"나 말이야?"

"어떻게 츠루히메의 편지 내용까지 자세히 알고 있죠?"

"그것은 말이지……"

타케치요가 이번에는 눈길을 밑으로 떨어뜨렸다.

"아, 저것 봐. 거북이가 놀고 있어, 바로 저기에서."

카메히메는 그만 웃음을 터뜨렸다. 어디, 어디 하고 맞장구를 쳐주고 싶은 천진하고 사랑스러운 면이 있는 반면, 쪽지편지를 던져 유인해 내는 어른 같은 무모함에 그만 실소할 수밖에 없었다.

"타케치요 님."

"응."

"타케치요 님은 천하 제일의 무사가 되려는 분이시죠?"

"암, 되고 말고. 물론이지."

"그런 분이 가짜 편지를…… 남자답지 않아요."

"가짜 아니야. 그건 츠루히메가 직접 쓴 것이라고."

"츠루히메는 어디 있어요? 거짓말하지 마세요."

"거짓말 아니야!"

"고집이 여간 아니군요."

"거짓말 아니라니까!"

타케치요는 진지한 표정이 되어 어느 틈에 카메히메에게 몸을 바싹 붙이고 있었다.

"그건 정말 츠루히메의 손으로 쓴 거야."

"무엇 때문에?"

"내 부탁을 받고. 거짓말이 아니야. 나는 카메히메가 좋아. 아내로 삼고 싶어."

"어머나……"

"진심을 말했더니 츠루히메가 그런 편지를 써주었어. 하지만 쓰고 나서 전해주기는 싫다는 거야. 나 대신 자기가 카메히메에게 말해주겠 다고 하고는…… 도중에 말을 바꿨어. 그래서 내가 온 거야. 카메히메, 이 타케치요는 반드시 천하 제일의 대장이 될 사람. 거짓말 같은 것은 하지 않아. 알겠지?"

카메히메는 깜짝 놀라 손을 빼려 했으나 그때 이미 타케치요는 그녀 의 손목을 꼭 잡고 놓아주지 않았다.

둥근 얼굴이 벌겋게 상기되고 눈이 커다란 별처럼 빛나는가 하면 거 친 숨소리가 예사롭지 않았다.

"타케치요 님, 이걸 놓으세요."

"싫어."

"왜 이렇게 억지를 부리는 거예요? 자, 어서 놓아주세요."

"싫어! 내가 좋아질 때까지 절대로 놓지 않겠어."

"호호호."

카메히메는 자유로운 쪽 소매를 입에 대고 저도 모르게 웃었다.

3

"카메히메, 나는 어떤 약속이라도 하겠어. 원하는 것이 있으면 반드시 손에 넣도록 해주겠어. 오늘 밤은 나하고 같이 지내줘."

카메히메는 웃어서는 안 된다고 생각했다. 사랑은 월간을 장님으로 만든다고 책에도 씌어 있었다.

"타케치요 님."

"응."

"저는 타케치요 님을 절대 싫어하지는 않아요."

"그럼, 나한테 와주겠어?"

"잘 생각해보세요. 타케치요 님은 당분간은 미카와에 돌아갈 수 없는 슨푸의 객인客人이에요. 또 관례도 치르지 않았어요."

"그러기에 약속한다고 하지 않았어? 천하 제일의 대장으로……"

"기다려야 해요……"

말하는 동안 카메히메는 점점 더 타케치요가 가여워졌다. 무장의 아들로서 천하 제일의 대장이 되겠다는 꿈은 고사하고, 아직은 요시모토의 말 한마디로 생사가 결정되는 하찮은 인질의 몸이 아닌가. 이런 생각에 타케치요보다 카메히메의 마음이 먼저 아팠다.

카메히메는 타케치요에게 잡힌 손목에 가만히 한 손을 받쳤다.

잠자코 연못을 돌아 신사 뒤 모밀잣밤나무 그루터기에 나란히 걸터앉았다.

"타케치요 님, 뜬세상이란 슬픈 거예요."

"응."

"의리도 있고 참을성도 있어야만 해요. 내 말을 이해하겠어요?"

"싫어."

타케치요는 카메히메의 손을 꼭 쥔 채 다시 고개를 가로저었다.

"나는 싫어. 나는 카메히메가 좋아."

"어머…… 제 말을 못 알아듣는군요."

"못 알아들을 만큼 카메히메가 좋아."

"그러면 곤란해요."

"곤란해도 상관없을 만큼 좋아."

"타케치요 님은 착한 사람이죠, 이 손을 놓아주세요."

"착한 사람 아니야. 나쁜 사람이라도 좋으니 놓아주지 않겠어."

카메히메는 후우 하고 길게 한숨을 쉬었다. 이미 주위는 축축하게 땀을 머금은 어둠 속에 녹아들어 타케치요의 얼굴마저 잘 보이지 않았다.

"못 말릴 사람이에요, 타케치요 님은."

타케치요는 잠자코 카메히메의 숨소리로 움직이는 밤 공기를 노려보고 있었다.

타케치요 자신도 자기를 알 수 없었다. 어째서 이렇게도 카메히메의 손을 놓아줄 수 없을까. 그럴 정도로 카메히메를 좋아하고 있는가. 아니면 오기에 지나지 않는 것일까……?

"화났어?"

"아니에요."

"화내면 안 돼. 카메히메가 화를 내면 나는 슬퍼. 카메히메, 전에 그랬던 것처럼 나를 꼭 안아줘."

이렇게 말하는 타케치요는 목소리만이 아니라 몸까지 떨고, 눈에서는 뚝뚝 눈물이 떨어졌다.

"어머, 대장부가 울다니……"

기적으로 타케치요의 감정을 느낀 카메히메의 목소리도 울먹이는 소리로 변했다.

'여자의 행복……'

이런 감회가 감상感傷과 어우러져, 팔을 뻗어 끌어안지 않고는 견디지 못할 본능 비슷한 감정이 가슴에 치밀었다.

"자, 이렇게 안아줄 테니 타케치요 님도 제 말을 들어주세요."

가만히 한 팔을 등으로 돌리자 타케치요는 뛰어들 듯이 안겨왔다.

4

여자의 사랑과 남자의 사랑……이라고는 하지만 카메히메와 타케치요의 사랑은 두 사람이 포옹하고 있는 동안에 각각 다른 방향을 더듬어 나갔다.

점점 더 이성理性을 벗어나고 있다는 점에서는 같았으나 그 내용은 달랐다.

타케치요는 자기도 알 수 없는 힘에 이끌려 이제는 오기로라도 물러설 수 없었다. 정복욕이라기보다 훨씬 더 격렬한 투혼이 그의 성격을 끝없이 애착하게 하고, 때때로 카메히메를 이대로 납치해갈 수도 있는 무모한 불길의 포로로 만들어버렸다.

카메히메는 그 반대였다.

처음에는 이 아이가 하고, 우습게 생각했다. 그러던 것이 차차 가엾게 여겨지고 귀엽기도 했으며, 눈물을 흘리면서부터는 여성의 본능에 이끌렸다.

다정히 품어주고 잘 타일러 두 사람의 나이 차이를 설명해줄 생각이었다. 그러나…… 무서운 힘으로 타케치요에게 안기면서 차차 이성과는 다른 감각에 압도되기 시작했다.

타케치요는 이미 이상한 힘을 가진 남자였다. 자기 뜻을 이루기 위해서는 눈물도 흘리고 위협도 하는…… 남자의 속성을 자연적으로 갖추고 있었다.

타케치요는 뜨거운 얼굴을 가슴에 마구 밀어붙였고, 그때마다 정체를 알 수 없는 불꽃이 카메히메의 몸 여기저기서 튀었다.

"카메히메가 싫어하면 이 타케치요는 죽어버리겠어. 카메히메, 이대로 내일까지…… 아니, 아니, 십 년이라도…… 몇 십 년이라도 나를 꼭 안고……"

그 말과 함께 머뭇거리던 타케치요의 오른손이 품속으로 미끄러져 들어왔다. 카메히메는 그만 정신을 잃고 온몸을 경직시키면서 그의 손을 위에서 누르고 말았다.

말도 나오지 않았다. 그토록 신경을 쓰던 나이 차이도, 혼인을 앞두고 있다는 사실도 살갗을 기는 타케치요의 손놀림에 휘말려 아무것도 생각나지 않았다.

의지와는 동떨어진 자연적인 힘의 신비가 타케치요뿐만 아니라 카메히메까지 감싸버린 것일까……?

카메히메에게도 물론 첫 경험이었다. 호감이 간다……고 생각되는 사람은 있었지만 이처럼 야릇한 힘이 자기에게 숨겨져 있는 줄은 생각지도 못했다.

'이것이 바로 사랑……'

카메히메는 상기된 감정으로 이렇게 생각했다.

몸을 불타게 하는 와카和歌의 감동적인 가락은 이런 데서 비롯된 것이로구나 하고 생각했을 때, 마치 그것을 꿰뚫어보고 있었기라도 한 듯 타케치요의 남성에 힘이 가해졌다.

바람이 희미하게 움직이기 시작했다.

별이 하나 둘 시커먼 소나무가지 너머로 눈을 반짝이고 있었다. 그러나 두 사람에게는 아무것도 들리지 않고 아무것도 보이지 않았다. 모든 것이 고요하기만 하고 뜨겁게 끈적거리고 있었다. 봄날 밤, 그 어둠의 감촉은 오로지 두 사람을 위해 날개를 펴고 땀에 젖어 있었다.

신사 뒤에서 바삭거리며 나뭇가지가 흔들렸다. 부엉이가 날아갔는지도 모른다.

타케치요는 문득 카메히메에게서 몸을 떼었다. 아니, 떼려고 했을 때 이번에는 카메히메의 손이 타케치요의 왼쪽 손목을 꼭 붙잡았다.

"타케치요 님……"

수치심인지 아니면 위치의 전도인지, 떨리는 목소리로 부른 것은 카메히메였다.

타케치요는 대답 대신 옷자락의 먼지를 툭툭 털었다.

5

"타케치요 님……"

"응."

"이게 어떻게 된 일일까요?"

"어떻게 되기는, 카메히메는 내 사람이야."

"타케치요 님은 아직 열하나……"

"남자의 가치는 나이에 있지 않아."

"이미 혼처가 정해진 이 몸을."

"괜찮아!"

타케치요는 한 손을 맡긴 채 가슴을 펴고 나란히 앉았다.

"이오 부젠의 아들 따윈 이 타케치요가 언젠가는 부하로 만들고 말겠어."

카메히메가 갑자기 흐느끼기 시작했다. 지금까지 자기를 감싸고 있던 신비로운 것이 훌쩍 옷을 벗어던지고 밤 공기 속으로 날아가버렸다.

열다섯 살이라면 여자에게는 꽃다운 나이, 열한 살인 타케치요를 사랑한 나머지 이미 요시모토의 허락이 내린 혼례를 파탄으로 몰고 갈 수 있을까?

'파혼하면 어떻게 될까······?'

다시 한 꺼풀 옷이 벗겨지고 이성이 되살아나기 시작했다.

"나는 말이지."

타케치요가 말했다. 얼굴은 보이지 않았으나 어조도 자세도 흥분되어 있다는 것을 알 수 있었다.

"반드시 천하 제일의 대장이 되어 우지자네까지 내 앞에 무릎 꿇게 하고야 말겠어. 그때는 카메히메가 내 마님이 되는 거야. 누구에게도 고개를 숙이지 않도록 하겠어. 알겠지?"

카메히메는 다시 크게 흐느껴 울었다. 열한 살인 타케치요에게 카메히메의 감정이 통할 리 없었다.

'그런데도 몸은 이미 맺어지고······'

카메히메에게 수치와 후회의 마음이 되살아났다. 불안스럽게 타케치요의 손을 붙잡고 있는 자기가 처량하여 견딜 수 없었다.

"부끄러워요!"

카메히메는 세차게 손을 뿌리쳤다.

"부끄러울 것 없어. 나는 카메히메를 버리지 않아."

"부끄러워요······"

같은 말을 두 번 되풀이하고 카메히메는 조용히 일어났다. 향주머니의 향기가 주위에 풍겼다가 바람을 타고 멀어져갔다.

"카메히메, 위험할지도 몰라."

타케치요도 서둘러 일어서다가 그루터기에 걸려 벌렁 넘어졌다.

"카메히메! 카메히메!"

하지만 그때 이미 밤 공기 속에 여자의 향기는 없었다.

타케치요는 혀를 차고 두 손에 묻은 모래를 툭툭 털었다.

"하하하!"

하늘을 쳐다보고 웃었다.

"그렇구나. 그렇게 부끄러운 것인 모양이구나."

하늘의 별이 비로소 눈에 들어오며, 머리가 한결 가벼워졌다.

"후후후."

다시 웃고는 걷기 시작했다. 물론 밤에 혼자 걷는 것이 가신에게는 용납될 리 없었다. 표면상으로는 세키구치 치카나가를 방문한 것으로 되어 있었고, 그러한 타케치요를 시동들의 대기실에서는 나이토 요산베에가 아무것도 모르고 기다리고 있었다.

타케치요는 츠루히메에게 부탁하여 뒷문을 통해 몰래 밖으로 나왔 었다.

그는 가슴을 펴고 천천히 지나왔던 채소밭 길로 하여 되돌아왔다.

열려 있는 뒷문을 지나 츠루히메의 거실 앞 정원으로 통하는 사립문에 이르렀을 때는 자기가 아까와는 다른 사람이 된 듯한 상쾌한 기분마저 느꼈다.

"타케치요 님이세요?"

사립문이 열리는 곳에 츠루히메가 마치 숨어 있기라도 한 것처럼 타케치요를 기다리고 있었다.

"결과는?"

6

"아주 좋았어."

타케치요는 대답했다. 그 모습은 나갈 때의 조심스러웠던 타케치요가 아니었다. 어딘지 모르게 들떠 있는 듯이 보였다.

츠루히메는 문득 잔인한 경쟁심을 느꼈다.

자기 비밀을 누설시키지 않으려는 모략 이면에서 츠루히메는 타케치요에게도 카메히메에게도 질투 비슷한 감정을 느끼고 있었다. 고약한 여자의 버릇이었다.

타케치요가 부탁한 대로 카메히메에게 편지를 쓸 때는 정말 자기가 카메히메에게 갈 생각이었다.

타케치요와 카메히메 사이를 주선해주고, 그 소문이 나는 것이 싫다면 자기 비밀도 입밖에 내지 말라고 우월한 입장에서 다짐을 받을 작정이었다.

그러나…… 편지를 쓰고 나서는 생각이 달라졌다. 타케치요는 너무 어렸다. 카메히메가 웃기만 할 뿐 상대해주지 않으면 내 입장은 어떻게 될 것인가?

이런저런 생각 끝에 결국 자기는 가지 않았다. 그런데 돌아온 타케치요는 마치 사람이 달라지기라도 한 듯 활기가 넘쳐 보였다.

"아주 좋았다는 뜻은?"

몸을 바싹 대고 힐문하듯 물었다.

"아주 고마웠어!"

똑같은 말을 되풀이하고 얼른 사립문 안으로 들어서는 타케치요의 몸에서 카메히메의 향주머니 냄새가 짙게 풍겼다.

'설마……'

아직 믿지 못하는 감정과 가증스러울 만큼 침착한 그 이면에 숨은 비밀에 야릇한 흥미를 느끼면서 츠루히메는 꿀꺽 침을 삼켰다.

"그럼, 카메히메가 타케치요 님을 껴안아주었나요?"

"응."

"꼭 껴안아주었어요?"

"응, 아주 꼭."

"호호……"

츠루히메는 스스로 생각하기에도 이상한 소리로 웃다가 얼른 입을 막았다.

"타케치요 님은 거짓말쟁이!"

"거짓말이 아니야."

"카메히메는 곧 시집갈 몸이니 단념해달라고 했을 거예요."

"처음에는 그렇게 말했어. 이 타케치요가 열심히 설득했지."

"하지만 말을 들어주지 않았을 거예요…… 분명히 타케치요 님은 속 아서 돌아왔군요?"

"속다니……"

"오늘 밤엔 이대로 돌아가고…… 다음에 다시 만나자는 약속을 듣고 말이에요."

"아니."

타케치요는 침착하게 고개를 가로저었다.

"어쨌든 오늘 밤은 고마웠어. 요산베에가 기다리고 있을 테니, 그럼 나중에 다시……"

아주 의젓한 태도로 그냥 돌아가려고 했다. 츠루히메의 머리에 확 하고 뜨거운 피가 치솟았다.

두 사람의 정사에 대한 흥미인지 질투인지 알 수 없었다.

"기다리세요, 타케치요 님!"

얼른 타케치요의 옷소매를 붙들고 몸을 꼭 밀어붙였다.

타케치요는 깜짝 놀란 듯이 걸음을 멈추었다.

"그러면…… 그러면…… 카메히메는 타케치요 님에게 몸을 맡겼다 는 말인가요?"

타케치요는 츠루히메와 바싹 붙어선 채 천천히 눈으로 시인했다.

"그럴 리가…… 설마……"

츠루히메는 가만히 신음하고는 무슨 생각을 했는지 타케치요의 손등을 꼭 꼬집었다.

"이대로는 돌려보내지 않겠어요! 자세한 이야기를 듣기 전에는……자, 내 방으로 가요, 타케치요 님."

대답도 듣지 않고 마루를 향해 걸어갔다.

7

츠루히메는 재빨리 타케치요를 끌어들이고 장지문을 닫았다.

불빛 밑에서 보니 그녀의 눈은 요염하게 빛나고 불룩한 가슴이 파도치고 있었다.

"타케치요 님은 나빠요."

태연히 자기를 바라보고 있는 타케치요가 순간적으로 깜짝 놀랄 만큼 어른으로 보였다. 아니, 단순한 어른이 아니라 가증스런 우지자네의 얼굴을 가진 남자로 보였다.

"그 태연한 체하는 얼굴."

츠루히메는 느닷없이 타케치요에게 덤벼들어 으스러질 듯이 끌어안았다.

"카메히메는 이렇게 타케치요 님을 끌어안던가요?"

타케치요는 당황하면서 머리를 끄덕였다.

"그리고 뭐라고 했어요?"

"자기도 이 타케치요를 좋아한다고 했어."

"그리고는……"

"좋아하는 증거를 나한테 보여주었어."

"좋아하는 증거라니?"

"글쎄……"

"미워요."

츠루히메는 다시 한 번 끊어져라 두 팔에 힘을 가하면서, 타케치요에게 말했다.

"숨기지 말고 모두 말해주세요. 타케치요 님이 한 말, 카메히메가 한 말을."

"아까 말했잖아. 요산베에가 기다리고 있어. 어서 이걸 놓아."

"놓지 못하겠어요."

츠루히메가 말했다.

"싫어요, 놓지 않겠어요."

타케치요는 크게 숨을 쉬고 고개를 갸웃했다. 부드러운 츠루히메의 몸에서 옷을 통해 밀려오는 것은 바로 조금 전 카메히메의 체온과 같은 것이었다.

'상대는 카메히메가 아니다!'

타케치요는 자칫 두 사람을 혼동하게 될 것 같아 저도 모르게 두 손으로 츠루히메의 몸을 뿌리쳤다.

츠루히메는 핏발선 눈으로 다시 타케치요에게 몸을 던져왔다.

"미워요! 내 마음도 모르고 카메히메와…… 타케치요 님은 정말 미워요!"

"놓아줘, 요산베에가……"

"싫어요, 싫어. 이대로 그냥 돌아가면 성주님께 일러바치겠어요."

"뭐, 카메히메에 대한 것을……?"

"그래요, 일러바치겠어요. 성주님은 타케치요의 아내로 이 오츠루를 삼는다고 아버지께 분명히 말씀하셨대요."

츠루히메는 흠칫했다. 무엇 때문에 이런 말을 했을까? 나는 타케치요를 싫어하지 않는 것일까?

그 대답보다는 정체를 알 수 없는 흥미의 불꽃이 더 컸다. 그것은 미친 듯이 온몸으로 퍼져서 머리와 가슴을 뜨겁게 불태워나갔다.

사랑일까, 질투일까? 아니면 남자가 그리운 것일까?

그 모든 것 같기도 하고 그 어느 것도 아닌 것 같기도 했다. 츠루히메는 갑자기 타케치요의 무릎에 매달려 울기 시작했다.

그것은 설움이 북받쳐 우는 것이 아니라, 울면서 자세를 흐트러뜨려 타케치요를 시험하려는 교태와 그런 의식을 가진 울음이었다.

"자, 어디 갈 수 있거든 가보세요. 나는…… 타케치요 님을 좋아해요. 나이 차가 있기 때문에 꾹 참고 있는 동안 작은 성주님께 당한…… 그 마음도 생각해주지 않다니…… 나는 분해요."

타케치요는 난처한 듯 다시 어깨를 흔들며 길게 한숨을 내쉬었다.

8

타케치요는 츠루히메가 없는 말을 한다고는 생각지 않았다.

'그런가, 이 츠루히메도 그토록 나를 좋아했던가……'

갑자기 상대가 불쌍해져 살며시 어깨에 팔을 감았다. 츠루히메는 한층 더 몸부림치며 울어댔다.

이렇게 우는데 그냥 내버려두어도 될까. 남자는 좀더 너그러운 마음으로 접근해오는 사람에게 애정을 쏟지 않으면 안 된다…… 타케치요는 가만히 츠루히메의 목덜미에 입술을 대었다.

이상하게 우지자네와의 정사를 목격했는데도 별로 불결하다는 생각은 들지 않았다.

"좋아……"

타케치요는 혼잣말처럼 중얼거렸다.

"그토록 츠루히메가 이 타케치요를 생각해주는 줄은 몰랐어. 좋아."

츠루히메는 순간적으로 몸을 경직시켰으나 저항하지는 않았다. 교태와 야유와 경쟁의 기교가 어느 틈에 본능의 도가니 속에 그녀 자신을 끌어들여 꼼짝할 수 없는 주술에 말려들게 한 모양이었다.

츠루히메가 울음을 그쳤다.

타케치요는 아무 말도 하지 않았다.

방안은 조용했다. 안채 주방에서 상을 치우는 소리만이 희미하게 들렸다.

잠시 후 타케치요는 일어났다.

하룻밤에 두 번이나 그 일을 겹쳐 경험한 자기 자신을 알 것 같기도 하고 모를 것 같기도 한 종잡을 수 없는 심정이었다. 아마도 츠루히메는 좀더 복잡하고 좀더 퇴색한 뉘우침 속에 빠져 있을 것이었다.

타케치요가 잠자코 방을 나가려 했을 때였다.

"타케치요 님!"

다다미 위에 엎드린 채 불렀다.

타케치요는 돌아서서 고개를 갸웃하고 다음 말을 기다렸으나 츠루히메는 아무 말도 하지 않았다.

타케치요는 한 걸음 되돌아왔다.

'무슨 말이든 한마디 해주어야 한다……'

이런 생각을 했으나 엎드린 채로 약간 움직인 츠루히메의 한쪽 뺨이 이상할 정도로 빨개진 것을 보고 그만두고 말았다. 그 빛깔은 성주의 방에서 본 화사한 분홍빛의 수줍음이 아니라 땀에 절어 더러워진 느낌이 드는 붉은 색이었다.

타케치요는 그대로 복도를 건넜다.

싸늘한 밤 공기 속에서 자기도 울고 싶어지는 허전함을 느끼면서 중얼거렸다.

"이것으로 됐어……"

초롱 안에 들어 있는 등불이 그 밑을 어둡게 하여 둥글고 희미한 빛의 고리를 만들고 있었다.

"이제 나는 어른이 된 거야……"

카메히메를 정복했을 때의 용기에 무언가 떳떳하지 못한 그림자가 낀 듯이 느껴졌으나, 끝난 일을 후회하는 성격이 아니었다.

복도를 건넌 타케치요는 더 이상 주위를 보지 않고 곧바로 대기실 쪽으로 걸어갔다.

"요산베에, 돌아가겠다."

자기도 깜짝 놀랄 만큼 엄한 목소리로 말하고는 현관 마루로 나갔다.

첫사랑—왠지 모르게 슬프게 느껴졌으나, 그 원인을 깨닫기에 타케치요는 너무 어렸다.

나이토 요산베에는 타케치요의 뒤에서 묵묵히 따라왔다.

인종忍従의 세월

1

오카자키 성이 자랑하는 망루에 눈을 머금은 잿빛 구름이 낮게 드리워지고, 잎 떨어진 벚나무 가지에서는 싸늘한 바람이 울고 있었다.

"오, 모두 모이셨군. 늦어서 미안합니다."

산에서 내려온 오쿠보 신파치로 타다토시는 눈에 띄게 백발이 많아진 머리를 바싹 동여매고, 토끼가죽으로 만든 옷 위에 걸친 소매 없는 겉옷을 툭툭 털면서 들어왔다.

"어떻게 됐소? 이번에는 설득하고 왔겠지요?"

노미가하라能見ヶ原에 있는 나가사카 히코고로長坂彦五郎의 낡은 집이었다.

"좀처럼 결판이 나지 않는군요. 이런 식이라면 우리 오카자키 일족이 모두 죽어 없어지기를 기다린다……그밖에는 할 수 없어요."

집주인 히코고로가 불만이란 듯이 대답했다.

나가사카 히코고로는 치야리 쿠로血鑓九郎라고도 불리며, 키요야스 시대부터 꼽아보면 적의 목을 아흔 셋이나 베고 창에 피가 묻지 않은 날이 없는 사람이었다…… 아니 그보다는 언제나 피묻은 창을 들고 전쟁터를 누볐기 때문에 특히 붉은 칠을 한 큰 창의 휴대를 허락받은 사나이였다. 그런만큼 성질이 급하고 완고하다는 면에서는 오쿠보 신파치로에게 뒤지지 않았다.

"음, 아직 결판이 나지 않았다는 말이오? 설마 교섭이 서툴러 그런 것은 아니겠지요?"

신파치로는 슨푸에서 돌아온 사카이 우타노스케와 우에무라 신로쿠로를 흘끗 노려보고 안에 들어와 앉았다.

토리이 타다요시, 이시카와 아키石川安芸, 아베 오쿠라, 히라이와 킨파치로, 아마노 진에몬天野甚右衛門, 아베 진고로 외에 근처에 사는 사카키바라 마고쥬로 나가마사榊原孫十郎長政도 참석해 있었다.

타케치요가 슨푸로 간 지도 이미 6년의 세월이 흐르고, 오카자키 사람들의 곤궁함은 각자의 옷차림에도 단적으로 드러나 있었다.

개중에는 짚으로 상투를 묶은 사람이 있는가 하면 옷자락 사이로 걸레 같은 누더기가 드러나 보이는 사람까지 있었다. 그러면서도 눈빛과 칼날에만큼은 무서운 기백이 살아 있었다.

"이제는 타케치요 님도 열네 살, 관례를 올리고 오카자키에 돌려보내도 부족함이 없는 나이인데 대관절 무어라 합디까?"

이야기가 잘 풀리지 않았음에 틀림없다——이렇게 생각하고 신파치로가 다시 격한 어조로 물었다.

"말도 안 돼!"

치야리 쿠로는 주먹을 휘둘렀다.

"오와리의 노부나가가 형제 싸움을 잘 수습하고 착실히 세력을 넓혀가는 것을 보고는, 우리더러 또 나가 싸우라는 겁니다. 그것뿐이라면 이해해요. 그런데 이마가와는 타케치요로는 위험하니 오카자키를 맡길 수 없다고 딱 잘라 말했다는 겁니다. 나는 이미 인내의 한계가 지났다고 봅니다."

"뭣이? 맡길 수 없다고…… 그럼, 그렇게 약한 우리를 왜 선봉에 내세운단 말인가. 물론 그런 말은 하셨겠지요?"

사카이 우타노스케는 대답 대신 고개를 돌리고 말했다.

"오쿠보 님에게 따뜻한 물을."

혼다의 미망인이 까만 보리차를 떠서 건네었다. 신파치로는 꿀꺽 한 모금 마시고 대들듯이 우타노스케를 노려보았다.

미망인 옆에는 언젠가 슨푸에 같이 갔던 헤이하치가 눈을 반짝이면서 여러 사람의 이야기를 듣고 있었다.

"하지만……"

옆에서 우에무라 신로쿠로가 말을 받았다.

"이마가와 고쇼는 자기를 믿고 기다리라는 겁니다. 타케치요 님을 위해 고쇼의 조카딸인 세키구치 교부쇼유의 딸을 주겠답니다. 그러면 이마가와 가문과 마츠다이라 가문은 친척이 되니 소홀히 대하지 않을 것이다. 다시 한 번 가신의 활약상을 보여달라……"

갑자기 나가사카 히코고로가 찢어지는 듯한 목소리로 말했다.

"그것은 말도 안 됩니다. 나는 승복할 수 없소."

2

"벼룩도 낯짝이 있다는 말이 있지 않소. 한 번 더 싸워달라, 한 번만 더 싸워달라, 그럴 때마다 우리는 형제를 잃고 남편을 죽게 하며 자식들을 황천길로 보냈소. 정말 오카자키를 돌려줄 생각이라면, 우리의 힘이 어찌 지금의 성주 대리에게 뒤지겠소. 그리고 무엇보다도 세키구치 교부쇼유의 딸을…… 전 그것이 더 수상합니다."

히코고로가 울분을 토하며 말했다.

"교부쇼유의 딸이란?"

오쿠보 신파치로가 이번에는 우에무라 신로쿠로를 향했다.

"타케치요 님의 소실로라도 주겠다는 말이오?"

신로쿠로는 쓸쓸히 웃고 대답하지 않았다.

"물론 정실로 준다는 것이겠지요. 하지만 어디 그런 것을 고맙다며 받아들일 때입니까? 대관절 그 딸은 몇 살이오?"

"열아홉 살이라고 들었소만⋯⋯"

"그럴 줄 알았소. 표면상 열아홉이라면 그 여자 아마 스물두셋은 되었을 것이오. 아마 두 번 다시 눈을 뜨고는 볼 수 없을 정도로 이상한 괴물일 테지."

"아니, 온 슨푸에 알려진 미인이고 재원이라는 소문이오."

"그렇다면 소박맞은 여자겠지. 몇 번이나 쫓겨왔다고 합디까?"

"첫 출가로, 소박맞은 것은 아닙니다."

일일이 따지고 드는 것에도 그만 지겹다는 듯 신파치로 타다토시는 혀를 찼다.

"대관절 당신들은 무엇 때문에 슨푸에 갔었소? 설마 혼담을 정하려고 갔던 것은 아니지 않소. 히코고로, 나도 이제는 결단을 내릴 때라는 당신의 생각에 찬성이오."

히코고로가 옳거니 하고 몸을 앞으로 내밀었을 때 혼다의 미망인이 다시 그에게 보리차를 따라주면서, 그의 말을 가로막았다.

"식기 전에 드세요."

여자다운 배려로 감정이 격해질 때는 융화를 도모하고는 했다. 그러나 분위기는 점점 더 험악해질 뿐이었다.

"오쿠보 님에게 묻겠소. 결단을 내린다면 어떤 태도로 나갈 것인지 그 복안을 말해보시오."

우타노스케도 격앙된 표정이었으나 목소리만은 조용했다.

"설마 분한 마음에 앞뒤를 잊고, 타케치요 님이 고쇼에게 잡혀 있다는 사실까지 망각한 것은 아니겠지요?"

"물론이오."

신파치로가 대꾸했다.

"모든 일의 교섭에는 강경과 온건이라는 것이 있소. 당신들은 너무 온건해요. 좀더 강하게 나갈 필요가 있소."

"그 방법을 좀더 자세히 알고 싶소."

"자세히 말할 것도 없소. 타케치요 님을 돌려주지 않으면 이번 전투에는 참가하지 않겠다고 하면 되는 거요."

"취지는 알겠소. 하지만 그렇다면 할 수 없다, 그대들에게는 부탁하지 않겠다고 하면 그때는 어떻게 한다는 말이오?"

"그때는 싸우지 않으면 그만이오. 당신들은 거기까지 미리 생각하기 때문에 약해지는 거요. 오다 쪽은 노부히데 때보다 훨씬 더 강해졌소. 노부나가는 드물게 보는 맹장이고, 더구나 이상한 무기까지 갖추었다고 하더군요. 소리로 사람을 죽이는 무기를…… 그 오다의 세력을 우리 아닌 누가 대항할 수 있다고 믿소? 이런 자신감을 가지고 부딪혀보자는 거요."

"말씀을 삼가시오."

"뭐라고?"

"부딪혀보자니, 부딪히면 끝장이 날 것 아니오?"

두 사람이 무릎을 맞대고 노려보았을 때.

"잠깐 기다리시오."

지금까지 눈을 감고 조용히 듣고만 있던 토리이 타다요시가 두 사람을 제지했다.

3

"두 분 말씀에는 모두 일리가 있습니다."

이미 여든이 지난 타다요시의 얼굴은 신선처럼 잔잔했다.

"양쪽 모두 일리가 있으니 서로 감정을 죽이고 납득될 때까지 이야 기를 나눕시다…… 오쿠보 님, 늙은이는 성미가 급하다……고 한다면 아마 내가 제일 급할 것이오."

"그렇습니다."

"내가 묵묵히 각자의 의견에 귀를 기울이고 있소. 이 안타까운 내 심 정을 헤아려주시오. 슨푸에서 얼른 타케치요 님을 돌려주지 않는다 면…… 나는 이승에서는 오카자키에 돌아오신 타케치요 님을 못 만날 지도…… 몰라요. 하지만 급하게 서둘러서는 안 되겠다고 나 자신을 꾹 누르고 있소…… 그러니 오쿠보 님……"

오쿠보 신파치로는 노인의 말에 이끌려 고개를 끄덕였다.

"옳은 말씀입니다. 나잇값도 못한 제가 부끄럽습니다. 우선 여러분 의 의견을 들어봅시다."

말하고는 입을 다물었다.

"그럼, 계속하시오."

토리이 노인의 말에 우에무라 신파치로는 고개를 끄덕였다.

"우리는 오늘날까지 참기 어려운 일을 견디어왔소. 그러니 하다못해 산에서 나오는 천 관貫 가량의 수입이라도 우리에게 나주어주고 타케 치요 님도 관례가 끝나면 즉시 돌려달라고 탄원하면서, 그런 조건으로 이번 전투에 출전하겠다고 하면……"

"뭣이, 탄원?"

이번에는 오쿠보 신파치로 대신 치야리 쿠로가 버럭 소리를 질렀다.

"약속한 것을 돌려달라는데 그게 어찌 탄원이란 말이오? 그 따위로 교섭하기 때문에 점점 더 깔보는 겁니다. 지금 당장 타케치요 님을 내놓으라고 어째서 따지지 못하는 겁니까?"

"히코고로답지 않은 말을 하는군. 물론 그런 말은 했소. 고쇼의 대답은 아직 타케치요가 어리므로 당분간 내 밑에 두고 관례와 혼인을 주선하면서 시기를 보겠다, 그렇게 알고 있으라고 했소."

"그러니까 당신들은 겁쟁이라는 거요."

"말씀이 지나칩니다. 어째서 겁쟁이란 말이오?"

"이미 관례를 올려도 될 나이다, 가신 일동의 희망에 따라 오카자키에 돌아와 관례를 올리겠다, 혼인 따위는 그 후의 일, 오카자키의 힘을 모아 진정으로 이마가와 군에 가세하려면 대장이 필요하다…… 왜 이런 말을 못한단 말이오?"

"물론 그런 말도 했소. 하지만 지휘는 성주 대리가 하면 되지 않느냐, 타케치요의 부하들은 내가 임명한 성주 대리의 지휘에는 따르지 않겠다는 것이냐……고 얼굴빛을 바꾸는 겁니다. 그 이상 비위를 건드려 타케치요 님 신상에 혹 해라도 미치는 날에는 어떻게 하겠소?"

"정말 답답하군! 그때는 제이의 조건을 내세우면 될 것 아니오? 그렇다면 성주 대리의 지휘를 받을 테니 몇 년 몇 월 며칠에 타케치요 님을 돌려줄 것인지 정확히 약속하라고 왜 말을 못하는 거요?"

"어떻게 그런 말을 할 수 있겠소?"

"그러기에 겁쟁이라는 겁니다."

"뭣이, 그런 폭언을 하면 용서하지 않겠다, 히코고로!"

"용서하지 못할 사람은 바로 너야, 겁쟁이 같으니라구!"

치야리 쿠로가 눈을 부라리며 오른쪽의 칼을 왼쪽으로 바꿔 쥐었다.

"덤빌 테냐, 치야리!"

우에무라 신로쿠로도 얼른 칼을 뽑았다. 순간 강온强穩 양파가 동시에 무릎을 세웠다. 순식간에 방안에는 얼굴도 돌릴 수 없을 정도로 험악한 살기가 감돌았다.

4

　당연히 말릴 줄 알았던 토리이 타다요시는 무슨 생각을 했는지 눈을 감은 채로 있었다. 이러한 타다요시와 겨루기라도 하듯 오쿠보 신파치로도 꼭 눈을 감고 있었다.

　갑자기 혼다 미망인이 와악 하고 엎드려 울었다. 너무 갑작스러운 일이었다.

　"왜 그래요, 어디가 아픈가요?"

　지금까지 묵묵히 앉아 있던 사카키바라 마고쥬로가 말을 건넸으나 미망인은 더욱 큰 소리로 흐느꼈다.

　"이 무슨 일입니까…… 모두 참을성이 없으시군요. 노인께서도 그렇지만 히코고로 님도 너무 하셔요."

　"아녀자는 끼여들지 마시오."

　"아니, 그럴 수 없어요. 이 자리에 저의 시아버님이나 남편이 있었다면 이런 불충은 하지 않았을 텐데요."

　"뭣이, 불충이라고…… 이 치야리 쿠로가 불충이라고?"

　"예, 그래요. 이렇게 중요한 회의에서 사사로운 일로 쉽게 칼을 뽑다니…… 두 분 모두 불충하기 짝이 없어요. 잘 생각해보세요…… 스루가에서 성주 대리가 온 이후의 그 고통을…… 지난 육 년 동안의 고통은 비단 남자들만의 고통은 아니었어요. 여자들에게도 남자들로서는 알 수 없는 고통이 있었어요……"

　"그래서 더는 참을 수 없다는 것이로군."

　"제 말을 들어보세요. 처음 들어왔을 무렵에는 잡병들이 숨어들어와 중요한 것을 빼앗고 여자들을 태연히 겁탈했어요. 농부의 아낙 중에는 남편 앞에서 능욕당하고 혀를 깨물어 죽은 사람이 있는가 하면, 아버지도 모르는 자식을 낳고 미쳐버린 처녀도 있어요. 가신의 아낙들마저 그것이 무서워 얼굴에 숯검댕을 칠하거나 길에서 만나면 엎드리기도 하고 일부러 길을 피하기도 했어요. 정말이지 스루가의 무리들이란 말만 들어도 몸서리쳐지고……"

미망인이 심각하게 말하는 동안 어린 헤이하치는 걱정스러운 듯 어깨에 손을 얹고 어머니 얼굴을 들여다보았다.

"더구나 하루 세 끼 입에 풀칠을 할 걱정, 철따라 몸에 걸칠 누더기 걱정, 쌀 한 톨도 없는 가운데도 말이 여위면 어떻게 할 것인가 하는 걱정 등 한두 가지가 아니었습니다. 그러나 이런 걱정을 누가 고통스럽다고 하던가요, 누가 이젠 끝장이라고 약한 소리를 하던가요? 그런 일이 있었다면 말씀해주십시오! 몇 십 년이 걸리건 타케치요 님이 무사히 돌아오셔서 옛날의 영광을 되찾을 때까지는 하고 이를 악물고 참고 있습니다. 이런 아녀자들에게 부끄럽지 않다고 생각하신다면 말리지 않겠습니다. 어서 싸우시지요. 마음껏 싸우시고 내친걸음에 이 과부도 죽여주십시오……"

좌중은 갑자기 조용해져 숨소리조차 들리지 않았다. 미망인은 말을 끝내고는 다시 엎드려 경련하듯 울음을 터뜨렸다.

맨 먼저 사카이 우타노스케가 눈물을 떨구었다.

사카키바라 마고쥬로도 뒤로 물러나 눈물을 닦았다.

오쿠보 신파치로는 아직 완강하게 눈을 감은 채 검붉은 주름살에 은빛 물줄기를 가로 흐르게 하고 있었으며, 토리이 타다요시도 눈물을 삼키고 있었다.

"어서 싸우시지요. 사려분별 없는 남자들 밑에서 살고 싶지 않습니다. 자, 어서."

우에무라 신로쿠로가 가만히 칼을 놓았다. 순간 나가사카 히코고로가 느닷없이 와악 하고 벌집을 쑤셔놓은 듯한 소리로 울기 시작했다.

"용서하시오! 잘못했소. 이 치야리가 잘못했소, 용서하시오."

이렇게 말하고 갓난아이처럼 엉엉 울어댔다.

5

치야리 쿠로만이 아니라, 혼다 미망인의 말은 모든 사람의 가슴에 인종忍從으로 일관한 지난 6년 동안의 일을 생생하게 상기시켰다.

타케치요가 스루가로 옮겨지고 이마가와 쪽 성주의 대리가 군사를 거느리고 들어온 날, 마츠다이라의 가신들에게 사발통문이 돌았다.

"그들이 어떤 무리한 요구를 해도 끝까지 참을 것, 결코 반항해서는 안 된다."

이쪽에 아무리 정당한 이유가 있더라도 절대로 입밖에 내지 마라. 오늘부터는 자기가 인간이라는 것을 잊어버리고 살아라. 그렇게 하지 않으면 타케치요의 신상이 위험하다.

"타케치요 님이 있는 후라야 오카자키의 가신도 있다. 무익한 반항은 일체 중지하고, 과연 오카자키 가신들의 참을성은 천하제일이다……는 긍지를 마음에 새기고 참기 바란다."

이런 통문을 받았을 때.

"그렇다! 나는 오늘부터 개가 되겠다."

이렇게 말한 것은 다름 아닌 치야리 쿠로였다.

"개란 먹을 것만 주면 누구한테나 꼬리를 흔든다. 나는 이마가와의 성주 대리에게 꼬리를 흔들며 살겠다! 알겠지, 모두 개가 된다. 개의 가족이다. 잊지 말아라. 길에서 만나거든 아시가루에게라도 꼬리를 흔들어 보여라."

만나는 사람마다 이렇게 설득하고 돌아서서는 눈물을 흘린 치야리 쿠로였다.

물론 누구나 다 그런 정신으로 살아왔다.

"내가 가져가겠다."

스루가 무리들은 부족한 식량까지도 빼앗아갔다.

"여자가 없느냐?"

침실에까지 흙묻은 발로 들어와 설치기도 했다.

이런 무례를 경험하지 않은 사람은 하나도 없었다.

그러나 단 한 차례도 반항다운 반항을 시도하지 않고 이를 악물고 참아왔다. 이 울분은 전투가 벌어질 때마다 무서운 불꽃으로 폭발했다.

"양처럼 순한 오카자키 가신들이 어떻게 이처럼 강해지는 것일까?"

이마가와 쪽에서는 고개를 갸웃하고, 그런 사실을 이상하게 여기는 자조차 있었다.

"그 인종의 맹세를 나부터 지키지 않고 성질을 부렸소. 부인, 이렇게 사과 드립니다! 이 치야리가 크게 잘못했어요. 자, 이 벗겨진 대머리를 힘껏 때려 잘못을 깨닫게 해주시오."

원래 고지식하기 이를 데 없는 사람이어서 사과하는 것만으로는 마음이 풀리지 않는 모양이었다.

"나는 이마가와 쪽이 타케치요 님을 그렇게 박절하게는 대하지 않을 것이다…… 이렇게 생각했을 때부터 그만 마음의 열쇠, 인내의 자물통을 느슨하게 했던 것 같아요. 그래요! 타케치요 님이 우리 성에 돌아오실 때까지 나는 개가 아니어서는 안 되었던 겁니다. 그것을 잊은 불충하기 짝이 없는 놈! 자, 어서 때려주시오! 힘껏 때려주시오."

피를 토하듯이 말하고는 어머니 옆에서 걱정스럽게 서 있는 헤이하치의 손을 잡아 자기 머리를 탁 때렸다. 헤이하치는 갑자기 손이 잡히는 바람에 화가 났던 모양이었다. 다음에는 정말로 탁 하고 히코고로를 세게 때렸다.

"오, 때려주는구나. 고맙다! 이제 나는 성질을 고칠 수 있게 되었 어…… 아니, 나도 치야리 쿠로(창의 명수)야. 입으로만 감사하는 것으로는 부족하지. 언젠가 혼다가 세상에 나가면 반드시 그의 부하가 되겠소. 용서해주시오."

그 진솔한 말에 일동의 눈에는 다시 새로운 눈물이 글썽거렸다.

6

"고개를 드십시오, 히코고로 님. 깨달으셨으면 그것으로 충분합니다. 각오를 하고 인종하는 것, 타케치요 님을 맞이할 때까지 마음을 하나로 합쳐주세요."

미망인의 말에 우에무라 신로쿠로도 눈물로 범벅된 얼굴을 돌리고 한마디 했다.

"나도 잘못했소. 사과합니다."

"그러면 ──"

좌중의 분위기가 가라앉기를 기다렸다가 토리이 노인이 눈을 떴다.

"우리 모두가 추천한 사자이니 사카이, 우에무라 두 분의 교섭을 다 같이 뒤에서 도와야 합니다."

"옳은 말씀입니다."

아베 오쿠라도 고개를 끄덕였다.

"그럼 이대로 계속 참고 있을 것인지 다시 한 번 교섭을 벌일 것인지에 대해 상의해야 하지 않겠소?"

"그 점에 대해 이 타다요시가 한마디 하겠소."

"말씀하시지요."

사카이 우타노스케가 몸을 앞으로 내밀고 말했다.

토리이 타다요시는 일부러 약간 사이를 두었다가 말문을 열었다.

"무엇보다도 중요한 것은 슨푸의 고쇼가 과연 타케치요 님이 성인이 되셨을 때 영지를 돌려줄지 어떨지를 알아내는 일이라고 생각하오. 이렇게 하면 어떻겠소. 관례에 대한 것과 혼인에 대한 것은 모두 고쇼에게 일임할 테니, 관례를 치른 뒤 곧 오카자키에 오셔서 조상에게 성묘하도록 해줄 수 없겠느냐고 제안하면 말이오."

"음…… 그것 참 묘안입니다. 만일 허락하지 않으면?"

"그때는 다시 생각할 수밖에."

토리이 노인은 조용히 말했으나, 그 말끝에 강한 여운을 풍기면서 일동을 돌아보았다.

물론 아무도 이의를 제기할 리 없었다.

"고쇼 님 덕택에 보시다시피 이렇게 어른이 되었다. 그 모습을 조상에게 보이고 싶다! 이것이 가신 모두의 하나된 희망이라고 말하면 거절할 구실이 없을 거요. 만일에 쾌히 승낙하면 우리는 고쇼를 믿어도 된다고 생각하오."

"그렇습니다."

"이렇게까지 가신 모두가 타케치요 님을 고대하고 있소. 끝없는 인종을 견디고 있소. 그런 가운데 타케치요 님을 맞이하여 우리의 뜻을 자세히 말씀 드릴 수 있다면 모두 마음이 흡족해질 것이오."

"옳습니다! 노인 말씀이 옳습니다. 한 번이라도 좋소. 우리도 뵙고 싶어요! 가족에게도 보여주고 싶어요!"

오쿠보 신파치로가 몸을 앞으로 내밀며 말했다.

"그 다음에는 말이오……"

노인은 다시 조용히 말을 이었다.

"타케치요 님을 중심으로 한 오카자키의 결속은 깨지지 않는 쇳덩어리라는 것을 고쇼에게 깨닫게 해, 타케치요 님의 지휘로 공을 세우도록 해달라는 교섭을 벌이자는 말이오. 그 공을 방패삼아 오카자키를 지킬 실력이 없다는 말을 못하게 하는…… 이것밖에는 우리가 참아온 보람을 살릴 길이 없다고 생각하는데, 어떻소?"

갑자기 좌중이 조용해졌다. 역시 최종적으로 중요한 것은 결속을 통한 힘이었다. 그렇게 생각하는 순간 모두의 주먹을 쥔 손에 힘이 가해졌다.

"다른 의견이 있으면 듣고 싶소. 만일 이의가 없다면, 죄송하지만 두 분이 다시 한 번 슨푸에 가셔서 관례와 성묘에 대한 청원을 드려주시오. 어떻습니까?"

"이의 없습니다."

"묘안이라 생각합니다."

"그러면 그렇게 결정하고 우리가 가져온 탁주 한 잔씩을 들며 인종을 부탁 드리기로 할까요?"

노인은 이 집의 주부와 혼다 미망인에게 조용히 미소를 띠면서 준비를 부탁했다.

풍운

1

아구이의 작은 성은 부드러운 햇빛 속에 있었다.

"노송나무 가지를 흔드는 바람도 불지 않는군."

히사마츠 야쿠로 토시카츠久松彌九郎俊勝는 양지바른 툇마루에서 노는 두 아들의 머리를 쓰다듬어주고 살며시 오다이의 가슴을 들여다 보았다.

두 사람 사이에 태어난 맏아들이 사부로타로三郎太郎, 둘째아들이 겐자부로源三郎, 그리고 지금 오다이의 젖을 열심히 빨고 있는 셋째아들 쵸후쿠마루長福丸.

겐자부로는 아버지가 앉는 것을 보고 기어와서 무릎에 올라 아버지의 턱을 쥐고 마구 흔들었다.

"애야, 그러면 아프다, 겐자부로."

눈을 가늘게 뜨고 오다이와 얼굴을 마주보며 말했다.

"꼭 거짓말 같구려, 우리 집안만이 이렇게 평화롭다니."

오다이는 조용히 유모를 불러 쵸후쿠마루를 맡겼다.

"자, 타로도 자부로도 쵸후쿠와 같이 놀다 오너라."

두 아들을 방에서 내보내고 남편 앞에 차를 내놓았다.

"나루미에서 오타카에 이르는 방비는 아직 끝나지 않았나요?"

"그 일과 관련된 문제인데, 이마가와 쪽에서는 한치의 땅이라도 더 차지하려고 오와리에 진입하고, 오다 일족 역시 한 걸음도 물러서려 하지 않고 있소. 일촉즉발의 전운이 시시각각 다가오는 느낌인데, 이에 비해 우리는 말이오……"

"예."

"조상의 은덕을 입고 있어요. 그대와 나의 신심 때문일 거요."

"정말이에요……"

새로 세 아이의 어머니가 된 오다이의 얼굴에는 안정된 자비로움이 서려 있는 것 같았다.

"전쟁 같은 것 없이 이대로 지낼 수 있다면 얼마나 행복할까 하고 때 때로 생각해요."

"그런데 그렇게 할 수 없으니……"

토시카츠는 차를 마셨다.

"이마가와와 오다는 물과 기름 같은 관계, 반드시 한번은 불이 붙을 거요. 이번에는 어느 한쪽이 잿더미가 되고 말 것이오. 노부나가는 선대보다 훨씬 더 격한 성격이니 말이오."

"그토록 거센 문중의 반발을 어떻게 진정시키고 단결을 이루었는지, 정말 보통 분은 아니에요."

"보통 분이 아니다뿐이겠소. 지혜도 도량도 비할 데 없는 대장이지."

"그래요. 보통 분이었다면 시바타, 하야시, 사쿠마 같은 이들 모두 죽였을 거예요."

"그렇소. 깨끗이 용서해준 그 도량, 그 사람들 역시 가문을 위해 한 일…… 하면서 벼슬도 전혀 강등시키지 않았소. 이건 보통 사람이 할 수 있는 일은 아니오. 그런 만큼 전쟁은 더욱 커질 것이오. 뭐라고 해도 이마가와는 강대한 세력이니까."

노부나가의 그릇이 크면 클수록 전쟁도 커진다는 것은, 지금 노부나가의 세력으로는 아직 요시모토를 이길 수 없다는 이면적인 불안 바로 그것이었다.

"좌우간 나로서는 우리 영지에 덕을 펴는 것이 맨 먼저 할 일이오."

이때 근시가 복도에서 말했다.

"아룁니다."

"무엇이냐?"

"방금 타케노우치 큐로쿠 님이 후루와타리에서 돌아오셨습니다."

"오, 큐로쿠가 돌아왔다고. 이리 모시도록 하라. 어서……"

근시가 물러간 뒤 토시카츠는 흘끗 오다이를 바라보고 하카마의 주름을 폈다.

"기쁜 소식이었으면 좋겠는데……"

2

타케노우치 큐로쿠는 두 사람에게 목례를 하고 그대로 토시카츠 앞으로 나와 고개를 들었다.

"불길한 보고입니다. 먼저 노부나가 님의 근황부터 말씀 드리겠습니다."

노부나가는 문중의 반감을 수습하고 비로소 장인이 되는 사이토 도산을 만났다.

미카와로부터 이마가와 세력의 압력이 가해짐에 따라 노부나가는 미노의 장인과 제휴할 필요가 있었다. 하지만 그 역시 방심할 수 있는 상대는 아니었다. 만일 사위에게 빈틈이 있다고 생각되면 즉시 오와리를 병합하려 할 것은 뻔한 일이었다. 노부나가는 바로 그러한 도산과의 첫 대면에서 그를 완전히 압도하고 말았다.

두 사람의 회견장소는 톤다富田의 쇼토쿠 사正德寺.

"쇼토쿠 사에 투입된 오와리 군의 장비는 총포 일백 자루, 붉은 칠을 한 세 간間짜리 긴 창 오백 자루."

"잠깐! 총포를 일백 자루나……"

"예. 사이토 도산이 총포를 입수하기 위해 애쓰고 있다는 사실을 알고 시위한 것입니다."

"으음."

토시카츠는 신음했다. 한 자루만 있어도 큰 힘을 발휘할 귀중한 총포를 어떻게 그 정도로 입수했는지, 겨드랑이에서 땀이 흐르는 느낌이었다.

"붉은 칠을 한 세 간짜리 긴 창도 상대의 간담을 서늘하게 만들었지만, 더욱 그들을 놀라게 한 것은 노부나가 님의 옷차림이었습니다."

"이번에도 또 그 기묘한 차림으로 나타났다는 말이오?"

"기묘한 정도가 아닙니다. 하카마는 호랑이와 표범가죽을 넷으로 잘라 재단한 반 하카마, 허리에는 부싯돌 주머니와 표주박, 붉은 쌀자루를 매달고 띠는 동아줄이며, 옷은 카타비라帷子인데 더더구나 한쪽 어깨는 벗어부친 모습이었습니다."

"음, 눈에 보이는 것 같군. 그런데 회견결과는?"

"노부나가 님의 일방적인 승리였습니다. 회견이 끝난 뒤 사이토 도산은 그 감회를 이렇게 말했다고 합니다."

"어떻게?"

"내 자식은 언젠가 노부나가의 말고삐를 잡게 될 것이라고."

"음, 미노와의 동맹은 이루어지겠군. 이젠 이마가와와의 결전도 멀지 않은 것 같다."

오다이는 잠자코 두 사람의 대화를 듣고 있었으나 남편이 탄식하는 의미는 알 수 있었다.

"멀지 않았다는 증거로 좋지 않은 소식을 말씀 드리겠습니다."

"좋지 않은 소식……?"

"예. 타케치요 님이 드디어 관례를 올리고 오와리 침입의 선봉에 서게 될 것 같습니다."

"예? 저어……"

오다이는 저도 모르게 몸을 앞으로 내밀고 고개를 깊이 수그렸다. 오다이가 가장 두려워하는 일이 현실로 다가왔다. 쿄토 입성을 꿈꾸는 이마가와 요시모토가 오카자키 가신들의 순박한 강인성을 이용하지 않을 리 없었다.

"오카자키에 돌아가고 싶으면 공을 세워라."

이런 말을 듣고 분발할 타케치요의 모습이 눈에 선했다. 그러나 이것은 결코 타케치요나 오카자키 일족의 행복을 약속하지는 않을 터였다. 노부나가의 정예부대와 부딪혀, 야심을 펴려는 이마가와의 길 앞에 시체로 남는 것밖에는.

"타케치요는…… 그렇겠지."

"마님! 그리고 또 하나…… 마음을 진정하십시오. 타케치요 님 혼례를 앞두고 케요인 님이 세상을 떠나……"

"예? 아니, 어머니가……"

3

오다이로서는 타케치요의 혼례 이야기도 처음 듣는 말이었다. 그것을 생모의 죽음과 함께 큐로쿠의 입을 통해 알게 되었다.

지금은 완전히 큐로쿠로 바뀌어 있는 그 역시 똑같은 케요인의 자식이 아니었던가.

남편의 눈치를 살피면서 눈물을 누르며 큐로쿠를 바라보니 그는 이미 감정을 차분히 가라앉힌 표정이었다.

"태어나는 자가 있으면 죽는 자가 있고, 길함과 흉함은 한없이 반복되는 것이 인생, 그렇기는 하지만 너무 쓸쓸한 최후였다는 말을 들었습니다."

"그대의 어머님이 돌아가셨다는 말인가. 감정을 숨길 건 없어요, 실컷 울도록 하시오, 오다이."

"예."

"정중하게 기일忌日 기도를 올리도록 하시오. 큐로쿠, 케요인 님이 운명하신 날은?"

토시카츠의 질문에 큐로쿠는 잠시 고개를 숙이고 있다가 말했다.

"십일월 이십삼일, 해지기 사 반각半刻(30분) 전이라고 들었습니다만."

"그밖에 또 다른 말은 듣지 못했소? 주저하지 말고 이야기하도록."

"예. 케요인 님은 타케치요 님의 이번 혼사를 별로 탐탁하게 여기시지 않는다고……"

"혼인 상대는?"

"세키구치 교부쇼유의 딸, 요시모토 고쇼의 조카딸입니다."

"요시모토 고쇼의 조카딸……?"

오다이는 저도 모르게 남편을 바라보며 한숨을 쉬었다. 이 경우에도 살아남기 위한 정략이 인간과 인간의 자연스러운 영위營爲를 흐트러뜨리고 있었다.

"그 처녀라면 분명 타케치요보다는 나이가 위일 텐데……"

큐로쿠는 고개를 끄덕였다. 그는 타케치요 자신도 이 혼인을 꺼린다는 말까지는 할 수 없었다. 그가 수집한 정보에 따르면, 오카자키 가신들이 하루라도 빨리 영지를 되찾고 타케치요를 맞이하려고 세키구치 교부쇼유를 통해 요시모토에게 열심히 운동하고 있었기 때문이다.

"케요인 님은 임종하실 때 사카이 타다츠구酒井忠次에게 출가한 막내딸까지 자리에서 물러나게 하고 타케치요 님과 단둘이 면담하시며 무언가 간곡한 말씀을 남기셨다고 합니다."

"타케치요와 단독으로……"

"예, 타케치요 님을 부르셨을 때는 아직 의식이 맑으셨다고 합니다. 그러다가 타케치요 님의 울음소리가 밖으로 흘러나왔답니다. 좁은 암자였기 때문에…… 그래서 막내딸을 비롯하여 조카인 오코우치 겐자부로大河內源三郎 님 등이 허둥지둥 달려갔더니 타케치요 님은——들어오지 말라고 큰 소리로 꾸짖었다고 합니다."

"어째서일까요, 그런 버릇없는 말을 하다니?"

"할머니와 단둘이 생각할 것이 있으니 들어오지 말라고, 그날 밤 혼자 아무도 접근하지 못하게 하고 조용히 케요인 님을 지켜보고 있었다고 합니다."

오다이는 가만히 고개를 끄덕였다. 열네 살이 된 타케치요가 불행한 할머니의 생애에서 무엇을 느끼고 무엇을 받아들였는지 알 수 있을 것 같았다.

케요인도 아마 숨을 거둘 때 타케치요에게 무언가 해주고 싶은 말이 있었을 것이다.

'어쩌면 케요인은 자기가 죽은 뒤에도 오다이와 연락을 취하라…… 오다, 이마가와 양가의 싸움에 말려들지 말고 자신이 살아남을 길을 찾으라고 하지 않았을까……'

"음, 십일월 이십삼일이란 말이지. 미처 알지 못해 공양 드리지 못했

어. 그대의 어머니는 우리 아이들에게도 소중한 할머니, 곧 제단을 마
련하도록 하시오."

토시카츠가 이렇게 말했을 때에야 비로소 오다이는 얼굴을 가리고
울음을 터뜨렸다.

4

오다이는 향을 피웠다. 큐로쿠는 감정을 드러내지 않고 잔잔한 물과
같은 표정으로 가만히 지켜보다가 밖으로 나갔다.

큐로쿠는 현관을 나와 아구이 골짜기를 바라보며 크게 탄식하고 나
서 급히 성 밑 한길로 내려갔다.

그의 집은 성문 밖 왼쪽 언덕 밑에 있었다. 허둥지둥 하인이 마중을
나왔으나 그는 고개를 끄덕였을 뿐 바로 거실로 들어갔다.

"지금 돌아왔습니다."

방안에서 이야기 소리가 그쳤다.

"오, 돌아오셨군. 오다이 마님이 무척 상심하셨겠군요."

이렇게 말한 것은 카사데라에서 이루어졌던 인질교환 후 주위에서
모습을 볼 수 없었던 타케노우치 나미타로였다. 나미타로 앞에는 괴상
한 용모의 승려 한 사람이 아무렇게나 앉아 무화과를 먹고 있었다.

큐로쿠는 그 두 사람 사이에 앉으며 불쑥 말했다.

"역시 울더군요."

나미타로는 여전히 옛날 그대로 마에가미의 모습으로 서서 싸늘하
게 큐로쿠를 바라보았다.

"어머님 유언에 대해서도 말씀하셨나요?"

큐로쿠는 고개를 끄덕였다.

"히사마츠 야쿠로는 그 유언의 내용까지는 모를 거요. 오다이 님은 알았을 겁니다."

큐로쿠는 대답 대신 눈길을 창 밖으로 보내 추녀를 가리듯이 하고 있는 치자나무 가지를 바라보았다.

"조금 전에 하던 이야기의 연장인데, 에치고의 나가오長尾와 카이의 타케다 중에서 그대는 어느 쪽을 택하겠나?"

"좀 기다려!"

나미타로는 승려의 말을 가로막았다.

"당신에게도 어머님의 죽음이니 한번 슨푸에 가야 하지 않겠소?"

큐로쿠는 창 밖의 하늘을 바라본 채 조용히 고개를 저었다.

"이 큐로쿠에겐 육친이란 없소."

"아하하하……"

승려가 큰 소리로 웃었다.

"육친이건 아니건 수명이 다하면 누구나 죽는 것. 우리가 이야기하고 있는 것은 수명이 다하기도 전에 죽게 되는 사람을 구하려는 것뿐. 그런데 누가 그 일을 할 수 있을까?"

다시 입 안에 무화과 두 개를 한꺼번에 집어넣고 넓적한 손바닥을 나미타로의 코앞에 들이대듯 했다.

"사이토, 마츠나가, 오다, 이마가와, 호죠, 타케다, 나가오."

그리고는 손을 꼽아나갔다.

"모두 만나보기는 했는데, 한결같이 그릇이 작아. 물론 오다에 대해서는 아직 확실히 말할 수 없지만. 그대 생각은 어떤가?"

나미타로는 무뚝뚝하게 말했다.

"타케다, 나가오, 오다는 하나가 되지 않으면 안 돼."

"그대는 역시 이마가와와 오다를 맞붙게 할 생각이군."

"그렇게 하지 않으면 하나가 될 수 없으니까."

"하나가 된 뒤에는?"

"타케다……"

나미타로는 이렇게 말한 뒤 큐로쿠를 돌아보았다.

"당신은 어떻게 생각하시오? 다시 한 번 타케치요를 보고 싶군. 오랜만에 후루와타리에서 노부나가를 만났을 때, 노부나가는 내 적은 타케치요뿐이라고 하였소."

큐로쿠는 흘끗 나미타로를 바라보고 다시 길게 한숨을 쉬었다.

5

이 승려는 때가 오면 하늘과 바다를 한 입에 삼켜 석가여래의 위업을 달성하겠다고 호언장담하며 구름에 흘러가듯 전국을 돌아다니는 히에이잔比叡山의 학승學僧 즈이후隨風였다.

나미타로가 큐로쿠에게 하는 말에 즈이후는 흥 하고 가볍게 코웃음을 쳤다.

"미즈노 씨는 아직 세속에 있어."

나미타로가 그 말을 가로막으며 말했다.

"노부나가……라기보다도 나에게는 여전히 옛날대로 킷포시이지만, 킷포시 말을 어떻게 생각하시오?"

"훌륭한 분이지요."

큐로쿠는 대답했다.

"오카자키를 적으로 돌리지는 않을 거요…… 적으로 돌리면 오와리의 자기 가문이 위험하다는 것을 알고 타케치요를 그렇게 칭찬하고 있는 것 같소."

나미타로는 계속해서 세 번이나 고개를 끄덕였다.

"당신도 역시 그렇게 보고 있군. 미노의 사이토 도산과도 힘을 합할 모양이오. 역시 우리가 기대하는 것은 오와리의 대지에서 싹틀지도 몰라요."

즈이후는 무릎을 탁 쳤다.

"하지만 타케치요는 아니야. 전국을 돌아다니는 동안 보석 두 개를 발굴했지."

"뭐, 보석을…… 어디서?"

"하나는 미노, 또 하나는 스루가에서."

"미노라면 사이토 일족이 아니던가?"

"아케치明智 마을의 하찮은 애송이였어. 아마 쥬베에十兵衛라고 했던 것 같은데?"

"허어."

나미타로의 눈이 빛났다.

"그 영재英才를 그대는 어떻게 했나?"

"히에이잔에 올려보냈지. 부처님의 뜻을 좀 이해시키려고."

"스루가의 보석은?"

"아, 그 녀석은 여기 데려왔어."

"뭐, 여기에?"

"음. 불러서 한번 봐도 되네. 내가 천하 대세와 때의 흐름을 이야기했더니 곁에서 떠나려 하지 않는 거야."

"그럼, 스루가 어디 태생인가?"

"그것은 몰라. 히쿠마노(하마마츠) 주막에서 만났는데, 바늘을 팔러 다니고 있더군. 그 역시 천하를 떠돌아다니는 녀석이야."

"그 떠돌이의 어떤 점을 높이 샀다는 말인가?"

"어떻게 하면 천하를 손에 넣을 수 있겠는지 그것을 자꾸 묻는 게야. 게다가 그 녀석은 태도뿐만 아니라 기氣와 마음이 모두 자연의 섭리에 맞거든."

큐로쿠는 잠시 동안 묵묵히 두 사람의 이야기를 듣는 것인지 아닌지 모를 표정으로 창 밖에 눈길을 던지고 있다가 비로소 입을 열었다.

"그 떠돌이란 스님이 데려온 어린 하인을 말하는 것입니까?"

"오, 바로 그 녀석이오. 여기 도착하자마자 바로 집 주위를 청소하더군. 녀석의 말이 재미있어요. 바늘이 안 팔려도 절대로 굶지는 않는다. 그 비법을 알고 있다고 내게 말하는 것이었소."

"허어, 굶지 않는 비법이라."

"그렇소……"

즈이후는 새삼스럽게 생각난다는 듯이 크게 웃더니 이렇게 말했다.

"변소 말이오. 변소 청소를 하게 해주십시오, 이것이 소원입니다. 이렇게 말하면 어디에 가도 반드시 먹을 것이 생긴다는 것을 꿰뚫어보고 있다니까."

그때 스무 살쯤 되어 보이는 원숭이를 닮은 얼굴에 진지한 표정을 띤 젊은이가 쟁반을 받쳐들고 들어왔다.

"자, 감자가 익었는데 잡수시지요."

큐로쿠는 깜짝 놀라 그를 똑바로 바라보았다.

6

확실히 기억에 남아 있었다. 다섯 자가 될까말까한 작은 키에 이마에는 나이에 걸맞지 않게 주름이 잡히고 눈만 예리하게 빛나고 있었다. 이 사나이를 큐로쿠는 여러 곳에서 보았다.

'수상한 놈?'

때로는 마음으로 경계하면서 그 거동을 자세히 살핀 적도 있었다.

시대가 크게 변하는 바람에 문벌과 지벌地閥이 무너지는 틈바구니에서 여러 종류의 인간이 고개를 들기 시작했다.

노부나가의 기상천외한 두뇌와 성격도 그 가운데 하나였고, 그의 장인인 사이토 도산 같은 사람도 예전에는 이 마을 저 마을로 돌아다니면서 기묘한 소리를 질러가며 기름을 파는 장사치였다.

"여러분, 나는 절대로 기름을 깔때기로 따라 팔지 않습니다. 자, 한 푼짜리 돈구멍에 실을 꿰듯이 따라서 팝니다. 한 방울이라도 흘리는 경우에는 기름을 공짜로 드리겠습니다."

그러던 기름장수가 어느 틈에 미노 일대를 장악한 성주가 되는 시대였다.

즈이후도 그런 사람 중의 하나였는데, 어쨌든 큰 꿈을 품고 유랑하는 떠돌이들이 요즘 들어 부쩍 늘어났다. 원숭이를 닮은 이 젊은이도 그런 사람들 중의 하나일까.

"나는 너를 나고야에서도 카리야에서도 또 오카자키에서도 본 적이 있어."

큐로쿠가 말하자 젊은이는 이렇게 대답했다.

"예, 바늘을 팔러 스루가에도 토토우미遠江에도 간 적이 있습니다."

"태어난 곳은 어디냐?"

"오와리의 나카무라中村입니다."

"이름은……?"

"후후후."

거듭해서 묻자 이 노인과 같은 젊은이는 아주 붙임성있게 웃었다.

"의심하지 마십시오. 절대로 오다 님의 첩자는 아니니까요."

"나는 이름을 묻고 있는 거야, 네 이름을."

"이름을 말할 정도의 사람은 되지 못합니다. 마을사람들은 히요시日吉라고도 하고 원숭이처럼 생겼다고 해서 코자루小猿(새끼 원숭이)라 부르기도 하고…… 죽은 아버지는 오다 가문의 하인이었습니다마는, 이 부근에서는 바늘장수 원숭이……로 통하고 있습니다."

"어떤 무예를 배웠느냐?"

"배우다니요…… 성급도 하십니다. 저는 아직 어립니다. 모든 것은 이제부터지요. 잘 부탁 드립니다."

큐로쿠는 가만히 나미타로를 돌아보았다. 나미타로의 눈이 찌를 듯이 젊은이를 쏘아보고 있었기 때문이다.

"나도 분명 어디서 본 얼굴인데……"

나미타로는 큐로쿠의 말을 받아 젊은이에게 물었다.

"누구를 섬길 생각은 없나? 가령 네 눈에 든 사람이라든가."

"하하하……"

젊은이는 맑은 소리로 웃었다.

"여기저기 돌아다니다가 역시 오와리가 좋겠다는 생각을 비로소 하게 되었습니다."

"어째서 오와리가 좋은지 말해보아라."

"기름진 땅, 쿄토와의 지리적 조건, 그리고 또 하나 아주 마음에 드는 것이 있습니다."

"그것이 뭔가?"

"노부나가 님의 그 파격적인 성격. 섬긴다면 역시 그분밖에 없는데, 그분은 제게 변소 청소 따위는 시키지 않을 것입니다."

이렇게 말하고 자기가 들고 온 쟁반에서 삶은 감자 하나를 집어 게걸스럽게 먹기 시작했다.

"독이 있는지 먼저 먹어보았습니다. 자, 드시지요."

"으음."

큐로쿠와 나미타로는 다시 얼굴을 마주보고 쓴웃음을 지었다.

7

난세의 토양에서 싹트는 것은 언제나 전후파戰後派적인 기질을 통해 고개를 드는데, 이 젊은이도 예외가 아니었다. 어느 틈에 큐로쿠의 하인들을 젖히고 어슬렁어슬렁 쟁반을 들고 나타난 뱃심이니만큼 이 젊은이도 철저하게 사람을 깔보고 있었다.

겁을 모르는 전형적인 젊은이…… 그렇게 생각한 나미타로는 표정을 부드럽게 했다. 이런 인물이 많아지면 새로운 시대도 빨리 찾아온다고 나미타로는 확신하고 있었다.

"그대는 지금 노부나가의 파격적인 성품이 마음에 든다고 했는데, 예를 들면 어떤 것인가?"

"하하하, 첫째는 각지 무장들이 신경질적으로 경계선을 더욱 공고하게 굳혀가고 있는데, 그분은 반대로 모든 사람의 통행을 자유롭게 개방하고 있어요…… 그렇게 하는 두뇌가 마음에 들었습니다."

서슴없이 말하는데 즈이후는 자못 대견하다는 듯 말했다.

"어떻소, 예사 원숭이가 아니지 않소?"

나미타로는 자신도 모르게 무릎걸음으로 다가앉았다.

"통행의 자유를 허락하여 노부나가가 얻는 것은?"

"첫째는 백성들의 고마워하는 마음. 여기저기서 걷는 관문의 통행세만도 백성들을 여간 괴롭히지 않습니다. 그런 번거로움이 사라지면 각처 상인들이 앞다투어 오와리로 모여듭니다. 여기서 생기는 이득은 통행세나 다릿세와는 비교도 되지 않죠…… 그보다 통행의 자유를 허용함으로써 많아질 것이 예상되는 첩자나 밀정 따위는 안중에도 두지 않는, 마치 방비를 허술히 하는 듯한 그 배짱! 바로 그 점입니다."

상대가 점점 웅변조로 나오는 것을 나미타로는 고개를 끄덕이며 듣다가 이렇게 물었다.

"그럼, 오다 가문을 섬길 수 있는 길을 열어줄까?"

"예?"

젊은이는 흠칫 놀랐으나 곧 히죽히죽 혼자 웃었다.

"무사님에게 그런 연줄이 있을 리 없죠."

"있으면 어떻게 하겠나?"

"그렇더라도 부탁하지 않겠습니다. 남에게 의지했다……고 하면 노부나가 님은 고개를 끄덕이진 않을 것입니다. 그보다도 노부나가 님이 이 코자루가 필요하게 될 아주 큰 바람을 일으켜주시지 않겠습니까?"

"그대가 필요하게 될 큰 바람이라고?"

큐로쿠의 반문에 코자루는 좀전과는 영 다른 사람이 되기라도 한 듯 너털웃음을 터뜨렸다.

"예, 아무래도 천지가 조용해질 때까지는 큰 바람이 멎지 않을 것입니다."

"이마가와와 오다의 충돌을 말하는 것인가?"

"예. 노부나가 님은 눈에 흙이 들어가기 전에는 이마가와 요시모토의 세력 안으로 들어갈 리 없고, 이마가와 요시모토가 노부나가에게 복종할 리는 더더구나 없습니다. 그렇다면 크게 부딪쳐 어느 하나가 이 세상에서 사라져야 할 운명. 그런 운명이라면 어느 쪽이건 더 이상 강해지기 전에 싸우게 만드는 것이 스루가, 토토우미, 미카와, 오와리 백성들에게 오히려 도움이 되는 길이라 생각합니다."

"그럼, 그대는 그 싸움을 기다리고 있다는 말인가?"

"하하하…… 오타카든 나루미든 뒤에서 조금만 자극하면 곧 불이 붙을 것이라 생각합니다마는."

코자루는 그렇게 말하고 느닷없이 섬뜩한 눈길로 나미타로에게서 큐로쿠, 그리고 다시 즈이후를 돌아보았다.

'확실히 예사 떠돌이가 아니다.'

나미타로는 조용히 눈을 감았다.

8

타케노우치 나미타로의 견해에 따르면, 역사의 전환은 언제나 이와 같은 떠돌이의 언동 속에 그 징후를 나타냈다.

이 징후를 통찰하여 그 다음을 대비하는 자를 현자賢者라 하고, 현자의 말에 귀기울여 백성을 사랑하고 군사를 움직인다──난세에는 이 움직임이 표면에 나타나 명장이 되고 영걸이 된다.

그는 그 생각에 따라 히라테 마사히데의 청을 받아들여 지금은 노부나가라고 하는 킷포시에게 자기 사상을 불어넣었다.

노부나가가 된 킷포시는 그가 기대한 이상으로, 때로는 한 걸음 물러나 고개를 갸웃할 만큼 놀라운 성장을 이룩했다.

"낡은 허물을 벗어버려라!"

그가 이렇게 가르친 것은, 무력해지고 있는 귀족문화의 주머니 속을 들여다보지 말라, 그것은 이미 시들어 자양분이 되지 못할 뼈다귀밖에 없다──이런 의미로 가르쳤는데, 노부나가는 귀족문화에 대한 부정만이 아니라, 모든 관행을 짓밟고 달리는 거친 야생마로 성장해 있었다. 그 때문에 사부 히라테 마사히데까지 할복 자살을 했다.

노부나가는 오늘에 이르도록 정치 경제에서부터 인사 행정에 이르기까지 실패한 것이 없었다. 가문의 분규를 수습하는 방법, 이번의 자유로운 영내 통행의 허용, 그 어느 하나 남의 간담을 서늘하게 하지 않는 것이 없었다. 그처럼 기인에 가까운 노부나가에게 이 바늘장수와 같은 부랑자들의 동경과 인기가 모이기 시작했다는 것은, 분별이 있는 사람이라면 예사로 보아넘길 수 없는 중대한 일이었다.

"코자루라고 했지?"

잠시 후 나미타로는 눈을 떴다.

"자네는 노부나가와 요시모토를 싸우게 하고, 그 와중에 노부나가를 돕겠다는 것인가?"

"예."

"승산은 노부나가에게 있다고 보는군?"

"그것은 알 수 없습니다."

"알지도 못하면서 돕겠다는 것이냐?"

"예."

"그렇다면 묻겠는데, 다음 세상의 기둥이 될 것은 신이라 생각하는가 부처라고 생각하는가?"

"모릅니다."

코자루는 깊이 생각하지 않고 고개를 가로저었다.

"그런 것은 신불에게 맡기면 됩니다. 인간이 어찌 알 수 있겠습니까. 인간은 단지 바르고 강해지기만 하면 됩니다."

"그 바르다는 것을 누가 정하는가?"

"신이나 부처가 정하겠지요."

코자루는 갑자기 깔깔 웃었다.

"저는 싸울 자는 싸우도록 해서 신불이 어느 쪽이든 빨리 손을 들어 주었으면…… 하고 말씀 드리는 것입니다."

"으음."

나미타로는 다시 나직이 신음했다.

"알겠네. 그럼 우리도 그런 생각을 가져야겠군."

"부탁입니다. 빠르면 빠를수록 더 일찍 평화가 찾아옵니다. 그럼, 이 코자루는 마구간에 가서 일을 돕겠습니다."

마치 자기 집이라도 되는 듯, 대부분을 혼자 먹은 감자 쟁반을 들고 성큼성큼 물러갔다.

'과연 묘한 녀석이 나타났군. 그래, 내일 아침에 다시 불러 얘기해봐야겠어.'

그런 뒤 노부나가에게 데려가도 되겠다고 나미타로는 생각했다. 그러나 코자루는 이튿날 아침에는 이미 집에 없었다. 하인이 깨우기도 전에 일어나 정원을 비롯하여 마구간까지 청소를 끝내고, 현미 석 되로 밥을 지어 자기 몫으로 사람의 머리만큼이나 크게 주먹밥 다섯 개를 만들고는, 인사까지 하고 부지런히 아구이 골짜기를 떠났다고 했다.

"인연이 있으면 다시 오죠. 여러분, 안녕히 계시오."

스승의 유언

1

코지弘治 원년(1555)만큼 타케치요에게 다사다난한 해도 없었다.

인생의 희비가 한꺼번에 그의 신변에 닥쳐와 숨돌릴 겨를조차 없었다. 가신들의 애씀과 노력이 효과를 나타내어, 3월에는 직접 요시모토 주관으로 관례가 거행되었다. 요시모토는 열다섯 살이 되거든 —— 하는 생각을 가지고 있었으나, 계속 교대로 찾아와 탄원하는 가신들의 성화에 못 이겨 그만 1년을 앞당겼다.

식이 거행되는 날 요시모토는 기분이 좋았다.

자기 지시로 만든 새 어른 옷(이날까지는 아이)을 입히고 에보시烏帽子°를 씌운 뒤 자기 이름에서 '모토元 ——' 한 자를 타케치요에게 주는 것으로 관례의식은 끝났다.

이날부터 타케치요는 앞머리를 깎고 마츠다이라 지로사부로 모토노부松平次郎三郎元信라는 한 성인이 되었다.

일족 모두에게 이보다 더 큰 기쁨이 없었다. 그러나 이 기쁨에 안도한 탓인지 바로 그 뒤에 닥친 것이 할머니 겐오니의 죽음이었다.

스루가에 온 뒤 겐오니는, 어머니가 없어진 뒤 어머니——라기보다 남의 이목 때문에 표면적으로는 혈연임을 내세울 수 없는, 세상을 버린 가련한 사람이었으며, 음지의 사람이었다.

끊임없이 타케치요의 옷과 식사에 마음쓰고 구석구석까지 배려했으나, 요시모토의 저택에 가서 고마움을 표하는 것도 허락되지 않았다. 세키구치 교부쇼유의 집에는 스스로 사양하며 한 번도 얼굴을 내밀지 않았다.

할머니의 죽음을 맞았을 때 타케치요가 아닌 지로사부로는 밤새워 울면서 머리맡을 지켰다. 할머니가 그에게 남긴 유일한 말은 멀리 아구이 성에 있는 생모 오다이에 대한 것이었다.

"언젠가 고쇼는 쿄토에 입성하려 할 것이고, 그 길에 반드시 너를 데려가려 할 것이야. 그때는 카리야도 아구이도 치열한 격전장이 될 텐데, 그곳에 이 할미를 여기까지 오게 한 소중한 네 어머니가 있다. 그걸 잊어서는 안 된다. 어머니는 반드시 너를 위해 좋은 일을 생각하고 있을 것이다. 고쇼에게 부탁하여 어머니와 아들의 대면을 성사시킬 수 있도록 항상 마음에 새겨두도록 해라."

지로사부로 모토노부는 둥근 눈을 크게 뜬 채 이 말을 가슴 깊이 간직했다.

'어머니는 반드시 너를 위해 좋은 일을 생각하고 있을 것이다……'

어머니를 위해 만일 내가 아무것도 생각하고 있지 않다면? 적의 무장으로서 어머니가 있는 성을 공격할 수밖에 없다면?

'그런 일은 피할 수 있겠지.'

이렇게 생각했을 뿐, 아직 열네 살밖에 안 된 지로사부로는 그러한 일이 일어났을 경우의 수단까지는 생각지 못했다.

이렇다 할 생각도 정리하지 못한 채 할머니를 떠나보내고 망연해 있을 때 이번에는 결혼 허락이 떨어졌다. 그 결혼이 지로사부로에게 반드시 만족스러운 것은 아니었다. 그렇지만 지금의 그는 이오 부젠에게 시집간 키라의 딸 카메히메를 무리하게 유혹했을 무렵처럼 단순할 수는 없었다.

마음 한구석에 키라의 딸에 대한 사모의 정은 남아 있었으나, 아내로 맞이할 경우에는 요시모토의 조카딸과 키라의 딸과는 비교도 안 될 만큼 관록의 차이가 있었다.

"오, 훌륭한 무사가 되었구나. 모토노부, 네가 소망하던 오츠루를 내년 봄에 너에게 주겠다. 혼례준비를 가신들에게 명하도록 하라."

요시모토가 그를 일부러 방으로 불러들여 이렇게 말했을 때, 지로사부로는 마음으로부터 감사를 드렸다.

2

츠루히메에게는 어딘지 모르게 다루기 힘든 고집 같은 것이 있었다. 그러나 지로사부로는 그 점에 대해서는 별로 마음쓰지 않았다.

조숙해서였을 것이다. 자기 또래의 다른 처녀들보다는 나이가 위인 츠루히메 쪽이 더 의지가 되었다. 아니, 단지 그 이유만이 아니었다. 츠루히메와의 약혼 소식이 전해지자 지로사부로를 바라보는 장수들의 눈빛이 완전히 달라졌다.

어제까지만 해도 '미카와의 집 없는 고아 ──' 라고 멸시하던 사람들까지도 손바닥을 뒤집듯이 공손해졌다. 걸핏하면 오만하게 굴던 츠루히메 자신도 요즘에는 얌전하고 다소곳해졌으며, 그녀의 방을 찾아가면 자기 손으로 직접 방석을 내놓았다.

'이것으로 평생의 아내도 정해졌다……'

이런 생각을 하면 문득 청춘이 너무 단조롭다는 생각이 들기도 했으나, 그렇다고 별로 큰 불만을 품은 것은 아니었다.

　오늘도 지로사부로는 1각刻(2시간) 남짓 교부쇼유의 집에 있다가 츠루히메의 몸에 밴 향기를 안고 임시처소로 돌아왔다. 임시처소에서는 츠루히메를 맞이하기 위해 다시 한 채를 더 짓기 시작하는 가신들의 땀 밴 도끼질소리가 그치지 않고 있었다.

　지로사부로가 일하는 현장을 한 바퀴 돌아보고 현관에 들어서려 했을 때.

　"아, 타케치요 님…… 아니 모토노부 님."

　검게 물들인 승복 소매를 등뒤로 걷어붙인 셋사이 선사의 시승侍僧이 그를 불러세웠다.

　"오, 린자이 사의 선사께서 보내신 스님이시군요. 어서 이리 들어오시오."

　"아니, 급한 일이 생겨 곧 모시고 오라는 분부가 계셨습니다."

　시승은 몹시 당황하는 모습이었다.

　"실은 선사님께서 몸이 불편하십니다."

　"뭐? 병환이 나셨다고!"

　"예, 아직 이 일은 고쇼 님을 비롯하여 중신들에게도 비밀에 부치고 있습니다. 우선 그 전에 타케치요 님…… 아니, 모토노부 님을 모셔오라고…… 급히 가셔야겠습니다."

　"알겠소. 수고 많았어요."

　지로사부로는 고개를 크게 끄덕였다.

　"말을 타고 가겠으니 먼저 가도록 하시오."

　그리고는 서둘러 세키구치 교부쇼유의 저택으로 돌아가 치카나가의 말을 끌어냈다. 아니, 치카나가의 말이라는 것은 표면적인 것일 뿐 사실은 지로사부로의 밤색 말이었다.

　아직 요시모토에게도 알리지 않고 중신들에게도 비밀에 부치고 있다는 이야기를 듣고 일부러 시종은 데려가지 않았다. 안장을 얹기가 바쁘게 곧바로 혼자 린자이 사로 말을 달렸다. 셋사이 선사의 와병은 그의 마음에 폭풍을 불러일으켰다.

만일 재기불능의 상태라면 이마가와 일족은 어떻게 될 것인가?

군사와 정치 양면에 걸쳐 요시모토에게 절대적인 영향을 끼치고 있는 셋사이. 가신들 중에는 셋사이만큼 지혜를 가진 자가 없었다.

지로사부로 자신도 확실하게 요시모토의 신임을 받고 있다고는 할 수 없었다. 그가 무사히 성장할 수 있었던 것은 셋사이 선사의 그늘이 있었기 때문에 가능한 일이었다.

요시모토의 아들 우지자네는 어리석어 사리를 분별하지 못하고, 셋사이만한 인물은 달리 없었다. 셋사이의 병고는 스루가 성 전체를 뒤흔들고, 지로사부로 자신까지도 날려버릴 큰 바람이 될지도 몰랐다.

말을 재촉하여 산길을 오르는데 이미 단풍든 나무가 꽃잎처럼 우수수 낙엽을 떨구고 있었다. 산문 앞에서 말을 내렸을 때 지로사부로의 손은 약간 떨리고 있었다.

3

지로사부로가 안내를 청하기도 전에 발소리를 듣고 시승이 달려나와 맞아주었다.

지로사부로는 배에 힘을 꾹 주고 손에 칼을 들고는 본당을 지나 최근에 지은 별채로 안내되었다.

"모토노부인가?"

"예."

"어서 머리맡으로."

둘러친 병풍 안에서 나오는 의외로 또렷한 목소리에 도리어 지로사부로는 가슴이 뭉클해졌다.

그 말에 따라 머리맡으로 다가갔다.

"병환은 좀 어떠신지요?"

"날씨가 좋구나, 저걸 보아라."

셋사이는 나직한 목소리로 말하고는 늦가을의 햇살을 가득 받고 있는 매화나무 가지가 비친 창으로 눈길을 보냈다.

"이렇게 누워 있으니 나 자신이 해가 되기도 하고 매화가 되기도 해. 즐거운 일이구나."

창에 비친 매화나무 가지에는 잎이 세 개밖에 남아 있지 않았다.

"봄이 지나면 여름이 온다. 또 가을이 지나가면 겨울이 되지. 자연이 하는 일은 이렇게 위대하단다."

"선사님, 병환은?"

"글쎄다. 하지만 겨울이 온 거야. 알 수 있겠지?"

"예."

"봄이 가까워진 너에게 생명의 씨앗, 뜻의 씨앗을 남겨야겠다."

눈에 띌 정도로 수척해 있었다. 빙긋 웃는 그 웃음 뒤에 투명한 겨울 하늘의 준엄함이 깃들여 있었다.

"나도 너의 혼례를 축하하고 싶었지만, 내년 봄이나 되어야…… 그리고 모토노부."

"예."

"솔직히 난 너를 위해 그 혼례를 피하고 싶었다."

"무슨 말씀이신지……?"

"모르겠느냐. 네 짐이 하나 더 불어났어. 이마가와 일족에 대한 의리라는 아주 무거운 짐이."

지로사부로는 고개를 끄덕였다.

"지금까지의 의리는 너의 부친과 이마가와 일족과의 이른바 상대적인 흥정과 같은 것이었다. 그러나 일족 중에서 정실을 맞아들이면 거기서 태어나는 자식은 혈연이 된다."

"예."

"나는 처음에는 반대했다…… 그런데 생각을 고쳐먹고 찬성했지. 왜 그랬는지 알겠느냐?"

"모르겠습니다."

"너에게 누차 말했을 것이야. 인생의 짐이 무거울수록 좋다는 것을 깨달았기 때문이다. 그 무거운 짐을 견디는 것이 훨씬 더 너를 크게 키운다…… 너는 이에 지지 않을 강한 면을 지니고 있다. 알겠느냐!"

"예!"

"그렇게 생각하고 찬성했다만, 어떻게 너한테 설명할까 하고 잠시 망설였다."

날카로운 어조로 말하고 심하게 물결치는 선사의 새하얀 침구를 보면서, 지로사부로는 이제는 임종이 가까웠다는 느낌이 들어 하마터면 눈물을 흘릴 뻔했다.

"너에게…… 그게 얼마나 무거운 짐인지 차라리 알리지 않는 것이 어떨까…… 아니다, 그렇게 해서는 안심할 수 없다, 말해줘야 한다……고 생각한 것은 내가 저 창을 통해 햇빛과 벚꽃, 매화를 보고 찾아오는 새와 달과 같이 놀고 싶었기 때문이야."

"예."

"너는 앞을 내다볼 줄 안다. 요시모토의 조카딸과 맺어져 그것으로 양가의 화목을…… 그런 생각은 했겠지만, 이 셋사이의 죽음을 생각한 적은 있느냐? 솔직히 말해보아라."

지로사부로는 힘없이 고개를 저으면서 드디어 눈물 한 방울을 무릎에 뚝 떨어뜨렸다.

4

"생각한 적이 없겠지, 무리가 아니야."

셋사이는 이렇게 말하고 자기도 살짝 눈을 감았다.

"젊었을 때는 직면해보지 않으면 죽음을 모른다. 하지만 인간은 누구나 반드시 죽게 마련. 내가 죽으면 어떻게 될까…… 고쇼는 쿄토에 들어가려고 서두를 게 분명해. 고쇼도 그런 의미에서는 죽음을 잊어버리고 있어. 나의 죽음에 자극을 받아 일을 서두를 게 틀림없어. 호쵸, 타케다와 동맹을 맺는 날이 쿄토로 출발하는 날이 될 게야."

지로사부로는 셋사이의 눈동자를 똑바로 바라보면서 고개를 끄덕였다. 창의 햇빛에 반사되어 늙은 선사의 표정은 나무로 새긴 탈처럼 조용했다.

"물론 오와리에서는 오다 군사를 무찌르고 진격할 생각일 테지만, 오다 쪽에서도 가만히 있지는 않을 것이다. 에치고와 손을 잡고 카이를 위협하고, 미노와 동맹하여 이마가와 세력을 저지하겠지. 고쇼의 군사는 미노, 오와리의 동맹군과 싸우지 않으면 안 돼. 만일 내가 지휘한다면 서서히 대진對陣하면서 기회를 보겠지만, 고쇼는 그렇게 기다리지 못해."

"어째서입니까? 별로 성급하신 성격도 아닌데."

"성급하지는 않아. 성격이 급하지는 않지만 뒤가 마음에 걸리는 거야. 내가 지휘한다면 고쇼는 승부가 정해질 때까지 슨푸에 있으면서 오다와라의 호쵸를 지켜보고 있겠지. 하지만 직접 출전하여 슨푸에 남아 있는 것이 우지자네뿐이라면 마음이 조급해서 서두르지 않을 수 없는 거야…… 그리고……"

말하다 말고 머리맡의 물병을 가리켰다.

"목이 마르군, 물을……"

지로사부로는 그를 부축하여 물을 마시게 했다.

"그리고 고쇼의 일상생활이 대진에는 극히 부적당해. 공차기와 렌가는 그렇다 치더라도 미식美食하는 습관은 장기간의 대진을 어렵게 만들 거야. 이것도 서두르게 되는 원인의 하나……"

지로사부로는 셋사이가 정확하게 지적해나가는 문제들이 모두 자기 생각의 안개를 걷어주는 게 이상했다.

'이 노인은 자기가 죽은 후의 세상을 너무나 잘 알고 있다……'

"그런데…… 그렇게 일을 서둘러야 할 상황에 놓이면 고쇼는 적을 단숨에 무찌를 수 있을 정도로 많은 군사를 동원하여 공격해들어가야 하는데…… 그 제일진은 물론 네가 될 것이다."

지로사부로는 무릎 위에서 주먹을 꼭 쥐었다. 그는 아직 셋사이가 죽은 다음의 이마가와 일족을 생각한 적이 없었다……

"내 말 잘 듣거라, 모토노부…… 그때 만일 고쇼가 너와 너의 부하에게 선진先陣은 모두 전사하라는 명을 내린다면……"

"으음……"

"너는 그때 어떻게 하겠느냐? 그 경우를 깊이 생각해야 한다."

어느 틈에 창의 매화나무에 새 한 마리가 날아와 앉았다. 멧새인 것 같았다. 무심코 지저귀는 소리에 지로사부로는 숨이 막힐 것 같았다.

"대장부에게는, 항상 미리 각오하는 것이 중요해. 일을 당하고 나서 생각하면 이미 늦어. 내 예상이 네 생각과 다르다면 말해보아라. 나는 반드시 그렇게 될 것이라 생각한다마는."

"저도…… 같은 생각입니다."

"그때 네 정실은 슨푸에 있다. 아내가 있으면 아이도 생기겠지. 고쇼는 네 아이를 책임지고 훌륭히 키우겠다고 하겠지만, 그것은 결국 너를 대신한 인질…… 처자를 인질로 잡고 강요하는 전사戰死…… 그럴 때 너는 어떻게 하겠느냐?"

5

지로사부로는 비로소 자기 자신이 처한 위치가 확실하게 보이는 것 같았다.

이마가와 요시모토의 조카딸과 맺어져 이마가와 일족의 혈연이 됨으로써 마츠다이라 가문의 안녕을 도모한다는 생각이 오산은 아니었는지 모른다. 그러나 결코 이익이 된다고는 할 수 없었다.

셋사이의 말대로 그것은 도리어 이마가와 요시모토가 마츠다이라 지로사부로 모토노부를 자기 새장 안에 가두어놓은 교묘한 정략이 되기도 했다.

"알아듣겠느냐, 너의 아내와 아이들은 슨푸의 인질이 되어 있어. 그리고 너는 전사를 명령받았어."

다시 중얼거리듯이 되풀이하는 말을 듣고 지로사부로는 으음 하고 아랫배에 힘을 주었다.

"이 자리에서 대답을 드려야 하겠습니까?"

셋사이는 어렴풋이 눈을 뜨고 고개를 조용히 가로저으면서 미소지었다.

"내가 너에게 마지막으로 남기는 중요한 숙제다. 그러나…… 대답이 생각났을 때 나는 더 이상 이 세상에는 없을 거다. 그래서 하는 말이다마는, 모토노부……"

"예."

"너는 그때 이 말에 대한 대답을 실제 행동으로 내 영혼에 보여주어야 한다."

"예."

"내가 왜 이런 숙제를 너에게 남기는가, 내가 왜 고쇼에게 너를 움직일 계략을 말하지 않고 도리어 너를 머리맡에 불렀는가……"

지로사부로는 갑자기 어깨를 들먹이며 울기 시작했다. 셋사이 선사가 요시모토보다도 자기를 더 깊이 사랑한다는 것을 지금처럼 확실하게 느낀 적은 없었다.

아니, 그것은 세상에 흔히 있는 작은 애정은 아닐 터였다. 불도佛道의 궁극적인 목적을 실현시키고자 불살생不殺生의 칼로 무장하고 삼군三軍을 호령해온 고승이 비원의 혈맥을 전하려는 드높은 사랑으로 받아들여야 할 것이다.

지로사부로가 어깨를 들먹이며 우는 동안, 셋사이는 다시 눈을 감고 희미한 숨소리를 한데 모으고 있었다.

"선사님! 지금 대답하겠습니다."

지로사부로는 눈물을 뿌리치고 고함지르듯이 말했다.

죽은 뒤에는 미덥지 못하다, 지금 확실하게 대답하여 노선사의 평화로운 미소를 보고 싶다. 이와 같은 젊은 정열이 저도 모르게 말이 되어 나왔다.

"허어, 지금 당장 그 숙제를 풀 수 있다는 말이냐?"

"예, 풀 수 있습니다."

"듣겠다, 말해보아라."

"저는 슨푸에 남긴 처자에 대한 것은 잊어버리겠습니다."

"잊고 싸우다가 죽겠다는 거냐?"

"그것은 알 수 없습니다."

"어째서 모른다는 말이냐?"

다그치듯 묻는 바람에 지로사부로는 얼굴이 빨갛게 달아올랐다.

"처자를 잊고 대국大局을 바라보겠습니다. 제가 가신들과 더불어 전사하는 것이 불살생의 정신에 부응한다면 깨끗이 싸우다 죽겠습니다. 하지만 그 반대라고 생각되면 비록 고쇼의 명령이라 해도 단호히 거부하겠습니다!"

"멍청한 녀석!"

감짝 놀라 몸을 뒤로 빼려 했을 때는, 지로사부로의 어깨가 그 자리에 있던 몽둥이로 호되게 얻어맞고 있었다.

"건방지기 짝이 없는 녀석, 다시 한 번 지껄여봐라!"

"예, 몇 번이라도 말씀 드리겠습니다. 비록 고쇼의 명령이라도……"

입을 열었을 때 이번에는 머리를 무섭게 얻어맞았다.

6

두번째 몽둥이는 지로사부로의 기를 꺾어놓았다. 늙은 스승의 어디에 그런 기백이 남아 있었는지 놀랍기도 했거니와, 이같은 무리한 일이 사그라지고 있는 생명의 불꽃에 지장을 주어서는 안 된다는 두려움도 있고 하여 저도 모르게 꿇어엎드리고 말았다.

셋사이는 드러누웠다. 거친 숨소리가 잠시 실내에 퍼져나가고, 지로사부로는 다시 소리를 죽이고 울었다.

"모토노부……"

"예…… 예."

"너는 어째서 그렇게 알지도 못하는 일을 쉽게 입밖에 내느냐……? 너에겐 아직 아내도 자식도 없어. 없으니 그 맛을 알 수 없지. 맛을 모르면서 잊어버리겠다니 이 무슨 건방진 소리냐 말이다."

"예……"

"처자가 그렇게 쉽게 잊을 수 있는 것이라면, 세상에는 애정으로 인한 고민 같은 건 전혀 없을 게야."

지로사부로는 자신의 경솔한 대답이 스승을 노하게 했다면 사죄하고 싶었다. 스승의 가르침이기에 참기 어려운 것을 참을 생각으로 대답했을 뿐이었다.

"네 어머님은 지금 네가 무사하기를 기원하며 아구이 성에서 여간 마음을 쓰고 계시지 않는다…… 이것이 어머니의 마음…… 알겠느냐…… 어머니의 마음은 또한 아주 자연스러운 천지의 마음을 나타내는 거야."

"예."

"자연의 마음을 인위적으로 끊어버린다는 것은 천지의 마음을 거역하는 일. 그리고……"

말하다 말고 다시 물을 청해 마셨다.

"네가 고쇼의 명에 복종하지 않는다면 고쇼가 그대로 너를 용서할 줄 아느냐? 그것이 어린아이의 망상이라고는 생각지 않느냐?"

지로사부로는 정신이 번쩍 들었다.

'그렇다!'

한낱 마츠다이라 지로사부로 따위가 오로지 쿄토를 목표로 삼고 있는 요시모토 앞에서 군율에 항거할 수 있는 것은 아니었다. 그는 늙은 스승을 위로하려다가 도리어 실망시키는 자신의 얕은 생각을 드러내고 말았다.

"용서해주십시오."

이렇게 말했을 때 이번에는 돌풍과도 같은 통곡이 그를 사로잡았다.

셋사이는 다시 눈을 감았다.

어느 틈에 해가 움직여 빛도 엷어져 있었다. 새도 울지 않았다.

지로사부로의 통곡이 그쳤을 때였다.

"그만 돌아가거라."

셋사이가 말했다.

"대답은 역시 황천에서 듣기로 하겠다. 알겠느냐, 잘못된 생각으로는 내 영혼을 구하지 못한다. 너 자신도 멸망하게 되고, 지상의 아수라장은 끊임없이 계속될 것이다."

"깊이 생각하겠습니다. 부디 용서를⋯⋯"

"알았다. 산문에 누가 온 것 같다. 혹시 고쇼가 오셨을지도 모른다. 그러니 어서 돌아가거라."

"그럼⋯⋯ 이것이 마지막입니까?"

"또 그런 소리를 하는구나. 지금 한 말을 잊었느냐? 마지막이 아니라, 다가오는 봄을 맞는 네 몸에 내 싹을 심는 것이다."

"예."

"도중에 혹시 누구를 만나더라도 내가 불러서 왔었다는 말은 하지 말아라. 평소대로 설법을 들으러 찾아왔더니 내가 병으로 누워 그냥 돌아가는 길이라고 네가 먼저 말하는 것이 좋을 게다."

"예. 그러면 저는 이만 물러가겠습니다."

"몸을 아껴야 한다."

"예."

"급하게 굴면 안 된다. 급한 성질은 사람의 눈을 멀게 하는 거야."

"예⋯⋯ 잘 알겠습니다."

7

지로사부로가 절을 나섰을 때, 어느 틈에 셋사이가 중태에 빠졌다는 것을 알고 사람들이 속속 산문에 도착하고 있었다.

셋사이가 걱정했던 것과는 달리 아무도 지로사부로의 때 이른 문병을 의심하는 사람은 없었다. 그만큼 셋사이의 중태는 이마가와 쪽 사람들을 경악케 하는 사건임이 틀림없었다.

요시모토는 이튿날 직접 셋사이를 문병하고 그 위중함에 놀라 여섯 명의 시의에게 약을 쓰게 했지만, 셋사이 자신이 말했듯이 인생을 찾아온 겨울은 인위적으로는 어쩔 수 없었다.

이튿날인 10월 10일 마침내 셋사이는 세상을 떠났다. 자못 호쾌하고 담담한 임종이었다. 지로사부로는 임시처소의 방에 향을 피우고, 할머니와 셋사이 선사의 유언이 너무나 비슷하다는 사실을 새삼스럽게 떠올리면서 합장했다.

할머니는 어머니와의 싸움을 피하라 하고 셋사이 선사는 자기 뜻을 계승하라고 한다. 양쪽 모두 앞으로 다가올 비극의 초점이 쿄토 진입에 있다고 지적한 점에서는 마찬가지였다.

더구나 할머니의 당부도 셋사이 선사가 남긴 숙제도 열네 살인 지로사부로로서는, 옳다고는 알면서도 이렇다 할 대책을 조속히 세울 수 있는 성질의 것은 아니었다.

셋사이 선사가 한 말은 그의 장례식이 끝난 뒤 곧 사실로 나타났다.

그해 3월, 미요시 나가요시三好長慶는 하리마播磨의 아카시明石와 미키三木 두 성을 함락했고, 에치고의 나가오 카게토라長尾景虎는 타케다 하루노부와 카와나카지마川中島에서 싸워 그 역량이 예사롭지 않다는 것을 과시했다. 뿐만 아니라 이번에는 호죠 우지야스의 영지인 칸토關東까지 정예부대를 파견할 기세였다.

이것만으로도 크게 주목할 일인데, 셋사이의 장례를 치른 10월 중순 무렵에는 그가 파견했던 밀정이, 모리 모토나리毛利元就가 이츠쿠시마嚴島에서 스에 하루카타陶晴賢를 격파하고 드디어 상경을 도모하려 한다는 정보를 전해왔다.

'인간에게는 죽음이 있었다……'

불혹不惑에 가까운 장년기에 달한 요시모토는 당장 군사를 일으켜야 할 주위의 정세를 살피지 않을 수 없었다.

군웅群雄들이 모두 수도인 쿄토를 노리고 있었다.

호죠도, 나가오도, 타케다도, 미요시도, 모리도…… 지금 그들은 나란히 한 줄로 서서 누가 먼저 쿄토 진입의 시기를 앞당길 것인가 경쟁을 벌이고 있었다.

정치적인 흥정을 통해 오다 쪽을 휘하에 넣지 못한다면 짓밟고라도 밀어붙여야지 그렇지 못하면 시기를 놓치게 될 터였다.

'인간에게는 죽음이 있었다……'

요시모토의 초조감은 급기야 지로사부로의 혼례날짜까지 1월 5일로 앞당겼다.

당긴 혼례날짜를 통고하기 위해 지로사부로를 불러들인 요시모토는 싱글벙글 웃는 낯으로 마치 인심이라도 쓰듯 말했다.

"드디어 너도 어엿한 어른이 되는 거다. 혼례가 끝나면 한번 오카자키에 가서 조상의 묘소에 성묘하고 가신들에게도 얼굴을 보여주도록 하라."

"감사합니다."

지로사부로는 아직도 풀지 못한 인생의 숙제를 마음에 간직한 채, 짧게 대답하고 고개를 숙이는 수밖에 없었다.

희미한 햇살

1

코지 2년(1556)의 정월은 세키구치 교부쇼유에게 기쁨과 희망에 찬 달이었다.

치카나가는 공식적인 신년 하례식을 끝내고 돌아와 곧 점괘를 뽑아오는 5일에 혼례를 올릴 딸의 신랑감 지로사부로의 운세를 점쳤다. 성 안의 큰 방에서 요시모토가 내뱉은 한마디가 왠지 마음에 걸렸기 때문이었는데, 점괘에는 그것이 기우로 나타났다.

요시모토는 하례식에서 지로사부로와 츠루히메의 혼례식 일정을 발표한 뒤 치카나가를 불렀다.

"그대도 물론 상의를 했겠지만 모토노부의 모토元는 이 요시모토가 내린 것이고, 그럼 노부信는 어디서 딴 것인가?"

치카나가는 무엇 때문에 그런 것을 묻는지 의아하게 생각하고 요시모토를 똑바로 쳐다보았다. 요시모토는 쓴웃음을 지으며 말했다.

"질투겠지. 질투에서 나온 말이겠지만 뜻밖의 소문을 들어서."

"소문이라니?"

"노부라는 글자는 노부나가의 노부라고 하더군. 아츠타에 있을 때부터 타케치요는 노부나가와 친했다고 하면서…… 그런 말을 하는 자가 있었네."

"당치도 않습니다!"

치카나가는 펄쩍 뛰며 고개를 흔들었다.

"노부나가 따위의 이름을 어째서 빌리겠습니까? 카이의 하루노부晴信 님 성함에서 딴 것입니다. 당대의 영걸이신 고쇼 님을 제외한다면 카이의 성주님이 그 다음인데, 고쇼 님의 성함을 위에, 다음 자는 카이 성주님의 성함을…… 분명 이렇게 들었습니다."

"그렇군, 그렇다면 좋소. 나도 그렇게 생각했었소."

요시모토는 그대로 넘어갔으나, 그런 중상을 하는 자가 있다는 사실만으로도 치카나가는 불안했다. 그래서 점을 쳤는데, 존귀와 근친近親이 모두 지로사부로와 어울린다고 나왔기 때문에 운세가 나쁘지는 않은 것 같았다.

그는 싱글벙글하면서 산통을 치웠다.

"츠루를 이리 들게 하라."

시동에게 명하고는 곧 그를 다시 불렀다.

"지로사부로도 이미 돌아왔을 것이다. 내가 잠시 할말이 있으니 그렇게 전하여라."

츠루히메는 벌써 3, 4년 전부터 신년 하례식 잔치에는 참석하지 않고 있었다. 상대인 카메히메가 이오 부젠에게 출가하여 츠루히메와 카메히메의 구색이 갖추어지지 않은 탓도 있었지만, 그 무렵부터 츠루히메는 이미 소녀라고 하기에는 너무 원숙하여 축하연에 어울리지 않았기 때문이다.

츠루히메가 먼저 아버지 방으로 왔다. 이미 부녀 사이에는 미리 신년 인사를 교환한 듯 츠루히메는 들어오자마자 아버지 곁에 앉았다.

치카나가는 눈을 가늘게 뜨고 츠루히메를 향해 말했다.

"혼례는 오일로 결정됐다. 그날 고쇼 님은 참석하시지 않겠지만 도련님을 대신 보내겠다고 하셨어."

"아니, 도련님이······"

츠루히메에게는 아직도 우지자네가 증오의 대상이었다. 아니, 증오만이 아니라, 두 사람의 관계를 알고 있는 지로사부로에게는 아마도 찬물을 끼얹는 것 같은 불쾌감을 상기시킬 것이 분명했다.

"고마운 말씀입니다마는······"

츠루히메가 말했다.

"도련님의 임석은 거절하고 싶어요."

"뭐? 거절을······ 제정신으로 하는 소리냐?"

치카나가는 표정을 굳히고 딸을 노려보았다.

2

요시모토가 성을 나와 지로사부로의 임시거처를 찾아간다는 것은 바랄 수조차 없는 일이었다. 따라서 우지자네를 보내겠다고 한 것은 파격적인 호의라 할 수 있으며, 혈연이기 때문에 가능한 일이었다.

'그런데도 영광으로 생각지 않고······'

치카나가는 정색을 하고 딸을 바라보았다.

"그런 버릇없는 소리는 내가 용서치 않겠다!"

목소리를 낮게 깔았다.

"장래는 어찌 되었건 출가하면 너는 마츠다이라 집안의 여자가 되는 거야. 분수를 생각해야 한다."

츠루히메는 조용히 고개를 저었다.

"싫습니다. 도련님 같은 사람은……"

모처럼 잊어가고 있던 상처를 혼인하는 날에 다시 떠올린다는 것은 참을 수 없는 일이었다. 아니, 츠루히메 혼자라면 참을 수도 있었다. 지금은 과거를 잊고 연하인 모토노부와 화목하게 맺어지려고 하는데, 그 일을 상기시키는 것은 죽기보다 괴로운 일이었다.

"아버님이 말씀 드릴 수 없다면 제가 직접 거절하고 오겠습니다."

"츠루, 그것은 큰 잘못이야. 도련님이 참석하시는 것만으로도 마츠다이라 집안에 얼마나 큰 무게가 실릴지 몰라. 잘 생각해보아라. 어째서 그런 철없는 말을 하느냐?"

"도련님은……"

강하게 말하려다 생각을 바꾸었다.

"너무 농담이 지나치시기 때문에."

"하하하. 그럴 줄 알았다. 좋아, 내가 농담을 삼가달라고 말씀 드리겠다."

이때 부름을 받은 지로사부로가 들어왔다.

"노부모토, 실은 오일 혼례식에 도련님이 고쇼 님을 대신하여 오시겠다고 하는데, 이 츠루가 거절하겠다고 하는군. 그건 안 되는 일이라고 꾸짖고 있던 중이었네. 자네도 나와 같은 의견이겠지?"

츠루히메는 흠칫하고 고개를 떨구었다. 점점 굴욕으로 일그러지는 지로사부로의 표정을 보지 않아도 알 수 있었다.

"조금 전에도 말해주었지만 도련님이 참석하시는 것과 안 하시는 것은 세상이 보는 마츠다이라 가문의 무게가 달라지는 것일세. 물론 자네도 알고 있을 테지만."

지로사부로는 잠시 동안 대답하지 않았다. 생각하지 않으려 해도 직접 목격한 츠루히메와 우지자네의 추잡한 자태가 눈앞에 떠올랐다.

"어떤가?"

"그렇습니다."

재촉을 받고, 비로소 내키지 않는 대답을 했다.

"고마우신 일이라 생각합니다."

"그럴 것일세. 그것도 다 혈연이기 때문에 가능한 호의일세. 그리고 고쇼 님이 친히 지시하신 것인데, 츠루가 자네한테 출가한 뒤에는 세키구치 마님이라 부르지 말고 스루가 마님이라 부르라고 하셨네. 츠루는 내 조카딸이라고 하시면서."

"감사하게 여기겠습니다."

츠루히메는 가만히 속눈썹 너머로 지로사부로의 표정을 살폈다.

이제 와서 후회한들 소용없는 일이지만, 우지자네와의 정사는 두 사람의 일생에 두고두고 불쾌한 그림자를 남길 것 같아 마음에 걸렸다.

"그 밖에도 두서너 가지 주의의 말씀이 계셨지만, 모두 두 사람의 새 출발을 염려하는 짙은 애정이 담겨 있었네. 당일 초대할 장수들에 대해서까지 배려하고 계셨어. 이 은혜를 절대 잊어서는 안 되네."

지로사부로는 다시 조용히 머리를 숙였으나, 그 표정은 납덩이처럼 무거웠다. 츠루히메는 갑자기 안타까운 생각이 들어 몸을 비틀며 지로사부로의 무릎에 매달렸다.

"용서를 빌어요, 모토노부 님…… 반드시 좋은 아내가 되겠어요."

3

지로사부로는 잠자코 있었다. 가만히 츠루히메의 어깨에 손을 얹었으나, 이 상황에서는 할말이 없는 것 같았다.

'약자는 언제나 비참하게 마련이다……'

우지자네가 농락하고 버린 여자를 아내로 삼는다. 그러면서도 굽실거리며 영광스럽게 여긴다는 뜻을 고하지 않으면 안 된다. 이 비참한 심정이 무모한 분노로 나타나지 않고 무겁게 마음에 쌓였다.

'지로사부로, 결코 화를 내서는 안 된다.'

남의 일처럼 말하는, 소리 없는 목소리가 들려왔다.

'어깨의 짐은 무거울수록 좋다. 너는 능히 그 짐을 짊어지고 갈 수 있는 사나이다……'

셋사이의 목소리가 되기도 하고, 볏짚으로 머리를 묶은 오카자키의 가신들 목소리가 되기도 했다.

아마도 그와 같은 목소리를 듣는 침착한 마음자리를 유지할 수 있음은 츠루히메 역시 약자라는 생각 때문이기도 했다.

세키구치 교부쇼유는 깜짝 놀란 듯 울고 있는 딸을 멍하니 바라보고 있었다. 그는 어째서 딸이 이처럼 갑자기 울음을 터뜨렸는지 전혀 납득할 수 없었다.

수치 때문일까? 아니, 그런 것 같지도 않았다. 기쁨의 표현이라기에는 너무나 기이하고, 응석으로 받아들이기에는 또 지나치게 버릇이 없었다.

"츠루, 이게 무슨 짓이냐?"

엄한 소리로 딸을 꾸짖는데, 나이 어린 사위가 비로소 무겁게 입을 열었다.

"꾸짖지 마십시오. 츠루히메는 단지 저에게 앞날을 위해 맹세를 한 것뿐입니다."

"그런가."

치카나가는 고개를 끄덕였다.

혼례를 앞두고 신경이 날카로워져 있었다. 맹세의 말을 하면서 눈물을 흘린 것은 자기가 연상임을 부끄러워하던 딸이 안도한 탓이었을까……

그러나저러나 무릎에 쓰러져 우는 딸과 그것을 달래는 지로사부로의 침착성은 어느 틈에 나이를 초월해 있었다. 이것이 치카나가에겐 더없이 믿음직스러웠다.

　'과연 내 마음에 쏙 들어……'

　"자, 눈물을 닦도록."

　지로사부로는 다시 한 번 츠루히메의 어깨를 다정하게 쓰다듬어주고 혼례식에 대한 상의를 시작했다.

　요시모토의 호의를 기화로 화려한 혼례는 절대 삼갈 것. 지나치게 간소하다는 말은 건방지다는 비웃음을 받는 것보다 장래를 위해 훨씬 더 도움이 된다고 설득하는 동안 지로사부로는 몇 번이나 눈시울을 붉히고는 했다.

　츠루히메와 지낼 집을 증축하는 데 든 비용 때문에 그는 몹시 궁색해 있었다. 그런 상황에서 혼례를 화려하게 치른다는 것은 오카자키에 있는 가신들의 생활을 더욱 어렵게 할 뿐이었다.

　처음 치카나가는 간소한 예식에 대해 아주 못마땅해했다. 마음에 든 이 나라 최고의 사위와 고쇼 조카딸의 혼례를 되도록 화려하게 거행할 계획이었기 때문이다.

　지로사부로는 교묘하게 치카나가를 설득했다.

　우지자네의 참석은 도리가 없으나, 장수들의 초청은 가능한 한 최소한으로 제한할 것. 그렇게 하지 않으면 질시를 받게 된다고 했다.

　"좋아, 자네 말에 따르기로 하겠네. 자네는 나보다 몇 배 앞서 나가고 있네."

　마음에 드는 사위인만큼 두말없이 한 발짝 양보했다.

　그동안 츠루히메는 묵묵히 아버지를 쳐다보기도 하고 지로사부로를 바라보기도 했다.

　그녀는 결코 두 사람의 대화를 듣고 있는 것이 아니었다. 이처럼 굴욕을 참아가며 자기를 용서하려는 지로사부로에게 자기도 여자의 진심을 보여주어야만 한다고, 그것만을 계속 생각하고 있었다.

4

이튿날인 1월 3일 ──

혼례를 이틀 앞두고 츠루히메는 이른 아침부터 시녀의 도움을 받아가며 머리를 감고 정성들여 화장했다.

날씨는 화창하고 정원에서는 때때로 꾀꼬리 울음소리가 들려왔다.

하늘은 맑게 개어 창을 열면 높직한 후지산이 보였다. 그러나 츠루히메의 표정은 결코 밝지 않았다.

간밤에 계속되는 생각 때문에 충분하게 잠을 자지 못한 탓도 있었다. 그러나 그보다는 막상 혼례를 앞두고 경솔했던 자신의 과거를 돌아볼수록 후회막급이었기 때문이다.

처음 츠루히메는 지금은 지로사부로라고 부르는 타케치요를 이따위 애송이…… 하며 전혀 자신의 상대로는 생각지 않았다. 이러한 마음에서 자신은 점점 아내 되기에는 도를 넘는 야유를 하게 되고, 방자한 태도가 되어갔다. 이제 와서 생각하면, 지로사부로에게 자기는 얼마나 음탕하고 버릇없는 여자로 보였을 것인가. 아직 어린 아이로 생각했기 때문에 끌어안고 입을 맞추기도 했다. 카메히메가 좋으냐 내가 좋으냐 놀리기도 하고, 마음에도 없이 미우라의 도령을 사모한다고 희롱하며 호기심을 자극하기도 했다. 절대로 그래서는 안 되었을, 우지자네와의 밀회까지 보여주고 말았다. 그러고도 아직 지로사부로의 아내가 될 자기 운명을 내다보지 못하고, 우지자네와의 비밀을 지키기 위해 스스로 몸을 맡겨 더욱 사태를 악화시키고 말았다.

지로사부로는 지난 해 여름 무렵부터 접근해오기 시작했다. 겐오니의 죽음으로 부쩍 어른이 되었는가 싶더니, 지금은 자기를 앞질러 사려도 분별도 지나치게 노성하다고 할 만큼 성장하고 말았다.

앞으로 이틀 뒤면 지로사부로는 자기를 아내라 부르게 된다. 아버지와 요시모토의 호의에 보답하여 자기를 사랑하려고 노력하면서도, 헤프게 보인 자신의 과거 행실 때문에 고통받고 있음이 틀림없었다. 츠루히메 자신도 눈을 감고 가슴에 손을 얹으면 어느 틈에 지로사부로는 안타까울 만큼 사랑스러운 존재로 바뀌어 있었다.

화장이 끝났을 때 어머니가 들어왔다. 어머니는 딸의 요란한 화장에 눈이 휘둥그래졌다.

"어디 가느냐?"

고개를 갸웃했다.

츠루히메는 대답 대신 머리를 끄덕이고, 시녀가 입혀주는 비단옷의 소매에 팔을 꿰었다.

"어딜 가는데?"

"고쇼 님을 뵈려고요."

"무슨 일로? 고쇼 님은 아직 내전에 계실 텐데."

"배려해주신…… 인사를 드리려고요."

그 말에 어머니는 비로소 딸의 고운 화장이 이해되는 듯했다. 요시모토에게 무척이나 총애를 받은 츠루히메였다. 혼자 찾아가 인사 드려도 혈육이기 때문에 기꺼이 맞아주리라 생각하고 미소지었다.

츠루히메는 고쇼를 만날 생각은 아니었다. 우지자네를 찾아가 혼례식 당일에는 절대로 지로사부로의 집에 오지 말라고 단단히 약속을 받아낼 작정이었다. 원래 공차기와 남색男色, 술과 가무에 빠져 중요한 때마다 감기에 걸리는 것이 우지자네의 버릇이었다. 그러므로 당일이 되어 병 때문에 불참한다고 해도 전혀 이상할 것이 없었다. 우지자네가 동석한 혼례 같은 것은 남편을 위해서도 용납할 수 없는 일이었다.

5

츠루히메의 가마가 성으로 들어가 둘째 성에 있는 우지자네의 거처에 도착한 것은 사시巳時(오전 10시)가 가까웠을 때였다.

우지자네는 오다와라에서 맞이한 아내 사가미 부인과는 사이가 좋지 않았다. 그래서 언제나 자기 방에서 많은 시동들의 시중을 받아가며 살고 있었다.

오늘도 늦게 일어난 우지자네는 잠자리에 길게 엎드려 처녀로 착각할 정도인 카노 아야치요加納綾千代에게 허리를 주무르게 하고, 키쿠마루에게는 길게 뻗은 다리를 주무르게 하고 있었다.

츠루히메가 들어왔는데도 일어날 생각은 않고, 과음하여 푸석해진 얼굴로 말했다.

"어제는 공차기를 너무 많이 해서…… 마침내 출가를 하게 됐는데, 상대가 오카자키의 애송이라니 그대가 가엾군."

츠루히메는 똑바로 우지자네를 노려보며 쏘아붙였다.

"제게는 너무 과분해요."

"그럴 리 없지. 이렇게 아름다운 그대인데."

"아니에요, 모토노부 님이…… 이 츠루에게는 과분하다는 말입니다."

우지자네는 뜻밖의 말을 듣는다는 표정으로 다시 한 번 츠루히메의 온몸을 훑어보았다.

"그대도 이젠 어른이 되었어. 무리한 요구인 줄 알면서도 아버지 뜻을 받아들인 모양이군."

"고쇼 님의 무리한 요구라니요?"

"카이나 사가미 일족이라면 또 몰라. 하필 오카자키의 애송이를 택하다니. 그래도 아버지가 상경할 때는 소중한 길잡이가 될 테니 못마땅하겠지만 그런대로 이해해줘, 응?"

츠루히메는 머리가 확 달아올랐다. 우지자네는 츠루히메 자신이 요시모토의 정략에 따라 싫으면서도 출가하려는 줄 알고 있었다. 오만불손한 생각이 노골적으로 얼굴에 드러나 있었다.

'내가 손을 댄 그대를 타케치요 따위에게……'

이런 우월감이 그 오만불손의 이면에는 숨어 있었다.

츠루히메는 자세를 바로 하고 우지자네를 정면으로 노려보았다.

"도련님은 무언가 오해하고 있습니다."

"내가 오해를…… 무엇을?"

"이 츠루를 말입니다. 츠루는 기쁜 마음으로 출가합니다."

"알고 있어, 알고 있어."

우지자네는 고개를 가볍게 끄덕이고 히죽 웃었다. 그것은 츠루히메가 아직도 우지자네에게 옛정을 그대로 간직하고 있는 줄 자만하고 있는 고갯짓이었다.

츠루히메는 애가 탔다. 애를 태우면서 경솔했던 자신의 과거를 또다시 저주했다.

'어쩌자고 나는 이런 남자 옆에 두어달라고 부탁했던 것일까……'

"도련님."

"응?"

"사람을 물리쳐주십시오."

아야치요와 키쿠마루가 무서운 질투의 눈으로 흘끗 노려보았으나 츠루히메는 눈치채지 못했다.

"뭐, 사람을 물리치라고……"

당사자인 우지자네는 음탕한 장면을 연상하는 듯 엷은 미소를 떠올렸다.

"정초부터 여간 아니군. 좋아. 아야치요도 키쿠마루도 잠시 나가 있어라."

두 사람은 얼굴을 마주보고는 일어나서 나갔다.

우지자네는 이부자리 위에 엎드린 채, 슬며시 손을 내밀어 츠루히메의 무릎을 만지려고 했다.

"자, 말해봐. 무슨 일이지?"

"도련님!"

그녀는 얼른 몸을 피하면서 날카로운 눈길로 노려보았다.

6

"도련님!"

"왜 그래, 잔뜩 인상을 쓰면서?"

"일어나세요. 그런 모습으로는 말씀 드릴 수 없어요."

"하하하. 이거 사가미보다 더 간섭이 심하군. 나는 점잔이나 빼는 허례허식 따위는 좋아하지 않아. 귀도 있고 눈도 있으니 어서 하고 싶은 말이나 해."

츠루히메의 입술이 바르르 떨렸다. 더 이상 거역할 수 없는 것이 분했다.

"도련님! 저는 모토노부 님과 화목하게 지내고 싶어요."

"허어, 그거 진심으로 하는 말인가?"

"예. 모토노부 님은 저에게 다시없는 남편이라 생각합니다."

우지자네는 다시 히죽 웃었다. 이 기세등등한 여자가 무슨 말을 할 것인지, 그 이면의 의미를 생각하고 떠올리는 웃음이었다.

"부탁이 있습니다."

"말해봐, 망설이지 말고. 나와 그대 사이 아닌가."

"혼례식날 고쇼 님 대신······"

츠루히메가 입을 여는 순간.

"그 일이라면 잘 알고 있어."

우지자네는 손을 내저었다.

"나도 그대와 타케치요가 나란히 있는 모습을 보고 싶어. 염려하지마, 꼭 참석할 테니."

츠루히메는 또다시 굴욕을 느끼고 몸을 떨면서 고개를 저었다.

"아닙니다, 아닙니다. 참석해달라고 부탁하는 것이 아닙니다. 고쇼님에게는 비밀에 부치고 참석하시지 않았으면······ 그것을 부탁 드리려고 왔습니다."

"뭣이? 나더러 참석하지 말라고······"

"예. 모토노부 님은 도련님과 저의 관계를······"

"잠깐!"

"예."

"나와 그대의 관계에 대해 타케치요가 꼬투리를 잡고 있다는 말인가? 만일 그게 사실이라면 그를 불러 혼을 내겠어. 건방진 녀석, 제 분수도 모르고."

우지자네는 벌떡 일어나 소리를 질렀다.

"정말 그랬다는 거야?"

츠루히메는 새파랗게 질렸다. 전혀 예기하지 못한 뜻밖의 반문이었다. 우지자네는 자기가 손을 댄 츠루히메를 지로사부로가 영광으로 알고 받아들이는 것으로 생각하고 있었다.

"뭐라고 했어? 그 녀석이 어떻게 말했는지, 그냥 두지 않겠어. 타케치요 놈이 말한 그대로 나에게 말해봐."

"도련님!"

츠루히메는 더 이상 가만히 있을 수 없었다. 일부러 찾아왔는데 도리어 좋지 않은 결과가 될 것 같았다. 우지자네가 지로사부로를 증오하게 된다면 결코 마츠다이라 가문을 위해 도움이 되지 않았다.

"도련님은 제 마음을 모르시는군요. 모토노부 님이 무어라 말한 것이 아니라, 그날 참석하시지 말라고 한 것은…… 이 츠루의 부탁입니다."

"그대는 내 얼굴이 보기 싫다는 말인가?"

"예, 그날만은."

"흥, 전과는 많이 달라졌군."

"달라졌습니다. 도련님보다는 모토노부 님에게."

"마음이 기울었다는 거냐?"

"예."

이번에는 우지자네의 얼굴에서 미소가 사라졌다.

"잘 말했다. 똑똑히 잘 말했어, 내 앞에서."

이렇게 말하고 우지자네는 한쪽 무릎을 세우고 서서히 츠루히메 쪽으로 다가왔다.

7

츠루히메는 깜짝 놀라 앉은 채로 뒷걸음질쳤다.

우지자네의 눈에서 일찍이 보지 못한 증오의 빛을 보고 당장에는 말이 나오지 않았다.

"츠루!"

"예…… 예."

츠루히메는 다시 물러나면서 본능적으로 우지자네와 우지자네 뒤에 있는 칼걸이를 보았다. 만일 저기에 손이 닿으면 과연 이 자리에서 도망쳐나갈 수 있을까 하고.

"그대는 되바라진 여자로군."

"마음에 거슬렸다면 용서해주십시오."

"마음에 거슬리지 않을 줄 알고 찾아왔나?"

"예. 도련님은 마음이 넓으신 분이기에…… 사정을 말씀 드리고 부탁하고자……"

우지자네는 신경질적으로 머리를 저으며 말을 막았다.

"닥쳐!"

그런 뒤 얇은 입술이 경련하듯 웃음으로 변한 것은 우지자네의 분노가 잔인한 생각으로 방향을 돌렸다는 뜻이었다.

"이 혼례를 내가 깨뜨리겠다."

"예?"

"그대를 이렇게 괴롭히다니…… 아버지에게 말해서 깨뜨리겠어."

우지자네는 다시 무릎 사이의 거리를 좁히고 츠루히메의 어깨를 붙잡았다.

"용서를……"

츠루히메는 몸을 움츠리며 옆으로 피했다. 왜 이렇게까지 우지자네가 화를 내는지 그녀는 아직 알지 못했다.

우지자네는 다시 웃음을 그치고 뱀과 같은 눈으로 츠루히메의 떠는 입술을 뚫어지게 바라보고 있었다.

"그대도 사실은…… 깨지기를 바라고 있겠지?"

"아닙니다, 거짓말은 하지 않습니다."

"타케치요와 맺어지고 싶다…… 그러기 위해서는 나에게 어떤 상처를 입혀도 좋다는 말이로군."

츠루히메는 소스라치게 놀라 우지자네를 쳐다보았다. 그가 분노한 이유를 비로소 알고 온몸에 소름이 끼쳤다.

"그대처럼 나를 업신여긴 여자는 없었어. 내가 싫다고 말했을 뿐만 아니라, 아버지 대신 혼례식에 참석하는 것에까지 이러쿵저러쿵 지시를 내리고 있어. 그런데도 내가 화를 내지 않을 거라고 생각하는 거야?"

"예…… 예. 저는…… 저는 도련님의 도량에 기대하고 있었습니다. 용서를……"

"용서할 수 없어!"

우지자네가 이번에는 츠루히메의 검은 머리카락을 움켜쥐고 앞으로 끌어당겼다.

츠루히메는 앗 하고 소리를 지르려다, 그것이 더욱 우지자네의 비위를 건드릴 것 같아 얼른 입을 다물었다.

우지자네는 머리카락을 무릎으로 누르고 숨을 거칠게 몰아쉬면서 잠시 부르르 떨고 있었다. 가슴에서 꿈틀거리는 광포한 감정을 빈정대며, 가장 효과적으로 표현할 말을 찾고 있을 것이었다.

"츠루!"

"예…… 예."

"나는 그대의 청을 받아들여 혼례식에는 참석하지 않겠어."

"저…… 제 부탁을 들어주시겠다고 하셨습니까?"

"그 대신 오늘은 그대의 몸을 마음껏 농락하고 농락하고 또 농락하겠어."

"예?"

"그렇게 하지 않으면 내 분노가 사그라지지 않아. 타케치요 따위만도 못하다니."

"아, 용서를……"

츠루히메는 방에서 빠져나가려고 이를 악물고 머리를 잡아당겼다. 하지만 그때는 이미 우지자네의 오른손이 목으로 뻗어와 쓰러질 듯 끌려가고 있었다.

8

기질이 강한 여자와 권력을 가진 사나이의 싸움에서 승산은 처음부터 여자에게 없었다.

그보다 우지자네의 어리석은 질투심을 읽지 못한 츠루히메에게도 잘못은 있었다.

우지자네의 팔에서 벗어나 옆방에 뛰어들었을 때의 츠루히메는 당장에라도 심장이 터질 것 같았다. 이보다 더 비참한 패배감을 느낀 적은 없었다. 가볍고 부드러운 애무가 아니라, 여자의 육체와 감각을 잔인하게 농락하고 또 짓밟았다.

'이미 남편으로 정한 사람이 있는 여자의 몸을……'

츠루히메는 울려고 해도 울 수가 없고 분노할 기력마저도 허공으로 흩어져버렸다.

'도대체 나는 어떻게 될 것인가……?'

후회도 반성도 이 모욕을 지울 힘이 되지 않았다. 더구나 우지자네는 츠루히메를 놓아주고는 수치심도 없이 손뼉을 쳐서 시동을 불렀다.

"손 씻을 대야를 가져오너라!"

츠루히메는 정신을 잃을 것 같았다. 겨우 머리를 고치고 옷매무새를 만졌다.

자신의 당황하는 모습을 비쳐주고 있는 것이 우지자네의 거울이란 생각이 드는 순간 거울을 냅다 집어던지고 싶은 충동에 사로잡혔다.

"아니, 츠루히메 님이 아직도 여기에……"

키쿠마루가 일부러 장지문을 열고 여자 같은 목소리로 비꼬았다.

"알겠지, 이제 나는 이틀 후 혼례식엔 참석하지 않겠어."

우지자네가 시동이 가져온 물에 손을 씻으면서 냉소했다. 츠루히메는 급히 방에서 복도로 나왔다.

얼마나 비싼 값을 치른 교환조건인가.

우지자네가 참석하지 않는 대신, 자기는 평생토록 이 굴욕의 기억을 지니고 고민하지 않으면 안 되다니……

'차라리 자살을……'

이런 생각이 떠오른 것은 둘째 성의 현관에서 희미한 햇빛 속으로 가마를 타고 나왔을 때였다.

여러 츠보네(局°에서는 정월 3일의 왁자한 웃음소리가 터져나오고 있었지만, 츠루히메의 마음은 납덩어리를 매단 것처럼 무겁기만 했다.

혼례를 앞두고 자살한다. 물론 유서에는 우지자네로부터 받은 수많은 모욕에 대해 적어놓을 생각이었다. 그렇게 하지 않고는 억울함이 가라앉지 않을 것이다.

'하지만……'

츠루히메는 다시 망설였다.

지로사부로만은 이 고통을 알 것이다. 그러나 이 유서가 과연 세상에 공개될 것인가. 상대는 다름 아닌 우지자네이다. 아마도 부모는 요시모토가 두려워 그것을 비밀에 부칠 것이 아닌가.

만일 그렇게 되면 세상의 소문은 사실과는 정반대로 퍼져나갈 것이다. 츠루히메는 마츠다이라 모토노부와의 혼례가 싫어 죽었다고.

가마가 자기 집 현관에 도착했는데도 츠루히메는 아직 멍하니 앉은 채로 있었다.

시녀가 나와 가마의 문을 열었다.

"잘 다녀오셨습니까."

츠루히메는 가만히 가마에서 내렸다. 창백한 얼굴도 하얗게 질린 입술도 화장으로 감춰져 있었으나, 눈물이 마른 그 눈은 얼빠진 인형 바로 그것이었다.

츠루히메는 비틀비틀 위태로운 걸음걸이로 자기 방에 들어가 그대로 털썩 방바닥에 엎드렸다.

눈물은 나오지 않았다. 츠루히메의 자살이 얼마나 우지자네의 마음에 복수의 발톱을 세울 수 있을 것인가. 유령이 되어 달라붙을 수 있을까 없을까. 이런 생각이 끊임없이 뇌리에서 맴돌기 시작했다.

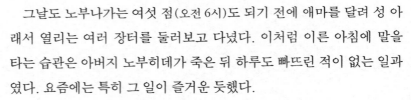

두견새

1

그날도 노부나가는 여섯 점(오전 6시)도 되기 전에 애마를 달려 성 아래서 열리는 여러 장터를 둘러보고 다녔다. 이처럼 이른 아침에 말을 타는 습관은 아버지 노부히데가 죽은 뒤 하루도 빠뜨린 적이 없는 일과였다. 요즘에는 특히 그 일이 즐거운 듯했다.

여러 지방에서 자유롭게 모여드는 상인들로 오와리는 나날이 번창해가고 있었다. 센슈泉州의 사카이堺가 바다를 통해 외국에서 부富를 모아들이는 큰 장터라고 한다면, 이곳은 육지에 개방된 사카이라 할 수 있었다. 호죠 일족이 지배하는 오다와라에도 제법 번화한 장이 섰으나 지금은 오와리가 그것을 능가한다는 소문이 나돌고 있었다.

이처럼 개방된 오와리이기 때문에 외부의 첩자도 쉽게 들어올 테지만 노부나가는 그들을 또한 교묘하게 이용했다. 총포를 남들보다 많이 입수한 것도, 신축성이 좋은 도마루胴丸°란 갑옷을 새로 만들게 한 것도 따지고 보면 그곳으로 모여드는 자유의 물결 덕택이었다.

아니, 이것말고도 여러 지방으로 흩어져나가는 상인들에게 그가 마

344

음먹은 대로 유언비어나 소문을 퍼뜨리게 하기 위해서는 장터가 더없이 좋은 장소였다.

　마츠다이라 타케치요가 지로사부로 모토노부라는 이름으로 관례를 올렸다는 것도 알고 있었다. 그뿐 아니라 그 모토노부의 노부란 자가 은밀히 노부나가를 존경하는 표현이라는 것, 이마가와 요시모토의 조카딸을 맞아 아내로 삼고 스루가 마님이라 부르게 했다는 것 역시 이웃집 일처럼 알고 있었다. 그가 풀어놓은 첩자가 상인들 속에 섞여 자유롭게 출입하고 있었고, 그들은 면밀하게 상인들의 소문을 검토하여 노부나가에게 전해왔다.

　그날 아침 노부나가는 새벽 장이 서는 변두리 생선장수 앞에서 말을 내렸다. 말을 돌보는 하인의 우두머리 후지이 마타에몬藤井又右衛門에게 고삐를 맡기고 북적거리는 인파 속에 파묻혔다.

　계절은 이미 초여름에 접어들어 생선 중에 가다랭이는 보이지 않았으나 근해에서 잡히는 농어의 비늘이 서늘한 초여름의 향기를 풍기고 있었다. 그들 중에는 노부나가를 알아보고 정중히 절하는 사람도 있었지만, 대부분은 그의 얼굴을 알지 못했다. 그의 옷차림이 기묘했던 한때와는 달리 소박한 탓이기도 했으며, 장을 찾을 때는 일부러 눈에 띄지 않도록 조심하기 때문이기도 했다.

　"어떤가, 올해 야채 작황은?"

　"야채는 지금부터죠. 지금은 모종하기에 바쁜 때라서."

　"음, 그렇군. 이미 씨는 뿌렸겠지. 비가 좀 내려야 할 텐데."

　"아직은 괜찮아요. 오와리 지방은 하늘이 특별한 은혜를 내린 곳이라 걱정할 것 없어요."

　"그래, 특별한 은혜지."

　생선가게가 늘어선 곳에 이어 야채장이 서고, 그 구석에는 오래 된 무기류에서부터 활, 칼, 도자기 등을 파는 가게가 있었다. 그 사이를 많은 사람들이 왕래하고 있었다. 거울장수가 부지런히 유리를 닦고 있는 데까지 왔을 때 노부나가는 문득 걸음을 멈췄다. 그 옆의 작은 좌판에 바늘을 펼쳐놓고 노부나가를 빤히 쳐다보는 젊은이의 얼굴이 너무나 기이했기 때문이다.

"허어."

노부나가는 걸음을 멈추고 저도 모르게 웃음을 띠면서 말을 걸었다.

"이봐, 바늘장수. 자네는 원숭이 해에 태어났겠지?"

2

노부나가가 말을 걸었는데도 기묘하게 생긴 젊은이는 웃지도 않은 채 대꾸했다.

"물론 난 원숭이띠지만, 보아 하니 당신은 말띠로군."

"후후후."

노부나가는 웃었다. 자기 띠를 알아맞혔다기보다도 자신의 긴 얼굴을 지적하는 것이라 생각했다.

그러나저러나 이 젊은이는 왜 이렇게 얼굴에 주름이 많은 것일까. 얼른 보기에도 원숭이 같았으나, 자세히 보니 더욱더 그렇다는 생각이 들었다.

"나는 말띠일세. 잘 맞혔어. 그런데 자네는 원숭이띠라도 보통 원숭이띠가 아닌 것 같아. 원숭이 해에 원숭이 달, 그리고 원숭이 날에 태어난 듯한 얼굴이야."

"그렇소."

젊은이는 거만하게 대답했다.

"그것을 정확하게 맞힌 당신도 보통 사람이 아니군. 그런데 내가 본

대로 충고하겠는데, 당신의 신변에 오늘 안으로 변고가 생기겠어."

"뭐, 내 신변에 변고가…… 와하하하, 그걸 원숭이가 어떻게 안다는 말인가?"

"나는 사정이 있어서 전국을 유랑하는 몸. 지금은 보다시피 바늘장수이지만, 위로는 천문, 아래로는 지리 등 이 세상의 이치에 통달하고 있지. 참, 그 변고의 내용은……"

이렇게 말하고는 기분 나쁠 정도로 목소리를 낮추어, 노부나가에게 속삭였다.

"그러나…… 이 변고가 경우에 따라서는 당신의 불행과 연결되지…… 않을지도 몰라."

노부나가는 왠지 싸늘한 바람이 가슴을 뚫고 나가는 것 같아 쓴웃음을 지으면서 젊은이 앞을 지나갔다.

위로는 천문, 아래로는 지리……라는 과장된 말에서 문득 불안을 느꼈던 것이다.

'이 녀석 뭔가 꿍꿍이가 있어서 그런 말을 한 것 같다……'

노부나가는 장을 한 바퀴 돌아본 다음 기다리게 했던 마타에몬의 손에서 고삐를 받아들고, 말에 훌쩍 올라탔다.

"먼저 돌아가겠다."

철썩 말에게 채찍을 가한 노부나가, 푸른 잎 사이를 질주하여 곧바로 성으로 돌아왔다.

그리고 서둘러서 북쪽 성 내전에 들어가 노히메를 큰 소리로 불렀다.

"노히메! 미노에서 누가 오지 않았나?"

노히메의 대답은 없고 로죠老女°가 허둥지둥 달려나왔다.

"마님은 지금 불전 앞에 계십니다."

노부나가는 로죠를 흘끗 바라보고 그 눈이 빨갛게 부은 것을 알고는 서둘러서 부처를 모신 방으로 갔다.

불전에는 역시 눈이 퉁퉁 부은 노히메가 새롭게 모셔놓은 네 개의 위패에 향을 피워올리고 있는 중이었다. 그 옆에는 위패를 가지고 온 듯한 서른 살 가까운 여자가 혼자 여행복 차림인 채 고개를 떨구고 앉아 있었다.

노부나가의 예감은 적중했다…… 아니 그보다도, 그 원숭이를 닮은 바늘장수가 그동안의 사정을 알고 노부나가에게 묘한 예언을 한 것 같다. 노부나가는 노히메 뒤에 가만히 서서 위패의 글자를 읽어나갔다.

맨 처음 위패에는 '사이토 야마시로노카미 히데타츠 뉴도 도산 공 신위齋藤山城守秀龍入道道三公神位', 그 다음에는 '도산 공 부인 아케치 씨 신위道三公夫人明智氏神位', 그리고 다음 두 개에는 '키헤이지 타츠모토喜平次龍元'와 '마고시로 타츠노孫四郎龍之' 등 이나바야마 성稻葉山城에 있는 노히메의 부모와 형제의 이름이 씌어 있었다.

"으음."

노부나가는 호흡을 가다듬고, 노히메에게 말을 건네기에 앞서 고개를 떨구고 있는 여자의 어깨를 칼집으로 가볍게 건드렸다.

여자는 깜짝 놀라 고개를 들고 그 자리에 엎드렸다.

"아……"

3

노부나가는 여자의 얼굴을 본 기억이 있었다. 틀림없이 아버지의 애첩 이와무로의 하녀였던 여자. 스에모리 성에 있을 때부터 그 미모 때문에 여러 문제를 일으켰던 여자.

제일 먼저 이 여자에게 눈길을 준 것은 분명 노부나가의 동생 칸쥬로 노부유키였다는 말을 들었다. 여자는 이보다 앞서 노부유키의 시동과 사랑을 속삭였던 모양인데, 뜻밖에도 노부유키는 두 사람 사이를 용서했다고 한다. 그러나 이 여자를 연모하는 또 한 사람이 있었다. 노부나가의 중신 사쿠마 우에몬의 동생 시치로자에몬이 바로 그 사나이였다.

시치로자에몬은 노부유키가 시동과 여자의 관계를 용서한 사실에 분개하여 시동을 죽이고 자취를 감추고 말았다. 그것이 이 여자가 유랑하게 된 동기인데, 그 후 여자는 미노의 사기야마鷺山 성주, 노히메에게는 이복오빠인 요시타츠義龍의 총애를 받다가 나중에는 아버지 도산 뉴도의 소실이 되었다. 도산과 요시타츠 부자가 애첩을 사이에 두고 쟁탈전을 벌여 사기야마 성과 이나바야마 성 사이에는 험악한 공기가 감돈다는 소문이 나게 만든 장본인인 이 여자가 도산 이하 네 개의 위패를 가지고 찾아왔다.

노부나가는 칼을 짚고 선 채로 여자에게 물었다.

"이름이 아마 오카츠ぉ勝였지?"

무섭게 노려보듯 여자에게 눈길을 던지면서, 드디어 올 것이 왔다고 생각했다.

도산이 목숨을 잃었다. 그것도 아들인 요시타츠에게 살해되었다. 부자는 그토록 사이가 나빴다.

쇼고로庄五郎란 이름으로 기름장사를 하던 사이토 도산이 토키土岐 일족을 섬기다가 마침내 주인을 대신하여 미노의 영지를 손에 넣게 되었을 때, 요시타츠의 생모 또한 토키 가문에서 도산의 내전으로 옮겨왔다. 이렇게 되었을 때 도산을 못마땅하게 여긴 토키의 유신들은 기다렸다는 듯이 갖은 유언비어를 다 퍼뜨렸다.

도산의 내전으로 옮긴 지 얼마 안 되어 태어난 요시타츠에게도 기회 있을 때마다 이런 말을 하여 은근히 암시하고는 했다.

"도련님은 토키의 핏줄입니다."

한낱 기름장수에서 성주까지 된 도산의 눈에 맏아들 요시타츠는 여간 못마땅하지가 않았다. 그래서 심하게 꾸짖을 때가 많았다.

그럴 때마다 이렇게 교묘하게 속삭이고는 했다.

"친아들이 아니기 때문에 속으로 증오하시는 겁니다."

도산 자신이 세상을 보는 견해도 이런 의심을 부추기는 데 도움을 주었다.

실력으로 미노를 빼앗은 도산은 자기 행위에 대한 변명도 포함하여, 자기 자식 앞에서도 큰 소리를 쳤다고 했다.

"이 세상에는 힘이 제일이다. 힘이 있는 자는 언제나 내 손에서 미노를 빼앗아도 좋다."

그러한 말을 노히메로부터 들었을 때 노부나가는 씁쓸하게 생각했는데, 그 불행이 드디어 미노에서 현실로 나타난 모양이었다.

"장인께서는 대관절 어디 계셨나? 산속 성에 계셨나?"

선 채로 묻자 오카츠는 조용히 고개를 저었다. 자세히 보니 그녀는 겨우 몸 하나만 빠져나온 듯했다. 얼굴에는 숯검정이 묻어 있고 그려넣은 주름은 눈물로 얼룩져 있었다.

노부나가의 눈에는 이 여자의 가련한 모습보다도, 인생의 덧없음이 야릇한 불길을 뿜으며 수레가 되어 돌아가고 있었다.

4

"성을 나와 센죠다이千疊臺°에 계셨습니다."

여자의 목소리는 꺼질 듯 나직했다.

"그대가 모셨나?"

"예."

"방심하셨군. 장인답지 않아."

노부나가는 세게 혀를 차고 칼자루로 마루를 탕탕 쳤다.

이나바야마 성에 있었다면 그리 쉽게 당하지는 않았을 것이다. 수로水路에서 8정町 반, 꼬불꼬불한 고갯길이 13정, 1,100척이나 되는 높은 곳에 있는 천연의 요새였다.

"성안에서도 호응하는 자가 있었겠군, 그게 누군가?"

"예, 타케이 히고노카미武井肥後守 님."

"밑에서는 요시타츠, 위의 성에서는 타케이 히고노카미…… 그러면 아케치 마님과 타츠모토, 타츠노는 성안에서 해를 입고 장인은 셴죠다이에서 변을 당하셨나?"

"예…… 그렇습니다."

노부나가는 예리한 눈길로 노히메를 흘끗 바라보고 꾸짖었다.

"울면 안 돼!"

노부나가가 오카츠에게 질문하고 있는 동안 노히메의 울음소리가 한층 더 높아졌기 때문이다.

"그렇군, 그대와 동침중에 습격받았다는 말이지?"

노부나가는 길게 한숨을 쉬고 잠시 천장을 노려보고 있다가, 아주 작은 목소리로 물었다.

"그럼, 유해는? 머리는 물론 요시타츠가 가지고 있겠지만 유해는 어떻게 했나?"

"예, 나가라가와長良川에 버려졌습니다."

"장모님은?"

"불에 타서 형체도 없습니다."

"노히메!"

"예…… 예."

"알겠지, 그대 곁에는 이 노부나가가 있어."

이 경우 아내를 위로할 말은 달리 없었다. 노히메는 노부나가의 말에 더욱 서럽게 울기 시작했다.

오와리로 시집을 가서 오와리에서 죽어라. 너를 출가시켰다고 해서 나는 결코 오와리 공격을 중지하지는 않을 것이다——자신만만하게 말하던 야심가인 아버지. 훌륭하게 길을 내어, 과연 백성들의 편이라고 사람들의 존경을 받던 아버지. 무장들 사이에서는 잔인한 장수라고 매도당하기도 했으나, 그러면서도 실력을 인정받던 아버지. 그 아버지의 머리도 없는 유해가 지금도 어느 강을 따라 떠내려가고……

그뿐만이 아니었다. 토키 일족인 아케치 가문에서 출가해와서 타츠모토, 타츠노 형제가 똑똑하지 못한 탓으로 언제나 마음 조이던 어머니까지도……

"노히메!"

노부나가가 다시 불렀다.

"향을 올리고 난 뒤 이 여자를 쉬게 해. 그리고……"

어느새 불전 밖으로 나가면서, 말을 이었다.

"끝나거든 내 방으로 와. 할 이야기가 있으니까."

"예."

노히메는 노부나가의 뒷모습을 향해 합장했다. 그가 보통 남편이었다면 자기와 나란히 서서 비참한 최후를 맞이한 부모에게 한 번이라도 명복을 빌자고 하고 싶었으나, 자기 아버지의 위패에까지 향을 던진 노부나가였다.

노히메에게는 이미 그러한 노부나가밖에는 기댈 데가 없었다.

노히메가 영전으로 향하자 이번에는 오카츠가 몸부림치며 울기 시작했다.

창 밖으로 두견새가 울면서 지나갔다.

5

잠시 후 오카츠는 센죠다이에서 기습당한 그저께 밤의 사정을 노히메에게 다시 띄엄띄엄 이야기하기 시작했다.

새벽녘이었다고 한다. 그때도 안개가 걷히기 시작한 산장을 스치면서 두견새가 울고 지나갔다. 오카츠가 문득 그 소리에 눈을 떴을 때 사이토 도산은 이불을 차고 일어나 즉시 창을 열었다.

"이상한데?"

먼 파도소리처럼 밑에서 함성이 들려왔다.

"아차."

도산은 긴 창을 들고 얼른 정원으로 달려나갔다. 밑에서 공격해온다면 바로 성으로 가야겠다고 생각했으나, 그때는 이미 뒷산이 뻘겋게 안개를 물들이며 타오르고 있었다. 성안에 있던 타케이 히고노카미는 밑에서부터 공격해오는 요시타츠보다 한발 앞서 도산 뉴도가 후퇴할 성에 불을 질렀던 것이다.

"오카츠! 오와리로…… 사위에게로……"

이것이 오카츠에게 남긴 도산의 마지막 말로, 예순셋의 도산은 난입한 공격자 속으로 창을 휘두르며 그대로 돌진해갔다.

"아마도 성주님은 오와리 사위에게 복수를 부탁하려 했을 거예요."

노히메는 고개를 끄덕이고 오카츠를 위해 세수할 물을 가져오도록 했다. 오카츠는 때때로 생각난 듯이 흐느끼며 얼굴의 검댕을 씻고 머리를 매만졌다.

옆방에 가서 쉬라고 했으나, 무슨 생각을 했는지, 위패 곁을 떠나려 하지 않았다.

"잠시만 더 불전에……"

노히메는 오카츠를 남겨두고 불전 앞에서 물러나 비틀거리는 발에 힘을 주며 노부나가의 방으로 향했다. 노부나가가 요시타츠를 이대로 둘 리가 없었다. 가능하다면 위패 앞에서 그의 입을 통해 확실하게 복수하겠다는 말을 듣고 싶었다.

"노히메!"

노부나가는 배를 깔고 누운 채 정원의 푸른 나무를 노려보며, 조용히 뇌까렸다.

"나는 잠시 그대와 떨어져 있을 생각이야."

"예? 떨어져 있다니요?"

뜻하지 않은 말에 깜짝 놀라 노히메는 숨길도 멈춘 채 노부나가의 머리맡에 앉았다.

"무슨 말인지 알아듣지 못하겠어요. 좀더 자세히."

"말해도 놀라지 않겠나?"

여전히 눈길을 정원에 돌린 채로 말했다.

"슨푸에 있는 타케치요 말인데."

"예. 모토노부 님이……?"

"곧 아기를 갖게 될 모양이더군."

"그래서요……?"

"그대는 아이를 낳지 못하는 여자, 그래서 나는 소실을 가질 생각이야."

때가 때이니만큼 노히메의 얼굴이 흐려졌다. 언제나 뜻밖의 말만 하는 노부나가에게는 익숙해 있었으나, 아이를 낳지 못하는 여자라는 말을 듣는 노히메로서는 가슴이 터질 듯 아팠다.

"하필이면 왜 오늘 같은 날에 그런 말을……"

"말하지 않을 수 없기 때문에 하는 거야. 이의 없겠지?"

노히메는 노부나가의 얼굴을 빤히 쳐다보면서 눈도 깜박일 수가 없었다.

6

"나는 오늘부터 잠시 그대 곁을 떠나서 내 손으로 직접 소실을 구하러 다니겠어."

"성주님! 어째서 새삼스럽게 그런 것을…… 저는 저의 부족한 점을 잘 알고 있어요."

"그래서 이의가 없느냐고 묻는 거야."

"이의도 질투도 없어요. 하지만 부모의 부음을 듣고 어찌할 바를 모르고 있는 지금, 어째서 요시타츠를 쳐서 원수를 갚아주겠다는 말씀은 하지 않으십니까?"

노부나가는 묵묵히 코털을 뽑았다. 이 여자만은 사이토 도산의 지모와 재능을 남김없이 물려받았을 텐데 역시……

"이마가와 요시모토는 말이지."

잠시 후 노부나가는 엉뚱한 말을 했다.

"이 노부나가를 짓밟고 쿄토로 갈 준비를 완전히 갖춘 모양이더군."

"그 일과 소실을 두는 것이 무슨 관계가 있습니까?"

노부나가는 다시 침묵했다가 천천히 말을 이었다.

"있다고도 할 수 없고 없다고도 할 수 없어."

"좀더 확실하게 말씀해주세요. 어디 마음에 드는 여자라도?"

"음."

노부나가는 고개를 끄덕이며 말했다.

"없지도 않아."

노히메는 다시 숨을 죽이고는 노부나가를 바라보았다. 없지도 않다……는 것은 있다는 뜻은 아닌 것 같았다. 그렇다면 지금 이 말속엔 노부나가에게 어떤 생각이 숨어 있다는 의미일 것이다.

이마가와의 상경준비는 끝났다. 그때는 일익을 담당하겠다고 했던 아버지 도산이 세상을 뜨고 미노는 오빠인 요시타츠의 손으로 넘어가 확실하게 노부나가의 적으로 돌아섰다. 여기까지 생각했을 때 노히메의 가슴속엔 한 가지 와닿는 것이 있었다.

노부나가는 자기를 멀리하여 요시타츠와의 분위기를 누그러뜨리려는 것이 아닐까? 아니, 최소한 그렇게 함으로써 요시타츠를 방심케 하는 효과는 거둘 수 있을 것이었다. 그렇지 않다면 요시타츠는 아버지를 죽인 기세를 몰아 자기 쪽에서 먼저 오와리에 싸움을 걸어올지도 모를 일이었다.

'그렇구나…… 그랬었구나……'

그런 생각이 들자 눈물이 글썽거렸다. 그렇지 않아도 아버지의 죽음으로 의지할 데가 없어졌는데, 더더구나 남편으로부터도 멀어지다니.

타케치요의 생모 오다이의 탄식이 결국 노히메에게도 찾아오는 것일까.

"알겠습니다."

노히메는 갑자기 남편 앞에 두 손을 짚었다.

"저는 아이를 못 낳는 여자. 그러나 성주님은 이미 아기를 가져야 할 때입니다."

노부나가는 깜짝 놀란 듯이 얼굴을 들고 노히메를 바라보았다.

'역시 이해를 하는군……'

이런 생각에 한결 더 측은한 마음이 들었지만, 지금은 입밖에 내어 위로할 수 없었다.

"저는 결코 버릇없이 성주님을 원망하거나 하지 않습니다. 마음에 드는 사람을 곁에 두도록 하십시오."

"이해가 되었나?"

"예, 사무칠 정도로."

"노히메!"

"예."

"언젠가는 요시타츠 놈을…… 알겠지, 지금은 참아야 해."

노히메는 결국 그 자리에 엎드려 몸부림치며 울기 시작했다.

7

엎드려 우는 노히메를 그대로 두고 노부나가는 어딘가로 사라졌다.

그곳은 예전의 후루와타리 성이 아니었다. 시바 요시무네는 이미 죽고 오다의 종가 히코고로는 멸망했으므로 키요스로 옮긴 노부나가는 오와리 통일의 실력을 충분히 갖추고 있었다.

노히메는 그러한 노부나가의 패업을 언제나 뒤에서 지켜보고 있었다. 노부나가가 탁월한 전략보다 도리어 경영적인 면에서 비범하다는 것을 확인하고 노히메는 요즘에 들어서는 자신의 행복을 절감하고 있었다.

해마다 장마철이면 범람하는 키소가와木曾川의 제방을 보수하고 여러 곳의 상인을 유치해오는가 하면 형제들의 불만을 진정시키고…… 더구나 그 일도 언제나 전광석화, 남이 생각하지 못하는 기발한 책략을 구사하여 점점 가신들의 신뢰를 모으면서 백성들을 부유하게 만들어가고 있었다.

미노에는 아버지가 있고 오와리에는 남편이 있다……고 은근히 기뻐하고 있을 때 전혀 예기치 못했던 아버지의 횡사를 접했다. 더구나 그 죽음은 그녀의 심적 균형만이 아니라 노부나가의 생애까지도 크게 뒤흔들 소용돌이로 변하려 하고 있었다……

아버지를 신뢰하는 마음이 깊었던 만큼 노히메가 받은 타격은 아주 컸다.

'인생이란 이렇게도 덧없는 것이었을까……?'

아버지의 생애도 한 조각의 꿈이었다면 미노의 경영과 어머니의 노력도 공허한 것이었다. 아니, 그 공허함이 가리키는 것은 양친에게만 국한되지 않고 지금에 와서는 노히메에게서도 모든 희망과 힘을 앗아가려 하고 있었다.

이성적으로는 노부나가의 발빠른 대비와 움직임을 훌륭하다──고 느끼면서도, 이 역시 결국에는 '헛된 ──' 것으로 변할 날이 오지 않을까 하는 생각은 왜 이렇게 두려움으로 다가올까……?

그때 로죠가 발소리를 죽이고 들어와 작은 소리로 불렀다.

"마님."

노히메는 눈물에 젖어 있는 얼굴을 힘없이 돌리고 가만히 미소지으려고 했다. 어떤 경우에도 약한 모습을 보이지 않으려는 틀지어진 그 미소는, 그러나 로죠의 겁먹은 눈을 보는 순간 굳어지고 말았다.

"불전에서……"

로죠는 헐떡이면서 말했다.

"오카츠 님이 자결하셨습니다."

"뭐, 자결을……?"

노히메는 순간 깜짝 놀라 눈을 감았다. 이곳에도 슬픈 인간의 종말이 기다리고 있었다는 말인가. 아름답게 태어났다는 이유로, 이 남자 저 남자의 손을 거치면서 숱한 전쟁의 씨앗을 뿌려야만 했던 불행한 여자의 종말이……

노히메는 이제 어떤 일에도 놀라지 않겠다고 마음을 단단히 먹고 일어섰다. 하늘이 점점 흐려지기 시작했다. 비가 내리기 시작하면 서서히 장마철로 접어들 것이었다. 하다못해 다만 얼마 동안이라도 하늘만은 맑았으면 싶었다.

로죠가 앞장서서 불전으로 들어갔다.

"보시다시피……"

나직하게 말하고 합장했다.

노히메는 선 채로 다다미에 엎어져 있는 오카츠를 내려다보았다. 아직 완전히 숨이 끊어져 있지는 않았다. 가슴 밑을 찌른 단도의 끝이 꿈틀꿈틀 움직이고 있었다. 그러면서도 그 얼굴에는 아무 고통도 떠올라 있지 않았다. 오히려 이제 겨우 안식을 발견한 자의 얼굴이었다.

"오카츠……"

노히메는 입 속으로 중얼거렸다.

8

함부로 손을 대는 것도, 위로하는 것도 도리어 잔인하게 여겨질 만큼 오카츠의 옆모습은 아름다웠다. 검댕을 묻히고 왔을 때는 서른 살쯤 됐을 거라고 생각했다. 지금은 노히메보다 더 젊고 윤기있는 피부를 가진 것처럼 보였다.

고작 스물대여섯 정도일 것이다. 그동안 칸쥬로 노부유키에게 사랑을 받고, 노부유키의 시동에게 사랑받고, 또 시치로자에몬의 사랑을 받고, 요시타츠의 사랑을 받고, 다시 아버지 도산의 사랑을 받다가 결국에는 전쟁의 불씨가 된 여자.

이처럼 슬픈 여자의 생애에 대관절 누가 저주를 보낼 수 있을 것인가……? 아마 이 여자는 누구의 품에 안겼을 때도 기쁨보다는 슬픔을, 편안보다는 불안을 느끼며 살아오지 않았을까.

"으으……으…… 마님."

옆에 서 있는 노히메의 모습에 오카츠는 간신히 입술을 움직였다. 이미 눈은 초점이 흐려져 있었다. 허공으로 향한 눈이 갓 태어난 동녀童女

의 것처럼 청순했다.

"저…… 저는…… 죄 많은 여자…… 용서해주십시오."

노히메는 갑자기 심한 분노를 느끼고 오카츠의 어깨에 손을 얹었다.

"죄가 많은 것은 그대가 아니에요! 그대에겐 죄가 없어요."

그 말은 더 이상 오카츠의 귀에 들어가지 않았다.

"용서를……"

오카츠의 영혼은 어디서 무엇을 바라보고 무엇을 향하고 있는지, 작게 말하고는 그대로 입술을 꼭 다물었다.

노히메는 로죠를 돌아보며 재촉했다.

"이와무로 부인을."

이 여자가 노부나가의 아버지 노부히데의 마지막 애첩 이와무로에게 사랑받은 시녀라는 것이 생각났기 때문이다.

로죠는 허겁지겁 불전에서 나갔다가, 지금은 외아들인 마타쥬로를 이 성에서 키우고 있는 삭발한 이와무로 부인을 데리고 왔다.

"오카츠가 왔다지요?"

들어온 이와무로 부인은 오카츠를 보고, 또 위패를 보고 소스라치게 놀라며 그 자리에 얼어붙었다.

"곧 숨을 거둘 것입니다. 하실 말씀을……"

노히메의 재촉을 받고, 이와무로 부인은 오카츠의 어깨에 손을 얹고 그 얼굴을 들여다보다가, 잠시 후 눈물을 흘리는 대신 멍하니 노히메에게 눈길을 돌렸다.

"오카츠!"

노히메는 다시 정신없이 오열했다.

오카츠나 이와무로 부인도, 또 자기도 모두 같은 또래였다. 그런데 그 가운데 한 사람은 이미 삶을 닫으려 하고 또 한 사람은 삭발을 하고 여승이 되었다. 그리고 나머지 한 사람인 자기는…… 그런 생각과 함

께 보이지 않는 것에 대해 목청껏 저주의 소리를 지르고 싶은 충동에
사로잡혔다.

'왜 이처럼 여자들은 모두 가여운 운명일까……'

로죠는 오카츠의 머리맡에 조용히 향불을 피웠다. 오카츠의 영혼은
파르스름한 연기를 타고 가볍게 허공을 타오르는 것 같았다. 노히메는
염불을 하려다 그만두었다.

'구원받을 수 있을까…… 이 영혼이!'

애써 오열을 씹어삼켰을 때 이와무로 부인이 어린 계집아이와 같은
목소리로 말했다.

"아니, 또 두견새가…… 흐린 하늘을."

그러고 보니 바람 한점 없는 정원 나무 위에 언제부터인지 모르게 낮
게 구름이 드리워지고, 가느다란 빗줄기가 희뜩희뜩 빛나며 내리고 있
었다.

—4권에서 계속

《 노부나가의 초기 가신단 》

:: 영토를 확대하면서 토자마가 늘어났다.

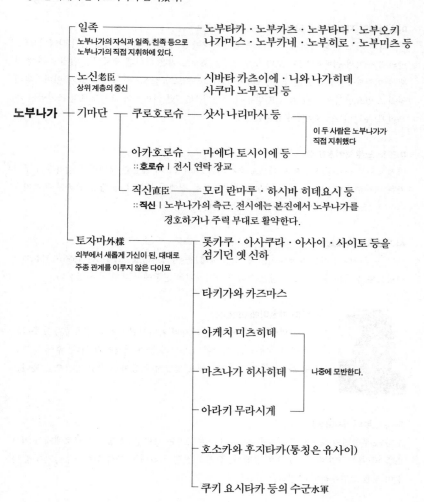

노부나가

일족 ─────────────── 노부타카 · 노부카츠 · 노부타다 · 노부오키
노부나가의 자식과 일족, 친족 등으로   나가마스 · 노부카네 · 노부히로 · 노부미츠 등
노부나가의 직접 지휘하에 있다.

노신老臣 ─────────── 시바타 카츠이에 · 니와 나가히데
상위 계층의 중신   사쿠마 노부모리 등

기마단 ── 쿠로호로슈 ── 삿사 나리마사 등
                                              이 두 사람은 노부나가가
                                              직접 지휘했다

          아카호로슈 ── 마에다 토시이에 등
          ::**호로슈** | 전시 연락 장교

          직신直臣 ────── 모리 란마루 · 하시바 히데요시 등
          ::**직신** | 노부나가의 측근. 전시에는 본진에서 노부나가를
                     경호하거나 주력 부대로 활약한다.

토자마外様 ──────── 롯카쿠 · 아사쿠라 · 아사이 · 사이토 등을
외부에서 새롭게 가신이 된, 대대로   섬기던 옛 신하
주종 관계를 이루지 않은 다이묘

          타키가와 카즈마스

          아케치 미츠히데

          마츠나가 히사히데 ── 나중에 모반한다.

          아라키 무라시게

          호소카와 후지타카(통칭은 유사이)

          쿠키 요시타카 등의 수군水軍

《 주요 등장 인물 》

마츠다이라 지로사부로 모토노부松平次郎三郎元信

이마가와 가로 인질이 되어 가는 도중에 납치되어 오다 노부히데의 인질이 된 타케치요(훗날의 도쿠가와 이에야스)는 오다 노부히로를 포로로 잡은 타이겐 셋사이의 인질 교환에 의해 이마가와 가로 오게 된다. 마츠다이라 지로사부로 모토노부는 타케치요가 이마가와의 인질로 있으면서 관례를 올리고 받은 이름이다. 1557년 이마가와 요시모토의 조카딸인 츠루히메(훗날의 츠키야마)와 결혼한다.

미즈노 노부치카水野信近

타케노우치 큐로쿠라는 새 이름으로 히사마츠 토시카츠와 재혼한 오다이를 찾아간 노부치카는 히사마츠의 가신이 되어 여동생인 오다이를 곁에서 돌본다. 전황을 살피며 타케치요에 대한 소식을 가지고 와 오다이에게 알려준다.

사이토 도산齋藤道三

오다 노부히데의 아들 노부나가에게 딸(노히메)을 시집보내고, 코지 2년(1556) 장남인 요시타츠와 후계를 둘러싸고 전쟁을 하다가 나가라가와 전투에서 패한 뒤 사망한다.

시바타 카츠이에柴田勝家

오다 가의 가신이지만, 노부나가의 아버지인 노부히데가 죽자 노부나가의 동생 노부유키를 섬기며 노부나가 군과 전쟁을 벌인다. 후에 노부유키의 2차 모반을 노부나가에게 밀고하여 용서를 받고 가신으로 돌아온다.

오다 노부나가織田信長

오다 노부히데의 죽음으로 가문을 잇게 된 노부나가는 모반을 한 형 노부히로에게서 키요스를 빼앗아 근거지를 그곳으로 옮긴다. 한편 가신인 히라테 마사히데는 노부나가에게 멍청이 짓을 그만두라며 간언하고 자살한다.

오다이於大

히사마츠 토시카츠와 재혼한 오다이는 자신의 오빠인 타케노우치 큐로쿠를 통해 타케치요가 오다 노부히로와 인질 교환이 될 것이라는 소식을 듣는다. 그녀는 이마가와 가로 가게 된 타케치요를 더는 돌볼 수 없을 것이라 생각하고 안타까워한다.

이마가와 요시모토今川義元

인질로 데려오던 타케치요를 오다 가에 빼앗긴 요시모토는 타이겐 셋사이에게 명해 미카와
안죠 성을 공격하여 오다 노부히로를 포로로 잡고, 타케치요와 인질 교환을 하여 슨푸로 데
려온다. 타케치요의 관례를 올려주고 자신의 조카딸인 츠루히메를 타케치요에게 시집보낸
다.

츠루히메鶴姫

츠키야마築山 부인의 어렸을 때 별명으로 이름은 세나瀨名. 이마가와 요
시모토의 조카딸이다. 세나히메라고도 불렸다. 외삼촌 요시모토에게 인
질로 잡혀 있던 타케치요와 코지 3년(1557)에 결혼하여, 2년 후 에이로
쿠 2년(1559) 3월에 노부야스를 낳는다.

케요인華陽院

오다이의 어머니로 미즈노 타다마사의 곁을 떠나 마츠다이라 키요야스의 후처로 들어간다.
키요야스가 살해된 뒤에는 머리를 깎고, 여승이 되어 이름을 겐오니源應尼로 바꾸었다.

타이겐 셋사이太原雪齋

이마가와 요시모토의 부장. 텐분 15년(1546) 미카와로 침공하는 이마가와 요시모토의 군사
지휘권을 행사하고, 텐분 18년(1549)에는 미카와 안죠 성을 수비하던 오다 노부히로를 포
로로 잡아 전년에 빼앗겼던 마츠다이라 타케치요(도쿠가와 이에야스)와 인질 교환을 하여
슨푸로 데려온다. 타케치요의 스승이기도 한 셋사이는 노부모토라 개명한 타케치요에게 유
언을 남기고 세상을 떠난다.

타케다 신겐武田信玄

텐분 11년(1542)부터 시나노 침공을 개시하여, 무라카미 요시키요 등의
무장들을 격파하고 시나노 지방을 제압한다. 센고쿠 최강의 무장으로서
공포의 대상이 되지만, 에치고의 우에스기 켄신과는 숙적 관계다. 타케
다 하루노부로도 불렸다.

히요시마루日吉丸

도요토미 히데요시豊臣秀吉의 아명으로 별명인 원숭이로도 유명하다.
오다 노부히데의 아시가루인 키노시타 야에몬의 장남이다. 이후 키노시
타 토키치로, 하시바 치쿠젠노카미 등으로 불렸다. 바늘장수로 유랑을
하다 오다 노부나가를 만난 히요시마루는 오다 노부나가의 말을 관리하
는 일부터 시작하여 출세의 기반을 다진다.

《 센고쿠 용어 사전 》

고쇼御所 | 대신이나 쇼군 등의 처소, 또는 그들의 높임말.

기온祇園 | 쿄토의 야사카八坂 신사 부근의 옛 명칭.

노바카마野袴 | 옷자락에 넓은 단을 댄 무사들의 여행용 하카마.

노부시野武士 | 산야에 숨어살면서 패잔병 등의 무기를 빼앗아 무장한 무사나 토민의 무리.

다이묘大名 | 넓은 영지와 많은 부하를 둔 무사의 우두머리.

도마루胴丸 | 몸통을 보호하는 간편한 갑옷.

도소주屠蘇酒 | 중국 위나라의 명의 화타가 처방했다는 약재를 넣고 빚은 술.

렌가連歌 | 일본 고전 시가의 한 양식. 보통 두 사람 이상이 단가의 윗구에 해당하는 5 · 7 · 5의 장구와 아랫구에 해당하는 7 · 7의 단구를 번갈아 읊어 나가는 형식. 대개 백구百句를 단위로 함.

로죠老女 | 쇼군이나 영주의 부인을 섬기는 시녀의 우두머리.

마에가미前髪 | 관례 이전의 소년이나 여자가 이마 위에 땋아 올리는 머리.

무로마치室町 | 무로마치 시대(1338~1573). 아시카가 타카우지가 무로마치 바쿠후를 개설한 이후 오다 노부나가에 의해 바쿠후가 쓰러질 때까지의 시대.

벤케이弁慶 | 거구의 승려로 무술에 뛰어났으나 고죠 다리에서 어린 우시와카와 겨루다 진 이후 평생토록 그를 섬기며 충성을 다함.

산보三方 | 신불이나 귀인 앞에 음식 등을 받쳐 내놓는 굽 달린 소반.

삼짇날 장식 | 일본에서 삼짇날에 계집아이들을 위해 인형을 장식함.

샤쿠하치尺八 | 퉁소의 일종. 표준 길이가 한 자 여덟 치인 데서 생긴 이름.

소부교總奉行 | 주군의 명을 받들어 정사를 집행하는 담당자.

쇼군將軍 | 바쿠후 최고의 실권자.

아시가루足輕 | 평시에는 막일에 종사하고, 전시에는 병졸이 되는 최하급 무사.

아츠모리敦盛 | 무사가 인생의 무상을 깨닫고 불문에 들어간다는 설화에서 유래한 노가쿠의 하나.

에보시烏帽子 | 관례를 올린 남자가 쓰는 검은 모자.

와카和歌 | 일본 고유의 정형시. 5 · 7 · 5 · 7 · 7의 5구 31음으로 된 시.

우시와카牛若 | 12세기 무장 미나모토노 요시츠네源義經의 어릴 적 이름.

우치카케打掛け | 띠를 두른 여자 옷 위에 걸쳐 입는 긴 옷.

챠센(가미)茶筅(髮) | 남자 머리 모양의 한 가지. 머리카락을 뒤로 모아서 묶고, 끈으로 감아 올려 짧은 막대처럼 되게 한 다음, 그 끝을 흐트러뜨린 것.

천개天蓋 | 대궐 용상 위나 법당 불상 위에 만들어놓은 집 모양의 장식.

츠보네局 | 대궐 안의 따로따로 칸을 막은 방.

칠일재七日齋 | 사람이 죽은 지 7일 되는 날에 드리는 불공.

카타기누肩衣 | 어깨에서 등으로 걸쳐지는 무사의 소매 없는 예복.

카타비라帷子 | 안감을 대지 않은 여름옷.

코소데小袖 | 옛날 넓은 소매의 겉옷에 받쳐 입던 속옷. 현재 일본옷의 원형.

쿠사즈리草摺 | 갑옷 허리에 늘어뜨려 대퇴부를 보호하는 것.

토리이鳥居 | 신사 입구에 세운 기둥 문.

하오리羽織 | 옷 위에 입는 짧은 겉옷.

하카마袴 | 일본옷의 겉에 입는 아래옷. 허리에서 발목까지 덮으며 넉넉하게 주름이 잡혀 있고, 바지처럼 가랑이진 것이 보통이나 스커트 모양의 것도 있음.

《 센고쿠 시대의 방위 · 시각표 》

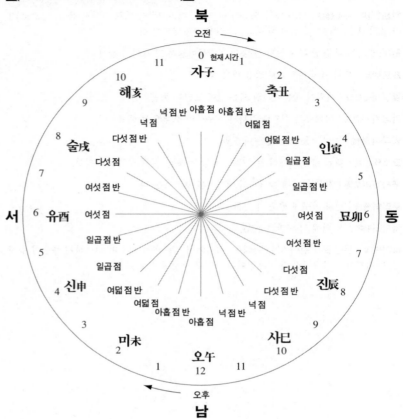

《 센고쿠 시대의 도량형 》

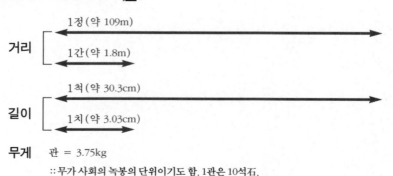

거리 ┌ 1정 (약 109m)
      └ 1간 (약 1.8m)

길이 ┌ 1척 (약 30.3cm)
      └ 1치 (약 3.03cm)

무게 관 = 3.75kg

:: 무가 사회의 녹봉의 단위이기도 함. 1관은 10석石.

《 센고쿠 시대의 관위표 》

관 ＼ 품	정일품	종일품	정이품	종이품	정삼품	종삼품	정사품		종사품		정오품		종오품		정육품		종육품	
							상	하	상	하	상	하	상	하	상	하	상	하
다이죠칸	다죠다이진	사다이진	우다이진	나이다이진	다이나곤	츄나곤		산기	다이벤		츄벤	쇼벤		쇼나곤	다이시			
나카츠카사칸	1587년 히데요시의 관위		1596년 이에야스의 관위				케이				타유		쇼유	지쥬	다이나이키 다이나이쿄		쇼죠	
시키부쇼式部省·지부쇼治部省·민부쇼民部省·효부쇼兵部省·교부쇼刑部省·오쿠라쇼大藏省·쿠나이쇼宮內省								케이				타유 다이한지		쇼유		다이죠 츄한지	쇼죠	쇼한지
지방 — 대국													카미		스케			
지방 — 상국					1567년 이에야스의 관위									카미	스케			
지방 — 중국																카미		
지방 — 하국																		카미

다이죠칸太政官 | 국정의 최고 기관.
나카츠카사칸中務官 | 천황 곁에서 궁중의 정무를 통괄하는 관청.
쇼省 | 한국의 부部에 해당하는 행정 관청.
쿠니國 | 지방 행정 구획.

다죠다이진太政大臣 | 다이죠칸의 최고 장관.
다이진大臣 | 다이죠칸의 장관.
나곤納言 | 다이죠칸의 차관.
산기參議 | 다이진과 나곤의 다음 직위.
벤弁 | 다이죠칸 직속 사무국.
시史 | 문서와 사무를 관장하는 관리.
케이卿 | 조정의 고위 관직.
타유大輔 | 오품 관직의 통칭.
쇼유少輔 | 차관의 하위직.
죠丞 | 장관의 보좌역.
한지判事 | 소송의 심리, 판결을 담당하는 관리.
카미守 | 지방 관청의 장관.
스케介 | 4등급의 제2위 차관.

《 도쿠가와 이에야스 관련 연보(1549~1558) 》

◆―서력의 나이는 도쿠가와 이에야스의 나이

일본 연호		서력	주요 사건
텐분 天文	18	1549 8세	3월 6일, 미카와 오카자키의 마츠다이라 히로타다가 가신인 이와마츠 하치야에게 암살당한다. 11월 9일, 이마가와 요시모토의 명을 받고 타이겐 셋사이가 미카와 안죠 성을 공격하여 오다 노부히로를 포로로 삼는다. 셋사이는 오다 씨의 인질이 되어 있는 마츠다이라 타케치요(이에야스)와 노부히로를 교환한다. 12월 24일, 마츠다이라 타케치요, 스루가에 도착.
	19	1550 9세	정월, 마츠다이라 타케치요는 이마가와 요시모토를 알현한다.
	20	1551 10세	3월 3일, 오와리의 오다 노부히데 사망. 아들인 노부나가가 상속을 받음.
	22	1553 12세	윤 정월 13일, 오와리의 오다 노부나가의 가신인 히라테 마사히데가 노부나가에게 멍청이 짓을 그만두라며 간언하고 자살. 4월, 오다 노부나가는 사이토 도산과 오와리의 쇼토쿠 사에서 회견한다. 8월, 카이의 타케다 신겐과 에치고의 우에스기 켄신이 시나노 카와나카지마에서 전투를 벌인다.
코지 弘治	원년	1555 14세	3월, 마츠다이라 타케치요는 스루가에서 관례를 올리고 마츠다이라 지로사부로 모토노부라 개명. 4월 20일, 오다 노부나가는 숙부인 노부미츠와 모반을 한 형 노부히로에게서 키요스를 빼앗아 그곳으로 옮긴다.

일본 연호		서력	주요 사건
코지 弘治	2	1556 15세	4월 20일, 미노의 사이토 도산이 아들인 요시타츠에게 살해됨. 마츠다이라 모토노부는 미카와 오카자키로 돌아와 아버지의 법요식을 하고, 영지를 둘러본다.
	3	1557 16세	정월 15일, 마츠다이라 모토노부가 슨푸에서 이마가와 요시모토의 조카딸 츠루히메와 결혼. 츠루히메는 츠키야마라 불림. 4월, 마츠다이라 모토노부는 이름을 모토야스라 개명. 11월 2일, 오다 노부나가는 동생인 노부유키를 살해한다.
에이 로쿠 永祿	원년	1558 17세	2월 5일, 마츠다이라 모토야스는 이마가와 요시모토의 명에 의해 미카와 테라베 성의 스즈키 시게타츠를 공격한다(이에야스의 첫 출전). 3월, 미카와 오카자키의 노신인 혼다 히로타카, 이시카와 키요카네 등이 스루가의 이마가와 요시모토에게 마츠다이라 모토야스의 오카자키 귀성을 청원하지만 받아들여지지 않는다. 9월, 키노시타 토키치로(도요토미 히데요시)가 오다 노부나가의 수하로 들어간다.

옮긴이 **이길진** 李吉鎭

1934년 황해도 출생. 1958년 서울대학교 사회학과를 졸업하였다.
일본 문학 작품 및 일본 문화에 관련된 많은 책들을 유려한 우리말로 옮겼다.
주요 역서로는 가와바타 야스나리의 『설국』, 이마이 마사아키의 『카이젠』,
오에 겐자부로의 『사육』, 기쿠치 히데유키의 『요마록』,
야마오카 소하치의 『오다 노부나가』, 『사카모토 료마』 등이 있다.

| 부록의 자료 제공 및 감수는 고려대학교 일어일문학과 최관 교수님께서 해주셨습니다.

도쿠가와 이에야스 제3권

1판 1쇄 발행 2000년 12월 10일
2판 3쇄 발행 2023년 5월 1일

지은이 야마오카 소하치
옮긴이 이길진
펴낸이 임양묵
펴낸곳 솔출판사

주소 서울시 마포구 와우산로29가길 80(서교동)
전화 02-332-1526
팩스 02-332-1529
이메일 solbook@solbook.co.kr
홈페이지 www.solbook.co.kr
출판 등록 1990년 9월 15일 제10-420호

ISBN   979-11-86634-28-8   04830
ISBN   979-11-86634-22-6   (세트)

- 잘못된 책은 구입한 곳에서 바꿔드립니다.
- 책값은 뒤표지에 표시되어 있습니다.

나가시노長篠 전투(1575) 병풍도 뒷부분.
오다·도쿠가와 연합군이 타케다 군을 공격하는 모습.